KB197923

문화예술
삶의 긴 이야기

**일러두기**

- 외국어 고유명사의 표기는 국립국어원의 표기 용례를 따랐다. 일부는 많이 사용되는 대로 표기하였고 인용문에서는 원래 표기 그대로를 살렸다. 특히 영화 제목, 도서명 등에 포함된 경우, 통용되는 그대로를 따랐다.
- 단행본과 정기간행물은 《 》, 일간지와 기사, 논문, 영화 및 티브이 프로그램은 〈 〉로 표시하고 전시, 작품 및 프로젝트는 「 」로 묶었다.

문화예술
멘토포럼

# 문화예술
# 삶의 긴 이야기

JEONGYE-C-PUBLISHERS

# 세상 밖 이야기 – 전공과 경력 돌려드리기

여러 사람을 모아서 드문 이야기들 나누고 싶어 1972년 범학과회의(汎學科會議)라는 모임을 만든 기억이 있다. 뒤이어 유신 계엄령으로 대학 문이 닫히고 집회가 금지되어 모임은 무산되었다. 대학의 여러 학과 교수들을 모으려면 '범학과'라는 말 외에는 붙일 것이 없었지만, 지금 같으면 통섭(統攝, consilience)이라는 아주 근사하고 현대적인 용어가 제격이다.

대학에서 정년퇴임한 후, 전공 지식인 독일문학과 대 사회 공연평론 활동 경력을 사회에 환원한다는 차원에서 '문화예술멘토원로회의'를 꾸민 것은 일찍이 지워진 범학과회의의 꿈 탓일지도 모른다. 그러나 '멘토'라든지 '원로'라는 표현에는 '뭐 잘 났다고?'라는 비아냥거림의 꼬리가 있다고 의식하며 지낸다. 그저 세상 밖 이야기라고 넘겨주시기 바란다.

2015년, 20여 명의 인문학 계열의 교수들과 예술 분야 교수들이 그들의 전문지식과 사회경력을 문화 예술계에 돌려드린다는 뜻에서 멘토로 자처한 원로들의 모임이 되었고, 이 모임은 자연스레 사회과학, 자연과학 원로들과 연합 형식이 될 것을 염원했었다.

약칭 '멘토포럼'으로 불리는 우리 모임은 자체적인 월례 발표회를 갖는 한편, 외부 교양강좌도 개최했다. 세종 교양강좌(세종문화회관)의 '예술의 공간, 문화의 시간', 충북대학 박물관은 일 년씩 지속되었고 우리의 자체 월례 발표도 멤버들의 교양과 취향, 내지는 학술 발전 상황이 드러나는 특이한 발표회였다. 건축가의 지석(支石) 연구, 문화행정가의 영화 탐구, 영문학자의 재벌들의 밥상 이야기, 춤과 몸의 관계, 공상과 괴물 탄생, 음양오행과 점복의 믿음, 한옥의 과학 등이 주제로 다뤄지기도 했다.

지난 10년간, 회장단(이상일, 정승희)의 미숙한 운영을 '주어진 시간과 삶으로 열심히 메운' 김화숙 운영위원장의 정신적·현실적 지원으로 이만큼이라도 끌고 나왔음에 감사드린다. 새 대표로 추대된 김원 회장과 1년 넘게 동인지 발간을 위해 수고하신 박경립 편집위원장에게 앞으로의 멘토포럼 방향 설정을 부탁드린다.

'멘토'나 '원로'라는 말 자체에 거부감을 드러내는 경우도 있지만 그렇게 불려 10년이 넘으면서 초창기의 어수선함도 어느 정도 가라앉고 이름도 모임의 성격도 바뀔 수 있다는 것이 나의 생각이다. 사람이 바뀌면 공기의 색깔도 바뀐다.

2015년에 첫 모임이 이루어졌으니 내년이면 멘토포럼도 10주년을 맞이한다. 10주년 기념 동인지《문화예술 삶의 긴 이야기》가 더욱 아름다운, 다른 꽃들로 피어나길 빈다. 세상 밖에는 세상 밖의 이야기들이 펼쳐지기 마련이니까.

2024년 정월 대보름날
멘토포럼 초대 회장 이상일

# 차례

## 이상일(海史 李相日)

통영 갯가 출신으로 부산, 마산에서 성장하였으며 6.25 전쟁으로 피난 내려온 서울대학 독문학과에 입학하였다. 성균관대학교에서 후학 양성에 전념하였고 한국독어독문학회 회장을 역임하였다.

베르톨트 브레히트의 서사극 연극에 빠져 한국브레히트학회 창립 초대회장을 지냈고 연극평론, 무용평론 등 공연예술평론가 대열에 끼어 협회 회장을 역임하였으며, 굿과 샤머니즘과 향토 축제까지 관심 분야가 확대되어《축제와 마당극》,《축제의 정신》등의 저서를 냈고《춤의 세계와 드라마》,《브레히트, 서사극, 낯설게 하기 수법》등을 발간하였다.

스스로는 다양한 관심을 갖고 잡다하게 살았다고 이야기하지만, 여러 지성들과 어울리기를 좋아하고 그를 통하여 문화의 사회적 역할 증대에 기여하였다. 각종 그룹의 전문가들 체험과 경륜 듣기를 좋아하여 대학 퇴임 교수들의 지식과 경력 사회 환원 봉사모임인 '문화예술멘토포럼'의 초대 회장을 지내었다.

# 유의해야 할 70년대
## — 신무용과 창작무용 혼재·복합기

### 기적의 회고전 「도르래」와 「소리사위」

「한국창작춤 1978년, 우리는 이렇게」(2022. 5. 19. 두기춤터 Black Box) 공연에서 재연되고 재현된 한국창작무용연구회, 약칭 창무회의 작품 「도르래」와 「소리사위」 일부 영상은 기적이었다. 45년 전의 작품 재연을 위해 재집결한 창무회 1세대 임학선, 윤덕경, 임현선, 최은희, 이노연, 이애현은 1978년 당시 이화대학 한국무용 전공의 대학, 대학원 졸업생, 아니면 대학 재학 중이었다. 젊은 그들이 한국창작무용연구회 활동을 통해 한국 '현대' 무용사에 길이 남을 '창작무용' 사조의 유행 길목을 텄던 것이다.

그런 회고전에 50년의 연공을 갈고닦은 당사자들이 각자의 무용 세계를 속으로 간직한 채 「도르래」라는 작품 하나를 위해 합심한 공동 안무, 공동 출연 형식은 기적이었다. 그러니까 1978년 「도르래」나 「소리사위」의 미숙한 젊음과 열정의 방향 모색보다 재연, 재현된 작품이 훨씬 더 원숙해지고 작품으로서의 전달력과 호소력이 강해질 수밖에 없다.

최근의 시들해져버린 창작춤에 비해 작품으로서 원숙한 창작무용(나는 우리말이 된 한자어 '창작'에 고유한 우리말 '춤' 자를 붙이기보다 그대로 창작무용이라는 표현을 쓰는 것이 자연스럽다고 생각한다) 「도르래」는 회고전의 유물이 아니라 글자 그대로 현재의 창작무용, 그것도 수작으로 평가될 만하다. 광목 소재의 한복과 끈으로 연결된 삶과 죽음, 혹은 인연을 묶는 도르래의 굴신(屈伸)을 서정과 구도로 형상화시킨 이 작품은 영상으로 연계시킨 잡다한 소리의 움직임을 만든 「소리사위」의 현대적 감각과 함께 그들의 문화적 환경으로 발현된 것이다. 이런 의식은 지성의 작용, 말하자면 동양미의 관념 세계를 찌르는 새로운 춤의 문법으로 읽힐 만하다.

그런 차원에서 도입부의 전통무용을 제쳐놓고 나는 창작무용 두 편의 기적적 회고전 원점 당시의 평론가들이 보인 반응에 관심을 갖는다(이순열, 고정관념의 타파, 돌연변이, 〈서울신문〉, 1981.4.9., 채희완, 고정관념의 파괴, 새로운 한국무용 시대를 담당할 세력 운운, 《춤》, 1981.5.).


## 70년대 두 세대의 겹침 현상과 창작무용 세대의 주체

그런 젊은 무용 세대의 움직임의 원점, 1978년 제1회 창무회 무용 발표 당시 상황은 좀 엇갈린다. 한국무용연구회, 약칭 창무회가 발족된 것은 1976년. 당시 1970년대는 한국 현대무용사적으로 봐서 중대한 전환기다. 국가 문화정책이 수립 공포되고 문화부 관료 행정직이 예술 영역 현장에 깊이 개입한다. 무용의 해, 대한민국 무용제의 개최, 창작무용 대극장 수렴… 거기에 대학 무용과의 증대 설립과 전문 무용수들의 많은 배출, 각 대학 무용과 출신 동인 무용단들의 창립, 거기에다 무용과 교수세(勢)와 무용학원장들이 지켜온 개화기이래의 신무용 세대 간의 잠재적 갈등도 무시할 수 없다. 한국무용계는 조직적으로 무용협회, 무용학회 등으로 현대화된다.

창작무용 사조의 출발과 발전을 엮기 전에 간략한 신무용 사조를 훑어볼 필요가 생긴다—개화기 이후 1921년 러시아 학생음악대의 국내 방문에 선보였다는 발레와 1926년 일본 이시이 바쿠의 서울 공회당 일본 신무용 공연, 최승희의 이시이 문하생 도일로 한국무용계에 '신무용'이라는 표현이 회자된다. 전통무용과 민속무용에 외국 무용 양식을 도입한 한국의 신무용은 최승희, 조택원 등 신무용 1세대들에 의해 짤막한 전통춤과 민속무용 프로그램의 창작무용을 만들어 낸다. 그들의 신무용은 해방 전후 그리고 동족상잔의 혼란기를 거치며 김백봉, 문일지, 김현자, 김매자, 배정혜, 조흥동, 국수호, 최현 등으로 세대 교체되며 1970년대로 이어진다. 그런 가운데 각 대학의 무용과 출신들에 의한 젊은 제자 세대들과의 혼재와 복합이 이루어진다. 무용양식에 있어서 신무용 스타일과 창작무용 스타일이 뒤섞이며 신무용 세대와 신진 창작무용 세대 간의 '춤의 결'이 달라진다.

신무용과 신무용 세대의 '창작무용'도 생기고 신진 창작무용 세대의 '창작무용'이 혼재·복합기를 이루는 시대가 1970년도쯤이다. 두 세대 간의 겹침 현상이 나타나고 창작무용이라는 개념에도 혼선이 빚어진다. 그런 가운데 신진 창작무용 세대에서 1975년 이대 출신 현대무용 동인 집단이 집결해서 컨템퍼러리 무용단을 만든다. 뒤이어 다음 해 1976년 이대 출신 한국무용 전문 무용수들이 한국창작무용연구회, 약칭 창무회를 조직 구성한다. 신무용 세대에 비해 창무회 세대들은 대학에서 배운 만큼 의식과 방향이 뚜렷했고 방법론의 모색이 두드러진다(이 부분에 대해서는《창무회》창간호, 1983. 참조).

그리고 제1회 창무회 무용발표회는 1978년. 그때 발표된 창작무용은 (빌려 쓴 남성팀의 「함」 등, 그리고 1부에 시연된 전통무용을 제쳐두면) 최은희의 「이 한송이 피어남에」, 이노연의 「초신」, 임학선 · 임현선의 「거미줄」이 창무회의 첫 한국 창작 무용 첫 작품들이었다. 통틀어 기삿감으로 학생무용발표회 이상도 이하도 아닌 것이 기사화된 것은 기자 눈에 뭔가 새로운 움직임이 감지된 탓일지도 모른다(구희서의《뿌리깊은나무》, 1978. 9.). 제1회 무용발표회에서 기대한 만큼의 반응을 얻어내지 못했다고 생각한 창무회는 그들대로의 토론과 연구 끝에 공동 안무 · 공동 출연 작품으로 「도르래」와 「소리사위」를 1981년 창무회 제2회 무용발표회장에서 선보여 비로소 공적인 평론가들의 논평 대상으로 떠오른다(상기 이순열, 채희완 외 김태원, 춤비평 2021,《공연과 리뷰》108호 참조).


## 사조 주체의 독립과 성장, 그리고 사조의 형해화


창작무용연구회의 초기 멤버들 가운데 1981년 「도르래」와 「소리사위」 출연자들은 임학선, 임현선, 최은희, 이노연, 김명희, 황인주였고 「한국창작춤 1978년, 우리는 이렇게」 회고전 「도르래」에는 임학선, 윤덕경, 임현선, 최은희, 이노연, 이애현이 출연했다. 그런데 2022년의 현시점으로 봐서 창무회 대표는 초창기의 지도교수였던 김매자로 되어 있다. 한국창작무용연구회, 약칭 창무회가 이대 한국무용과 출신의 전문 무용수 동인 집단으로 출발했다면 지도교수는 어디까지나 방계인 선배나 선생에 지나지 않는다. 따라서 창무회 집단 동인일 수는 없다.

그럼에도 불구하고 창작무용 사조가 방향성을 잃고 흔들리고 있었을 때—신무용 세대의 창작무용과 각 대학 무용과 출신들의 창작무용 공연이 일반화되고 '창작무용' 사조가 보편화된 1980년대 김매자는 처음으로 무용 전용 소극장을 운영했고 한국무용 위주의 국제 페스티벌을 운영하며 창무회 이름을 유지 계승하고 있다. 그렇게 됨으로써 창무회, 한국창작무용연구회는 초기와 후기로 갈라지게 되었고 이번 회고전 「한국창작춤 1978년, 우리는 이렇게」 공연을 통해 '창무이즘'으로 확대된 김매자 창무회의 이데올로기에 제동이 걸릴 수밖에 없게 되었다.

사조는 부침하면서 역사가 되고 무용으로 말하면 무용사로 기록될 뿐이다. 사조의 주체들은 젊은 정열로 시대에 반항하고 사회에 저항하며 그들의 꿈과 비전을 펼치려고 하는 사이 그들은 성장하고 독립되어 나간다. 주체들이 떠나고 난 다음 그 사조는 껍데기만 남는다. 이른바 사조의 형해화(形骸化)다. 얼마나 많은 열매들이 맺히느냐가 그 예술 사조의 위대함이다. 신무용 사조는 지나갔다. 창작무용 사조도 지나갔다. 아닌가? 아직도 머물러 있는가? 30년, 50년 머물러 있는 사조는 헛것이다. 껍데기다. 진실한 무용예술의 아바타일 뿐이다.

내가 보기에 앞으로 성장할 사조의 나무는 무용 원천에서 뿌리를 내린 동서 무용 기원의 현대화, 아니면 함께 어우러지는 커뮤니티 댄스의 지역 탈춤, 민속무용 같은 막춤, 그리고 공간을 하나로 아우르는 시공 극복의 수단이 되는 놀이의 순수한 예술화 정도가 그 가능한 방향이 아닐까 생각한다.

나의 삶 —
# 독문학 전공에다 공연평론가,
# 그리고 굿과 축제론까지

나는 서울대학 독문학과 출신이고 한국 독어독문학회 회장을 지
냈으며 공산주의 작가로 분류되었던 서사극의 브레히트 해금에 관여
한 다음 한국 브레히트학회를 창립, 초대 회장을 지냈다. 30여 년을 성
균관대학 독문학과 교수로 재직했다가 현재도 성대 독문과 명예교수
로 재직 중이다—그만하면 독문학자로서는 손색이 없지 않을까.

그러나 그런 한편에 사회활동으로 연극과 무용 같은 공연평론 활
동을 오래 했다. 연극이나 무용의 근원을 찾아서 내가 무속제의(巫俗
祭儀), 이른바 '굿'의 필드워크에 참여하게 된 것은 스위스 유학시절
(1967~69) 취리히대학의 민족학과 니더러 교수와 설화문학자 뤼티
교수 두 분의 지우를 얻어서 스위스 민속학회원으로 등록한 것이 발
단이었다.

나는 연극 드라마를 공부하기 위하여 스위스 연방정부 외국인 장
학생으로 1967년, 30대 중반 늦은 나이에 취리히대학에 등록했다. 문

예사조의 전공 용어에만 익숙했던 내 귀에 외국 문물과 낯선 신생 문화 인류학이라든지 사회학적 방법론은 대단한 자극이었다. 나만큼 낯선 문화충격에 휩싸인 사람도 드물 것이다. 당시 '참여 관찰(teilnehmen-de Beobachtung)'이라는 사회학적 인류학적 현장조사 방법론으로 스위스 민속 문물과 각종 축제, 그리고 텔(W. Tell) 설화의 흔적을 찾아 현장조사에 임했던 생생한 체험과 다른 학문 영역에서 체득하는 지식들은 나의 좁은 평론가적 독일문학 전공영역을 압도했다.

그렇게 해서 나의 지적 호기심은 연극 드라마의 바탕에서, 이것저것 주변의 다른 장르의 예술과 인접 학문에 대한 관심으로, 좋게 말하면 박학, 나쁘게 말하면 잡학으로 넘어가게 되었다. 민속학이나 민족학이 신생 문화인류학에 흡수될 위기에 처했던 1960년대 말, 지난 역사나 과거, 전통을 대상으로 삼는 학문들은 박물관 전시용 과거학(過去學) 취향에서 벗어나지 못한다는 비판과 우려의 목소리가 높았다. 제2차 세계대전이 끝난 뒤 전후 독일에서는 나치스 정권에 의한 게르만 민족우월주의 이데올로기의 근거가 되었던 학문의 어용화(御用化) 탈피라는 반성 형태가 탈신화학, 탈낭만주의로 확대되고 있었다. 거기에 사회과학적 실증적 현실인식이 가세해 들어 인문학의 매력은 바닥이었다.

과거의 전통에 대한 학문을 '지금의, 현대의, 현재의 학문(Gegenwar-tswissenschaft)'으로 재정립시켜 나가려는 새로운 시도가 당시 내가 공부하고 있던 독일어권 학계에 팽배했다. 독문학만 있는 것이 아니었다. 독일 연극만 있는 것도 아니었다. 세계는 넓게 열려 있었고 남북으로 분단된 한국 촌구석에서 영세 중립국 스위스로 훌쩍 건너온 나에게 문화충격은 의식의 개혁이었다. 그 무렵 유학생들을 간첩으로 몰아 몰래 잡아드린 동백림 사건으로 악명 높았던 한국정부가 못 믿었든지 취리히 경찰은 나 보고 '당신 뜻에 반하여' 한국 정부가 소환하면 자기들에게 신고해 달라는 친절까지 베풀어 주었다. 나는 그럴 필요는 없다고 그들의 친절을 사양했다.

그런저런 낯선 생활환경과 학술문화 영역에서 독일 드라마 밖에 모르고 연극하나 밖에 모르던 편협한 시야의 나에게 밀어닥친 문화충격은 어쩌면 나의 지적 혼란이었는지 모른다. 나는 알아듣지도 못하는 여러 가지 강좌에 등록부터 했다. 고고학, 미술사, 인류학, 심지어 음향론 강의에 왜 수강신청을 했던지―지적 갈증에 허덕이는 방향 없는 촌놈이던 나는 모든 예술과 학문을 다 내 것으로 받아들이고 싶었던 모양이었다. 그것은 굿의 흡인력, 굿의 종합예술 같은 형태였고 굿의 노래와 춤과 기도의 한판 충격이었는지 모른다. 원시적 종합예술의 굿판은 어쩌면 학술 영역 간의 통합 의지, 요사이 표현으로 말하면 통섭 이론에 대한 갈증 같은 것이었는지도 모를 일이다.

몇 년 그렇게 떠돌던 나는 귀국 후, 1970년대 쉽사리 계엄령으로 대학문이 닫히던 그때 국문학자이자 민속학자들을 스승으로 모시고 부지런히 한국무속의 필드워크에 임하였다. 그런 체험이 내 공연평론의 배경이 되어 주었다. 이른바 '원초적 드라마(urdrama)' 이론의 바탕이다.

통합학문은 그런 이론이 없는가. 인접 학문들을 통합하는 종합세트로 여러 분야의 전문가들로 구성된 모임을 조직하면 어떨까... 그리하여 겁도 없이 가칭 '범학과회의'를 출범시켰다. 여러 영역을 아우른다는 아이디어로 1972년 10월 인문학과 사회과학 분야의 30대 교수들 중심으로 작은 그룹을 형성했다가 잘 진행되면 연합체를 만들기로 작정하였다. 인문학 쪽에서 영문학의 김우탁, 국문학의 김열규, 역사학의 이희덕이 있었고 과학 쪽에서 이부영, 생물학의 박선배 등 그리고 신진 진보적 정치학도였던 노재봉, 영문학에서 사회학으로 전향한 이

한복이 어울리는 시절 평창동 집에서

상회 등등이 동인들이 되었다.

이 젊은 학술모임이 잘 성장하였으면 윌슨의 통섭 이론을 국내에 전파 · 확대시킨 최재천 교수의 통섭 이론 전개의 선행 모델이 되었을 지도 모른다. 여러 학문 영역을 소통해 보려는 소박한 출발은 두 번째 모임 다음, 그 해 1872년 10월 세 사람 이상 집회 금지라는 유신 계엄령 으로 무산되었다.

이런 단명의 아쉬움은 대학 정년퇴임 다음 전문지식과 교육경력의 사회적 환원이라는 대의명분을 내세워 각 분야의 명예교수들이 모인 '문화예술멘토포럼' 경우도 비슷하다. 그전에 음악평론가 박용구, 작곡 가 김건용, 무용가 김화숙 등과 함께 각 장르별 예술가들과 20세기가 끝날 무렵 '영고 21 미래선언' 모임을 매달 가졌다. 그 모임은 멘토포 럼 이름으로 이어져 월례학술발표회로 진행되다가 2020년 코로나19 사태의 장기화로 잠적에 가까워졌다.

그리고 보면 나의 일생은 박학의 길라잡이에 놀아난 잡학의 궤적처 럼 보인다. 독문학의 업적은 기껏 해서 뤼티 교수의《유럽 설화문학》번 역이나 니체 시집《디오니소스 찬가》, 그리고《브레히트 서사극과 낯설 게 하기 수법》정도의 책으로 남고 오히려《축제와 마당극》,《축제의 정 신》과 평론집《한국 연극의 문화 형성력》,《춤의 세계와 드라마》등 세 기말의 포스트모더니즘과 퍼모먼스 이론, 그리고 '토털 시어터' 현장 의 목소리, 혹은 예술 장르 간의 월경(越境) 의식이 강한 평론집으로 남아 나의 지적 혼란만 여전하다는 증거가 된다.

그래서 이것도 아니고 저것도 아닌, 중간지대에서 노는 동인들의 모임 주변만 맴돌고 있는 것인지—숙맥 동인들 안녕! '멘토포럼' 동인 들 안녕! 문화다움 동인들 안녕! 그리고 21세기 새로운 예술의 탄생을 좇던 '영고 21 미래선언' 동인들 안녕!

# 공연평론의 공동·집단 작업은 가능한가
— 독일 프라이에뷔네 극단 「울트라월드」의 감상 경우

소설은 여러 사람이 릴레이 식으로 써 내려갈 수 있을 것 같은데 시나 평론 같은 글쓰기는 공동작업이 불가능하다고 믿고 일해 왔다. 연극이나 영화는 원래 공동 집단 작업 형식이라 각본, 희곡, 연출, 출연진 등등해서 처음부터 여러 사람들의 손길을 거쳐 작품이 만들어진다.

시는 철저히 개인 작업이다. 종합예술 작품, 내지 공동 집단예술 형태도 극작가는 개인작업 수준에서 희곡을 쓰고 연출 과정에서 첨삭을 통해 각색이 이루어지거나, 아니면 드라마의 주제를 주고 막간의 스토리를 구성한 다음 작가에게 집필을 의뢰할 수도 있을 것이다. 그렇게 되면 창작의 핵심인 작가의 시심(詩心)이라 할 개인작업 영역은 제한되는 것이 원칙이다.

시인이 시상(詩想)을 얻어 언어를 골라가며 시구를 만들어 나가는 창작 과정에는 제3자의 개입이 용납되지 않는다. 오래 공연평론 활동을 해 나왔지만 평론의 공동작업이나 집단창작은 관극 다음에 자유로운 토론 과정에서 내가 놓쳤던 부분에 대한 언급이 참고 사항으로 보충될 정도. 그 이상, 평론 글쓰기 작업을 함께 할 여유는 대체로 없지 않을까 생각한다.

그런데 최근 들어 시는 몰라도 연극 평론이나 무용 평론 같은 공연 평론은 나 혼자의 시각보다 몇 사람의 공동작업이 작품의 이해 차원을 확대시킬 수 있겠다는 데 착안하여 의도적으로 공동작업을 감행해 보기로 했다. 대상 작품은 모처럼의 독일 폴크스뷔네 극단의 국립극장 초청작 「울트라월드」(2021. 11. 25.~27. 해오름극장). 공동작업 팀 대상은 서로 잘 아는 사이인 평론가 윤시향 원광대학교 명예교수. 우리 둘은 독일 프라이에뷔네의 「울트라월드」 공연 작품을 보기 전에 한국 브레히트학회장 경력을 통해 평론 공동작업을 한번 시도해 보자고 사전 합의하였다.

나는 작품 「울트라월드」에 대한 사전 예비지식 없이 본 대로 느낀 대로 '써갈기기'로 마음먹었다. 그러나 두 사람이 하는 작업이라 중간중간에 서로의 의견을 카톡을 통해 소통하기로 하는 전제 아래, 우리 두 사람이 그 작품에서 받은 평가 가운데 공통 키워드나 개념 혹은 비슷한 생각 패턴이 나오면 그것을 기점으로 논리를 재정비하면서 평가의 기준을 확대하기로 잠정 합의하였다. 그렇게 해서 얻어진 글이 시도 A(이상일 논평, 2021. 12. 3. 완성)와 시도 B(이상일과 윤시향의 합작,《연극평론》 2022. 봄호 게재) 형식이 되었다.


## 시도 A - 사변적 희곡 구성과 가상현실 디자인의 양분 무대

'울트라월드'라고 하면 일상적인 세상사를 넘어선 듯 무엇인가 초월적 신비, 불가사의, 아니면 우주론적 신화적 사건이 전개될 듯한 어감을 풍긴다. 그러나 국립극장이 초청한 독일 베를린의 프라이에뷔네 극단—우리로 봐서는 생전의 브레히트가 활동했던 베를리너·폴크스 프라이에·뷔네 극단의 체취가 그립다.

국립극장 대극장 개축 기념공연 초청작인 폴크스뷔네 극단의 「울트라월드」는 독일적 사변의 관념철학이 강하고 현대적 이미지 영상+가상 연극 디자인과 게임 디자인이 합작된 연극, 바로 그런 연극이다. 따라서 가상연극 디자인 같이 낯선 최첨단 사조를 반영하는 공연방식은 드라마·스토리의 감정이입 방식에 익숙한 생리로 봐서는 무대 진행에 빠져들기가 힘들기도 하다.

무대가 있고 등장인물 프랑크니, 그의 딸 에이프리 1·2, 그리고 전형화된 어린 딸 3, 그뿐만 아니라 이웃 1·2도 나오고 내레이터까지 등장하는 희곡 구성이기는 하다. 그들이 얽혀 전개되는 게임 같지 않은 놀이형식은 에이프리 1·2가 바닥에 엎드려 죽었다 살아나 다시 테스트 1, 2... 를 반복하는 것 정도가 연극적 흐름의 전부다. 연극적 구조는 근본적으로 샅추어져 있는데 연극적이지는 않다?

어쩌면 기성 연극 관념인 기승전결이나 극적 전개의 질서라든지 감정이입 수법이 모자라서가 아니라 연극적 흐름에 시선을 두기보다 영상과 디자인 쪽에 홀리도록 꾸며낸 무대가 연출 주자네 케네디(Susanne Kennedy)와 무대디자인 마르쿠스 젤크(Markus Selg)의 콘셉트로 짐작된다. 주제를 이끄는 스토리텔링의 극적 구조보다 이지러진 화면의 괴이한 이미지라든지 벌거벗은 사막의 모래언덕과 그 위에 앉힌 폐허 같은 구조물, 그리고 빨려 들어가는 스크린의 조화, 바람에 흔들리는 나뭇가지 영상, 뱀 기둥과 기하학적인 도형의 흡수력 등이 현실 세계를 벗어난 울트라한 신화적 분위기로 연극세계는 양분되어 있다.

울트라 세계는 신화적 세계이며 신화적 세계는 비현실적이다. 그런 세계에서는 모든 것이 가능한 대신 구체적으로 실현되는 아무것도 없다. 모든 것은 가능하고 또 불가능하다. 그러니까 그런 세상은 연극의 세계, 예술의 세계에서나 가능한 것이다. 그래서 작가와 연출가, 아니 모든 극장 사람들, 이른바 Theaterleute들은 예술세계 사람으로서 상상의 날개를 달고, 자유로운 비현실의 울트라 세상에서 게임을 하고 상상을 하며 놀 수가 있다.

그런 카테고리 안에서 테스트 1, 2... 가 실험적으로 제시된다. 그것은 죽음과 삶에 대한 환상이다. 사막의 갈증을 달래는 물 한 두 모금 언어 마셔 가며 마치 자다가 일어난 모호한 의식 상태에서 꿈꾸듯 삶과 죽음의 경계를 헤매다 보면 사변으로, 관념으로—철학적 명제로 극장 좌석에 앉은 관객들에게 명제들이 쏟아져 들어온다.

그 명제의 무게에 짓눌릴 만해지면 가상 디자인이라는 이름으로 시각매체 기기들이 이미지 영상 테크닉으로 관념 세계에서의 탈출을 유도한다. 이런 현상은 마치 문학세계의 읽기 매체들이 미술이나 영상들의 보기 매체로 주체를 옮겨 간 1970, 80년대 마샬 맥루한 미디어 사조의 반복이다. 사변 철학과 영상 이미지, 현실과 상상의 경계를 넘나드는 삶과 죽음의 관념이 게임처럼 얽힌다.

그런 관념과 이미지 영상의 연계를 테스트 1, 2, 3...의 연극적 차단이 우리가 극장 무대라는 울트라월드에 '실존'하고 있음을 실감케 한다. 그러나 우리의 실존은 범속한 일상사회의 사슬에 묶여 있다.

「울트라월드」는 고독한 건물 같은 개념이라고 할 수 있다. 시간이 지나감에 따라 고독한 건물은 빗살 지는 햇살에 따라 다른 개념으로 바뀐다. 어디로 가야 할지도 모른 채 눈가림한 채 진화된 고대 생물처럼 보이는 건물이 바로 울트라월드의 개념이다.

의미심장한 사변적 관념의 체계는 어쩌다 성서적 모티브로 구체화되고 더 극단적으로는 추상적 대화 형식 — 예를 들면 자고 일어난 모호한 의식 상태로 체험하는 삶과 죽음의 경계와 그런 과정에서 체험하는 초월적 '불가능성'으로 서술되기도 한다. 막 잠에서 깨어난 상태의 내 의식은 이아무개라는 인격체, 인간에 대한 인식이 제로에 가깝다. 몇 초가 지나면 의식이 돌아와 내가 누구고 아침이 되어 내가 내 잠자리에 누워 있구나 하는 인식이 가능해지지만, 그 애매한 공백의 몇 초 동안은 도무지 심란하고 두려울 뿐만 아니라 혼자 이 우주 한가운데 떠돌고 있는 듯 외롭고 미스터리어스하고 부조리함 조차 직접적으로 느끼고 겪는다. 그런 순간을 작품「울트라월드」가 선사한다.

그렇다고 신화적 초월적 사건이 극장 무대 공간을 지배하는 것은 아니고 겨우 '이브'라는 이름, 혹은 뱀의 형상으로 성서적 파편을 실어다 나르고 배경 가득한 이미지의 괴이한 일그러뜨림이라든지 지하 동굴 공간의 확대와 바람 부는 환경의 수목들 흔들림 영상 등으로 극장 무대는 디자인공간으로 상징되다가—그것들은 후반으로 갈수록 동양건축 처마 끝의 문양처럼 나채롭게 확대되어 흩어져 버린다. 영상 이미지의 극장 무대 점령이 어쩌면 이「울트라월드」의 공연 주제의식일지 모른다.

울트라 세상은 속세의 현실 세계가 아니다. 이 허구의 세상은 연극의 세계니까 신화를 유지·계승시킨다. 연극적 구성이 무대를 유지하다 보면 속화되고 그 세속성을 씻어내기 위하여 가상의 영상 이미지들이 달라붙고 그 속화와 세속성을 정화시켜 내기 위해 다시 현실적 연극의 과학이 동원되는 되풀이가「울트라월드」의 기본구조다.

그러므로 예술과 과학이 얽힌 이 인공적 울트라월드라는 가상의 디자인은 가상현실에 사변과 관념을 혼합시킨 민생 메타버스, 아닌 메타버스(meta-verse), 내지 메타드라마(meta-drama)라는 낯선 발상일 수밖에 없고 따라서 기성 연극 관념으로 봐서는 기대되는 극적 고양이 주어지지 않으므로 관극의 재미는 적다. 사변적 관념으로서는 참신하게 여겨지지만 이미 많이 쓰여진, 어쩌면 구태의연한 연극적 흐름이라고 봐도 지나치지는 않다.

## 시도 B – 공연평론의 공동화 작업: 「울트라월드」의 경우

국립극장은 2021년 11월 25일(목)부터 27일(토)까지 독일 폴크스뷔네의 「울트라월드」를 해오름극장에서 선보였다. 코로나19 장기화에 따라 지난 시즌 예정됐던 해외 작품의 내한 공연이 다수 취소된 가운데 국립극장이 프랑스 테아트르 드라빌의 「코뿔소」 이후 5년 만에 선보이는 해외 초청작이다.

2012년 내한한 이래 거의 10년 만에 국내 관객을 찾은 폴크스뷔네는 베를린에 거점을 두고 유럽 현대연극을 주도하고 있는 대표적인 극단이다. 모든 노동자들이 부담 없는 가격으로 자연주의 연극을 관람할 수 있도록 1889년 설립된 프라이에 볼크스뷔네는 1914년 재개장되었고 생전에 브레히트가 활동했던 베를린 앙상블과 더불어 구동독의 수도였던 베를린의 가장 상징적 극장이자 극단이다.

■ 비디오게임으로서의 천지창조

"안녕, 프랭크, 지금 깨어 있나요?/ 만나서 반가워요./ 나도 당신과 같은 출연자예요. (...) 에이프릴 1과 에이프릴 2가 당신을 기다리고 있어요, 프랭크./ 어서요, 프랭크./ 시간이 됐어요."

공연 도입부는 마치 컴퓨터 게임 접속을 연상케 한다. 어느 날 아침 '프랭크'는 낯선 인공적인 목소리에 잠에서 깨어 자신이 불안한 꿈속에 갇혀 있음을 깨닫는다(공연은 독일어와 영어로 진행되고, 한국어 자막이 제공된다. 이 글에서는 내레이터가 부르는 영어식 발음 프랭크로 표기한다). 막 잠에서 깨어난 무의식이 온전한 의식(인식)으로 전환될 때까지 그 애매한 몇 초의 공백. 누구에게든 그런 느낌은 낯설지 않을 것이다. 심란하고 두렵고 혼자 우주 한가운데 떠 있는 듯 외롭고 신비롭다 못해 부조리한 감각의 이미지를 「울트라월드」는 작품 전반에서 제시한다.

에이프릴 1과 에이프릴 2라는 이름의 아내와 아이는 갈증에 시달리고 라디오는 물 부족 현상을 보도한다. 바깥은 벌거벗은 붉은 사막이며, 작열하는 눈부신 태양이 프랭크에게 말을 걸며 불길한 소식을 알린다. 그는 이웃들에게 물을 좀 달라고 부탁하지만 거절당한다. 물이 떨어진 건 이웃들도 마찬가지이기 때문이다. 결국 아내와 아이는 제대로 말도 못 하고 갈증으로 죽는다. 이 상황은 오늘날 우리가 직면하고 있는 인류 생존의 문제인 기후변화를 빗댄 듯하다. '세컨드 라이프(Second Life)'라는 거대한 게임 세계 속에서 그는 애니메이션 패턴과 미로에 둘러싸여 낯선 내러티브 목소리에 이끌려 아바타처럼 시간의 고리 속을 헤매며 떠돈다. 프랭크는 처음에는 사랑하는 사람들의 죽음을 거부하지만 결국 그것을 인정한다. 이런 과정을 통해 그는 다음 단계로 나아가고, 인간의 유한성을 배운다. 그 미션을 깨야만 다음 단계로 나아갈 수 있는 게임처럼 이러한 상황을 반복 재현하는 방식으로 맞닥뜨리는 것이다. 그것은 일종의 현실 확인이다.

'울트라월드'라는 제목은 얼핏 일상적인 세상사를 넘어선 듯 무언가 초월적인 신비나 불가사의 아니면 우주론적 신화적 사건이 전개될 듯한 어감을 풍긴다. 연극 「울트라월드」는 독일의 사변적 관념철학과 현대적 이미지 영상, 그리고 가상세계와 게임 디자인을 합성한 세계관의 융합체라 할 수 있다. 의미심장한 사변적 관념의 체계는 어쩌다 성서적 모티브로 구체화되기도 하고 더 극단적으로는 추상적 대화 형식, 예를 들면 자고 일어난 모호한 의식 상태로 체험하는 삶과 죽음의 경계나 그 과정에서 체험하는 초월적 '불가능성'으로 서술되기도 한다.

오늘날 독일어권 연극계에서 가장 주목받고 있는 연출가 중 한 사람인 주자네 케네디는 미디어아트를 기반으로 현실과 가상의 양면적 관점에서 미래지향적인 연극 비전을 창조한다. 2013년 독일에서 '올해의 신진 연출가'로 선정된 그는 멀티미디어 아티스트 마르쿠스 젤크와의 협업을 통해 2020년 「울트라월드」에서 미디어아트와 최신 기술을 활용한 시각적으로 매우 독특한 무대를 선보인 바 있다. 젤크는 최고의 무대 디자인이라는 격찬을 받으며 그해 '파우스트 어워드'를 수상했다.

「울트라월드」는 빼어난 무대디자인, 제의적 몸짓, 비의(秘義)적 풍자 등을 갖추었을 뿐 아니라 놀이의 즐거움도 제공한다. 프랭크의 사막 여행의 변주를 따라가는 과정에선 주인공의 모험을 그리는 피카레스크 방식의 오랜 고전적 서사의 긴장감도 맛볼 수 있다. 무엇보다 프랭크 역할의 무용수 빌렌스(Frank Willens)의 춤동작 같은 팬터마임적 동작은 자신에게 일어나는 깊은 실존적 혼란과 운명의 불가항력성에 대한 반응을 탁월하게 표현하며 테이프의 목소리에 맞춘 인공적인 세밀한 움직임은 가상세계 속 아바타의 이미지를 전달하기에 충분하다.

이 작품은 또한 군데군데 미묘한 유머도 빛을 발한다. 가령 테이프의 내레이터는 계속 쾌활함을 가장한 자기 조롱으로 텍스트 가운데에 끼어들며 대본의 특성을 유머러스하게 논의하다가 자연스럽게 다음의 대사를 내뱉는다. "음, 여기에 어떤 맥락이 있습니까(Uhm, any context here)?"

■ 가상현실, '통 속의 뇌'와 '나는 누구인가'

1960년대에 시작한 가상현실(Virtual Reality)의 가능성에 대한 관심은 컴퓨터와 인터넷 환경이 대중화되기 시작한 1990년대부터 확산되기 시작했다. 「울트라월드」의 기반이 되는 '세컨드라이프'는 인터넷 기반의 사이버 공간 시뮬레이션 게임으로 사용자의 컴퓨터에 설치된 인터넷 공간 안에 캐릭터를 창조한 후 거주자가 되어 다른 사람과 교류하도록 만든 프로그램이다. 프랭크는 아내와 딸, 이웃 1, 2 및 내레이터까지 등장하는 이 가상세계에서 테스트 1, 2...를 반복한다.

가상현실에 대한 철학적 논의는 가상, 즉 버추얼의 개념 자체에 대한 것(플라톤의 동굴 비유 이론에서 장 보드리야르의 시뮬라시옹 등)과 인간 감각의 한계 및 가상현실 기술과 관련한 존재론적인 고찰, 실재성과 공간싱 개념에 대한 성찰(영화 〈매트릭스〉, 〈아바타〉, 〈토탈 리콜〉 등) 등을 통해 활발히 제기되어왔다. 생각 실험의 하나인 '통 속의 뇌(brain in a vat, BIV, brain in a jar, BIJ)' 이론은, 한 과학자가 인간의 뇌를 몸에서 분리한 후 기능이 유지될 수 있는 액체로 가득 찬 통에 넣고 슈퍼컴퓨터에 연결한다는 생각에서 나오게 되었다. 슈퍼컴퓨터가 뇌에게 현실과 동일한 신호들을 보내면, 뇌만 존재하는 그 사람은 실제로 존재하는 어떤 물체나 사건과 직접적으로 접촉하지 않고도 그가 접촉한다고 느끼게 된다는 것이다. 따라서 통 속에 담긴 뇌는 자신이 진짜 사람인지 통 속에 담긴 뇌인지 확신할 수 없고, 그가 외부 세계에 대해 믿고 있는 모든 것들의 진위 또한 알 수가 없다. 메타(meta)와 유니버스(universe)를 합성한 신조어 메타버스(metaverse)는 가상현실, 증

강현실의 상위개념으로, 현실을 디지털 기반의 가상세계로 확장시켜 가상의 공간에서 모든 활동을 할 수 있게 만드는 시스템이다. 메타버스는 소프트웨어 조각들을 통해 표현한 실존하지 않는 그래픽일 뿐이므로 물리법칙에 제약받지 않기 때문에 현실에서는 불가능한 것들도 이루어진다.

「울트라월드」에서 관객은 창세기 기반의 가상현실 게임에 존재하는 아바타의 여정을 따라가며 현실 인간의 존재를 빗대어 다양한 철학적 질문을 던진다. 무(無)에서 무엇인가가 어떻게 만들어지는가? 나는 누구인가? 나는 어디에서 왔는가? 나의 목적은 무엇인가? 자신의 자아에 대한 탐구, 대본에서 벗어나고 싶은 열망, 지옥 같은 자기발견의 여정 속에서 프랭크는 가상세계에서 파편화된 자신의 자아에 대해 언급한다. "나에게 말을 하는 정체성의 파편을 느낄 수 있습니다."

영화 〈매트릭스〉에는 이런 대사가 나온다. "지금 당신의 모습은 '잉여 자기 이미지'란 거야. 자신이 생각하는 모습을 디지털화한 거지." "그럼 진짜가 무엇인가?"라는 질문에 모피어스는 다음과 같이 대답한다. "촉각이나 후각, 미각, 시각을 뜻하는 거라면 '진짜'란 두뇌가 해석하는 전자 신호에 불과해!"

「울트라월드」에서도 아바타 프랭크는 자신이 두뇌가 해석하는 전자 신호에 지나지 않는다는 사실을 부정하지 못한다. 또한 우리가 맺는 사회적 관계도 네트워크의 의사 결정에 의한 것이라면 진짜란 네트워크에 의해 전송되는 신호에 불과하다.

■ 영원회귀 혹은 우로보로스

「울트라월드」의 세계는 신화적이며, 신화적 세계는 비현실적이다. 그런 세계에서는 모든 것이 가능하지만 구체적으로 실현되는 것은 아무엇도 없다. 그러므로 그 세상은 연극의 세계, 예술의 세계를 닮아 있다. 작가와 연출가, 아니 모든 극장 사람들은 예술 세계 사람으로서 상상의 날개를 달고 자유로운 비현실의 울트라 세상에서 게임을 하고 상상하며 놀 수 있다.

그런 카테고리 안에서 테스트 1, 2…가 실험적으로 제시된다. 그것은 죽음과 삶에 대한 환상이다. 사막의 갈증을 달래기 위해 물 한두 모금 얻어 마셔가며, 마치 자다가 일어난 몽롱한 의식 상태에서 꿈꾸듯 삶과 죽음의 경계를 헤매다 보면, 극장 좌석에 앉은 관객들을 향해 사변적이고 관념적인 철학적 명제들이 쏟아진다. 이지러진 화면의 괴이한 이미지, 벌거벗은 사막의 모래 언덕과 그 위에 앉힌 폐허 같은 구조물, 바람에 흔들리는 나뭇가지의 영상, 뱀 기둥과 기하학적인 도형 등이 현실 세계를 벗어난 초월적, 신화적 분위기를 자아낸다.

극 도입부에서 우리는 만화경처럼 현란한 색깔의 가상 터널 스크린 속으로 빨려들며 환각 여행을 떠나 서사적 자아 탐구를 시작한 프랭크를 만난다. 가상 현실 컴퓨터 게임에서 그는 일련의 테스트를 거치지만 항상 그의 아내와 딸은 마지막에 죽으며 장면이 다시 시작된다. 그가 자신의 경험을 분석하고 교정하려고 아무리 노력해도 운명은 항상 통제 불능이다. 케네디는 신디팝 미학으로 이 실존적 공허함을 표현하여 사람들이 필멸의 고리에서 벗어나려고 노력할 수는 있지만, 끝은 모두에게 동일함을 쓸쓸하게 일깨운다.

그럼 반복되는 같은 결과를 바꾸려면 어떻게 해야 하는가? 「울트라월드」는 우리가 인생이라고 부르는 이 게임에서 새로운 대답을 제시하지 않는다. 다만 자신의 내면을 들여다보고 자신을 스스로 바꿔야 하며, 삶과 마찬가지로 긍정하고 견디며 앞으로 나아가기를 권할 뿐이다.

등장인물들이 게임 속 가상현실인 울트라월드에 갇혀 반복적으로 테스트를 받는 상황은 F. 니체의 '영원회귀'와 맞닿아 있다. "그렇다면 다시 한번" 죽음과 상실을 받아들인 프랭크는 불멸인 동시에 영원한 '순간'을 살며 '운명애(amor fati)'를 이룰 것이다. 통제할 수 없는 가상현실 속 주인공의 여정은 현실을 살아가는 우리의 이야기로 겹쳐진다.

이 공연에서 뱀은 두 가지 모습으로 사용되는데, 창세기에서의 뱀과 그리스 신화의 우로보로스(ouroboros)라는 뱀의 이미지로서다. 영원회귀와 관련해서 제 꼬리를 물고 원 형태로 그려진 이 뱀의 머리는 동시에 꼬리가 된다. 니체는 이 머리인 동시에 꼬리인 부분을 '순간'이라고 표현했다. 그곳은 시작점인 동시에 끝이 된다. 내레이터는 프랭크에게 '나가려면 들어와야 한다'고 말한다. 길을 아는 것과 길을 걷는 것은 다르다. 삶에 스스로 해답을 찾는 사람들은 아무도 가보지 않은 길에서 스스로 길이 되어간다.

「울트라월드」에서 예술과 과학으로 빚어낸 가상의 영상 이미지는 그 화려함으로 눈을 즐겁게 하긴 하나, 기성 연극 개념으로 볼 때 극적 고양이 주어지지 않기 때문에 관극의 재미는 줄어든다. 정체성과 주관성, 의식과 현실, 꿈과 실제에 대한 철학적 사유가 밝은 색의 컴퓨터 게임 세계에서 생생하게 시각화되는 즐거운 시간을 어느 정도 보내고 나면, 특히 몰입형 미디어의 천국인 한국의 관객으로서는 살짝 지루함을 맞이하게 된다. 또한 공감이 가는 동양사상을 연상시키기도 하는 사변적 관념도 요가와 명상이 일상화되고 '아모르 파티'가 대중가요로 불리는 우리에게는 어쩌면 그다지 새로울 것이 없는 이야기인 것도 같다.

한편, 공연에 앞서 11월 16일(화) 오후 7시 30분에 SK텔레콤의 메타버스 플랫폼 이프랜드(ifland)에서 메타버스 관객 아카데미 프로그램 '스테이지 로그인'이 진행되었다. 국립극장이 최초로 시도한 메타버스 이벤트로, 가상현실과 예술에 대한 관객들의 이해를 돕기 위한 프로그램이었다. 카이스트 문화기술대학원 융복합 교수로 활동 중인 이진준 작가가 현실과 가상을 잇는 '경계 공간'과 최신 기술을 활용한 공연·공간 연출에 대해 강의함으로써 관객의 이해를 도왔다.

■ 이상일과 윤시향의 '카톡' 대화 기록

2022. 1. 26.

이상일: 공연평론 공동 작업화가 가능할까 했는데 이루어졌어요. 내 논평은 내가 다시 읽어도 무슨 소린지 모르겠는데, 그만큼 구체성이 없고 관념론이 강해 그럴 수밖에요. 그에 비해 윤 선생 글은 지식의 구체성이 드러나서 내 글의 모자라는 부분을 채워 주는데, 유감스러운 것은 윤 선생 논평에 내가 더 보탤 것이 없다는 사실입니다. 나는 우리의 공동 작업이 서로의 글에서 공통되는 키워드를 찾아내어 거기에서 논의를 발전시켜 나갈까 하는 단순한 생각뿐이었거든요.

2022. 1. 27.

윤시향: 선생님의 기본 틀에 제가 구체적으로 설명을 곁들여 공동 작업이 이루어진 거죠. 니체나 매트릭스는 연극 본 후 떠올린 생각인데, 인터넷 인터뷰에서 연출가 S. 케네디가 언급한 것을 보고 썼어요.

이상일: 시 같은 문학만이 아니라 모든 예술 분야도 그렇고 평론도 개인 작업인데, 그런 작업을 몇몇이 공동으로 성취하는 집단 형식으로 옮기는 작업과 시도는 우리가 처음 해보는 모험이 아닐까 합니다. 그런 작업이나 시도의 발상이라든지 진행 경과는 기록으로 남는 것이 혹시 나중에 도움이 되지 않을까 그런 생각이 드네요.

2022. 1. 30.

윤시향: 연극평론가협회에서 늦었다고 원고 독촉이 심해 일단 공연

평 그냥 보냈습니다. 첨언할 것이 있으면 뒤에 덧붙이든가 하지요.

이상일: 어떻게 평론이라는 개인 작업이 공동 작업화, 집단화될 수 있는지, 연극 전문지 편집자가 의구심도 회의도 없었나요?

윤시향: 그쪽은 그저 그런가 보다 해요. 딱히 관심도 없어요. 어떻게 보태셨어요?

이상일: 어떻게 더 보태요? 내가 윤 선생 원고 읽고 감탄한 것밖에 없어요. 윤 선생이 잘 합쳤던데 뭘 보태요. 지식으로서의 연극과 예술로서의 연극이 주는 감흥은 별도의 감각 차원 아닐는지. 시대는 바야흐로 지성의 연극 시대가 되고 감흥이 사라지는 연극 시대로 접어들었다는 감상입니다.

정읍 영모재에서 김화숙&현대무용단사포의 공연 참관 후 윤시향, 이태주와 함께(2022)

# 늙은 천재

천재라면 젊어야 한다. 어쩌면 어려야 할지 모른다. 반드시 그래야 한다는 까닭이야 없지만, 어쩐지 늙은 천재는 어울리지 않는다. 그것도 천재는 요절해야 할 것 같다. 스물이 되기 전에 죽어야 천재 소리를 듣기 알맞다. 20대도 후반에 들면 천재 대열에서 빠진다.

내가 초등학교 들어갈까 말까 했을 때, 시골에서 지나가던 중 하나가 길 가던 코흘리개 어린 나를 붙들어 골목으로 끌고 가더니 느닷없이 "너는 어린 나이로 천재로 죽을 팔자"라고 혀를 찼었다. 그러니까 오래 살리려고 절에라도 데려갈 셈이었던지 — 지금 같으면 유괴 의도라도 물어볼 수 있었겠지만, 승려 말이 무슨 뜻인지도 모른 채 나는 내가 오래 못 살 것이라 예감했고 천재가 무엇인지 되어 보겠다고 생각했다.

그런 내가 두 세기를 겹쳐 살고 망(望) 90의 나이가 되었다. 천재라면 시인이어야 할 것 같았다. 예술가여야 천재 소리 듣기 알맞다. 그래서 내가 그리는 천재상(天才像)은 다 젊고 병약하고 일찍 죽는다.

시인 김소월은 몇 살에 죽었을까. 분명히 30대 초반에 죽은 것으로 알고 있는데, 내 머릿속에 있는 천재 이상(李箱)도 10대의 동안으로 그려진다. 그리고 그들은 언제나 병약해 보인다. 우리 세대를 가로지르며 살다 간 많은 천재들을 회상할 때 그들의 요절이 새삼스럽게 가슴을 먹먹하게 만든다. 재주 있는 시인들은 10대에 죽었을까. 20대에 죽어서 시인이 되었을까.

평론가 이어령이 화려하게 평단에 데뷔했던 1950년대 후반기, 재주 있는 천재 소리를 듣던 서울대학교 문리과대학 어문학과에는 소설을 쓰던 최승묵, 국문과의 김열규, 시를 쓰던 송영택, 불문과의 이일 등이 미래 문단의 잠룡들이었다. 잠룡들을 따돌리고 갖가지 화제를 뿌리며 귀재(鬼才) 소리를 듣던 이어령은 대학이라는 울타리 속의 학문과 과학의 천재까지는 되지 못했다. 그 흔한 세간의 문학지 편집자로, 평론가로, 대학교수로, 정책 전환기의 아이디어맨으로, 고급 관료의 수장으로, 국제적 서울 올림픽 PD로 그쳤다. 그만하면 천재일까. 그런 그는 모교인 서울대학에서 박사 학위를 따지 못했고, 모교인 서울대학 교수 노릇도 하지 못했다.

당연히 있어야 할 자리에 안착하지 못하는 천재들은 사회적으로 천재로 자리매김할 보증서를 갖출 교류의 창구 찾기가 어렵다. 문화부 장관 자리의 경력 하나가 전부였던 그런 그가 천재일까. 뛰어난 인재일 뿐일까. 그만한 인재도 드물었으므로 같은 시대를 살았던 '동시대인(die Zeitgenaessische)'으로서 나는 그를 천재로 떠받들 만하다고 한표 던진다.

그런 천재 이어령도 늙었다. 〈동아일보〉에 실린 그의 인터뷰 기사를 읽으면 그가 늙었다는 인상은 없다. 그러나 게재된 사진을 보면 병색이 완연하다— 89세. 그의 병명은 암이고, 그는 치료나 수술을 거부하였다고 한다. 나처럼 범속한 사람은 천재라는 아우라 덕에 그래도 조금은 범속의 때를 벗는다. 그만큼 조금이라도 일상을 씻어내는 뛰어난

서울대학교 이전을 기념하여 서울대학교 정문에서 아내와 함께(현 동숭동)

사람을 만나면 혹시 그도 천재가 아닐까 기대하는 마음으로 우러러보고 싶어진다.

아무렇게나 천재가 태어나는 것은 아닐 것이다. 천재가 그렇게 많이 태어나면 천재가 아니지—그러면서도 천재를 기리는 우리는 진보와 변화를 갈구하며 천재들에 의한 진보와 변화 속을 살고 싶어 한다. 우리 시대—이 100년쯤 사이 우리는 봉건제도의 붕괴와 개화기, 일제 침탈, 그리고 이데올로기의 지배와 동족상잔, 민주주의 학습과 체험, 현대화·산업화 과정 등 커다란 역사적 전환기를 겪으며 현실적인 리더들의 부침과 함께 꽤 많은 천재들이 부침해 간 현실을 겪으며 살았다. 그렇게 그들에 의해 한국 현대사가 쓰여진 것이다.

현실적 리더들을 제쳐두면 선천적으로 뛰어난 재주와 재능을 가지고 한 분야, 혹은 여러 분야에서 두각을 나타내 대가가 되었거나 미지의 영역을 개척해서 위대한 업적을 남긴 천재들은 그닥 많아 보이지 않는다. 천재로 잘못 짚힌, 매스컴 상의 '공부 천재들'은 꽤 있었던 것으로 기억한다—김웅용과 송우근의 천재성은 부모나 주변이 성급히 기대한 공부 천재 수준이었다. 운동선수, 바둑 선수, 그리고 트로트 가수들의 천재성은 인기 바로미터에 붙은 상표—역시 천재는 뉴턴이나 아인슈타인 같은 과학자, 수학의 천재, 아니면 음악의 베토벤이나 모차르트, 그리고 미술의 고흐나 피카소, 천재 예술가 미켈란젤로와 레오나르도 다 빈치 정도일까.

과학의 천재들은 특별 영역이라서 함부로 말할 수가 없다 치고 한 시대의 고비를 쥐고 틀었던 정치·경제적 리더들에 대한 '천재론'도 덧칠한 허구에 지나지 않을 가능성이 많다. 아니, 그들도 일종의 천재들이었을까. 시대의 전환을 감지하거나 선도하려던 야심적인 그들—나폴레옹이나 히틀러도 어쩌면 역시 천재들이었을까.

그러나 천재는 사상가나 예술가 가운데서 나와야 천재 같다. 그것도 일찍이 젊은 나이로 죽은 시인쯤 되어야 진짜 천재 같다. 아니면 비싼 피아노나 바이올린을 두들겨 부수는 백남준의 기행(奇行)쯤 되면—소리라는 공통 인식을 써서 공유 이미지가 아닌 것을 드러내 보일 수 없는 안타까움을 악기 파괴라는 액션으로 푼 그는 그런 절박한 심정으로 예술을 '사기술'이라고 갈파한다. 그러고 보면 늙은 천재의 기행은 거의 없다. 있다 해도 치매에 가까운 언행은 듣기가 민망하고 어색해진다. 늙은 천재는 천재라고 불리지도 않는다. 젊은 천재는 살아남지만 늙은 천재는 이제 죽을 날만 기다린다.

내 세대의 천재들 가운데 한 명인 평론가 이어령은 스스로 치료를 거부한 89세의 암 환자다. 여전히 명석한 어조로 사태를 진단하고 판결을 내리는 폼은 젊은 천재 그대로이지만 지난해 2021년 초에 6개월을 더 넘기지 못할 것이라는 진단을 받았던 건강이라면 지금 그 두 배의 시간을 살아 넘긴 그는 이제 진정 말기 암 병자임이 분명하다. 그런 이어령의 늙은 천재성은 그런 그의 한계를 공개적으로 확인시킨 데 있다. 그의 임종을 통해 그는 인간의 한계, 표현의 한계, 목숨의 한계를 먼 우주적인 미세먼지의 극한으로 좁히거나 확대하는 실험을 하듯 한다.

그의 젊은 날의 천재성은 신뢰할 수가 없었다. 영웅은 고향에서 받아들여지지 않는다는 말처럼, 함께 같은 대학을 다닌 그런 그는 나에게 있어서 시인도 아니고 예술가도 아니고 과학자도 아니어서 천재 계열에 들 수도 없었다.

젊은 천재들은 차고 넘치는 재능을 어떻게 다룰 줄 몰라 사회적 질서와 그 용납될 수 있는 허용 범위를 넘어선 행동으로 기행을 펼치기도 한다. 얼마나 속이 터지면 미친 짓들을 하며 다녔을까. 그런 측면에서 밝은 대낮에 삿갓을 쓰고 다닌 김삿갓도 일찍이 죽지 못한 늙은 천재였을 것이다.

　그런데 늙은 천재는 차분한 지성으로 미래의 비전을 제시할 수가 있다. 그런 것이 88 서울 올림픽의 굴렁쇠 소년 이미지로, 혹은 아날로 그와 디지털 합성의 '디지로그' 발상 같은 미래 제시, 혹은 시인 같은 비전의 제시이다. 그런 의미에서 80대의 암 환자인 늙은 천재도 병약한 10대의 천재와 다를 바 없이 예지 능력에서 타고난 높은 수치를 갖고 있는 것으로 보인다.

　늙은 천재 이어령은 임종의 딸을 위해 지성인답지 않게 딸이 소망하는 기독교 신자가 되어 주었고, 또 스스로 임종을 맞으며 항암 수술과 치료를 거부함으로써 스스로 생명의 자기 결정권을 입증하려 한다. 나 같은 평범한 사람들이 하기 어려운 결단을 내린 그를 나도 옛날 같았으면 늙은 객기쯤으로 평가절하 하려 했을 것이다. 그러나 그것이 어쩌면 늙은 천재의 마지막 삶에 대한 자기대로의 인식이고 성찰이라면 나 같은 제3자는 입을 다무는 것이 늙은 천재에 대한 예의라고 생각한다.

# 엄마의 눈물

'엄마의 눈물'이라 해야 할지, '어머니의 눈물'이라 해야 할지 몇 번을 망설였다. 그러다가 그때 내 나이 일곱 살 때였으니까 '엄마의 눈물'이라는 게 맞을 것 같다는 생각을 하게 되었다.

어렸을 때 나는 허약하고 병약해서 자주 앓았다. 내 기억에도 배탈이 자주 났고 토하기도 했고 경련이 일어나서 방바닥을 기었던 고통이 지금도 지긋지긋하다. 그렇게 앓다가 기절을 했는지, 진짜 숨이 끊어졌던지 내가 죽었다고 집안이 시끄러워져 엄마가 달려 나와 축 늘어진 나를 안고 눈물을 흘리셨다. 그런 이야기는 내가 어느 정도 자라서 말귀를 알아듣게 되었을 때 어머니가 나에게 들려준 것이다.

어머니의 눈물, 아니면 엄마의 눈물이 나를 살려냈다. 그리고 다시 나의 목숨이 시작되었고 연명이 계속되어 90을 넘긴 현재까지 오게 된 것이다. 그 엄마의 눈물을 어쩌다 회상한다. 그 눈물이 뜨거웠을까. 차가웠을까. 어린 나는 의식이 없었을 터이고, 늘어져 있는 얼굴에 떨어진 눈물의 온기를 감지했을 까닭도 없다. 혹시 얼굴에 떨어진 엄마 눈물의 물기에 온냉의 차이 정도는 감지했을까. 아닐 것이다. 의식 없이 늘어진 일곱 살짜리 아이가 한두 방울 눈물 정도로 차갑거나 따뜻한 물기의 차이를 알아차렸을 리가 없다.

그런데도 엄마의 눈물이 떨어지자, 죽었던 아이가 눈을 떠서 엄마를 한참 쳐다보며 안심했다는 듯이 다시 눈을 감았다고 한다. 물론 내 기억에는 그때의 어떤 이미지도 떠오르는 것이 없다. 그런데 엄마의 눈물방울이 떨어져 내 목숨의 연명이 시작되었다는 이야기는 내 의식 가운데 살아남아서 계속 내 목숨의 연명에 이미지로 살아나왔다. 엄마의 눈물이 떨어지자 내가 눈을 떠서 엄마의 눈물 젖은 얼굴에 내가 아름다운 그림을 보태는, 매혹적인 이미지로 회상되어야 옳을 것이다.

그러나 엄마의 눈물에 내가 깨어나고 살아났다는 엄중한 현실감은 무게를 잃고 가벼운 서사로 이야기는 끝을 맺는다. 그러면서 어쩌다 회상되는 엄마의 눈물은 눈물과 상관없는 어머니의 사랑으로 바뀐다. 엄마의 눈물이 사랑의 구체적 증거로 제시되는 것이다.

나의 어머니는 나의 10대, 어머니 나이 50대로 비교적 일찍 돌아가셨다. 시골 어촌이라 제대로 약 한첩 못 쓰고 병원 입원 한번 제대로 못 하셨다. 나는 중학생이 되어 부산으로 나와 있어서 임종도 못하고 엄마를 멀리 떠나보내고 말았다.

그런 어머니 모습은 내가 자라면서 나이 들어가면서 차츰 근엄해지셨다. 내가 자주 앓고 토하고 방바닥을 기듯 하는 고통에 쩔쩔 맬 때 어머니의 거동은 점점 침착해지셨고 내 고통을 나눌 수 없는 어머니와의 거리가 점점 벽처럼 다가와 나와 엄마 사이는 아들과 어머니 사이가 되었고, 그런 거리감은 '남'처럼 느껴졌고 의식되었다. 남이라면 과장된 표현일 것이다. 그냥 나와 어머니 사이는 두 그루 나무처럼 남남으로 서게 되었다는 것이 옳은 표현일지 모른다.

엄마의 눈물이 어머니의 눈물이 되고 어머니의 눈물이 엄마의 눈물이 지녔던 연명의 기적을 끝내고 차츰 독립된 아들과 어머니 나무로 키워낸 것은 아니었을까. 거기에는 엄마의 눈물로 회생한 한 어린 목숨의 기적이 있었고 그 기적이 목숨의 연장, 내지 연명으로 이어지는 이미지의 역전이 이루어져 있다. 엄마가 지켜보았던 어린 아들의 회생은 기적처럼 느껴지고 그 기적을 무위로 돌리지 않으려는 어머니의 자비로운 본능은 엄마의 눈물 이야기가 되어 나의 뇌리에 박혀 전설이 되어 이미지의 전위가 이루어졌다—그렇게 엄마의 눈물과 나의 연명은 내가 엄마의 눈물에 눈을 떠서 의식을 회복하고 어머니의 진지한 모성의 품에 안긴 이야기로 바뀌어 갔다. 그런 전위를 통해 엄마와 어린 아들은 어머니와 성장하는 아들로 마주보는 나무가 되고 두 그루의 독립된 나무로 성장해간 것이다.

어머니의 사랑과 자비와 희생을 잠시라도 회의해 본 적은 없는 나이긴 하지만, 비교적 일찍 어머니를 잃은 나에게 있어서 어머니는 엄마의 눈물로써 나를 살려내신 감성의 어머니로서 보다 이성적으로 죽어가는 아들을 돌봐주신 어머니 모습으로 살아남는다.

나는 여섯 형제 중 다섯째로 어릴 적부터, 비교적 무관심한 채로, 좋게 말하면 자유롭게, 막 자랐다. 유치원 같은 것이 있는 줄도 몰랐고 초등학교 적령기가 있는 줄도 모르는 시골 변두리에서 아홉살 짜리가 학교 다닐 엄두도 내지 못하고 아프면 들어 누워 있었고 건강이 좀 회복되면 집을 나가서 뛰어다녔던 어린 시절—어머니는 그렇게 내버려둔 자식처럼 지켜보았을 뿐이었고, 그것이 어쩌면 큰 사랑이 아니었을까.

내 기억 속엔 두 살 아래 동생과 먹을 것을 구하기 위해 집구석구석 뒤지다 못해 뒷동산 고구마 밭을 뒤집고 가까운 보리밭에서 채 익지 않은 어린 보리 싹을 불에 구워 먹는 기억 밖에 없다. 그 시절은 자유롭

44

고 무관심했으며, 버림받은 자식이라는 의식도 있었을지 모른다. 엄마가 무엇을 해주었든지, 어머니가 무엇을 해주셨든지 뚜렷한 기억이 없어서, 엄마의 기억도 어머니의 추억도 별로 남아 있지 않다.

그런데 아픈 아들을 흔드는 엄마의 모습이 얼굴에 떨어지는 눈물방울 감촉도 없이 지금도 뚜렷한 이유는 어디서 유래한 것일까?

1960년대 후반 노재민, 이태주, 이상희 가족들과 함께

## 이태주(李泰柱)

서울대학교 영어영문학과를 졸업하고 동대학원에서 석사학위를 받았다. 이후 미국 하와이대학교 및 조지타운대학교 대학원에서 수학했다.

숭실대학교 영문과 교수, 덕성여자대학교 영문과 교수 및 박물관장, 단국대학교 영어영문학과 및 연극영화과 교수, 공연예술연구소 소장, 대중문화 예술대학원장, 동아방송예술대학교 초빙교수, 한국연극학회 회장, 연극 전문잡지《드라마》발행 및 편집인, 국제연극평론가협회(IATC) 집행위원 겸 아시아·태평양 지역센터 위원장, 예술의전당 이사, 국립극장 운영위원, 서울시극단장, 한국연극학회 회장, 한국교육학회 회장, 한국연극평론가협회 회장, 공연예술평론가협회 회장, 한국국공립극단연합회 회장 등을 역임했다. 현재는 공연예술평론가로 활동하고 있다.

저서와 번역서로《이웃사람 셰익스피어》,《원어와 함께 읽는 셰익스피어 명언집》,《셰익스피어와 함께 읽는 채근담》,《셰익스피어 4대 비극》,《셰익스피어 4대 희극》,《셰익스피어 4대 사극》,《시련》,《셰익스피어와 성서 – 리어왕》,《셰익스피어와 성서 – 햄릿》,《셰익스피어의 전쟁과 사랑》,《세계연극의 미학》,《연극은 무엇을 할 수 있는가》,《브로드웨이》,《R교수의 연극론》,《충격과 방황의 한국연극》,《한국연극 전환시대의 질주》,《재벌들의 밥상 – 곳간의 경제학과 인간학》,《유진오닐 – 빛과 사랑의 여로》,《불멸의 연인들-로렌스 올리비에와 비비안 리》,《예술가의 연인들》등이 있다.

# 인문학 위기와 문화 예술 침체
## — 이 난국을 어떻게 극복할 것인가

1

2022년 12월과 2023년 1월에 나온 〈조선일보〉 기사 제목을 보면 우리 사회의 어두운 단면을 알 수 있다.

우리 아이들이 마주할 수밖에 없는 암울한 대한민국—2050년 국민연금. 교사가 수업시간에 "20대가 왜 윤(尹) 지지하나" 정치편향 논란. 창원, 제주, 지하조직 모두 북(北) 김명성 지령 받아. 인구 감소… 1인 가구는 1,000만 육박. 3년 연속 쪼그라든 한국 이보다 절박한 국가 현안은 없다. 비혼(非婚) 선언. 여야 의원들 "저쪽편이면 작은 흠도 악마화… 정치인이 가장 큰 문제". 하나의 나라 두쪽 난 국민. 가짜 뉴스—'청담동 술자리' 민주 지지층 70% 사실이다. "정치적 성향에 따라 정책도 '묻지마 찬반', 국민 40% 정치성향 다르면 밥도 먹기 싫다." 20대 절반 "지지 정당 다른 사람과는 연애도 결혼도 힘들어" 젠더, 세대 갈등보다 더 심각한 이념 격차, 하나의 나라, 두쪽 난 국민, 정치인 각성과 상식 회복이 국민 분열 해소한다. "가짜뉴스가 민주주의를 위협한다. 정치권 가짜뉴스에 유권자가 레드카드 꺼내야"
"한국경제연구원, 17개국과 비교 연평균 32억 달러 줄어들어" 미
래 경제학자들의 경고... 골드만 삭스 국가 최빈국 추락 경고. 인구
감소—올해 5,156만 명에서 2050년 4,736만 명이 되며 420만 명
감소한다. 한국은 현재 출산율이 세계 최저이다. 저출산 문제는 모
든 것과 연결되어 있다. 경제 성장률은 2030년대 1%대, 2040년 이
후에는 0%대로 떨어진다. 기후 문제도, 노령화 문제도 심각한 문제
다. 대장동과 백현동 부정 특혜 사업...

거짓말이 태연스럽게 유행하고 있다. 거짓말, 궤변, 모략은 중국 정
치의 특성이었다. 기원전 5세기경 저술된 《손자》에는 거짓과 기만이 승
리의 길임을 알리고 있다. 이런 관행 때문에 왕조가 바뀌면 법제와 역
사가 바뀌고 가치관도 변했다. 도덕은 문란해지고 사람들은 당장의 이
해득실로 만사를 결정하게 되었다. 인간의 유대는 사라지고 '순간의
삶', 개인적 이익만이 존중되었다. 속인 놈이 이기고, 속은 사람은 바보
가 되는 난장판 세상이 되었다. 죄인이 세상을 지배하는 말세가 되었다.
우리는 과거 중국의 영향을 받아왔다. 정치도, 문화도, 종교도, 문물도
중국에서 쏟아져 들어왔다. 그때 '거짓말' 정치도 함께 왔었나 의심스럽
다. 거짓 정치의 뿌리가 너무 깊기 때문이다.
  소셜 미디어의 세계는 반지성주의로 치닫기 쉽다. 그런 풍토에서는
가짜 뉴스가 판을 치고 득세한다. 트럼프 대통령은 의회에서 두 번 탄
핵 소추를 받았다. 〈워싱턴 포스트〉지는 그가 대통령 재임 시 거짓말
4만 번 했다고 보도했다. 우리는 어떤가? 나는 신문 기사를 보고 걱정
스럽고, 놀라고, 화가 났다. 경제 중심, 물질주의 만능 사조에 적신호가
켜진 셈이다. 무능하고 타락한 정치와 이를 등한시한 사회가 나라를 위

태롭게 만들고 있다. 문제는 이 혼란을 어떻게 극복하느냐는 것이다. 진실을 통찰하는 예지와 부정과 불의를 비판하는 능력을 어떻게 확보할 수 있는가이다.

해결책은 국민의 기초 학력에 있다고 본다. 인문학의 장려와 문화 예술의 진흥이다. 그 밖에 다른 해답은 떠오르지 않는다. 그런데 인문학이나 문화 예술은 그냥 얻어지는 것이 아니다. 독서와 학습을 통해 습득한다. 그 일은 다분히 학교 교육의 영역이다. 그런데 현재 교육은 총체적 위기에 직면해 있다. 새 정권이 챙긴 3대 개혁 중 하나가 교육 개혁이다. 그 일에 희망을 걸어보는데 문제는 교육의 내용과 환경을 어떻게 바꿀 것인가에 달려 있다. 한국의 대학 진학률은 70퍼센트이다. 입시 경쟁이 치열하다. 초·중생들은 일찍부터 과외로 2, 3개 학원에 다닌다. 고교생들은 심야까지 과외수업에 매달린다. 이들이 대학에 진학해도 취업 경쟁이 기다리고 있다. 대졸자는 연 평균 3퍼센트 늘고 있는데, 고학력자 고용률은 1.3퍼센트만 증가하고 있다. 한국대학 및 대학원 졸업자의 취직률은 65퍼센트(2020년 기준) 정도이다. 대기업과 우량 직종에 취업하려면 대학 성적, 해외 연수 경험, 인턴 경험, TOEIC 성적, 각종 자격증으로 무장해야 한다. 취직 후에도 승진하려면 자기 계발에 매진해야 한다. 40대부터 희망 퇴직 대상이어서 과혹한 경쟁을 겪어야 한다. 이런 생활 환경에서 고전을 읽고 예술을 감상하는 시간적이며 정신적인 여유가 생길 수 있는지 걱정스럽다.


2

교양이 왜 필요한가. 인생관, 세계관 확립을 위해 필수 요건이다. 교양은 다면적 사고와 판단 능력을 충족시켜 준다. 민주주의가 우민정책이 되는 것은 교양이 부족한 국민이 거짓 선동에 농락되기 때문이다. 교양은 비평정신의 온상이다. 비평정신은 진실을 해독하는 눈이자 능력이다. 비평정신은 올바른 사상을 사회에 퍼뜨리는 역할을 한다. 비평정신은 진실을 체험하는 감동을 안겨준다. 그런 감동으로 문화 예술은 시작되고 진화되었다. 그리스의 소포클레스도 영국의 셰익스피어도 그런 영감으로 작품을 시작했을 것이다. 그들의 책은 널리 보급되어 문명사회를 이끌어 왔다. 책은 지식의 자양분이다. 독서를 통해 인간은 지식을 쌓고, 지적 능력을 배양하면서 문화를 발전시켰다. 문화의 길은 인간 완성의 도정(道程)이다. 역사를 읽고, 문명을 성찰하며, 문화 예술을 감상하는 사람들은 문화적 착상과 상상력을 지닌 교양인들이다. 그들로 인해 어두운 세상에는 앞날이 있고 희망이 있다.

일제로부터 해방된 1945년, '조선 문화건설 중앙협의회'가 결성되었다. 임화, 김남천, 이태준 등이 중심이 되어 좌익적인 문화전선이 형성되었다. 우익진영에서는 '중앙문화협회'가 발족되어 박종화, 이헌구, 김광섭, 오종식이 중심이 되었다. 이들은 후에 중앙문화협회를 결성했다. 이 단체는 청년문학가협회와 함께 한국문학가협회를 만들고, 이후 각 예술 단체와 연합해서 '전국문화단체 총연합회'를 결성했다. 좌익단체 회원들은 일부 월북하거나 지하로 숨거나 전향했다. 8.15 해방 후, 좌우익 정치의 이념적 투쟁이 계속되면서 문화계는 대혼란을 겪게 되었다. 1948년 5월 31일 제헌국회가 열리고 7월 20일 이승만 박사가 초대 대통령으로 선출되어 대한민국 정부가 출범했다. 1950년 6.25 전쟁이 발발하고 1953년 7월 휴전이 되었지만 나라는 폐허가 되었다.

1961년 5월 16일 출범한 군사정권은 제1차 경제개발 5개년 계획을 통해 경제 입국 정책을 추진했다. 그 결과 1980년대에 이르러 자립 경제의 토대를 구축하며 한강의 기적을 이룩했다. 그러나 1997년 12월

IMF가 나라를 강타했다. 위기에 직면한 정부와 기업은 IT 산업을 육성하고 철강업, 반도체, 자동차, 컴퓨터, 가전제품 등을 통한 무역 진흥에 사활을 걸었다. 대외 수출 호황으로 국내 경제는 비약적인 발전을 거듭하면서 한국은 세계 10대 경제 강국의 대열에 오르게 되었다.

그러나 한국 경제는 또다시 어려운 상황에 직면하고 있다. "1월 현재 무역 적자가 127억 달러에 도달했다. 각종 지표는 한국 경제가 '총체적 위기'에 직면했음"(《조선일보》 2023.2.2)을 알리고 있다. 하지만 경제보다 더 우려되는 것은 해방 후 시작된 좌우익 이념 충돌이 무섭게 재연되고 있다는 사실이다. 국토는 분단되고 통일은 요원한데, 국론은 분열되고 있다. 2022년 북한은 탄도미사일을 70발 이상 발사했다. 심각한 안보 위기라 할 수 있다. 1950년대 동숭동 캠퍼스 강의실에서 은사 이양하 교수는 느닷없이 한마디 하셨다. "이 나라의 모든 문제는 분단이 원인이다." 잊을 수 없는 명언이었다. 그의 소신은 당시 잡지 《사상계》에 무거운 논설이 되어 실렸다. 지금 나는 그 당시 느꼈던 위기를 다시 통감하고 있다. 남북통일에 관한 연구도, 남북문화 교류 문제도 어떻게 되고 있는지 답답하다. 인문학이 쇠퇴하고 문화 예술이 침체하고 있는 현재 그 일이 제대로 진행되고 있을지 의심스럽고 걱정스럽다.

무능하고 부패한 정권, 범죄 집단의 횡포, 초법적 행동, 유권자의 침묵, 여론 조작, 통계 부정, 비정상적 시민 운동, 노조의 탈법과 횡포 등 난제들이 우리를 계속 괴롭히고 있다. 경제적 발전으로 국민은 신기한 것, 일시적인 것, 흥미로운 것, 물질적인 모든 것에 특별한 가치를 부여하고 있다. 그럴 수 있다고 본다. 그것도 상식이다. 문제는 그로 인해 국민의 정신력이 쇠퇴하고 있는 것이 개탄스럽다. 지력이 사라지면 판단력이 흐려지고, 비평정신을 잃게 된다. 그렇게 되면 반민주적 독단의 정치가 자행되고, 전체주의적 이념이 세상을 지배할 것이다.

3

국내 대학의 인문학 강좌 축소, 인문학 관련 출판물 격감. 인문학 논문집 간행물의 수준과 발행 실적 문제. 인문학 연구의 침체와 학회 활동 침체. 국제학회 참가 빈도수 감퇴. 초중고 이념교육 문제, 대학입시 교육의 폐단. 사교육의 범람, 대학교육의 낙후와 운영 부실, 초중고 예술 교육의 실종, 관주도 문화의 문제, 문화 예술 단체의 재정 빈곤과 지원 문제, 국공립 예술단체의 부진과 수준 미달 문제, 극장관객 격감, 청년 문화의 빈곤 등은 인문학의 위기와 문화 예술 침체의 실상을 말해주고 있다.

인문교육과 문화 예술은 왜 필요한가. 인문학의 습득은 행복감을 충족시키고 사회 발전에 기여하기 때문이다. 문화 예술의 감상은 그 자체만으로도 즐겁고 삶의 질을 높여주는 효과가 있다. 국민의 교양이 증진되면 사회는 안정되고 질서가 잡히며, 평화가 유지된다. 우리는 올바르게 세상을 보게 되며 타인과의 유대감도 충족된다. 타인과의 만남은 자신의 실체와 존재의 의미를 깨닫게 해준다. 인도주의가 묵살되는 비인간화 사회는 전쟁의 참화를 입는다. 우리는 그 예를 나치 독일의 유대인 집단학살에서 보았다. 6.25 전쟁에서도 보았다. 교육의 목적은 바로 그것이다. 인간을 이해하고 존중하자는 것이다. 그러기 위해서 책을 읽고 인문학을 습득하고 문화 예술을 숭상하자는 것이다. 우리는 세계인과 함께 도덕, 교양, 문화를 터득하고 나눈다. 교양은 자신의 인격을 위하는 길이요, 정치와 경제는 문화 발전을 위한 모태가 된다. 우리나라의 경우, 기업과 자산가들의 부(富)가 왜 교육과 문화 예술 지원에 큰 힘이 되지 못하고 있는지 안타까운 일이다. 물론 일부 기업의 예외는 있지만 아직도 미진하다. 정치적이고 사회적이며 법적인 제반 문제가 대폭 지원을 차단하고 있을 것이다. 교육과 문화 예술이 국가 지원에만 의존하면 그 자율성과 독립성이 손상되어 교육과 문화 예술의 비약적인 발전을 이룰 수 없다.

　전 세계 각국에서 유대계 학생들의 성적이 우수한 이유가 있다. 오랫동안 박해를 받으면서 토지를 소유하지 못하고 유랑하던 유대인들은 항상 재산을 몰수당했다. 그런 일이 되풀이되면서 뺏기지 않는 것은 지식뿐이라고 생각했다. 유대인 부모는 자녀들에게 책을 안겼다. 유대인들이 우수 민족이 된 것은 책을 읽는 교육 때문이었다. 세계 인구의 0.2퍼센트에 불과한 유대인은 그동안 노벨상 수상자의 20퍼센트를 차지했다. 아인슈타인, 프로이트, 마크 저커버그, 스티븐 스필버그를 위시해서 정치, 경제, 문화, 과학 모든 분야에서 빛나는 업적을 세우고 있다. 하이페츠, 호로비츠, 쇤베르크, 우디 앨런, 마르크 샤갈, 모딜리아니, J. D. 샐린저, 앨런 긴즈버그, 마르타 아르헤리치, 미샤 마이스키, 마크 로스코 등 유명인들은 모두 유대인이다.

　오랫동안 유럽의 후진국이었던 독일이 19세기 중엽부터 위대한 인물이 배출된 것은 1810년 그리스 고전 교육을 목표로 인문학 탐구의 요람이 된 베를린대학교를 창설한 이후부터였다. 미국을 이끌고 가는 리더들 70퍼센트는 인문계 출신이요, 이들 중 상당수는 놀랍게도 영문학과 출신이라는 통계가 나와있다. 이들은 고등학교부터 셰익스피어를 필수로 공부하고 대학에서는 책을 읽고 답하는 과제를 통해 학술을 연마했다. 미국 대학의 인문학과 문화 예술 공부에서 특징적인 것은 세계 100대 고전을 읽는 일이었다.

　역사의 어두운 밤에 들리는 소리에 귀를 기울여야 한다. 노벨 평화상 수상자 엘리 비젤(Elie Wiesel)은 10대 소년이던 1944년 가족과 함께 나치 집단수용소에 압송되었다. 가족들은 몰살당하고 그는 구사일생으로 생환했다. 그는 자신의 기록을 저서 《밤(Night)》에 남겼다. 《밤》

의 소리는 역사의 경종이었다. 미국 보스턴대학교 교수였던 그가 2016년 7월 2일 87세로 서거하자 〈조선일보〉는 다음의 기사를 냈다.

엘리 위젤(87)은 홀로코스트에서 숨진 600만 명의 유대인과 이스라엘을 위해 싸웠다. 작가이며 교수였던 위젤은 1928년 루마니아에서 태어났다. 15세가 되던 해 가족들과 함께 나치의 아우슈비츠 수용소에 강제수용되었다. 부친은 부엔발트 수용소에서 병마와 굶주림을 견디지 못하고 숨졌고, 모친과 여동생도 아우슈비츠의 가스실에서 살해됐다. 위젤은 17세 때 제2차 대전 종전과 함께 수용소에서 풀려났다. 그는 수용소 경험을 바탕으로 60여 권에 달하는 저서를 남기며 평생 홀로코스트를 고발했다. 첫 번째 저서 "밤"(Night)은 홀로코스트에 관한 가장 중요한 저서 중 하나로 꼽힌다. 그는 1986년 세계평화와 인간 존엄에 관해 던진 메시지를 인정받아 노벨평화상을 수상했다.

"세상에는 우리의 구원을 청하는 고통 받는 사람들의 아우성 소리가 천지를 진동시키고 있다. 인권은 세계 곳곳에서 침해당하고 있다. 자유를 박탈당하고 억압받는 수많은 인간들이 있다. 그들의 고뇌를 우리가 어찌 모른척할 수 있는가?"비젤은 생전에 목이 터져라고 이렇게 외쳤다. 이 일은 역사 앞에서 무엇이 진실인지 직시하고 판독하는 비평정신이 그에게 있었기 때문에 가능한 일이었다. 이 나라에서 개혁의 리더십을 발휘할 인재가 점차 고갈되고 있는 것은 인문학으로 단련되고 문화 예술로 순화된 인물이 드물기 때문이다. 슬픈 일이다. 비통한 시대의 무거운 짐을 누가 짊어지고 해결할 것인지 암담하다.

친구 이어령(왼쪽)과 등산을 하면서

# 예술가의 사랑

## 페기 구겐하임과 베케트

나는 페기 구겐하임(Peggy Guggenheim)의 자서전《20세기 예술에 미쳐서 산다》(1946)를 읽고 깊은 감동을 받았다. 미국 광산 부호 구겐하임 집안 아버지와 금융재벌 집안 어머니 사이에 태어난 페기가 타이타닉호 침몰로 사망한 부친의 막대한 유산을 거머쥐고, 파리로 가서 추상화를 수집하고 전시(戰時) 중에 미국으로 반출해 구겐하임미술관에 기증한 일이라든가, 베니스에 방대한 미술관을 지어 미술품을 소장하고 전시를 한 일이든가, 화가 잭슨 폴록을 후원해서 그를 유명화가로 성공시킨 일 등 너무나 큰 일을 해냈기 때문이었다. 더욱 더 놀랄 일은 페기가 무명작가였던 사뮈엘 베케트(Samuel Beckett)를 열렬하게 사랑했다는 사실이었다.

베케트는 1937년 크리스마스 때 페기를 만났다. 베케트 30세 때였다. 그는 더블린의 트리니티 대학교에서 프랑스어를 가르치다가 파리로 왔다. 페기를 만난 것이 바로 그 시기였다. 베케트가 세계적인 선풍을 일으킨 부조리 연극 「고도를 기다리며」는 1952년 작품이고, 그가 노벨문학상을 수상한 해는 1969년이다. 극작가로서 작품을 발표한 때가 1950년대였다. 베케트는 파리에 와서 제임스 조이스 주변에서 문인들과 어울리고 있었다. 무명의 문학청년 베케트를 어떻게 알아보고 페기는 사랑에 빠졌는지 나는 궁금했다. 페기의 눈과 예술적 통찰은 놀라웠다.

페기는 그의 자서전에서 베케트를 회상했다. 베케트는 30세쯤 되는 깡마르고 키가 큰 아일랜드인이었다. 눈은 크고 녹색이었다. 늘 불안하게 여기저기 살피면서 상대방을 제대로 보는 법이 없었다. 안경을 쓰고 있었다. 언제나 멀리 바라보면서 깊은 사색에 잠겨있었다. 말 수가 적었다. 아주 예의가 바른 젊은이였다. 몸에 꼭 끼는 양복을 입고 있었는데 외모에는 신경을 쓰지 않았다. 인생을 완전히 체념하고 있는 그런 태도였다. 좌절감을 죽으라고 견뎌낸 작가처럼 보였다. 그는 지식인이었다.

페기는 베케트를 제임스 조이스가 초정한 만찬회서 만났다. 이들의 사랑은 13개월 동안 계속되었다. 작가인 베케트는 자신의 작품을 페기에게 읽어주었다. 시 작품은 별로였는데, 막 출판된 소설 《머피(Mur-phy)》는 괜찮았다. 그의 '프루스트론'은 좋았다. 페기는 당시 런던에서 현대미술 중심의 화랑을 열려고 했다. 페기의 취향은 과거의 명화들이었다. 그러나 베케트는 페기에게 현대의 추상미술이 더 중요하다고 역설했다. 베케트는 화가 잭 예이츠의 풍경화와 네덜란드 화가 기아 반 베르데의 추상화를 추천했다. 페기는 그의 말을 듣고 두 화가의 전시회를 열어주었다. 베케트는 페기가 추상화에 몰입하도록 일찍부터 영향력을 행사했다.

페기가 베케트를 점점 좋아하게 된 것은 낮이건 밤이건 언제 올지 알 수 없는 예측 불허한 그의 행동 때문이었다. 그의 모든 행동은 전혀 예측할 수 없었다. 그 스릴감이 있어 좋았다. 그는 밤낮으로 술에 취해 있었다. 올 때마다 술병을 들고 왔다. 베케트는 언제나 꿈속을 헤매고 있었다. 페기는 베케트의 강렬한 천재성을 느꼈다. 베케트 자신은 인생을 절망하고 있었다. 자신은 죽은 거나 다름없으며 인간다운 감정을 모두 상실했다고 말했다. 베케트는 갑자기 페기 곁에서 자취를 감췄다. 두 연인의 이별이었다. 그러나 두 연인은 이미 예술적 영감으로 무섭게 감전되어 있었다. 페기가 뿌린 씨앗은 베케트 작품 속에 남아 있다.

페기는 마르셀 뒤샹, 만 레이, 장 콕토, 막스 에른스트, 바실리 칸딘스키 등 전위예술가들과 만나면서 초현실주의, 큐비즘 그림에 심취하고 있었다. 피카소, 달리, 마그리트 등의 도움을 받으면서 페기는 컬렉터로 변신했다.


## 릴케와 살로메

1882년 러시아에서 총명하고 아름다운 살로메(Lou Andreas–Salomé)가 로마에 도착해서 니체를 만나고, 릴케(Rainer Maria Rilke)를 만나고, 프로이트를 만나면서 20세기 삼대 거인들을 몸살나게 만들었다. 니체는 살로메와의 결혼에 실패하고 평생 독신으로 지나면서 철학의 명저를 남겼다. 4년 동안의 열애 끝에 릴케와 살로메는 만나는 일을 중단했지만 편지를 통해 사랑을 나누면서 살로메는 문필 30년의 저서를 남기고, 릴케는 문학사에 길이 남는 명시를 남겼다.

1903년 8월 10일 릴케는 살로메에게 보낸 편지에서 말했다.

나는 당신 앞에서는 어린이가 됩니다. 어린애처럼 얼굴을 당신 품에 파묻고, 눈을 감고 당신을 느낍니다. 당신의 보호를 느낍니다. 당신의 존재를 느낍니다.

이보다 더한 사랑의 고백이 있는가. 이 짤막한 몇 줄의 글이 이들의 모든 것을 말해주고 있다. 살로메와 헤어진 후, 릴케의 시가 독일에서 높은 평가를 받게 되었다. 그러나 릴케의 건강은 차츰 악화되었다. 그의 사생활은 순탄치 않았다. 결혼생활은 실패였다. 파리에서 로댕을 만난 것은 그의 인생과 작품에 중요한 방향 설정이 되었다. 릴케는 《신시집》을 내고, 《마르테의 수기》를 쓰고, 《로댕론》을 완성했다. 3년의 침묵을 깨고 릴케는 살로메에게 우정 넘친 편지를 보냈다. 릴케는 이 시기에 이탈리아, 프랑스, 스위스, 독일로 여행을 했다. 그러는 동안에도 릴케는 살로메로부터 위로와 충언의 편지를 계속 받았다. 릴케 작품의 첫 독자는 언제나 살로메였다. 멀리 떨어져 있어도 살로메는 정신적으로 언제나 릴케 옆에 있었다. 「두이노의 비가」를 쓸 때는 물론이거니와 릴케 임종 때까지 충고와 용기와 위로의 말을 건네는 동반자는 살로메였다.

릴케의 사후 2년 후에 살로메는 릴케를 추도하며 《라이너 마리아 릴케》라는 책을 세상에 내놓았다. 살로메는 이 책에서 릴케의 편지, 그와 나눈 대화, 숲길 속 산책, 러시아 여행 등의 기록과 추억을 상기하면서 릴케 시의 창작 과정을 시인의 내면적인 갈등과 고뇌와 결부시켜 해명했다. 릴케 시는 죽음의 찬미가 주요 테마라는 일부 견해에 대해서 살로메는 부정적인 견해를 밝혔다. 릴케의 생애와 작품에 죽음의 사상이 깊이 반영되고 있는 것은 사실이나 "릴케는 죽음 속에서 소멸을 보는 것이 아니라 생존의 연장을 보고 있다"라고 살로메는 주장했다. 릴케

시 작품의 저변에 '비교적 심연'이 자리하고 있다고 실토한 살로메는
릴케 시의 핵심을 건드리고 있다.


## 파스테르나크와 이빈스카야


올가 이빈스카야(Olga Ivinskaya)는 보리스 파스테르나크(Boris Pas-
-ternak)에게 《닥터 지바고》의 영감을 안겨준 연인이다. 작품의 주인공
'라라'는 이빈스카야였다. 1949년 10월 6일 저녁, 이빈스카야는 비밀
경찰(KGB)에 체포된 후 강제수용소에서 4년간 복역했다. 반국가 문
인 보리스 파스테르나크의 연인이었기 때문이다. 가택 수색을 통해 보
리스 관련 모든 문건과 서적을 압수했다. 《닥터 지바고》 제15장에 묘
사된 라라 체포 장면은 올가의 구금 사건을 말하고 있다.

어느 날이었다. 라리사 표도로브나는 집에서 나가 다시는 돌아오
지 않았다. 그 무렵에는 흔한 일이었는데, 라리사는 거리서 체포되었
음이 분명했다. 그녀는 죽었거나, 아니면 정확히 알 수 없지만 이후 발
표된 명단에도 없는 행방불명이 되어 북쪽 변방의 일반 수용소나 여
자 수용소 중 하나에 갇혀서 소식이 끊어졌음이 분명했다.

파스테르나크는 자신 때문에 이빈스카야가 체포되었다고 생각했
다. 온갖 협박과 모진 심문에 굴복하지 않았던 올가 때문에 자신이 살
아남았다고 1958년 서독에 있는 친구에게 실토했다. 올가의 수용소 생
활은 보리스에게는 지울 수 없는 악몽이었다. 그 자신도 가난했지만 그
는 올가 가족 생계를 돕고 있었다. 그의 도움으로 그 집안은 살아남을
수 있었다. 보리스는 올가 체포 후에 심장병으로 고통을 받았다.

비밀경찰은 올가를 통해 파스테르나크 체포의 구실을 찾으려했는

데 올가의 함구로 그 일은 성사되지 못했다. 1953년 3월 5일, 스탈린 사망으로 올가는 사면되어 4년 동안의 복역을 마치고 모스크바로 돌아왔다. 그러나 1960년 8월, 보리스 사망 후에 이빈스카야는 또다시 체포되었다. 그녀의 딸 이리나도 체포되었다. 죄목은 인세 환급에 의한 외환법 위반이었다. 1960년 12월 7일, 비공개 재판에서 이빈스카야는 강제노동 8년을 선고 받았다. 이리나는 3년이었다. 이 소식이 서구 사회에 알려지자 세계 곳곳에서 항의 시위가 물결쳤지만, 소비에트 당국은 침묵을 지켰다. 이들 모녀는 시베리아 이르쿠츠크의 오지 타이세드 수용소로 압송되었다. 혹독한 추위 속에서 강제 노역으로 고생하다가 이리나는 1962년, 이빈스카야는 1964년에 석방되었다. 감형되어 석방된 것은《닥터 지바고》를 간행했던 이탈리아 출판사 대표 펠트리넬리가 소련 고위층에 탄원한 노력이 주효했기 때문이다.

《신세계》잡지사서 이빈스카야가 파스테르나크를 처음 만난 후 34년이 지났다. 파스테르나크에 관한 회상록 「시간의 포로 – 파스테르니크와 지난 세월」이라는 원고를 끝내면서 이빈스카야는 60세가 되었다. 이빈스카야는 소련의 격동기 속에서 파란만장의 세월을 보냈다. 그 세월은 파스테르나크가 그녀에게 보낸 사랑의 선물이었다고 이빈스카야는 말했다. "사람은 어떤 일이 있어도 절망하지 않아야 한다. 불행을 겪으면서도 희망을 잃지 않고 행동하는 것은 우리들 인간의 의무다"라고 강조했던 파스테르나크의 말이 외롭고 힘들었던 이빈스카야를 끝까지 버티게 해준 힘이 되었다.

1960년 4월 27일과 30일, 그리고 5월 5일 파스테르나크는 이빈스카야에게 병상에서 마지막 편지를 보냈다. 4월 27일 편지 한 구절을 보자.

나는 당신에게 끝없이 입 맞추고 안아줍니다. 너무 상심하지 마세요. 우리는 이보다 더 험한 일들을 겪었습니다.

4월 30일 토요일 편지는 이러했다.

올류샤, 나의 아름다운 님이여, 나는 당신에게 주는 것 없이 슬픔만 안겨줬어요!
올류샤, 나의 기쁨이여, 어떤 일이든 좋으니, 그 일에 전념하세요. 당신의 일생을 글로 남기세요. 정확하게, 적절한 문학적 형식으로, 출판이 될 수 있도록 쓰세요. 이 일이 당신 마음을 다른 데로 돌릴 수 있을 것입니다. 당신에게 무한한 키스를 보냅니다.


## 버그만과 로셀리니

로베르토 로셀리니(Roberto Rossellini) 감독이 〈무방비 도시〉로 1948년도 뉴욕 비평가상을 받았다. 최우수 외국영화상이었다. 수상식에 초청을 받고 그는 뉴욕으로 왔다. 잉그리드 버그만(Ingrid Bergman)은 그와의 출연계약을 이 기회에 마무리 짓기로 했다. 버그만과 영화를 만들고 싶어 하는 제작자 새뮤얼 골드윈에게 버그만은 로셀리니를 자신의 영화감독으로 추천하며 만남을 알선했다. 골드윈은 로셀리니 감독이 마음에 들지 않아서 그와의 작업은 중단되었다.
1949년 1월, 로셀리니 감독이 다시 미국에 왔다. 이때 아주 이상한 일이 벌어졌다. 사람과 사람 사이는 지극히 미묘하고도 작은 일 때문에 큰 사건을 일으키는 경우가 있다. 이번 일이 바로 그런 경우가 된다.

로셀리니 감독은 이탈리아 외환관리법 때문에 달러를 조금밖에 갖고 오지 못했다. 베벌리 힐 호텔은 숙박비가 비싸서 그에게는 무리였다. 그래서 버그만은 그를 자신의 집에서 지내도록 주선했다. 크리스마스 전이라 이들 가족은 딸 피아를 위해 선물 사러 나갔다. 백화점에는 '엘시' 장난감 암소 인형이 있었다. 피아는 그것을 갖고 싶어 했다. 그러나 남편 페터는 반대였다. 그 인형은 75 달러였다. 버그만은 남편에게 인형을 사주자고 말했다. "웃기지 마. 암소 인형에 75 달러?" 돈이 없었던 로셀리니 감독은 당시 페터로부터 3백 달러를 빌려 쓰고 있었다. 로셀리니 감독은 암소 인형을 사서 피아에게 크리스마스 선물로 줬다. 로셀리니 감독은 자신을 재워준 버그만 가족에게 감사의 뜻을 전하고 싶었는데 그것이 피아의 선물이 되었다.

이 사건으로 버그만은 로셀리니에 대한 생각이 달라지기 시작했다. 딸에 대한 남편의 태도에 크게 실망하고 있었는데, 로셀리니는 그와는 정반대였다. 로셀리니는 통이 컸다. 남자다웠다. 로셀리니 감독은 단칼로 버그만의 마음에 일격을 기했다. "나와 힘께 로마로 갑시다." 영화를 만들기 위해 스트롬볼리섬으로 가자는 것이었다. 1949년 1월 25일의 버그만 일기에는 '로셀리니는 내 속에 있다'라고 적혀있다. 그날 저녁, 둘이서 식사를 한 후 태평양 연안도로를 달려 영화감독 빌리 와일더를 만나러 갔다.

1949년 3월 7일, 버그만과 남편은 아스펜을 출발해서 3월 9일 베벌리 힐스에 도착했다. 이틀 후, 금요일 저녁, 잉그리드는 뉴욕행 기차를 탔다. 버그만은 많은 짐을 지니고 있지 않았다. 수중에는 여행자 수표 3백 달러만 지니고 있었다. 버그만의 이런 모습이 어떻게 앞으로 7년 동안 미국을 떠나 있을 행색이라 누가 믿을 수 있겠는가. 버그만이 로셀리니에게 보낸 전보는 간단했다.

12일 뉴욕 헤미스페어 호텔 도착. 19일 뉴욕 출발. 20일 일요일 밤 11시 20분 로마 도착. TWA 916 편. 헤미스페어 하우스, 1949년 3월 12일 토요일.

버그만은 아스펜에서 돌아와서 결혼생활이 파탄 난 것을 알게 되었다. 앞으로 모든 영화는 로셀리니 감독 손으로 만들어진다는 사실도 알게 되었다. 로셀리니로부터 전보가 왔다.

모든 것이 결정되었다. 나는 아주 행복하다. 앞으로 3일은 너무 긴 시간이다. 나는 영화 준비로 나폴리로 간다. 내 주소는 호텔 엑셀시오르. 토요일 로마로 간다. 디오, 디오, 로베르토.

1949년 3월 20일 버그만 일기에는 단 한마디 '로마'라고 적혀있다. 그 단어에 밑줄 두 개 그어져 있다. 로마 도착은 꿈만 같았다. 세상에서 이 같은 환영은 받아본 적이 없다. 모든 사람이 웃고, 아우성치고, 손 흔들고, 미친 듯 날뛰었다. 공항은 사람들로 가득했다. 여배우가 아니라 여왕이 온듯했다. 로셀리니는 잉그리드 팔에 큼직한 꽃다발을 안겨주었다. 두 사람은 스포츠카 치시탈리아를 타고 공항에서 로마로 향했다. 엑셀시오 호텔에서도 군중들이 기다리고 있었다. 현관까지 헤치고 가는 데 애를 먹었다. 로셀리니는 사진기자들과 몸싸움을 했다. 사진기자 상의를 찢어 다음날 새 옷을 그에게 보냈다. 친구들이 기다리고 있었다. 유명 감독 페데리코 펠리니(Federico Fellini)도 있었다. 샴페인을 터뜨렸다. 모두들 웃고 떠들어댔다. 로셀리니는 사방에 버그만의 선물을 준비해 두었다. 버그만은 이 모든 것에 압도당했다.

로베르토 로셀리니는 잉그리드 버그만을 사로잡았다. 최고의 여배우가 이탈리아에 와서 로셀리니 감독과 사랑에 빠져 영화를 만들다니 놀라운 일이었다. 로마 시민들은 환성을 외쳤다. "브라보 로베르토, 브라보 잉그리드!" 시민들은 연일 박수갈채를 보냈다. 잉그리드는 로베르토에게 말했다. "나 당신 알아요. 당신 얘기 모두 알아요. 당신 아내, 그리스-러시아인 소녀, 독일 댄서, 그리고 안나 마냐니. 나, 당신의 잔꾀도 알아요. 그러나, 들으세요. 나, 당신의 친구가 될게요. 그러나, 잉그리드를 함부로 다루면서 순진함과 수줍음을 악용하면 잉그리드는 달아납니다." 로베르토는 말했다. "나, 당신 사랑해."

그러나 로베르토는 언제나 문제를 일으켰다. 돈 문제, 계약 문제, 여자 문제 등이었다. 언제나 혼란 속에 있었다. 그에게 평화는 없었다. 그는 질풍과 노도의 세월 속에 파묻혀 전쟁 한가운데 있었다. 그에게 인생은 전투였다. 영화도 전투였다. 로베르토는 독창적인 인간이었다. 수많은 얼굴을 하고 있었는데 은행원과 변호사와 후원자들에게는 언제나 한 가지 얼굴만 보여주었다. 자녀들에게는 애정을 담뿍 쏟았다. 영화인들에게는 욕설과 칭찬을 퍼부었다. 로베르토는 안나 마냐니를 명배우로 끌어올렸다. 그러나 두 사람은 항상 전투였다.

로베르토는 잉그리드를 깊이 사랑했다. 잉그리드도 로베르토를 정성껏 위하고 사랑했다. 로베르토에게 잉그리드는 도전의 대상이었다. 아름답고, 만인이 좋아하고, 재미있고, 활기 넘친 여인이요, 배우였다. 그러나 때로는 그녀의 속셈과 의도를 헤아릴 수 없는 때가 있었다. 잉그리드는 한 가지 일에 집중했다. 한꺼번에 여러 가지 일을 하지 못했다. 그녀의 미소는 몸 전체를 빛냈다. 두 사람은 빨간 스포츠카 타고 나폴리로, 카프리로 달렸다. 잉그리드는 행복했다. 손에 손잡고 아말피 해안을 걷고 있는 사진이 《라이프》 잡지에 실려 선풍을 일으켰다. 남편 페터로부터 여러 번 편지가 왔다. 아말피에서 잉그리드는 페터에게 괴로운 편지를 써서 보냈다.

페터에게,

당신이 이 편지를 읽는 일은 괴로울 겁니다. 나도 이 편지를 쓴다는
것은 괴로운 일입니다. 그러나 모든 일을 자세하게 전하려면 이 편
지를 쓰는 길밖에 다른 도리가 없습니다. 우습긴 해도 저는 당신의
용서를 빌겠습니다. 이 모든 일은 내 잘못만이 아닙니다. 내가 로베
르토와 함께 있겠다는 것을 당신이 어떻게 용서할 수 있습니까?
로베르토와 사랑에 빠져서 이탈리아로 영원히 간다는 것은 나의
의도가 아니었습니다. 우리들 계획과 꿈이 옳았다는 것은 당신도
알고 있는 일이었습니다. 그것을 어떻게 피하고 바꿀 수 있습니까?
할리우드에서 로베르토에 대한 나의 열정이 어떠했는지 당신은 알
고 있습니다. 우리는 이 일에 똑같이 희망을 걸었고, 그런 인생을 이
해하고 있었습니다. 우리와는 다른 그의 환경 속에 가 있으면 그에
게 지닌 나의 감정을 극복할 수 있으리라 생각했습니다. 그러나 정
반대였습니다. 나는 그에 관해서 얘기할 용기가 나지 않았습니다.
그의 감정, 그 깊이를 알지 못했습니다.
페터, 이 편지가 우리 가정, 우리 딸 피아, 우리들 미래, 과거에 보인
당신의 희생과 도움에 폭탄이 되어 떨어질 것이라는 것을 알고 있
습니다. 지금 당신은 폐허 속에 홀로 서 있습니다. 그런데 나는 당신
을 도울 수 없습니다. 나는 당신에게 더 많은 희생을, 더 많은 도움
을 요청합니다.
페디, 당신이여, 우리가 함께 살아왔던 세월이 지나가고 이런 순간
이 오리라고는 생각지 못했습니다. 지금 나는 어찌할 바를 모르고
있습니다. 가련한 아버지, 가련한 어머니입니다.

신문 지상에는 온통 로베르토와 잉그리드의 로맨스 이야기로 가득 찼다. 페터는 10년 동안의 단란한 결혼 생활을 지나고 어여쁜 딸 피아가 있는데 이런 일이 일어나다니 도저히 믿을 수 없었다. 잉그리드는 자신이 떠났다는 것을 페터가 알아주기 바랐다. 부정한 일을 저질렀다는 것도 알아주길 바랐다. 그래서 두 번째 편지를 썼다.

페터에게,
나는 내가 살아갈 곳을 찾았습니다. 여기 사람들은 내 사람들입니다. 나는 여기 있고 싶습니다. 죄송합니다...

잉그리드는 자유로웠다. 이혼한 기분이었다. 그녀는 정직했다. 삼년 전에 이혼을 요청한 적이 있었는데 잉그리드는 그 당시 함께 할 남자가 없어서 그냥 눌러앉았다. 함께 떠날 남자를 기다리다가 로셀리니가 나타났다. 그러나 잉그리드는 20세기가 언론의 시대라는 것을 모르고 있었다. 언론이 모든 낭만적 꿈을 바살낸다는 사실을 모르고 있었다. 잉그리드는 악몽에 시달렸다.

두 사람은 스트롬볼리로 촬영차 떠났다. 스트롬볼리 외딴섬으로 전 세계 언론이 모여들었다. 어부, 관광객, 신부 등으로 가장한 기자들이 섬으로 와서 취재 경쟁을 벌였다. 잉그리드 침실의 이쑤시개 숫자까지 헤아리고, 로베르토는 어디서 잠자고, 침실에 잉그리드 혼자 있는지도 살폈다. 시간이 지나면 해결된다는 잉그리드의 낙관론은 무모했다. 이탈리아 신문은 상어가 피 냄새 맡듯이 이들을 탐지했다.

버그만이 로마로 와서 로셀리니 감독 품에 안긴 것은 그의 영화에 출연하고 싶었기 때문이다. 로셀리니의 영화와 베르히만 감독의 영화는 배우 버그만의 선망의 대상이었다. 놀랍게도 극작가 유진 오닐의 연극도 버그만의 연기를 자극했다. 버그만은 그녀가 약속했던 대로 무대와 스크린에서 죽는 순간까지 명연기를 펼치고 싶었다.

버그만은 베르히만(Ingmar Bergman)의 영화 〈가을 소나타〉를 위해 스톡홀름과 노르웨이를 다녀왔다. 과거에 베르히만과 편지를 주고받은 일이 있었다. 베르히만은 잉그리드의 사생활에 관해서 영화를 만들고 싶다고 전해왔다. 그러다가 그는 로열극장의 극장장이 되어 극장일이 바빠서 한동안 그 이야기는 수면하에 잠겨들었다. 그 후 아무런 소식도 없었다. 몇 년 지나 버그만은 칸영화제 심사위원장이 되었다. 버그만은 베르히만이 칸영화제에 온다는 사실을 알았다. 그의 영화 〈외침과 속삭임〉도 상영될 예정이었다. 버그만은 영화 제작 건을 상기시키는 쪽지를 적어서 파티에 나타난 베르히만의 호주머니 속에 넣었다.

"지금 읽어볼까요?" 그는 말했다.

"집에 가서 보세요." 버그만은 말했다.

그리고 2년이 흘렀다. 베르히만으로부터 전화가 왔다. "시나리오가 되었습니다. 어머니와 딸 얘깁니다." "쪽지 때문에 마음 상하지 않았지요?" "그 편지를 읽고 일을 시작했습니다. 리브 울만(Liv Ulman)의 어머니 역을 해주시겠습니까?" "네. 물론이지요." "그 영화를 스웨덴 말로 하렵니다." "좋아요." 그 영화는 완성되어 전 세계에 선풍을 일으켰다. 〈가을 소나타〉이다.


## 피츠제럴드와 실라

미국 재즈 시대의 대표적 소설가 스콧 피츠제럴드(Scott Fitzgerld)가 할리우드에서 시나리오를 쓰면서 술독에 빠져 몰락의 길을 가고 있을 때, 영화평론가 실라 그레이엄(Sheilah Graham)은 헌신적으로 그를 사랑하며 술에서 깨어나게 해서 다시 소설을 쓰게 했다. 이 때문에 명작 《최후의 거인》이 세상의 빛을 보게 되었다. 할리우드는 처음에 뉴욕의 컬럼니스트 실라 그레이엄을 인정하지 않았다. 그럴수록 실라는 칼럼 쓰는 일에 정성을 다했다. 할리우드에는 실라의 지인이 한 사람도 없었다. 갈수록 실라는 고립되고 배척당했다. 실라는 생존에 위협을 느낄 정도로 한동안 힘들게 살았다. 그러나 실라는 공격을 당하면 과감히 응전했다. 클라크 케이블과 조안 크로포드가 판치는 세상에서 거침없이 이들의 치부를 긁어댔다. 진 할로우가 주연하는 MGM 영화 〈수지〉를 날카롭게 비판했다. "최고의 제작자, 최고의 작가, 최고의 배우, 최고의 카메라맨을 지닌 회사가 형편없는 연기와 최악의 영상에 최하의 연출을 보여주는 저질 영화를 만들고 있으니 도저히 이해할 수 없다." 언론사 사주 존 휠러는 실라에게 몸조심 하라는 전문(電文)을 보냈다. 왜 이토록 과격한 평문을 쓰는지 사실은 실라 자신도 몰랐다. 좋고 그르고 가에 실라는 느끼는 대로, 생각한 대로, 보고 들은 대로 솔직하게 평문을 썼을 뿐이다. 과거 자신의 인생은 숨기며 거짓말하는 일이 많았기 때문에 실라는 모든 일에 정직해야겠다고 생각했다. 그것이 전부였다. 그런데 뜻밖에도 실라 그레이엄이 쓴 칼럼이 독자를 열광시켰다.

실라가 발견한 할리우드는 지혜로움과 어리석음, 엄청난 재능과 평범한 능력이 공존하는 곳이었다. 노마 시어러, 셜리 템플, 진 할로우, 콘스탄스 베네트가 활개 치는 꿈의 도시였다. 이곳에서 대통령의 생일 파티가 열리고, 기라성(綺羅星) 같은 배우들이 영광의 길을 달리고 있었다. 첫해부터 1937년 여름까지 실라는 할리우드를 탐색하는 시기로 정하고 구석구석을 살피며 찔러봤다. 1937년 가을에 접어들면서 실라는 차츰 자신의 자리를 단단히 다질 수 있었다. 취재 범위도 점차 확대되었다. 실라는 정구와 댄스파티에 드나들게 되고, 모두가 부러워하는 데이비드 셀즈닉 만찬 초대객 명단에도 오르게 되었다.

6월에 런던으로 가서 이혼 수속을 마쳤다. 존을 만나는 일은 슬펐다. 그러나 그와는 다정한 친구가 되어 헤어졌다. 런던의 마지막 날, 실라를 돌봐주고 후원해 주는 도니갈 경(Lord Donegall)과 오찬을 나눴다. 도니갈 경에게 이혼을 마쳤다고 말했더니 기쁨의 환성을 질렀다. "이제 길이 열렸네." 그는 말했다. "두 주일 내로 할리우드로 가서 결말을 지어야겠어요." 그는 할리우드에서 약혼반지를 사주면서 "새해 전날에 영국식으로 결혼식을 올립시다'라고 말했다. 신혼여행은 세계 일주 항해를 하기로 정했다. 그는 실라에게 열렬한 키스를 퍼붓고 런던으로 향해 떠났다. 실라는 자신이 귀족 부인이 되어 버킹엄 궁전에서 여왕을 알현하는 모습을 상상해 보았다. 그러나 마음에 걸리는 일은 자신의 모든 과거를 도니갈 경에게 말할 용기가 없다는 것이었다.

로버트 벤틀리가 주최한 실라 약혼 축하 파티가 할리우드 언덕 실라 집에서 1937년 7월 14일에 열렸다. 그날 밤, 파티 석상에서 실라는 스콧 피츠제럴드를 처음으로 만났다. 도니갈과 실라는 샴페인 잔 들고 손님 사이를 인사를 나누며 지나가고 있었다. 테라스 아래로 멀리 할리우드 시가의 불빛이 반짝이고 있었다. 꿈같은 밤이었다.

실라는 도니갈의 팔에 매달려 있었다. 사방에서 축하 샴페인 술잔이 부딪혔다. 실라는 등잔불을 휘감고 번지는 푸른 연기를 감득했다. 여태껏 본 적이 없는 한 남자가 의자에 조용히 앉아서 담배를 피우고 있었다. 푸른 연기는 거기서 나고 있었다. 실라는 유심히 그 남자를 쳐다봤다. 그는 현실 같지 않았다. 소란한 방안에서 혼자서 침묵하고 있었다. 아무도 그를 주목하지 않았고, 그도 또한 아무에게도 관심을 기울이지 않았다. 그는 창백한 얼굴을 하고 있었다. 마치 마리 로랑상 파스텔 그림처럼 옷도 눈도, 입술도 모두 푸른빛 베일 속에 잠겨있었다. 실라는 돌아서서 옆에 있는 프랭크 모간과 잠시 대화를 나누고 다시 그 사람을 봤더니 그는 사라지고 없었다. 텅 빈자리에는 담배 연기만 덩그러니 남아 있었다.

"저기 앉아 있던 사람이 누구였죠?"실라는 프랭크에게 물었다.

"스콧 피츠제럴드입니다. 작가에요. 내가 파티에 초대했어요. 간 모양이네. 파티 싫어해요."

"아아, 그래요?"

그 후 실라는 등잔 밑의 남자를 잠시 잊고 있었다. 다음 날 아침 실라는 도니갈을 비행장으로 전송하면서 뜨거운 작별의 키스를 나눴다. 며칠 후, 실라는 작가연맹이 주최하는 만찬에 초대를 받았다. 도로시 파커와 나란히 앉았는데 건너편에 놀랍게도 스콧 피츠제럴드가 있었다. 그는 "만난 적이 있는데요"라는 표정을 지으면서 실라에게 미소를 던졌다. 실라도 반가운 미소를 보냈다. 그는 피곤해 보였다. 얼굴은 여전히 창백했다. 파티 날에 보았던 그런 푸른빛 얼굴이었다. 그런데 그는 이상한 매력이 있었다. 울적한 얼굴이 인상적이었다. 그는 몸을 앞으로 내밀면서 "나, 당신 좋아해요"라고 말했다. 실라는 그 순간 저 사람은 햇빛이 필요하다는 생각을 했다. 그는 햇살과 공기와 온기가 필요했다. 둘 사이에 긴 침묵이 흘렀다. "나도 당신이 좋아요." 실라는 말문을 열었다. 갑자기 그의 얼굴에서 우울한 표정이 사라졌다. 얼굴에 젊음의 열기가 넘쳤다.

다음날 토요일 저녁 막 외출하려는데 에디 마이어로부터 전화가 왔다. "스콧 피츠제럴드와 함께 있는데, 저녁 먹지 않을래?"였다. 스콧을 만났다. 그는 말 수가 적었다. 줄곧 침묵을 지켰다. 그전처럼 정적(靜

寂)의 세계 속에 있었다. 그의 의복도 한 철 지난 것이었다. 때는 7월인데 주름투성이 검은색 레인코트를 걸치고 있었다. 목에 스카프를 감고, 구겨진 모자를 쓰고 있었다. 이 사람이 1920년대 재즈 시대를 주름잡던 인기 작가인가 싶었다. 술집에서 배우 험프리 보가트 부부를 만나 서로 이야기를 나누었다. 보가트는 스콧에게 한잔 하자고 권했다.

실라는 스콧과 춤을 추기 시작했다. 둘이서 춤을 추는 동안 일행이 슬그머니 사라졌다. 어떻게 이런 일이 가능했는지 알 수 없었다. 스콧은 실라의 눈, 머리카락, 입술을 완전히 장악했다. 스콧은 끊임없이 실라에게 묻고 또 물었다. 나이는 한 살 속여서 27세라고 말했다. 자신은 40세라고 말했다. "당신 같은 미녀가 어떻게 칼럼니스트가 되었나요?" 그는 물었다. "나는 무대에 섰던 무용수였으며, 셰익스피어 배우를 지망했지만 불가능했다"라고 말했다. 두 사람은 탱고 춤으로 진입했다. 춤추는 황홀경 속에서 실라는 시간 가는 줄 모르고 있었다. 이 사람은 '40대가 아니네. 젊은이네. 학생이네'라고 실라는 생각했다. 자리로 돌아와서 스콧은 노트를 꺼내서 실라와 나눈 얘기를 적으면서 연방 코카콜라를 마셨다.

8월 말, 런던에서 전보가 왔다.

다아링. 이 세상 최고의 소식. 모친이 우리 편에 섰음. 일이 쉽게 풀렸음.
내 사랑. 내 연인이여. 전보 줘요. 도니갈.

실라는 푸른 산맥이 보이는 창가에 앉아서 깊은 생각에 잠겼다. 그는 영화 〈대지〉가 새로운 관객 기록을 세웠다는 칼럼도 쓰지 못한 채 우두커니 앉아 있었다. 배우 존 베리모어가 갑자기 〈로미와와 줄리엣〉

촬영장에서 사라졌다는 다급한 기사도 손을 대지 않고 있었다. 온통 마음은 스콧뿐이고 스콧이 무진장 보고 싶었다. 스콧을 만난 일은 최고의 행운이라고 생각했다. 그와 만나서 얘기를 나누고, 그의 목소리를 들으며 그와 마냥 함께 있고 싶었다. 스콧은 실라의 세계요 우주가 되었다.

도니갈의 전보는 눈에 들어오지 않았다. 불쌍한 도니갈. 실라 마음에서 그는 사라지고 없었다. 귀족 부인의 영화와 부귀는 손가락 사이로 흘러내리고 자취를 감췄다. 스콧과 실라는 매일 저녁 밀회를 즐기며 긴 대화를 나눴다. 스콧은 낮에 메트로 영화사에서 대본을 썼다. 실라는 낮 시간에 영화 관련 기사를 쓰고, 스콧과 저녁 식사를 함께한 후, 밤의 시간을 스콧과 책을 읽고 토론하며, 음악도 듣고, 춤도 추면서 즐거운 시간을 함께 지냈다. 실라는 학교에 다닌 적이 없었다. 스콧을 만나 '스콧대학'에 입학해서 제1회 졸업생이 되었다. 스콧은 인문학과 강의 계획을 짜고 학생 세일라에게 계속 강의를 했다.

스콧은 실라의 모든 것을 알고 싶었다. 실라는 어린시절 고아원에서 자란 일, 점포의 판매원, 유명회사 사장과의 결혼, 무용단 생활, 뉴욕의 기자생활, 그리고 할리우드 생활 등 숨겨진 과거를 대강 털어놨다. 스콧은 사람들 앞에 나타나지 않으려고 했다. 자신이 무명작가로 전락한 것이 몹시 괴로웠다. 실라는 그에게 용기를 주고 격려했다. "나는 당신 작품을 읽지 않았지만 앞으로 읽어볼게요." "좋아요. 실라, 내가 책을 드릴게요. 당장 오늘 밤 책방에 갑시다." 저녁 식사 후, 할리우드 제일 큰 책방으로 갔다. "스콧 피츠제럴드 책 있습니까?" 그는 점원에게 물었다. "미안해요. 없습니다." 다른 서점으로 갔다. 다른 서점도 마찬가지였다. 세 번째 서점에서 서점주인이 《낙원의 이쪽》, 《위대한 게츠비》 그리고 《밤은 아름다워라》 등 세 권의 책을 찾아서 연락하겠다고 스콧의 주소를 물었다. 서점주인은 스콧 작가를 알아보고 "나는 당신의 애독자입니다"라고 말했다. 스콧은 그에게 감사해 했다. 실라는 스콧의 심정을 헤아리며 심란해졌다. 특히 사교 모임에서 스콧을 소개할 때, 그 작가 살아 있네, 놀라는 것을 보고 실라는 침통한 기분이었다. 실라는 결심을 했다. 스콧을 원래의 소설가 스콧으로 부활시켜야겠다고. 급선무는 스콧을 술로부터 해방시키는 일이었다.

실라의 헌신적인 노력으로 스콧은 술을 끊고 새사람으로 태어났다. 그는 정력적으로 일을 했다. 시나리오, 단편소설, 장편소설 집필을 시작했다. 참으로 신기한 일이었다. 1940년 5월 31일, 두 사람은 샌프란시스코 국제박람회 관람을 위해 기차 여행을 했다. 영국군 케르크 후퇴 뉴스가 전해지고, 돌아가는 길에 프랑스 함락 뉴스를 들었다. 스콧은 몹시 슬퍼했다. 스콧은 다음 날 아침 프랑스의 승전을 기원하는 시를 발표했다. 실라의 책장에 나날이 책이 쌓이면서 스콧은 줄자로 그 높이를 재곤 했다. 스콧은 실라에게 자서전 준비를 하라고 권했다. "실라. 당신이 살아온 얘기는 놀랍습니다. 책을 쓰세요." 그는 계속 촉구했다. 실라는 스콧의 음악 수업도 받았다. 스콧은 실라에게 축음기를 선물하고 레코드판을 사다 주었다. 음악에 심취하며 문학 작품을 감상한 다음에는 미술 공부였다. 토요일 오후에는 미술관으로 갔다. 고야, 브뤼헐, 파울 클레 등 미술가들에 관해서 공부를 하며 그림을 감상했다.

1940년 여름과 가을은 너무나 이상적인 해가 되었다. 실라는 스콧의 소설 속에서 자신의 존재가 여실하게 묘사되고 있는 것을 알게되었다. 스콧은 실라에게 그녀를 모델로 소설을 쓴다는 사실을 말하지 않았다. 소설의 주인공 스타아는 영국에서 온 소녀를 사랑한다. 그녀 이름은 케슬린이고 실라를 닮고 있다. 행동과 언어가 같고, 칫솔 파는 상황도 그대로다. "나는 영국 소녀의 아름다운 치아를 갖고 있습니다"라는 선전 문구는 실라가 실제 한 말인데 케슬린의 입에서 태연스레 흘러나온다. 하루 원고 일을 끝내고 밤에 스콧이 자신의 원고를 읽어 줄 때 실라는 케슬린과 스타아의 사랑이 그들 자신의 일처럼 생각되었다. 실라가 스콧을 만나서 클로버 클럽에서 춤을 추었던 장면도 소설에 재현되고 있었다. 실라는 깊은 감동 속에서 자신이 반영된 장면에 귀를 기울였다. 특히 사랑의 장면은 너무나 생동감 있게 표현되고 있어서 당혹스럽기도 하고 자랑스럽기도 했다.

실라는 스콧을 깊이 사랑했다. 스콧 이외에는 아무런 현실도 없었다. 할리우드에는 스콧 이외에 보이는 것이 없었다. 스콧은 소설 《최후의 거인》을 써나가면서 계속 실라에게 읽어주었다. 들으면 들을수록 소설은 실라 얘기로 넘쳐났다. 11월이었다. 거실 창문 사이로 햇살이 쏟아졌다. 실라는 타자기 앞에 앉아 있었다. 스콧은 헐렁한 바지에 셔츠와 스웨터를 걸친 모습으로 구술하면서 방안을 이리저리 걷고 있었다. 실라는 스콧 구술을 받아 그의 딸 스코티에게 보낼 편지를 쓰고 있었다.

오후 2시가 지났다. 실라는 스콧이 신문을 보고 있는 동안 샌드위치와 커피를 준비하고 있었다. 점심 식사 후, 스콧은 안락의자에서 프린스턴대학 동창회 주보를 펼쳐 들고 읽으면서 초콜릿을 씹어 먹었다. 실라는 베토벤에 관한 책을 읽기 시작했다. 가끔 서로 쳐다보고 미소를 지었다. 스콧은 연필을 들고 신문 여백에다 무엇을 적고 있었다. 그는 여전히 초콜릿을 계속 먹고 있었다. 그러다 그는 벌떡 일어나서 그 자리에 쓰러졌다. 등이 마루에 닿았다. 눈을 감고 있었다. 힘들게 숨을 쉬고 있었다. 실라는 스콧이 스트레칭 한다고 생각했다. 그런데 그는 곧 기절했다! 순식간이었다. 그는 질식 상태였다. 실라는 건물 바깥으로 뛰어나가 관리인 해리 칼바에게 급히 와달라고 했다. 피츠제럴드가 위급하다고 말했다. 그는 뛰어와서 스콧의 맥을 짚어보고 "사망입니다"라고 말했다. 실라는 여전히 전화통에 매달리고 있었다. 소방서를 불렀다. 경찰서도 불렀다. 실라는 계속 비명을 질렀다. "급히, 급히, 그를 살려내요. 실라는 울고불고 아우성치는데 목소리가 나지 않았다. 얼굴에는 눈물이 쏟아지고 있는데 아무런 목소리도 나지 않았다. 실라는 이제 아무도 없는 외톨이가 되었다.

압구정동에서 한가한 시간

# 권중휘 교수와 셰익스피어

6.25 전쟁이 한창일 때, 서울대학교 문리과대학 피난살이 교사는 부산 구덕산 언덕에 있었다. 영문과에 입학한 것은 영어로 책 읽는 일이 좋았기 때문이다. 영문과 입학 기념으로 형님 친구였던 안계현 교수(전 동국대 불교학과)가 책 구하기 힘들었던 그 당시에 EM 판 셰익스피어 전집을 들고 와, 공부 열심히 해서 이 책 다 번역하라고 당부했다. 그 책을 들고 나는 권중휘 교수의 셰익스피어 강의를 청강했다. 그 강의는 영문과 상급 학년이 듣는 과목이었다. 일학년은 과목 신청을 할 수 없었다. 그래서 '청강'이 된다. 권중휘 교수는 그때 '줄리어스 시이저'를 강의했다.

내 실력으로 셰익스피어를 읽는 일은 힘겨운 일이었다. 그러나 열심히 다니면서 교수의 빈틈없는 해석에 귀를 기울이고 있었다. 교수님 강의는 작품의 문학적 내용에 대한 해석보다는 문헌학적이며 어학적 해명에 치중하는 것이었다. 권중휘 교수의 첫인상은 허약해 보이는 건강이었다. 위장병으로 고생하고 계셨다. 영문과에 함께 계셨던 이양하 교수는 대조적으로 몸이 좋아 보였다. 권중휘 교수는 금욕적인 수신(修

身)가로 보이고, 이양하 교수는 탐미적인 낭만파로 보였다. 그런데 건강을 염려했던 권중휘 교수는 장수하시고, 테니스 채 들고 건강을 만끽하시던 이양하 교수는 예상외로 일찍 세상을 버리셨다.

권중휘 교수는 매사에 치밀하고, 시간에 엄격하고, 가르침에 빈틈이 없었다. 그분은 지적이고, 합리적이고, 분석적인 성향을 지니고 있었다. 그래서 학생들은 선생님을 어려워하고 무서워했다. 우리들은 이양하 교수 댁에 찾아가서 맛있고 향기로운 영국 홍차를 얻어 마시고, 책도 빌려오곤 했지만, 권중휘 교수 댁에 가서는 차가 나와도 마시지도 못하고, 책 빌려달라는 말은 엄두도 내지 못하고 돌아왔다.

그러나 꿈같은 시간이 있었다. 권중휘 교수 연구실을 조교가 지키고 있었다. 교수님은 연구실을 이용하지 않았다. 댁이 바로 대학 뒤 동숭동 사택이었기 때문에 연구실을 지키지 않았다. 그러나 일주일에 한 번, 반드시 연구실에 나타나서 학생들과 대화를 나누었다. 화제는 광범위했다. 우리는 논리정연하게 전개되는 교수님의 해박한 지식과 심도 있는 논평에 귀를 기울였다. 교수님과의 친밀한 만남을 통해 우리는 사회와 학문, 인생의 의미에 대해 새삼스럽게 눈을 뜨면서 깊은 감동에 젖어 있었다.

그런 대화는 여타 교수들과는 좀처럼 나눌 수 없는 특별한 것이었다. 그 당시 교수님들은 존경의 대상일 뿐, 쉽게 접근할 수 없었다. 물론 학생들 일부는 그들 특유의 오만과 긍지로 시퍼렇게 살아 있었다. 교수님들도 대단하지만, 우리도 읽은 책 많아서 아는 것이 많고, 6.25전쟁을 겪어보니 사회생활에 익숙해져서 세상 사는 달인이 되었다는 자부심이 있었다. 학교에는 오지만 강의실에 출석하지 않는 학생들도 있었고, 학교 성적에 무관심한 태도를 일관하는 자칭 천재들도 있었다. 그들은 누가 정확하게 평균 60점 맞는지 경쟁하는 경우도 있었다.

때는 6.25 참담한 전쟁이 남긴 상처뿐인 전후였다.

영문과 교수들의 성적 평가는 까다롭기로 정평이 나 있었지만 그 중에도 권중휘 교수가 최고로 인색했다. 6.25 전쟁으로 인한 상처 때문에 허무주의에 빠진 일부 학생들은 성적이나 취직에는 관심이 없고 오로지 시대에 대한 분노와 한을 삭이며 자유 분망(奔忙)하게 살아가고 있었다. 영문과 교수들은 이른바 '잃어버린 세대'의 방만한 혈기와 호기에 대해서는 냉정하고 무관심했다. 이들 학생 중 일부는 우수한 학력을 지니고도 학부 시절 낮은 성적 때문에 유학 가서 고생하고, 귀국해서 서울대학교 교수직에도 지망할 수 없게 되는 곤경에 처하게 되었다. 그래도 영문과 학생들은 권중휘 교수와 여타 교수들에게 성적 때문에 항의하고 분노하는 언동은 일절 하지 않았다. 스승에 대한 예의를 지키고, 스승의 인격과 학문을 존중하고 있었기 때문이었다. 이들 학생은 생각했다. 우리들 인생의 대평원에서 그런 일은 모래알처럼 사소한 일이다. 우리가 다녔던 대학은 '문리(文理)' 즉 'Liberal Arts & Sci-ences'였다. 중요한 것은 'liberal'의 의미였다. 그 대학의 이념과 분위기가 우리를 초탈하고 대범한 사람으로 키우고 있었다.

차가운 거리감을 느꼈던 권중휘 교수가 아버님처럼 따뜻하게 느끼게 된 계기는 나의 약혼식 때문이었다. 서울 중국요리점 아서원에서 마련된 약혼식에 권중휘 교수를 주례로 모셨다. 처음 서 보는 주례라서 교수님은 어색해하시고 약간은 수줍어하셨다. 그런 모습은 처음이어서 나는 갑자기 따뜻한 친근감을 느꼈다. 나로서는 그날 행사가 너무나 고맙고 잊을 수 없는 일이 되었다.

가까이 모시다 보니 너무 자상하시고, 감정이 풍부하시고, 이해력이 많으셨다. 나는 그 이후에도 권중휘 교수의 셰익스피어 강의는 계속 듣고 공부하게 되었다. '로미오와 줄리엣' 강의를 듣고, 학기말 시험

때엔 그때 상영되던 영화를 극장에 가서 하루 종일 보면서 공부한 적이 있다. 그래서인지 아마도 답안지가 색다른 내용에 넘쳐 있었던 모양이다. 나는 그전에 받지 못했던 좋은 성적을 받았다. 가일층 열을 내어 셰익스피어 공부에 매달렸다. '한여름 밤의 꿈' 리포트를 냈더니, 선생님 강의 시간에 나와서 대신 강의하라는 분부가 내려졌다. 그런데 그 당시 워낙 야행성이라 아침잠이 많았던 나는 강의시간에 늦었다. 늦게 도착한 나에게 교수님은 그 자리에서도, 그 후에도 한 마디 질책의 말이 없었다. 교수님의 인내심과 냉엄한 침묵이 오히려 나에게는 더 큰 질타가 되었고 평생 잊지 못하는 교훈이 되었다.

나의 학사 논문은 '리어 왕 연구'였다. 해운대 백사장 바로 앞 초가집에 방 하나 빌려서 여름방학 내내 박사논문 쓰듯이 논문에 매달렸다. 그 논문이 〈문리대학보〉에 실리면서 교수님도 인정해 주어 용기를 얻게 된 나는 셰익스피어 공부에 더 빠져들게 되었다. 대학원에서 석사 논문으로 '햄릿'을 주제로 삼고 논문을 썼다. 권중휘 지도교수는 햄릿의 부자(父子) 문제를 파헤치라고 지시했다. 그러나 교수님은 서울대학교 총장직을 맡게 되어 지도교수 자리를 내놨다. 석사논문은 '햄릿의 복수 지연' 문제를 다루었다. 복수 지연의 원인을 햄릿의 독특한 부자 관계 때문이라고 해명한 논문이었다.

나는 이윽고 대학 영문과 교수가 되었다. 셰익스피어 강의를 하고, 연극 평론 활동을 하면서, 셰익스피어 관련 제반 사업에 많은 시간을 보냈다. 최초의 셰익스피어 작품 번역은 삼성출판사가 간행한 삼성판 세계문학 전집(41)《셰익스피어 작품집》(햄릿, 오셀로, 리어왕, 맥베스, 로미오와 줄리에트, 1976)이다. 편집주간으로 있던 이어령 교수가 나에게 부탁해서 번역을 했다. 이후, 범우사에서 '4대 비극', '4대 희극', '4대 사극'을 1991년 번역해서 출간했다. 이 번역집은 수없이 판을 거듭하며 베스트셀러가 되었다. 《셰익스피어 명언집》(2000)과 《이웃사람 셰익스피어》(2004)도 간행되었다.

최근엔 출판사 푸른사상이 새롭게 나의 셰익스피어 4대 비극, 희극, 사극 개역판을 '푸른사상 세계문학전집' 속에 포함시켜 발행했다. 이외에도 《셰익스피어와 함께 읽는 채근담》(이병국, 이태주 공저, 2012), 《셰익스피어 소네트》(2018), 《셰익스피어의 성서 – 리어 왕 격론》, 《셰익스피어의 성서 – 햄릿 격론》, 《셰익스피어의 사랑과 정치 – 안토니와 클레오파트라, 코리오레일너스》(2022) 등 셰익스피어 연구서를 발행했다.

서울시 극단을 맡아 일하면서 나는 셰익스피어 공연을 중요 레퍼토리로 삼고 공연을 했다. 「베니스의 상인」, 「헨리 4세」 1부, 2부, 「오셀로」 공연은 관객의 절찬과 연극계의 찬사를 받았다. 나의 번역으로 국립극단에서 한국 최초의 셰익스피어 사극 「리처드 3세」를 무대에 올린 것은 역사적인 의미가 있었다. 사극 공연은 그 내용 때문에 군사정부 시대서부터 공연이 금지되고 있었다. 그 금기를 「리처드 3세」 공연으로 타파했다.

툇마루 무용단이 해마다 크리스마스 시즌에 올리는 세계 초연 댄스 뮤지컬 「겨울 이야기」는 셰익스피어 원작을 토대로 해서 내가 무용 대본을 썼다. 악어극단이 2022년에 공연한 「Comedy of Errors」는 가족극 '형님 먼저 아우 먼저'로 각색해서 성공했다. 아직도 우리나라는 공연이 안 된 셰익스피어 극이 너무도 많다. 그래서 전 작품 공연의 대업이 남아 있다. 어린이를 위한 셰익스피어 공연도 나의 숙원 사업의 하나가 된다. 그러나 무엇보다도 중요한 일은 한국의 극단이 셰익스피어를 한국적인 독창적인 공연으로 만들어서 런던과 뉴욕에서 공연하는 일이다. 이런 문화교류는 국가적인 문화 사업이 되지만 민간이

주도하는 사업으로 발전되어야 한다. 물론 셰익스피어 공연의 평론과 셰익스피어 공연에 관한 학술적인 연구도 진흥되어야 한다. 이 모든 일이 나에게는 여전히 운명이요, 내가 존재하는 의미가 된다.

《밤으로의 긴 여로》(1955)의 무대가 된 유진 오닐 가의 여름 별장 몬테크리스토 커티지 앞에서

# 철학자 이광세

2012년 9월 6일자 조간 신문은 이광세 켄트주립대 교수의 부음을 전했다. 죽음은 어김없이 그에게도 왔다. 삶의 덧없음을 슬퍼하면서 나는 그와 함께 지난 일들을 회상했다. 부산 피난 시절, 서대신동 산언덕 서울대 문리대 천막에서 공부하던 일, 그리고 수복 후 동숭동 캠퍼스, 피난 생활 털고 세상 탐색하며 서로 의지하던 수 많은 일들이 떠올랐다. 이광세 교수와 함께 고교 동창이던 미국 산호세대학교 김기청 교수도 2011년에 서거했다. 다정했던 친구들이 연이어 가버려서 나는 충격을 받았다.

김기청 교수는 내가 '흥남철수'를 쓰고 있을 때 참고하라고 책 한 권 보내주었다. 그 책은 미국으로 간 북한 출신 의사가 쓴 《삼일의 약속》이었다. 나는 그 책을 감동깊게 읽었다. 광세, 기청, 나, 우리 셋은 고교시절 단짝이었다. 기청은 연세대 영문과로, 광세는 문리대 정치과로, 나는 문리대 영문과로 진학했다. 야밤에 산속에서 촛불 들고 판자교실 외벽에 합격자 명단 붙이느라 법석을 부릴 때, 광세는 몸집이 작아 사람들 틈새를 비집고 앞자리 가서 내 합격 명단을 먼저 보고 내 이름을 부르며 함성을 질렀다.

대학에 들어가서 기청과 나는 독서그룹의 같은 멤버였다. 광세는 캠퍼스에서 매일 만났다. 함께 시내를 돌아다니면서 거리에 펼쳐 놓은 포켓북 영문 원서를 서로 경쟁하듯 사서 탐독했다. 그는 읽는 속도가 빨라 무슨 책이든 하루 만에 독파했다. 기청이는 1학년 시절 부산서 화물선 타고 미국으로 갔다. 그는 UCLA서 영문학 박사학위를 받고 산호세대 교수가 되었다. 광세는 미국 가서 정치학 공부를 포기하고 국비 장학생으로 예일대 철학과로 갔다. 예일대 시절 철학 공부를 시작해서 분석철학 분야서 발군의 성적과 칸트 철학 논문으로 박사학위를 받고 오하이오주 켄트주립대 교수가 되었다. 그는 세계칸트학회 펠로가 되었으며《동서문화와 철학》,《동양과 서양 두 지평의 융합》등 명저를 남겼다.

철학자가 된 이광세를 제일 기뻐한 것은 나 아닌가 싶었다. 6.25 전쟁의 참상과 인간의 비극을 몸소 겪은 그가 할 수 있는 일은 심원한 인간의 탐구가 아니었겠냐는 것이 나의 지론이었다. 정치학 왜 버렸느냐는 나의 질문에 그의 대답은 싱긋 웃으며 "더 이상 공부할 게 없어"였다. 광세는 이 세상, 못할 일이 없었다. 그는 수재였다. 그는 고고한 성품이요, 초월적 감성의 소유자였다. 그는 타고난 철학자였다.

두 친구, 기청과 광세는 한국을 잊지 못하고 틈만 나면 서울로 와서 나를 찾았다. 기청이는 해마다 서울의 연로하신 어머님을 뵈러 왔었고, 그 시기에 한국 책을 수집하며(그는 대학도서관 책임자였다) 문인들을 만났다. 나는 그를 '문학사상'에서 이어령 교수와 만나게 했다. 그는 대학에서 소설을 가르치면서 자신도 소설을 쓰고 발표했다. 서울 올 때 모습은 항상 오래도록 입던 허름한 양복에, 태도는 언제나 겸손하고 얼굴은 온화한 웃음을 머금고 있었다. 그는 미국의 히피 스타

일이었다.

광세의 한국행은 언제나 극적이었다. 대학원생 세미나 끝난 후, 아파트에서 맥주 박스를 열어놓고 창문 밖을 내다보는 순간에 그는 경복고등학교 시절 집으로 가는 길, 청와대 앞 은행나무서 울던 매미소리가 듣고 싶어서 즉시 항공편 예약해서 고국으로 날아왔다. 서울 세관은 그를 의심했다는 것이다. 오랫동안 미국 생활하면서 손에 들고 온 것이 아무것도 없었기 때문이다.

그는 서울 종로, 한때 교수들과 예술가들이 모였던 맥줏집 '낭만'에 일찌감치 자리 잡고 나에게 전화를 걸곤 했다. "미국이냐?" 나는 장거리 전화인 줄 알았다. "낭만이다!" 나는 깜짝 놀라 뛰쳐나갔다. 그와 만나면 화제는 무궁무진이었다. "너, 어린애 모습인데 털북숭이 미국 학생 제압할 수 있느냐?" 했더니, 그렇지 않아도 좀 그래서 하루는 칠판에 '이광세'라고 한글로 써 놓고 답안지에 "반드시 내 이름을 한글로 적어야 성적 준다"라고 했다는 것이다. 영어도 일부러 약간 시원찮게 말했더니 자신을 얕보는 학생들의 질문 공세가 시작되어 그는 기다렸다는 듯이 유창한 영어로 역습을 해서 제압했다고 말했다. 그는 특유의 달변으로 틀림없이 학생들을 감동시켰을 것이다.

그는 교수들에게도 존경을 받아 켄트대 교수협의회 회장을 맡기도 했다. 무엇보다도 내가 놀란 것은 수입의 대부분을 몽땅 털어(그는 오랫동안 독신이었다) 독일로 가서 칸트의 책을 모조리 뒤져 비행기에 싣고 왔다는 사실이다. 이 때문에 그는 미국 최고의 칸트 개인 장서가가 되었다. 이 밖에도 칸트 철학 분야에 기여한 학문적 업적으로 그는 세계적인 찬사를 받았다.

대연각 화재 참사가 났을 때도 그를 서울에서 만난 적이 있다. 옥스퍼드대학 출판부에서 칸트 철학의 시간 문제에 관한 저서를 발간한다는 말을 듣고 호기심이 생겨 "시간이란 무엇인가?"라고 그에게 질문을 했다. "불타는 대연각에서 사람들이 몸을 던지는 저 순간이 시간이다"라고 말해서 나는 그의 답변에 놀란 적이 있다.

이광세 교수는 고등학교 시절 보이 스카우트에 소속되어 있었다. 그는 동안이었다. 앳된 모습 그대로 언제나 천진난만했다. 둥근 얼굴, 맑고 총명한 큰 눈, 손오공 같은 큼직한 입술, 넓은 이마와 유난스럽게 큰 머리, 짤막한 키, 활기 넘친 모습 등을 상상하면 영락없이 이광세가 된다. 그는 두뇌 회전이 빠르고, 말도 빠르고, 여간 민첩하지 않았다. 그의 철학은 '시간의 문제'가 중심이었다. 그런데 그의 이 세상 시간은 가버리고, 그의 영원한 학문의 '시간'은 남았다. 그것은 결코 '잃어버린 시간'이 아니다. 철학자 이광세의 명복을 빈다.

# 친구여!

　세상에 태어나서 얻은 선물 가운데 값지고 은혜롭고 귀중한 것은 친구들이다. 초등에서 중고등을 지나 대학 시절, 그리고 사회생활 하면서 많은 친구들 만나 사귀고 헤어지면서도 유독 오래 마음에 남는 친구들이 있다.

　함경북도 청진 초등학교 시절 만났던 친구들이 사선(死線) 넘고 서울서 만난 것은 기적이었다. 매월 만났는데, 처음 열 명 남짓하던 친구들이 하나둘 사라지고, 둘만 남아서 온라인으로 안부를 묻다가 얼마전 사별하고 나는 혼자 남게 되었다. 머지않아 미국 간 친구가 돌아온다니, 다시 두 사람 되는데 함흥냉면 집 만남을 기대하고 있다.

　고등학교 시절에 경기, 경복, 용산, 이화 등 고교생들이 독서클럽을 만들어 모임을 가진 적이 있다. 그들과는 긴 세월을 함께 했다. 이들 친구는 '창조회'와 '후렛쉬맨 클럽'에 소속되어 있었다. 전자는 고교시절 독서모임의 연장이었고, 후자는 강원룡 목사가 주도하는 기독교 대학생 모임이었다. 지금은 이들 태반이 고인이 되었거나 해외로 이주해서 추억만 남아 있다. 그들이 생각나면 나는 김광섭의 시를 읽는다.

저렇게 많은 별 중에서
별 하나가 나를 내려다 본다
이렇게 많은 사람 중에서
그 별 하나를 처다 본다

밤이 깊을수록
별은 밝음 속에 사라지고
나는 어둠 속에 사라진다

이렇게 정다운
너 하나 나 하나는
어디서 무엇이 되어
다시 만나랴

흐르는 세월에서 명멸하는 우리 인생은 허무하다. 특히 친구가 서
거했을 때가 그렇다. 사실, 친구는 가족보다 더 친밀하다. 친구는 자주
만나고, 마음 터놓고, 의지하며 서로 돕는다. 어릴 때나 커서도 나는 눈
뜨면 친구 만날 생각만 했다. 만나서 나눌 얘기, 함께 놀 생각을 하면 힘
이 났다. 한때는 이상하게 우리 모두가 차남들이어서 차남 연대를 만든
일도 있었다. 집에서 차남들이 장남에 밀려나서 화가 났기 때문이다.
이런 일은 친구들이 가족 이상임을 말해주고 있다.

나는 일요일마다 친구 만나러 남대문 교회로 갔다. 내 친구 이광호
는 독실한 기독교 집안 출신이어서 주일이면 교회로 갔다. 나는 신자가
아니었기 때문에 운동장에서 공 차면서 친구가 예배당에서 나오기를
기다렸다. 그와 나는 차남이고 다정한 형제처럼 지냈다. 둘이 만나면 시

내 곳곳으로 놀러 다녔다. 우리가 노는 일은 기껏해야 세상 구경하는 일이었다. 사방으로 쏘다니다가 어두워지면 집으로 돌아갔다.

광호는 경기고등학교를 졸업하고 서울법대 다닌 후에 미국으로 유학 갔다. 그는 미국에서 박사를 마치고 증권가에서 일하다가 나에게 편지를 보냈다. 한국의 대학에서 교수직으로 일하고 싶으니, 자리 하나 구해달라는 내용이었다. 나는 당시 국민대학교에 출강하고 있었는데, 서임수 학장과 면식이 있어 그에게 "인재 추천합니다"라고 말하면서 이광호 박사 이력서를 내밀었다. 그는 두말 없이 특채되어 국민대학교 교수가 되었다. 대학에서 요직을 맡으면서 교수 생활 잘하다가 갑자기 중앙정보부로 갔다. 나는 그의 전직을 반대했다. 그는 듣지 않았다. 미국통이었던 그는 미국을 오가는 일이 많아졌고, 거듭되는 직무를 수행하느라 격무에 시달렸다. 그러던 중 박정희 대통령 암살사건이 발생했다. 어느 화창한 날이었다. 그는 늘 하던 테니스를 하고 집에 돌아와서 TV 보다가 심장마비로 사망했다. 아무도 예측하지 못한 돌연사였다. 그의 부친은 국회의원이었고, 이승만 대통령 시대 농림부 상관을 지냈다. 우리는 만리동과 순화동 그의 집에서 독서회를 열고, 음악회도 했다. 이화여고 다닌 여동생이 바이올린 연주자였다. 대학생들과 여고생들이 만나는 모임은 너무나 즐겁고 기분 좋은 일이었다.

나의 또 다른 단짝은 김경식이었다. 그는 용산고등학교 농구선수로 유명했다. 그런데 공부도 우등생이었다. 그의 부친은 과거 연세대의 유명한 축구선수로서 명성을 떨쳤다고 한다. 아버지는 어머니와 떨어져 살고 있었다. 경식은 어머니와 수도여고 다니는 여동생과 함께 생활하고 있었다. 이런 가정환경이 경식에게 상당한 영향을 미쳤다. 그는 여성과의 만남을 극도로 피했다. 술집에 가서도 남들처럼, 여자를 뒤돌아보지 않고 나가는 결백성으로 소문이 났다. 그는 문리대 정치학과에 진학했다. 의리를 존중하는 그의 성격 때문에 주변에는 수재들과 술꾼들이 집결했다. 그 가운데 박정희 대통령 연설문을 썼던 오명호가 있었고, 신문기자로 널리 알려진 기인이며 재사(才士)인 이기양이 있었다. 나도 오명호와 이기양과 친하게 지냈다. 이기양은 고등학교 2년 선배였다. 오명호는 하와이대학교에서 다시 만났고, 귀국 후 우리는 정릉 집 이웃이 되어 함께 지냈다. 이상일 교수를 정릉에 유치해서 새집 지어 살게 한 것도 내가 권유한 일이 아니었나 싶다.

김경식은 졸업 후, 〈서울신문〉 정치부 기자로 명성을 떨쳤다. 국회의원 요청도 여러 번 물리치고 느긋하게 신문사에 처박혀 있다가 부장으로 승진한 후 KBS 보도본부장으로 갔다. 그리고 일본과 미국 특파원으로 파견되어 맹활약을 했다. 나는 그를 미국에서 만나 그의 활약상을 현지에서 목격했다. 친구로서 그가 너무 자랑스러웠다. 나는 그를 통해 정치 분야 사람들을 많이 알게 되었다. 그중 한 사람이 이원홍 문화부장관이다. 그의 주선으로 이장관과 회식하면서 문화정책 문제에 관해서 열띤 토론을 했는데, 나는 항상 비판적인 입장이었다. 그는 나의 신랄한 공박을 차분히 들어주면서 선택적으로 문화 행정에 반영했다.

김경식은 퇴직 후 주말에 나와 산행을 했다. 그런데 산행 전후에 술을 마셨다. 산에서 내려와 집 근처에 와서도 다시 술을 마셨다. 술은 결국 그의 건강을 해치고 세상을 떠나게 만들었다. 부인은 극구 술을 말렸다. 그래도 안되는 일이었다.

나는 1.4 후퇴 피난길을 김경식과 함께 화물차 지붕에 매달려 갔다. 목적지는 부산이었다. 구포 다리가 보이는 작은 마을 물금(勿禁)에서 우리는 일단 하차했다. 어머니 오빠 댁이 그곳에 있어서 당분간 그 집에 기숙하기로 했다. 시골집 밥상은 항상 변함없는 된장국과 김치와 밥이었다. 우리는 이 정도 식사로 견딜 수 없었다. 우리는 물금역 앞 포장마차로 가서 입맛 땡기는 음식을 사 먹었다. 돈은 항상 경식이가 냈다. 그의 어머니가 피난 보내면서 그에게 귀중품 패물을 담뿍 싸주었다. 전쟁 때문에 한국은 틀렸으니 부산서 밀선 타고 일본 가서 공부하라는 어머니 당부였다. 우리는 틈 나면 물금서 기차 타고 부산으로 가서 밀선을 알아봤다. 그런데 좀처럼 선편을 찾을 수 없었다. 당시 엉터리 밀선이 유행했다. 밤중에 밀항객들을 태우고 바닷길을 이리저리 맴돌다가 마산 근처 해안에 내려놓고 일본 왔다고 거짓말하는 경우가 허다했다. 그래서 우리는 각별히 조심했다. 몇 달 동안 부산으로 오가며 식당에 들러 시도 때도 없이 먹다 보니 경식이 유학자금 쌈짓돈이 거의 소진되었다. 결국 우리는 일본행을 포기했다.

이후, 경식과 나는 우리 집에서 운영하는 과자점에서 직공일 하는 신세가 되었다. 그렇게 일을 하고 있을 때, 경식이 집에서 연락이 왔다. 돌아오라는 하명이었다. 당시 그의 가족은 부여에 체류하고 있었다. 그는 부여로 가서 전시 고등학교서 공부하던 중 이어령 학생을 만났다. 경식은 그에게 시사주간지 《TIME》을 독파하면서 시도 쓰는 친구가 부산에 있다고 내 자랑을 한 모양이었다. 이어령은 나에게 시 좀 보자고 연락을 했다. 나는 시 몇 편과 《TIME》지를 보냈다. 그 이후, 그로부터는 아무런 회신이 없었다. 《TIME》지에 놀랐는지, 엉성한 시 작품에 실망했는지 알 수 없는 일이었다. 이런 일에 대해서 나는 그에게 물어본 적이 없다. 후에 동숭동 문리대 캠퍼스에서 나는 이어령과 첫 상면을 했다. 이후 그와 한평생 함께 가는 긴 여정이 시작되었다.

이기양은 어학의 천재였다. 특히 프랑스어가 유창한 신동이었다. 전시에 그는 프랑스군 통역으로 종군했다. 그는 박식하고 화술이 능숙했다. 암기력이 대단해서 세계 명시를 머릿속에 담고 살았다. 정치과

학생 이기양은 별난 학생으로 소문이 자자했다. 뒤로 빗어 넘긴 '올백' 머리는 언제나 빤질빤질 빛났다. 머리기름을 발라서가 아니라 손바닥으로 머리를 앞뒤로 끊임없이 문지르는 습성 때문이었다. 때로는 윗저고리 가슴 포켓에서 빗을 꺼내 하루종일 빗질을 했다. 그래도 그는 속물처럼 보이지 않았다. 입에서 속사포처럼 쏟아내는 기발하고 풍성한 언설 때문이었다.

그는 동숭동 대학 캠퍼스 뒷길 어느 곳에 살고 있었다. 그래서 언제나 아침 일찍 교정에 나왔다. 마로니에 나무 그늘에서 친구를 기다리다 만나면 붙들어놓고 특유의 설법을 시작했다. 한 번 잡히면 놓아주지 않았다. 강의를 포기하고 그와 함께 '별장'이라는 이름의 다방으로 진출하게 되고, 급기야는 다방에서 밥집으로 이동되다가 이윽고 술집에서 막을 내리는 일이 한 두 번이 아니었다. 그 사이 이기양 주변에는 서너 사람이 추가로 끼어들었다. 이기양의 견인력은 놀라웠다. 신기한 일이었다.

해마다 대강당에서 개최되는 문리과대학 '해외시 야회(夜會)'는 그의 독무대였다. 그는 바바리 코트 자락을 날리면서 객석에서 단 위로 올라갔다. 그는 프랑스 시를 원어로 유창하게 낭독했다. 그는 박수갈채를 받았다. 고등학교 시절 학교 간다고 집을 나서면 그 길로 국립중앙도서관에 가서 하루 종일 책 보면서 지냈다는 일화를 남겼다. 서대신동 바라크 교실 도서과에도 열심히 출입했다. 그는 책 귀신이었다. 닥치는 대로, 잡히는 대로 읽었다.

6.25 전쟁 중, 부산 남포동에서 우연히 그를 만났다. 군복을 입었는데 계급장도 소속도 없는 복장이었다. 그는 더럽게 찌든 전투모를 쓰고 있었다.

"형님, 제대했어요?" 나는 반갑게 물었다.

"따라 와!" 그는 나에게 일갈했다.

끌려간 곳은 중국식당이었다. 그는 나에게 친구들을 불러오라고 말했다. 나는 친구들에게 연락을 했다. 중국식당으로 오라고 했더니 모두들 펄쩍 뛰고 좋아하며 금새 모여들었다. 이기양은 닥치는 대로 요리를 시켰다. 우리들 보고 실컷 먹으라고 했다. 배갈 독주도 시켰다. 다 먹고 나더니 우리들 보고 먼저 나가라고 했다. 우리는 한 사람, 두 사람 자리를 떴다. 내 차례가 되었을 때 이상한 기미를 눈치챈 중국집 주인이 "돈은 누구 살람 내?"라고 물었다. 이기양은 "내가 낸다!"고 외치면서 테이블에 있는 접시를 집어들고 벽에 걸린 장개석 총통 사진을 향해 던졌다. 액자 유리가 박살 났다.

중국집 주인이 놀라서 황급히 전화를 걸고 법석을 떨더니 이윽고 중국 대사관에서 외교관이 오고, 헌병 차가 들이닥쳤다. 헌병은 이기양을 보더니 말없이 그를 바깥으로 모시고 나갔다. 헌병은 중국 외교관에게 뭐라고 설명을 했다. 중국 외교관은 극도로 흥분한 중국집 주인에게 또 뭐라 몇 마디 했다. 중국집 주인은 귀를 기울이다가 얼굴이 누그러지면서 마냥 고개를 끄덕거렸다. 나중에 안 일이지만, 그 당시 이기양은 육군정신병원 환자였다. 환자가 병원을 탈출한 것이었다. 그의 군복은 정신병원 부상병 복장이었다. 그가 진짜 환자였는지, 가짜 환자였는지 나는 알 수 없고 그것은 풀리지 않는 미스터리로 남았다. 그는 연기력과 지혜를 타고났기 때문에 그럴 수도 있었다. 나는 그가 연기를 했다고 생각한다. 그런데 연기만으로 육군정신병원 환자가 될 수 있을까? 격전 중 정신이 돌았었나? 알 수 없는 일이었다. 남포동서 만났을 때 그는 멀쩡했다. 아주 정상이었다.

이기양이 제대하고 사회로 진출하며 〈한국일보〉 기자가 되었다. 그의 지식과 직감, 그리고 뛰어난 감성으로 그는 명기자로 날렸다. 그는 항상 정의감에 불탔다. 편집실이 발칵 뒤집힌 적이 있었다. 그가 걸상을 들고 〈한국일보〉 장기영 사장 뒤를 쫓고 있었던 것이다. 장사장은 이리저리 사력을 다해 도망가고 있었다. 이유는 월급이었다. 〈한국일보〉 기자들 보수는 〈동아일보〉 기자의 반 밖에 되지 않았다. 그래서 이기양이 들고 일어났다. 모리배 사장 죽인다는 것이다. 사원들이 중재해서 위기는 모면했지만, 이 일로 이기양은 퇴직하고 〈조선일보〉로 자리를 옮겼다. 〈조선일보〉서 유럽으로 가는 특파원이 되었다. 그는 프랑스와 독일을 오가면서 기사를 송고했다. 그러다 그는 걸려들었다. 당시 우리는 달러가 귀해서 모두들 호주머니가 썰렁했다. 유학생들은 더더욱 가난했다. 이기양은 술값 명목으로 북한 공작원의 돈을 받아 썼다. 물론 처음에는 그 돈이 어디서 나왔는지 몰랐을 것이다. 그 돈으로 유학생들 술자리와 밥자리를 마련하다가 급기야는 유학생 북한 탐방을 이기양이 극비리에 추진하게 되었다는 것이다. 이 사건이 정부에 누설되었다. 정부 비밀요원이 비행기 몰고 유럽으로 가서 8.15 기념 고국방문행사에 초청한다며 유학생들을 비행기에 태우고 서울로 왔다. 이들에 대한 전면적인 조사가 이뤄지고 많은 유학생 영재들이 희생되는 이른바 동백림 간첩단 사건이 세상에 알려졌다. 이후, 이기양은 행방불명 되어 지금까지 생사를 알 수 없다. 한 가지 이상한 일은 평소 그의 언동에는 정치색이 없었다는 사실이다. 그는 정치적 이념이 탈색된 인간이었다. 그의 주제는 오로지 예술과 인간이었다. 그런데 이게 웬 일인가?

　대학 3학년 때 영문학과에 편입생이 들어왔다. J군이었다. 그는 의과대학을 중퇴하고 학사 편입으로 들어왔다. 털털한 성격을 지닌 인물이었다. 약간 쉰 목소리는 걸걸했다. 단단한 몸집에 어깨는 딱 벌어지고 팔뚝은 근육질로 꿈틀댔다. 작달막한 키에 짧게 친 상고머리는 흡사 명동 싸움패 같았다. 좁은 이마에 주름살이 깊이 파였다. 새우 눈은 독했다. 머리 사이즈가 커서 몸과 비율이 맞지 않았다. 포대 같은 몸에 육중한 머리를 놓고 있었다. 기름진 배는 답답해 보였다. 여하튼 영문과에서는 그동안 볼 수 없었던 장사 같은 인물이었다.

가을 어느 날, 대학 건너편 골목길에 있는 캐서린 헵번 밥집 안으로 키다리 천 선배와 나는 막 들어서는 순간이었다. J군과 P군이 밥상을 가운데 두고 서로 노려보는 광경이 눈에 들어왔다. 우리가 한 발 들여놓는 시간과 J군이 두 손을 번쩍 들어 술상을 문 밖으로 내 던지는 시간이 딱 맞아떨어졌다. 술상은 마당에서 박살 났고 음식물은 사방으로 튀면서 새로 해 입은 천 선배의 영국제 신사복과, 마당에서 졸고 있는 고양이와, 라일락 나무 위로 날벼락 떨어졌다.

"야, 내 말 못 알아듣나?" J군이 호랑이처럼 으르렁댔다.

"니 말 못 알아듣겠다!" P군이 진돗개처럼 물고 늘어졌다.

나는 위급함을 느끼고 중재에 나섰다. 어떻게 해서든 두 사람을 이 싸움터에서 끌고 나가야 했다. 주인에게 연상 미안하다고 사과하면서 술값을 치르고, 두 친구를 길가로 끌고 나와 종로 5가를 향해 걸었다. 두 친구는 천 선배와 나를 보고 마지못해 따라오면서도 서로 기세가 등등했다.

싸움의 발단은 간단했다. 둘 다 유망한 시인이었는데, 서로 취향이 달랐다. J군은 풍채에 어울리지 않게 서정적 낭만파였다. 그는 이백을 자처했다. P군은 이상을 숭상하는 지성적 모더니스트였다. 그는 프랑스 레지스탕스 시인들처럼 반골이었다. 그는 부산 피난 시절, 원고지에 불 지르고 어깨를 흔들며 왕왕대던 시인 김규동을 존경했다. J군은 W. 워즈워스나 W. B. 예이츠를 애송했고, P군은 T. S. 엘리엇 등 지성파 시인의 작품을 애독했다. 두 친구들 간에 논쟁은 계속되었다.

"너 제주도 알아? 바람과 돌과 여인의 섬인 줄 아나? 그 돌밭은 학살의 섬이다." P군이 내뱉었다.

"그런데 너는 왜 성깔 부리냐? 제주도가 어째서? 니가 낙동강 전투를 알면 사람이지." J군이 받아쳤다.

"제주도에 폭동이 났다. 48년 봄이다. 오라리 부락에 너희들이 쳐들어왔어. 알겠냐! 주민들을 죽이고, 납치하고, 고문하고, 약탈하고, 윤간했다. 소탕 작전 국군이 왔다. 교전 중에 인가는 불타고, 부락민들은 이리저리 쫓기면서 퍼덕거리며 쓰러졌다. 우리 집은 박살나고 어머니는…"

P군은 눈알을 부릅뜨고 J군을 노려봤다.

"야, 우쭐대지 마라. 낙동강도 쑥밭 되었다. 나도 치가 떨린다."

J군이 P군 어깨를 잡고 담벼락에 밀어붙였다. P군은 몸을 비틀면서 공중에 붕 떴다. 그는 J군의 팔을 꺾으려고 했지만 역부족이었다. 그에게는 이빨이 있었다. J군의 먹음직한 코주부 코가 눈앞에 있었다. 그는 와락 기합을 넣으면서 그 코를 물었다. 순간 J군은 '으악!' 비명을 지르면서 P군을 안았던 팔을 놓았다. P군은 재빨리 골목길로 도망쳤다. 뛰면서 그는 기관총 쏘듯 쏘아붙였다.

"원수야, 너 제주도 알아? 그 생각하면 머리가 돈다."

J군은 그의 뒤를 쫓고, 나는 J의 뒤를 쫓았다. J는 P군을 붙들고 벽에다 밀어붙였다. 나는 간신히 두 사람을 떼어놓고 주막집에 끌고 들어가 화해술을 샀다. 또다시 한참 동안 격론이 벌어지다가, 둘 다 진이 빠졌다. 두 사람은 화해술을 비우고 서로 껴안고 울었다. 그러다가 다시 생각났다는 듯이 후닥닥 붙었다가, 밀치고 떨어지고 계속하다 어느새 화신백화점 뒷골목 우미관 근처까지 갔다. 길바닥 하수구에 제각기 참았던 오줌을 갈기면서 고개를 들고 하늘의 별을 쳐다 보았을 때 통금 사이렌 소리가 났다. 우리는 부르르 떨면서 몸을 털고 각자 캄캄한 어

둠 속으로 빨려 들어갔다.

J군은 대학 입학한 해에 전쟁이 나서 피난 갔다. 그는 평소 철학 공부하던 선배를 만나 영향을 받고 있었다. 그 선배는 항상 맥주 깡통과 기타를 들고 있었다. J군은 그 모습에 압도당했다. 기타 소리는 마술피리였다. J군은 그를 졸라 기타를 배웠다.

J군은 부산으로 피난 가면서 대구역에서 기차가 잠시 정차하고 있을 때, 바깥을 내다 보다가 느닷없이 객석에서 나와 대구 거리로 향해 악기점을 찾았다. 그는 어머니가 주신 등록금 보퉁이를 털어서 반들반들한 기타 하나 샀다. 어깨에 걸치고 거울을 보니 몸이 닳아 올랐다. 그는 그날부터 대구 시내를 기타 연주하며 누비고 돌아다녔다. 그는 방랑시인이 된 기분이었다. 세상에 무서운 것이 없어졌다. 사람들은 그를 미친 사람으로 취급했다. "아이구, 불쌍하게도 젊은이가 부모 잃고 미쳤네..." 아낙네들은 그를 보고 한탄했다. 그에게는 통행금지도 없었다. 파출소 순경은 먼발치서 기타 소리만 나면 "아이구, 귀신이야!"하고 몸을 숨겼다. 이발소 가면 공짜요, 식당도 공술에 비빔밥이었다.

그런 그를 더욱 더 미치게 만든 사건이 발생했다. "6.25 전쟁을 끝낼 묘안이 있다."라고 당시 8군 사령관 밴플리트 장군을 만나러 간 것이다. 사령부 정문 앞에서 호위병에게 만나게 해달라고 사정하며 졸라댔다. 그는 헌병대에 끌려갔다. 묵사발 되어 얻어터지고 발발 기어서 나왔지만 그는 끝내 굴복하지 않았다.

P군은 오랫동안 독신으로 지나다가 결혼했는데 가정불화로 자살했다. J군은 고려대 영문과 교수로 생을 마감했다. 그는 시집을 연달아 발간하며 문단의 주목을 받았다. 그의 의욕적인 문단 생활은 놀라웠다. 그는 한시(漢詩)에 관해서는 해박한 지식을 갖고 있었다. 그는 명동 비어홀에서 난동 부리는 깡패를 패다가 집단 폭행을 당해 얼굴이 부어

딴 사람처럼 되어 우리들 앞에 나타난 적이 있다. 그러면서도 연상 그는 이겼다고 큰소리치며 기염을 토했다. 나는 그를 쳐다보며 항상 말 못하는 생각에 잠겼다. 그는 정말로 미쳐서 기타 들고 다녔는가? 그는 제정신으로 8군 사령관 만나러 갔는가? 이 문제에 대해서 끝까지 입을 다물고 저세상으로 가버렸다. 그래서 이 에피소드는 6.25 전쟁 미스터리로 남아서 〈한국일보〉에 기사로 난 적이 있다.

J군의 본명은 조운제요, P군은 박진권이다. 조운제는 저명한 학자인 조윤제 박사의 친척이다. 박진권은 영문과 3학년 시절, 나와 최승묵 셋이서 T. S. 엘리엇의 난해한 시 「황무지(The Waste Land)」를 번역해서 문리대 학보에 발표했다. 이 일은 당시 문단에 큰 파문을 일으켰다. 박진권은 틈틈이 시를 발표했다. 그리고 매일 술독에 빠져 있었다. 비어홀 '낭만'에 가면 언제나 한쪽 구석에 그가 침울하게 앉아 있었다.

장터포토클럽 회장 당시 전시회에서

# 어머니

　태어나서 처음 본 세상은 바다와 하늘이었다. 출렁이는 물결, 푸른 하늘, 돛단배 가득 실린 누렁소들을 본 것이 세 살 때였다. 이후, 집에 사람들이 들락거리면 소 울음소리를 내기 때문에 나는 동네 사람들 웃음거리가 되었다. 부산서 어머니 품에 안겨 배 타고 사흘 지나 함경북도 청진항에 도착했다. 아버지가 불러서 황급히 오는 길이었다. 아버지는 일본으로, 만주로 중국으로 오가면서 항상 집을 비웠다. 청진에서도 자주 집을 비우셨다. 아버지 행방은 아무도 몰랐다. 훗날, 아버지 돌아가신 후, 형님이 나에게 들려준 그 일은 극비에 속하는 일이었다. 이승만 정권 때 국방장관 지낸 옛날 선장(船長) 신성모는 우리 친척이었고, 아버지는 그와 연관된 일로 바쁘게 지냈다는 사연이었다.

　청진에서 살아가는 동안 나는 어머니 울음소리를 들으며 자다깨다 했다. 경상도 김천 색시가 의령 출신 남편을 만나, 대구로 부산으로 전전하다가 혹한(酷寒)의 땅에서 외롭고 허전한 세월을 한탄하는 눈물이었다. 어머니가 내뱉는 "천리길 와서어어..."라고 하는 목멘 소리는 나를 괴롭히며 오래도록 기억에 남아있다.

일제 치하 초등학교 시절에는 물자가 귀했다. 2차 세계대전 때문이었다. 종이가 부족하고 누런 대용지를 사용했다. 책도, 노트도, 연필도 부족하고 품질은 최하였다. 신발이 귀해서 모두들 맨발의 소년이었다. 설탕이 품귀한 때라 일주일에 한 번 설탕물 마시려면 점포 앞에서 줄을 서야했다. 학교 운동장은 느닷없이 집결하는 군인들과 군마로 득실댔다.

한 번은 놀라운 일이 벌어졌다. 전교생이 운동장에 모여서 푸른 하늘로 향해 각자의 공을 하늘로 내던졌다. 공이 귀한 때, 싱가포르 함락 기념으로 일본의 전국 초등학생들에게 흰 공 하나씩 선물한 것이다. 수업시간이 줄고, 생도들은 근로 행사에 동원되었다. 들에서 잡초 모으고, 산에 가서 솔가지를 채취했다. 우리말 하면 처벌받았다. 한글 쓰는 법도 모르고 살았다. 선생님은 무섭고 엄했다. 도시락은 항상 잡곡밥이었다. 점심시간 도시락 검사를 했다. 어머니 쌀밥 도시락 때문에 나는 혼쭐나고, 어머니는 학교로 호출되어 경고를 받았다.

그러나 한 가지 잊지 못하는 추억이 있다. 나는 이른바 짝사랑을 했다. 책상 옆자리에 앉은 두 여학생은 용모도 다르고 성격도 달랐다. 그런데 두 여학생 모두를 나는 좋아했다. 초등학교를 떠난 후 지금까지 그 소녀들을 만나지 못하고, 소식도 듣지 못했다. 남으로 피난 왔을까? 6.25 전쟁 때 어떻게 되었을까 간혹 생각에 잠긴다. 그 당시 나는 그 옆에서 끽소리도 못했다. 집에서 자다가도 그들이 보고 싶어 심통을 부리고 우는 것이었다. 어머니는 내가 사이다 마시고 싶어 그러는가 해서 사이다 한 병 갖고 왔지만 나는 더더욱 거칠게 성깔을 부렸다. 내 마음을 몰라주기 때문이다. 어머니는 내가 중병에 걸렸다고 걱정하며 나를 한의사한테 데리고 갔다. 어머니는 한의사 지시대로 보신탕을 토끼탕이라 속여서 나에게 먹였다.

해방된 조국에서 한글 공부를 새로 시작했다. 시인이신 유정 담임 선생은 시간마다 자작시를 낭독하고 소설 《집없는 아이》를 읽어주며 한글을 깨우쳐주셨다. 그의 가르침으로 성악가를 지망하던 나는 시인이 되겠다고 새로운 결심을 했다. 담임 선생이 시간 중에 내 시를 읽으며 칭찬을 해주었기 때문이다.

　해방 후, 청진에 러시아 군인이 진주하고, 김일성 시대가 열렸다. 모든 일이 감시되고 통제되었다. 문제는 생활이 자유스럽지 못했다는 것이었다. 온 가족이 남쪽으로 피난길 나섰다. 보따리 매고 들고 러시아 군인들이 총질하는 가운데 38선 강을 넘었다. 서울역에 도착하니 장충단공원의 임시 피난민 수용소로 이송되었다. 당시 서울역에는 피난민들이 매일 도착하고 있었다. 수용소에서 사흘 지내면 고향 가는 기차표가 피난민들에게 지급되었다. 우리 가족들이 서울역으로 걸어가는 도중에 길가에서 아버지가 옛 친구를 만났다. 그 친구는 아버지에게 애들 서울에서 공부시켜야지, 시골에 가서 어쩌겠다는 거냐고 하며 "우리 집에 와서 지내요"라고 권유했다. 그는 청진 살 때 이웃인데 서울 와서 적산가옥 한 채를 차지하고 있었다. 회현동에 있는 그분 집에서 우리는 서울 피난살이를 시작했다.

　온 가족이 직업 전선에 뛰어들었다. 말이 직업이지 맨손으로 시작하는 밥벌이었다. 일단, 남대문 시장 가서 담배 원료를 구입하고 영어사전을 구했다. 그리고 소형 담배 제조기를 구입했다. 온 가족이 사전 종이로 담배를 말아 집에서 만든 봉투에 담았다. 사제 담배를 들고 파는 일은 내가 했다. 지금 신세계백화점 옆 저축은행 건물 앞에서 담배상자 들고 아침 출근시간에 서 있으면 순식간에 매진되었다. 담배장사후, 약간의 돈이 생겨 어머니는 남대문 시장에서 밥장사를 시작하고, 나는 자유시장에서 고무신 장사를 했다. 고무신도 잘 팔렸는데 집에

와서 돈 계산하면 돈이 모자랐다. 알고 보니 항상 등 뒤에서 나를 돕는 척 하며 휘파람 불던 소년이 내 호주머니서 귀신 곡할 재주로 돈을 빼냈다. 알고 보니 그도 피난민 가족이어서 직업 전선에 파견된 것이었다. 그 당시 피난민들은 모두들 극한 상황이어서 먹고 사는 일이면 무엇에나 사정없이 뛰어들었다.

어머니와 가족들의 노력으로 어느 정도 자본이 축적되어 아버지가 나섰다. 아버지는 과거 일본 제과회사에서 근무한 적이 있었다. 아버지는 그 기술로 제과업을 시작해서 돈을 벌어, 자녀들을 학교 보내고 집도 장만하는 안정을 얻을 수 있었다. 아버지는 더 나가 면화사업에 투자해서 산더미 같은 '솜'을 저장하고 판매했다. 한강 다리가 폭파되어 남쪽으로 피신하지 못한 가족은 서울에서 9.28 수복 때까지 몸을 숨기고 살았다. 외출했다가 잡히면 의용군에 끌려갔다. 나는 인민군에 쫓겨 골목으로 피해 도망치다가 간신히 집에 도착한 적이 있다. 형님은 끌려갔다. 그날부터 어머니의 상심이 시작되고 정화수 떠놓고 눈물짓는 세월이 시작되었다. 어머니 정성이 감천 되어 형님은 부상을 입고 돌아왔다. 나는 촛불 들고 지하실서 영문 소설 읽으며 지냈다.

밤마다 인천 바다 함포사격으로 서울이 잿더미로 변하고 있었다. 수복 전야였다. 포탄이 우리집 지붕을 뚫고 지하실을 강타했다. 불발탄이었다. 그것이 터졌으면 가족은 몰살했을 것이다. 천운이었다. 그 당시 우리는 남대문 시장 근처에 살고 있었다. 온 가족이 총탄이 쏟아지는 가운데 근처에 있는 콘크리트 건물로 피신하는 동안 아버지가 유탄을 맞았다. 나와 형님은 아버지를 길가에 버려져 있던 리어카에 옮기고 남산으로 향해 갔다. 남산에 미군이 와 있다는 소식을 들었기 때문이다. 울며불며 리어카 끌고 남산 언덕에 도착하니 미군 야전병원이 있었다. 미군은 아버지를 치료해주었다. 아버지는 허벅지 관통상이었

멘토포럼 회원들과 함께 김화숙&현대무용단사포의 공연을 관람하며 사진을 찍고 있다.

다. 총탄 자리가 조금만 위로 향했으면 우리는 어떻게 되었을까. 그때, 미군이 주었던 '니라미드'라는 외상용 약 이름을 나는 지금까지 잊을 수 없다. 아버지를 살린 명약이었다.

중공군 참전으로 1.4 후퇴가 시작되었다. 한겨울에 가족은 피난길 떠났다. 간신히 얻어 탄 지프 차에 자리가 모자랐다. 나는 화차(貨車) 지붕에 매달려 가고, 어머니는 걸어서 천리길 남행을 결행했다. 눈이 쏟아지는 화차 위에서 나는 졸다가 굴러떨어지는 위기를 겪었다. 어머니는 엄동설한에 전라도 돌아서 부산 가는 길에 두 발이 동상으로 시커멓게 멍들었다. 부산 피난시절, 그리고 이후에도 어머니는 두 발 어루만지며 동상으로 고통을 참고 견디셨다. 부상한 큰아들 태우느라 차편 자리 마다한 결과였다.

부산 피난생활이 시작되었다. 어머니의 또 다른 고난의 세월이었다. 시장 바닥에 과자점을 열었다. 그 가게서 만든 '센베이'가 날개 돋친 듯 팔렸다. 내 동생 별명이 '센베이'가 되어 평생 그에게 붙어 다녔다. 과자는 아버지와 온 가족이 총동원되어 만들었다.

나와 함께 화차 타고 피난길 나선 내 친구 김경식(전 KBS 보도본부 국장, 미국, 일본 특파원)도 나와 함께 과자 직공으로 일했다. 판매는 어머니 소관이었다. 하루 종일 밤늦게까지 가게를 지켰다. 피난 시절에 형님 결혼하고, 나는 대학 들어가고, 동생들은 고등학교 다녔다. 형님은 사업을 시작했다. 이 모든 일이 가능했던 것은 과자가게 수입에서 생긴 재정으로 가능했다. 내 용돈, 책값, 옷값, 구두값 등 모두 어머니 주머니서 나왔다. 아버지는 돈에 무서웠다. 나는 아버지로부터 직접 용돈 받은 기억이 없다. 모두 어머니가 가게서 빼돌린 돈이었다.

수복 후, 서울에서 나와 동생들은 중앙청 옆 사간동에서 하숙 생활을 했다. 부모님이 학비를 대고, 사업에 성공한 형님이 생활비를 대주었

최진실과의 인터뷰(1993)와 단국대 연극영화과 사은회에서

다. 방학 때 부산 가면 어머니의 맛있는 횟감이 곁들린 식사가 기다리고 있었다. 방학 기간에 나는 의령 고향 친척 집에 책 들고 가서 시원한 바람 쐬며 잘 지냈는데, 어머니는 더위도 추위도 잊으며 가게서 밤낮으로 일하고 계셨다.

그런데 이상한 일이었다. 다 큰 내가 잠시 시골에 왔다고 해서 어머니가 보고 싶은 것이다. 청진에서, 숯가마 산골로 피난 갔을 때, 어머니 생각나서 울었던 순간이 재현된 것이다. 이런 일은 평소에 느끼지 못한 일이었다. 어머니는 집안에 등(燈)이 걸려 있듯이, 밥상이 놓여있듯이, 방마다 사방에 벽이 있고 문이 있듯이 항상 내 옆에 자리하고 있는 무심한 존재처럼 느껴졌다. 그래서 그 존재감을 항상 잊고 있었다. 그러나 의령에 와서는 왜 그렇게 어머니가 그립고 보고 싶은지 알 수 없었다. 어머니 생각으로 눈물이 났다. 이런 절실한 느낌을 나는 단 한 번도 어머니에게 말한 적이 없다. 돌아가신 지금 나는 이 일을 몹시 후회하고 있다. 내가 대학에 입학한 날, 내가 유학 가는 공항에서 어머니는 너무나 기뻐하셨다. 나는 "어머니, 너무 좋아요" 말 한마디 못하고 어머니와 사별했다. 나야말로 천하에 못난 자식이라 생각지 않을 수 없다.

미국서 돌아와서 대학교수로 자리를 잡았을 때, 어머니는 일부러 대학 건물, 길 건너편에 집 한 채 사서 상추 텃밭을 가꾸셨다. 그 정원에 내가 좋아하는 라일락 꽃나무도 심었다. 점심때, 학교 정문 수위실에 오셔서 나를 불러냈다. 내가 좋아하는 상추쌈 밥상 차려 놓았으니 딴 데 가지 말고 오라는 것이었다. 그 일에 대해서 그 당시 나는 그저 그러려니 무관심했다. 때로는 어머니 너무 하신다는 생각도 했다.

이런 일 회상하면 어머니와 아들 사이는 하늘과 땅 사이처럼 멀다는 생각을 하게 된다. 당시, 형님과 동생이 부산에 살고 있었다. 두 형제는 부모님을 부산에 모시고 싶어 했다. 세상 어머니는 아무래도 차남보다는 장남에게 손이 먼저 가는 듯하다. 그들의 설득에 어머니는 집 팔고 부산 가셨다. 형님은 어머니를 서대신동 신축 가옥에 모셨다. 그런데 문제는 형님이 장모와 친모 두 분을 함께 모신 일이었다. 두 어머니 사이서 형님도 어려워지고, 어머니도 어려워지셨다. 그래서 어머니는 형님 집에서 나오시고 동생이 모셨다. 그 일도 편안하지 않으셨는지 동생 집에서도 나오시고 해운대 근처 민락동 마을에 방을 얻으셨다. 서울 살던 내가 어머니 보러 민락동 가면, 어머니는 나를 붙들고 눈물을 흘리셨다. 어머니 인생은 예나 그때나 항상 눈물이었다.

눈물의 세월은 끝나지 않았다. 당시에는 몸도 허약해지시고, 생활도 여의치 않았다. 나는 어머니한테 서울로 주거를 옮기자고 말했지만 어머니는 응하지 않으셨다. 어머니는 내 아내와 사이가 좋지 않았다. 옛날 시어머니와 현대판 며느리 사이에 흔히 있을 수 있는 그런 일이 있었다. 어머니는 살림 가르치는 일이었고, 며느리는 잔소리 듣는 일이었다. 중간에 있는 나는 항상 아내 편이라고 어머니는 불만이셨다. 이런 일이 어머니로서는 얼마나 섭섭하고 울적한 일이었는지 나는 그 당시 짐작도 할 수 없었다.

어머니 임종의 자리서 옆방에 모인 형제들 가운데 유독 나만 조용히 불러들였다. 그러고는 머리맡에 놓인 동전 보따리를 나에게 주었다. 어머니는 그것이 큰 재산이라 생각하신 듯했다. 돈에 무심한 나를 항상 걱정한 때문이었다. 나는 그 일도 당시에 지나친 걱정이라고 생각했다. 어머니가 우리를 보는 눈은 달랐던 것이다. 나는 민락동에서 어머니가 갑자기 세상에 홀로 남게 되었다는 생각을 하게 되었다. 지금도 그 생각에는 변함이 없다. 형님 집에서도, 우리 집에서도, 동생 집에서도 못 참고 나가셨는데, 우리 책임은 없었는가 두고두고 뼈아픈 반성을 하고 있다.

　몹시 추운 겨울 어느 날이었다. 그 집 문간에, 허름한 외투 걸치고, 여윈 얼굴에 서울 가는 나를 바라보며 눈물짓는 어머니를 나는 잊을 수 없다. 지금도 해운대 가는 길 민락동을 지나갈 때면 눈시울이 뜨거워진다. 어머니에게 용서를 빌고 있다. 어머니 말년을 편안하게 모시지 못한 죄를 지었기 때문이다. 해운대 근처, 백운산, 바닷가 내려다보이는 산소, 부모님 영전에 몸을 던지며 나는 용서를 빌고 있다.

폴란드 바르샤바의 퀴리 부인 집에서

**김동호(金東虎)**

1937년 강원도 홍천에서 태어나 경기고와 서울대 법대를 졸업했다. 1961년 공보부에 들어가 문화공보부 문화·보도·공보·국제 교류국장과 기획관리 실장을 역임한 후 영화진흥공사 사장, 초대 예술의전당 사장, 문화부 차관과 공연윤리위원장을 역임했다. 1996년에는 부산 국제영화제를 창설하고 15년간 집행위원장을 맡아 아시아 정상의 영화제로 이끌었다.

대통령 직속 문화 융성 위원장, 그리고 단국대학교 영화 콘텐츠 전문대학원을 창설, 초대원장을 지냈다. 은관문화훈장, 만해문예대상, 프랑스 레지옹 도뇌르 슈발리에, 몽블랑 문화예술 후원자상 등을 수상했다.

저서로《한국의 영화정책》,《영화, 영화인 그리고 영화제》등이 있고 단편영화〈주리〉(2012)를 연출했다.

# 감독 임권택

2023년으로 임권택 감독은 데뷔 61주년을 맞는다. 임권택 감독은 1962년에 개봉한 첫 영화 〈두만강아 잘 있거라〉를 시작으로 2015년 베니스 영화제에서 특별 상영된 〈화장〉까지 모두 102편의 영화를 연출했다. 세계에서 가장 많은 장편영화를 만든 감독 중의 하나로 기록된다. 제작편수보다 더욱 중요한 것은 그의 영화들이 한국영화를 세계로 진출시키는 데 결정적인 역할을 했다는 점이다. 한국영화는 칸, 베를린에서의 수상이 이어지고 있고 꿈도 꾸지 못했던 아카데미 영화상도 수상할 정도로 전 세계의 각광을 받고 있다. 이처럼 우리 영화가 전세계를 강타하고 있는 그 바탕에는 임권택 감독의 공헌이 절대적이다.

베니스 영화제는 세계 3대 영화제 중 가장 오래된 영화제다. 한국영화가 베니스 영화제에서 최초로 수상한 영화가 바로 임권택 감독의 〈씨받이〉(1987)이며 이 영화로 고 강수연이 여우주연상을 받았다. 이를 시작으로 장선우 감독의 〈거짓말〉(1999), 김기덕 감독의 〈섬〉(2000)과 〈수취인 불명〉(2001)이 연 이어 경쟁부문에 진출했었고, 그리고 2002년에는 이창동 감독의 〈오아시스〉가 감독상과 신인연기자상(문소리)을, 2004년에는 김기덕 감독이 〈빈집〉으로 감독상을 받았다.

칸영화제는 가장 권위 있는 영화제다. 경쟁영화가 상영되는 칸의 뤼미에르 극장에서, 전 세계에서 몰려든 인파와 쉴새없이 터지는 카메라 플래시를 받으면서 레드카펫을 밟고 들어가는 것은 전 세계 영화인의 로망이다. 그 로망을 실현시켜 준 첫 한국영화가 임 감독의 〈춘향뎐〉이다. 2000년, 칸의 역사 53년 만에 우리영화가 처음으로 경쟁부문에 진출한 것. 그리고 2년 후, 〈취화선〉으로 임권택 감독이 감독상을 받았다. 한국영화 100년사에 기록될 쾌거였다. 그 이후 칸에서의 한국영화의 수상은 계속 이어졌다. 2004년 박찬욱 감독의 〈올드보이〉가 2등상인 심사위원 대상을, 2007년 배우 전도연이 〈밀양〉(이창동)으로 여우주연상을, 2009년 〈박쥐〉(박찬욱)가 심사위원 특별상을, 그리고 2010년 이창동 감독이 〈시〉로 각본상을 받았고 2019년, 드디어 봉준호 감독의 〈기생충〉이 대상인 황금종려상을 받았다. 2022년에도 배우 송강호가 남우주연상(브로커)을, 박찬욱 감독이 감독상(헤어질 결심)을 수상했다.

베를린 영화제와 한국영화의 관계는 특별하다. 1956년 이병일 감독의 〈시집가는 날〉이 처음 베를린영화제에서 상영되었고, 1961년 강대진 감독의 〈마부〉와 1962년 신상옥 감독의 〈이 생명 다하도록〉으로 아역배우 전영선이 각각 특별상인 은곰상을 수상했다. 그 후 20여 년간 한국영화는 베를린 영화제에 초청받지 못했다. 1981년 임권택 감독의 〈만다라〉가 경쟁부문에 초청되면서 한국 영화는 베를린영화제에서 수상할 수 있는 기회를 갖게 되었다. 〈땡볕〉(하명중, 1985), 〈길소뜸〉(임권택, 1986), 〈태백산맥〉(임권택, 1995), 〈아름다운 청년 전태일〉(박광수, 1996), 〈공동경비구역 JSA〉(박찬욱, 2000) 등이 뒤를 이어 경쟁부문에 진출했고 2004년 김기덕 감독의 〈사마리아〉가 드디어 감독상

2005년 베를린 영화제에서 명예 황금곰상을 수상한 임권택 감독과 함께

을 받았다.

그 다음 해인 2005년, 임권택 감독이 베를린에서 '명예 황금곰상'을 받았다. '황금곰상'과 '명예 황금곰상'은 그 격과 차원이 다르다. 영화제에서 대상은 작품성이 뛰어난 한편의 영화로 받게 되지만 명예 대상은 평생을 쌓아 온 공로로 받는 상이기 때문에 '대상'에 견줄 수 없을 만큼 영예로운 상이다. 베를린영화제에서 수상한 임 감독의 '명예 황금곰상'을 계기로 2012년 베니스영화제에서 〈피에타〉(김기덕)가 황금사자상을, 2019년 칸영화제에서 〈기생충〉(봉준호)이 황금종려상을 수상함으로써 한국영화의 위상은 전 세계에 떨치게 된다.

이처럼 임권택 감독은 한국영화를 전 세계에 알린 첨병이며 개척자다. 지금은 임권택 감독과 '절친'으로 지내지만 그와 가까워질 수 있었던 계기는 몬트리올 영화제다. 1988년 4월, 나는 28년간 봉직했던 문화공보부를 떠나 영화진흥공사로 자리를 옮겼다. 임권택 감독의 영화 〈아다다〉가 몬트리올 영화제 경쟁 부문에 선정되었다는 전문이 날아왔다. 당시 몬트리올 영화제는 세계 8대 영화제 중 하나로 인정받고 있었다. 확인해 보니 세르주 로지크 집행위원장이 방한, 공사 시사실에서 〈아다다〉를 보고 간 후 경쟁 부문에 올렸다고 했다. 잘만 하면 수상도 가능하다고 판단했다. 나는 대표단을 구성, 현지에서 '한국의 밤' 행사를 개최하기로 했다.

임권택 감독을 설득했고, KBS측에 양해를 구해 드라마 〈지리산〉을 찍고 있는 주연배우 신혜수가 몬트리올에 꼭 오도록 부탁해 놓고, 8월 26일, 먼저 몬트리올로 날아갔다. 박수길 주 캐나다 대사에게 부탁해서 '한국의 밤' 행사에 부부 동반해서 참석한 후 다음날 아침 집행위원장과 조찬 해 줄 것을 부탁했다. 문화공보부에는 천호선 주 캐나다 공보관을 현지에 파견해 줄 것도 요청했다. 임 감독과 신혜수가 도착하자 대학 동기인 나원찬 주 몬트리올 총영사는 공관에서 환영만찬을 베풀어 주었고 영사 한 명과 차량을 전용으로 배치해 주었다.

심사위원과 함께 보는 공식 시사회 장소인 메종뇌브 극장은 1,400석의 대극장이었다. 아침 시간에는 관객이 별로 없을 것 같았다. 나는 몬트리올에 있는 한국 성당의 신부와 한인교회 목사에게 일일이 전화해서 교민들이 함께 영화 보도록 공지해 달라고 부탁했다. 9월 1일 아침 11시에 열린 공식 시사회는 초만원을 이루었고 영화가 끝난 후 관객들의 기립박수를 받았다. 그날 저녁, 국악 공연과 함께 열린 '한국의 밤' 행사도 성공리에 개최되었고 9월 4일, 시상식에서 배우 신혜수가 여우주연상을 수상했다.

다음은 내가 2010년 펴낸《영화, 영화인 그리고 영화제》책자에 당시를 회고한 임 감독의 '축사' 가운데 한 대목이다.

"김동호 사장이 진흥공사 직원들에게 감독과 주연배우를 꼭 데려와야 한다고 단단히 일러 놓고 떠났다는 소리를 전해 들으면서 나는 속으로 웃었다. 역대 영화진흥공사 사장 중에 해외 영화제에 참가했던 사람이 아무도 없었던 데다가 그들이 영화제에 온들 할 일이 뭐가 있겠는가 하는 생각 때문이었다. 아마 영화제를 핑계 삼아 관광이나 하자는 속셈이겠지 하는 불쾌한 생각도 들기도 했다... 〈아다다〉시사회 날이 가까워지면서 김동호 사장은 바빠졌다. 그때만 해도 세계 영화계에서 한국영화의 존재감이 전혀 없었던 시기였으므로 그는 시사회 때 객석이 텅 빌 까봐 조바심이었다. 그래서 그는 객석을 채우기 위해 아는 관리들을 동원하고, 교포사회, 교회 등의 사람들과 연계를 끌어내느라 아주 열심히 노력했다. 그의 그런 모습을 보다보니, 저 사람이 여기 와서 뭐 하는지 두고 보자는 내 생각이 완전히 뒤집히고 말았다. 감독인 나조차도 객석을 채우고 영화를 알릴 생각도 못했고, 아마 자기가 제작한 작품을 가지고 온 제작자가 있었다 하더라도 그렇게 까지 열을 내며 뛸 수는 없었을 것이다."

임권택 감독이 영화진흥공사나 관리들에게 좋은 인식을 갖고 있지 못했던 데에는 그럴만한 이유가 있었다는 사실은 뒤늦게 알았다.

그 전 해인 1987년 베니스 영화제에 〈씨받이〉가 경쟁부문에 선정되었을 때, 아무도 관심을 갖고 있지 않았다. 영화진흥공사에서는 전문위원 한 사람이 임 감독을 모시고 베니스로 갔었고, 대사 부부가 잠시 들렀다 다른 곳으로 갔다고 한다. 주연 배우인 강수연 조차도 자기가 출연한 영화가 베니스 경쟁부문에 오른 것도 모르고 있었고, 임 감독도 영화제 도중에 일본에 약속이 있다고 일본으로 갔다고 한다. 그러다가 시상식에서 여우주연상이 호명되었을 때, 남아있던 전문위원이 무대에 올라가서 대리 수상했다. 3대 영화제 경쟁부문에 올랐는데 너무했지 않았나 싶었다.

이런 과정을 통해 나는 임권택 감독과 가까워졌다. 그 이후 나는 임 감독이 연출하는 〈장군의 아들〉, 〈서편제〉, 〈창〉, 〈축제〉, 〈춘향뎐〉, 〈하류인생〉, 〈취화선〉, 〈천년학〉, 〈화장〉 등 거의 모든 영화 촬영 현장에 원근을 가리지 않고 가 보았고 〈달빛 길어 올리기〉에서는 단역으로 출연도 했다. 특히 임 감독이 초대 받은 해외영화제나 수상식, 회고전에는 빠짐없이 동행했다. 몬트리올에서 처음 개최한 '한국의 밤' 행사는 그 이후 칸, 베를린, 베니스 등 메이저 영화제에 한국영화가 경쟁부분에 진출했을 때 영화진흥공사와 그 후신인 영화진흥위원회에서 반드시 개최하는 정규 행사로 이어져 오고 있다.

나는 지난 35년간 임권택 감독과 함께하면서 그의 엄격한 성품과 철저한 장인정신에 늘 감탄하곤 한다. 함께 술을 많이 마시고 그가 주정하거나 필요 없는 말을 하는 것을 본 일이 없다. 스태프에게는 물론 자기 자신에 대해서도 그만큼 엄격하다. 〈서편제〉, 〈취화선〉, 〈달빛 길어 올리기〉에서 보듯이 임 감독은 영화를 통해서 한국의 전통과 미를 끊임없이 추구해 왔다. 그가 세계적인 거장 감독으로 평가받고 있는 이유다.

김동호 위원장의 영화 인생과 활동을 조명한 다큐멘터리 〈영화 청년, 동호(Walk--ing in the Movies)〉가 2024년 칸 영화제의 클래식 부문에 초청되었다.

# 배우 강수연

2022년 5월 7일, 배우 강수연이 56세의 젊은 나이로 우리 곁을 떠났다.

5월 5일 마침 집에 일찍 들어와 있는데 저녁 8시, '언니가 응급실에 실려 왔는데 살려 달라'며 강수연의 동생이 울면서 전화했다. 청천벽력이었다. 나는 황급히 택시를 불러 타고 강남 성모병원으로 달려갔다. 응급실에는 배우 박중훈이 먼저 와 있었다. '심정지' 상태로 실려 온 강수연이 누워 있었다. 모든 것을 잊고 평온하게 있는 듯했다. 불과 20일 전, 자주 다니던 압구정동의 '옥혜경 만둣집'에서 함께 점심을 먹고 인근 찻집에서 담소한 후 헤어졌었는데, 뇌사상태로 누워 있다니 도무지 믿기지 않았다. 자녀 졸업식에 참석하기 위해 박중훈은 미국으로 떠났고 동생 강수경과 두 오빠, 그리고 나는 응급실을 지켰다. 다음날 중환자실로 옮겨진 강수연은 끝내 깨어나지 못한 채, 5월 7일 오후 3시, 운명했다.

나는 영화인장의 장례위원장을 맡아 삼성의료원에서 5일을 보냈다. 마치 딸처럼, 동생처럼, 때로는 친구처럼 자주 만났던 그녀가 한줌의 재로 변한 것을 보며 인생의 무상함을 또 다시 뼈저리게 느꼈다.

내가 강수연을 처음 만난 것은 34년 전인 1989년이었다. 임권택 감독의 〈아제 아제 바라아제〉가 모스크바 영화제에 초청받으면서 주연 배우인 강수연이 대표단과 함께 모스크바, 우즈베키스탄, 카자흐스탄을 순회 상영했기 때문에 처음 만났고 그 이후 친해질 수 있었다. 당시 수교가 없던 공산권 국가인 '소련'에서 열리는 모스크바 영화제에 참가할 수 있었던 것은 88 서울올림픽 기간 중 개최했던 '우수 외국영화 시사회'가 그 계기가 되었다.

나는 88 서울올림픽을 앞두고 1988년 4월, 영화진흥공사 사장에 부임했다. 당시 공사에서는 올림픽 기간에 대한극장에서 '한국영화 10편을 무료 상영'한다는 계획을 세워 놓고 있었다. 올림픽이 개최되는 기간, 우리 국민이나 외국인이 경기장을 찾거나 TV 중계를 시청하지, 극장에서 영화를 볼 것 같지 않았다.

나는 '올림픽'이라는 절호의 기회를 이용해서 수입이 금지된 공산권 국가들의 영화, 그것도 메이저 영화제에서 수상한 영화들을 초청해서 상영하기로 했다. 9월 15일부터 21일까지 7일간 세종문화회관 소극장과 삼성동 현대백화점 토아트홀(9. 15.~10. 2.)에서 열린 '우수 외국영화 시사회'에는 소련, 동독, 유고슬라비아, 헝가리 등 18개국 24편의 영화가 초청, 상영되었다. 오늘과 같은 자막 시스템이 없었던 당시, 소련을 비롯한 동구권 영화들은 대부분 외국어대학 교수들이 교대로 극장 뒤에 앉아 변사처럼 마이크로 동시통역해 주기도 했다.

시사회 준비를 시켜 놓고 몬트리올 영화제에 가 있을 때, 시사회에 초청된 소련영화 중 〈차이콥스키의 일생〉이 너무 훼손되어 틀 수 없다면서 버마(1989년 미얀마로 개명)에 근무하는 소련 영화수출입공사 동남아지사장을 한국으로 초청해야만 새 필름을 직접 가지고 한국에

올 수 있다는 전화가 왔다. 나는 즉시 그를 초청했다.

1988년 9월 28일, 소련 영화수출입공사 동남아지사장 차라그라드스키가 소련 영화인으로는 최초로 한국에 왔다. 인사동의 한정식 집 '연진'과 압구정동의 카페 '고전'으로 데려가 밤새도록 술을 마셨다. 술도 잘 마셨고 춤과 노래도 잘 하는 '한량'이었다. 술이 취한 그는 다음 해 7월에 열리는 모스크바 영화제에 한국영화를 초청하겠다고 약속했다. 자신 있게 약속할 정도면 국가보안위원회(KGB) 요원이 아니었을까 싶다. 89년 1월과 6월 그는 두 차례 더 한국에 왔고 그와 나는 친해졌다.

이런 과정을 거쳐 임권택 감독의 〈아제 아제 바라아제〉가 모스크바 영화제 경쟁부문에, 장길수 감독의 〈아메리카 아메리카〉와 변장호 감독의 〈밀월〉이 비경쟁 부문에 초청되었다. 나는 즉시 대표단을 구성했다. 이태원 태흥영화사 사장, 임권택 감독, 배우 강수연, 문화공보부 강창석 사무관, 김양삼 〈경향신문〉 차장, 이형기 〈한국일보〉 차장, 정상길 KBS PD, 김승연 KBS 카메라 등 9명으로 구성했고, 장명순《스크린》기자는 일본에서, 윤호미 〈조선일보〉 특파원은 현지에서 대표단에 합류했다. 입국 비자는 일본에서 받아야 했다. 대표단은 7월 6일 김포공항을 출발, 일본 도쿄에 도착했다.

장관으로 모셨던 이원경 대사를 예방했고, 함께 근무했던 윤탁 공사 겸 문화원장을 만났다. 김병연 공사, 김석우 참사관의 도움으로 소련 대사관에서 비자를 받았다. 경기고 후배인 김석우는 그 후 통일부 차관을 지냈고 지금도 함께 체스를 하고 있다.

7월 9일 도쿄를 떠난 우리 일행은 모스크바에 도착하자마자 7시 30분 센트럴 페스티벌 홀에서 열린 〈아제 아제 바라아제〉의 공식시사회에 참석했다. 2,400석의 넓은 극장이 거의 만석이었고 임권택 감독

임권택 감독, 배우 강수연과 함께 모스크바 영화제(1989)에서

과 강수연의 무대인사에 이어 영화가 상영되었다. 영화에 대한 관객의
반응이 좋았다.

　이어서 '한국의 밤' 행사가 열렸다. 나는 한국을 떠나기에 앞서 김
매자 씨가 이끄는 청무무용단이 상트페테르부르크에서의 공연을 마
치고 모스크바에 도착한다는 사실을 알게 되었다. 김매자 씨에게 단원
들로 하여금 모두 한복을 입고 '한국의 밤' 행사에 참석해 달라고 부
탁했었다. 밤 11시 30분에 열린 '한국의 밤' 행사는 성대했고 화려했다.
소련 측에서는 리아빈스키 영화부 차관을 비롯하여 호자이예프 영화
제 집행위원장 등 많은 인사들이 참석했고 한복을 입은 교민들과 40
여 명의 창무무용단 단원들이 분위기를 북돋았다. 소프라노 루드밀라
남의 선창으로 아리랑이 합창되면서 분위기는 최고조에 달했다.

　체재하는 기간 우리는 모스크바와 상트페테르부르크에서 바쁜 일
정을 보냈다. 7월 18일 오후 3시, 기자회견이 열렸다. 단상에는 안제이

바이다(폴란드) 심사위원장을 비롯해 에미르 쿠스트리차(유고슬라비아), 장이머우(張藝謀, 중국), 아녜스 바르다(프랑스) 등 거장 감독들이 심사위원으로 배석했다. 역시 '4대 영화제'다운 위상이었다. 〈아제 아제 바라아제〉의 배우 강수연이 여우주연상을 수상한다고 발표했다. 오후 6시, 페스티벌 홀에서 열린 시상식에서 배우 강수연이 여우주연상을 받았다. 2년 전 베니스영화제에 이어 당시 세계 4대영화제로 인정받고 있는 모스크바 영화제에서 또다시 여우주연상을 수상하면서 강수연은 세계적인 배우로 급부상하게 되었다.

기자회견과 시상식, 크렘린 궁에서 개최된 리셉션에서 강수연은 집중적인 카메라 세례와 기자들의 질문 공세를 받았고 다음날 소련 신문의 1면을 장식했다. 한국에서도 크게 보도되었다. 우리는 새벽에 크렘린 궁에서 돌아와 공사 직원 방에서 새벽까지 자축 파티를 열었다. 올림픽이나 국내외 체육경기에서 수상하면 훈장을 수여하면서 왜 국제영화제서 수상하면 왜 안 주는지 하는 생각이 들었다. 그 자리에서 나는 임 감독과 강수연에게 훈장을 받도록 청와대에 건의하겠다고 약속했고, 귀국한 다음 오랜 기간 정부에서 함께 일한 이연택 청와대 교육문화수석을 찾아가서 건의해서 이를 제도화시켰다.

귀국 후 대표단이 청와대에 예방한 날, 〈씨받이〉(1987), 〈아다다〉(1988), 〈추락하는 것은 날개가 있다〉(1989)까지 소급해서 감독, 배우, 제작자들이 훈장, 포장을 받았다. 최근 아카데미에서 수상한 봉준호 감독과 배우 윤여정이 훈장을 받았듯이 정부는 이때부터 체육대회뿐 아니라 영화제 등 주요 국제 문화 예술분야에서 수상한 사람들도 규정에 따라 훈장과 포장을 수여하기 시작했다.

여하튼 모스크바 영화제에 참가했던 대표단은 7월 19일, 모스크바를 출발, 소련연방공화국 중 고려인들이 많이 거주하는 우즈베키스

강수연 부산국제영화제 공동집행위원장과 함께(2016)

탄의 타시켄트와 카자흐스탄의 알마아타를 순방하면서 〈아제 아제 바라아제〉를 상영했다. 우즈베키스탄과 카자흐스탄과는 최초로 영화를 통한 공식 '문화교류의 물꼬'를 튼 것이다.

나는 고려인들이 당연히 한국어를 하는 것으로 알고 갔지만 의사소통이 안된다는 사실에 직면하고 몹시 당황했다. 모스크바 극장에서는 영어 자막에 독일어와 러시아어의 동시통역 시스템을 갖추고 있어서 불편이 없었지만 타시켄트와 알마아타에는 그런 시스템이 없어서 우리를 수행하던 통역으로 하여금 스크린 앞에서 마이크 들고 동시통역 하도록 해서 위기를 넘기기도 했다. 대표단은 7월 23일 모스크바와 도쿄를 경유해 귀국했고 김포공항에서 뜨거운 환영을 받았다.

나는 모스크바 영화제 참가를 계기로 임권택 감독과는 더욱 친해질 수 있었고, 무엇보다 '월드 스타' 강수연을 만나 함께 여행할 수 있었다는 것은 큰 행운이었다. 이후 강수연은 부산국제영화제 첫해부터 퇴임할 때까지 15년간, 개막식과 폐막식의 단골 사회자로, 때로는 심사위원으로, 마치 '페스티벌 레이디'처럼 중요한 역할을 맡았었다.

부산국제영화제를 떠난 후 2013년, 나는 단편영화 〈주리(Jury)〉를 만들면서 배우 안성기와 강수연을 주연으로 캐스팅했다. 〈주리〉는 제10회 아시아나 국제 단편영화제 개막 영화로 상영되었고, 베를린 영화제에 초청받았다.

2015년, 영화 〈다이빙 벨〉 상영을 둘러싸고 부산광역시와 부산국제영화제가 충돌, 갈등을 겪으면서 이용관 집행위원장의 요청으로 강수연은 공동집행위원장으로 부임했고, 다음 해 2월, 이용관의 연임이 좌절되면서 단독으로 '집행위원장'을 맡아 부산국제영화제를 이끌었다. 2016년 5월, 나는 시장의 후임으로 조직위원장을 맡아 강수연 집행위원장과 함께 파행을 겪던 부산국제영화제를 '정상화'시킨 후 2017년

10월, 제22회 부산국제영화제 폐막식과 동시에 강수연과 나는 영화제를 떠났다.

강수연과 나는 칸, 베니스, 도쿄, 마라케시, 마카오 등 국제영화제에 함께 참가했고 파리에서 개최된 「임권택 감독 회고전」(2015)과 프랑스 영화인 고 피에르 리시앙의 장례식(2019)에도 함께 참석했다. 2019년, 나는 강릉 국제영화제를 창설했고, 2021년 10월, 제3회 강릉 국제영화제 개막식에서 강수연은 정우성, 조인성과 함께 오랜만에 레드카펫을 밟았다.

모스크바 영화제 이후 33년 간 나는 강수연과 '절친'으로 지내왔다. 강수연은 다른 사람과 이야기하고 있다가도 카메라만 들이 대면 바로 '배우'가 되는 타고난 재능을 갖고 있었다. 부산영화제를 이끌 정도의 강력한 리더쉽을 갖고 있었을 뿐 아니라 명석하고 창의적이었다. 그래서 나는 이따금 그녀에게 자문을 받았다. 2022년 초, 그녀는 연상호 감독의 넷플릭스 영화 〈정이〉에서 주연을 맡았지만 영화를 보지 못한 채 세상을 떠, 그 영화는 강수연의 유작이 되고 말았다.

2022년 11월, 영국 문화원이 주최하는 제17회 한국영화제에서 「고 강수연 회고전」이 열렸다. 강수연이 출연한 영화 〈씨받이〉를 포함하여 5편이 상영되었고 나는 한국영상자료원의 김홍준 감독과 함께 초청받아, 런던에 가서 영화 상영 후 '관객과의 대화'에 참가한 후 귀국했다. 2023년 7월, 말레이시아 영화제에서도 강수연 회고전이 개최되었다.

그녀가 타계한 지 1주년을 앞두고 영화인 29명과 함께 배우 강수연의 회고전을 마련했다. 임권택 감독이 명예위원장을, 배우 박중훈과 예지원이 부위원장을 맡았고 내가 위원장을 맡아 추진했다. 메가박스와 공동주관하고 한국영상자료원과 영화진흥위원회가 후원하는 이 행사는 2023년 5월 6일에는 한국영상자료원에서, 5월 7일과 8일, 9일 3일간은 메가박스 성수에서 모두 11편의 영화가 상영했다. 2022년에는 여성영화인모임(대표 김선아)에서 '강수연 상' 제도가 창설되었고 배우 문근영이 제1회 수상자로 선정, 수상했다.

비록 배우 강수연은 타계했어도 영원히 우리와 함께할 것이다.

배우 강수연의 타계 1주기 회고전이 감동호 위원장의 주선으로 메가박스 성수에서 진행되었다.

# 1998년 이후의 한국영화 황금기

　최근 5년간 한국영화는 전 세계에서 집중적인 조명을 받고 있다. 2019년 봉준호 감독의 〈기생충〉이 칸영화제에서 황금종려상을 수상했고, 다음 해 아카데미 영화상에서 작품상, 감독상, 관객상과 국제 장편영화상을 수상했다. 1992년의 아카데미 역사상 한국영화가 수상한 최초의 기록이다. 그리고 지난해 칸 영화제에서는 박찬욱 감독은 〈헤어질 결심〉으로 감독상을, 배우 송강호는 고레에다 히로카즈 감독이 연출한 〈브로커〉로 남우주연상을 수상했다. 베를린 영화제에서는 홍상수 감독이 2020년에 감독상(도망친 여자), 2021년에 각본상(인트로덕션), 2022년에는 심사위원 대상(소설가의 영화)을 연달아 수상했다.

　한편 2021년 9월 17일, 넷플릭스에서 최초로 공개된 드라마 〈오징어게임〉은 전 세계 모든 국가에서 시청률 1위를 기록했고, 골든글로브 남우조연상(오영수)과 프라임타임 에미상에서 연출상(황동혁), 남우주연상(이정재)을 포함해서 6개 부문에서 수상했다. 이 또한 74년의 에미상 역사를 새로 쓰게 한 기록이다.

　한국영화에 대한 국제사회의 '높은 평가와 집중 조명'은 1990년대

후반 이후 고도성장을 지속해 온 한국영화의 기반 위에서 거둔 성과들
이라고 확신한다.

한국영화는 올해(2023)로 104년의 역사를 맞이했다. 한국영화의
발전 과정을 4단계로 구분할 수 있다. 1919년에서 1945년의 26년은 일
본의 식민통치 시대였다. 일본정부의 '엄격한 검열'이 시행되었던 시기
였지만 〈아리랑〉(1926, 나운규), 〈임자없는 나룻배〉(1932, 이규환), 〈춘
향전〉(1935, 이필우)과 같은 영화들이 제작되었다. 그러나 아쉽게도 이
시기에 제작된 영화들 대부분이 찾을 수 없게 되었다.

두 번째 시기는 1955년에서 1969년에 이르는 '성장기' 또는 '제1의
황금기'라고 할 수 있다. 8.15 해방에서 6.25 전쟁을 겪은 후 한국영화
는 다시 부활하기 시작했다. 한국영화의 제작 편수는 1955년의 15편
에서 1969년에 229편으로 급증했고, 같은 해 영화 관람객은 1억7천
만 명에 달했다. 이 기간 〈피아골〉(1955, 이강천), 〈자유부인〉(1956, 한
형모), 〈오발탄〉(1961, 유현목), 〈시집가는 날〉(1957, 이병일), 〈마부〉
(1961, 강대진), 〈하녀〉(1960, 김기영), 〈만추〉(1966, 이만희) 등 다양한
장르의 영화가 제작되었다.

세 번째 시기는 1980년에서 1995년에 이르는 기간으로 이 시기를
흔히 한국영화의 '새로운 물결(New Wave)'이 일어났던 시기로 지칭되
기도 한다. 물론 영화법이 제정된 1962년부터 1985년까지 영화에 대
한 검열이 지속되었고, 영화 제작과 수입에 정부의 허가를 받아야 했
던 시기였다. 하지만 이런 상황 속에서도 1980년대와 1990년대 초에
이르는 기간 임권택, 박광수, 이장호, 배창호, 정진우, 장길수, 장선우, 곽
지균과 같은 감독들에 의해 사회성 있는 영화들, 리얼리즘에 바탕을
둔 영화들, 또는 새로운 영화 언어로 제작된 영화들이 제작됨으로써
우리 영화계에 새로운 바람을 일으켰다.

네 번째가 1996년 이후의 고도성장기, '제2의 황금기'라 하겠다. 19
90년대 후반부터 시작된 한국영화의 고도성장 과정을 '예술적 측면'
과 '산업적 측면'에서 나누어 볼 수 있다. 먼저 칸, 베를린, 베니스 등 3대
영화제를 중심으로 한국영화의 성장과정을 상징적인 사례로 보기로
한다.

　1997년은 칸영화제가 50주년을 맞았던 해였다. 50년 동안 칸에서
상영된 한국영화는 〈물레야 물레야〉(1984, 이두용), 〈달마가 동쪽으로
간 까닭은〉(1989, 배용균), 〈증발〉(1994, 신상옥), 〈유리〉(1996, 양윤호),
〈내안의 우는 바람〉(1997, 전수일) 등 다섯 편이었다. 그러나 1998년에
는 〈아름다운 시절〉(이광모), 〈강원도의 힘〉(홍상수), 〈8월의 크리스마
스〉(허진호), 단편 〈스케이트〉(조은령) 등 한 해에 4편이 초청되었다.

　다음 해 1999년에는 단편 4편이 초청되었고 송일곤 감독의 〈소풍〉
이 심사위원 특별상을 수상했다. 2000년에는 〈박하사탕〉(이창동), 〈오,
수정〉(홍상수), 〈해피엔드〉(정지우), 〈춘향뎐〉(임권택) 등 4편이 초청되
었고 그중 〈춘향뎐〉은 처음으로 경쟁부문에 진출했다. 2002년, 임권택
감독이 〈취화선〉으로 감독상을 수상했고, 2004년에는 박찬욱 감독의
〈올드보이〉가 심사위원 대상을 수상했다. 그 이후 전도연의 여우주연
상(2007, 밀양), 박찬욱의 심사위원 특별상(2009, 박쥐), 이창동의 각
본상(2010, 시)으로 칸에서의 수상이 이어졌다.

　한편 2002년, 이창동 감독은 베니스영화제에서 〈오아시스〉로 감독
상과 신인연기자상(문소리)을, 고 김기덕 감독은 2004년 〈사마리아〉
로 베를린에서, 〈빈집〉으로 베니스에서 각각 감독상을 수상했을 뿐 아
니라 〈피에타〉로 베니스에서 황금사자상을 획득했다. 이와 같은 과정
을 거쳐 한국영화의 오늘이 있게 된 것이다. 이처럼 1998년 이후의 고
도성장이 가능했던 것에는 세 가지의 원인이 있다고 생각한다.

첫째, 1999년, 정부의 영화 검열제도가 폐지되고 '표현의 자유'가 보장되었기 때문이다. 이로 인해 금기시되었던 소재의 영화는 물론 다양한 소재의 영화들이 제작될 수 있었다.

둘째, 1990년대 후반, 신인감독들의 새로운 영화들을 선보이면서 세계 영화계의 주목을 받기 시작했다. 데뷔 작품인 김기덕의 〈악어〉, 홍상수의 〈돼지가 우물에 빠진 날〉, 이창동의 〈초록물고기〉가 1996년에 발표되었고, 1998년에서 2000년 기간에 김지운의 〈조용한 가족〉, 박찬욱의 〈공동경비구역 JSA〉, 봉준호의 〈플란다스의 개〉가 발표되면서 이들 감독들이 한국영화계를 주도하기 시작했다.

셋째, 1996년에 창설한 부산국제영화제를 통해 주목받는 한국영화들이 전 세계에 소개되기 시작했다는 점도 간과할 수 없다. 다음은 산업적인 측면이다. 한국영화의 국내 시장 점유율을 중심으로 살펴본다면 1993년까지 한국영화의 시장 점유율은 16퍼센트에도 못 미쳤었다. 1995년에 21퍼센트, 1998년에 25퍼센트였다. '미국영화의 직배반대 투쟁'이나 '스크린 쿼터 사수운동'이 전개되었던 배경이기도 하다.

그런데 1999년, 강제규 감독의 〈쉬리〉가 관객 620만 명을 기록하면서 시장 점유율은 37퍼센트로 올라갔고 다음 해 박찬욱 감독의 〈공동경비구역 JSA〉가 다시 620만 명을 기록하면서 35퍼센트를 기록했다. 2001년에는 곽경택 감독의 〈친구〉가 800만 명을 기록하면서 시장 점유율은 50퍼센트로 상승했다. 2004년, 〈실미도〉(강우석)와 〈태극기 휘날리며〉(강제규)가 각각 11,000만 명을 기록하면서 시장 점유율은 59.3퍼센트에 달했고, 한국영화계는 1,000만 관객시대를 열었다. 20 06년에 〈괴물〉(봉준호)과 〈왕의 남자〉(이준익)가 각각 1,300만 명과 1,200만 명을 기록하면서 시장 점유율은 63.8퍼센트로 최고치를 기록했다.

극장 관람객 또한 1998년에 5,000만 명이 2003년 1억 명을 돌파했고, 2019년에 2억 2천만 명을 넘어섰고 매출액은 약 2조 원에 달했다. 이처럼 산업화가 가능했던 배경에는 1998년부터 전국적으로 확장되기 시작한 멀티플렉스의 역할이 컸고, 대기업이 영화의 제작, 투자, 배급을 주도했기 때문이라고 할 수 있겠다. 물론 대기업의 수직 계열화와 독점은 저예산 독립, 예술영화의 유통을 제약하는 부작용도 무시할 수 없을 것이다. 이상으로 1998년 이후 2019년까지의 한국영화의 고도성장에 관해 살펴보았다.

끝으로, 2020년 초에 불어 닥친 COVID-19 팬데믹으로 한국영화는 물론 전 세계의 영화계가 위기를 맞고 있다. 팬데믹이 끝난 2023년에도 극장 관람객은 나라마다 차이는 있지만 50퍼센트에서 70퍼센트의 관객만이 극장으로 되돌아 오고 있는 실정이다. OTT에 의한 온라인 매체가 영화산업을 지배하면서 영화의 미래, 극장의 미래에 대한 심각한 과제에 직면해 있는 것이 현실이다.

'감독 의자'를 증정받고 영화인들과 함께

# 최현 선생님을 기리며

하염없이 내리는
첫눈
이어지는 이승에
누군가 다녀갔듯이
비스듬히 고개 떨군
개잡초들과 다른
선비 하나 저만치
가던 길 멈추고
자꾸자꾸 되돌아보시는가

2005년 생전에 최현 선생과 가장 친했던 무용평론가 김영태 시인이 그를 기리며 지은 「누군가 다녀갔듯이」(2005. 3. 11. 문학과지성사)의 한 귀절입니다.

최현 선생 서거 15주기를 맞이하여 '최현 춤의 근현대적 위치'를 조명하는 담론의 자리가 마련된 것을 매우 뜻 깊게 생각합니다. 그리고 이 뜻 깊은 자리를 마련하신 최현우리춤원의 윤성주 회장과 회원 여러 분께 깊은 감사를 드립니다. 또한 이 자리에서 기조연설을 하게 된 것을 매우 영광으로 생각합니다. 무용가도, 무용평론가도 아닌 제가 최현 선생에 관해 이야기 한다는 것이 매우 주제넘고 송구스러운 일이지만 최현 선생과의 각별한 인연 때문에 수락하게 되었습니다.

저는 1996년 이종덕 원장께서 창립한 '예장로타리클럽'에 최현 선생과 함께 창립회원으로 참여했었고, 그 후 매주 화요일 아침 주회에서 최현선생을 만나 뵐 수 있었습니다. 특히 술을 좋아했던 저는 최현 선생의 호출로 서교동의 옛 청기와 주유소 근처의 술집이나 인사동에 불려나가 밤늦도록 술을 함께 마셨던 일이 어제 같습니다. 저는 최현 선생을 기리는 '허행초' 모임의 회원이기도 합니다. 허행초 모임은 1994년 국립극장에서 최현 선생의 무용공연이 끝난 후 주인공인 최현 선생과 부인 원필녀 여사와 함께 뒷풀이에 참석했던 한용외, 손기상, 이종덕, 이상만, 이만익, 이세기 등 문화계 인사들이 최현 춤에 감동한 나머지 결성한 모임입니다. 지금도 매월 마지막 월요일 저녁에 모입니다.

'허행초' 모임은 2000년 '허행초상'을 제정했고, 손기상 삼성문화재단 고문이 제1회 수상자로 수상한 데 이어, 2001년 12월 27일, 제가 영광스럽게도, 제2회 수상자로 선정, 당시 허행초 모임의 회장을 맡았던 차범석 예술원 회장과 최현 선생님으로부터 직접 수상한 바 있었습니다. 허행초상은 그 후 한상우, 김영태, 조동화 선생께서 수상한 후 아쉽게 그 맥이 끊겼습니다. 저는 고인과의 이러한 인연으로 오늘 이 자리에 서게 되었습니다. 저는 최현 선생에 관한 다섯 개의 키워드로 담론의 화두를 제공하고자 합니다.

첫째는, 최현 선생의 다양한 경력입니다. 최현 선생은 1929년 12월 6일 부산 영도에서 부친 최재용, 모친 이말녕의 2남 5녀 중 넷째, 장남

최현 선생님으로부터 제2회 허행초상을 수상하며(2001)

으로 태어났으며, 2002년 7월 8일, 지병인 간암으로 73세로 타계하셨
습니다. 본명은 최윤찬(崔潤燦), 호는 석하(夕荷), 학천(鶴天), 삼원(三圓),
운애(雲崖)―원래 夕荷는 성경린 선생께서 지어주셨으나, 평론가 김영
태는 '석하(夕霞)'가 더 어울린다고 했습니다.

13세 때 부친을 여의면서 집안 형편이 어려워졌고 16세인 1945년,
무지개 악극단이 주최한 전국가요경진대회에 수상한 후, 무지개 악극
단, 지평선 악극단, 동방 가극단 등에서 노래, 드럼, 연기 등을 배우며 경
상도 일대를 돌아다녔습니다. 1948년, 한국무용계의 거목이었던 김해
랑무용소에 입문해서 8년 동안 사사받으며 민속춤과 창작법을 익혔
습니다. 스승 밑에서 춤을 배우면서 마산상업고등학교를 졸업하였고,
1953년 서울대학교 사범대학 체육학과에 입학, 1959년에 졸업하였습
니다. 학창시절 그는 영화배우로 활동하기도 했고, 한국무용계의 명인
들을 직접 찾아다니면서 다양한 '춤의 정수'를 익혔습니다. 졸업 후에

그는 대학과 서울예고에서 타계할 때까지 평생을 후학 양성에 심혈을 기울이면서 100여 편의 무용극, 창극, 마당극에서 창작춤을 추고 또 안무했습니다.

두 번째 키워드는 영화배우 최현입니다. 마산상업중고등학교에서 연극부장을 맡아 연기활동을 익혔고, 1951년, 신경균 감독의 〈삼천만의 꽃다발〉에 주연을 맡은 이후 〈시집가는 날〉(1956), 〈불멸의 성좌〉(1959), 〈춘향전〉(1958), 〈자유결혼〉(1958), 〈어느 여대생의 고백〉(1958) 등 12편의 영화에 주연 또는 조연으로 출연했습니다. 이때 익힌 연기가 그의 춤사위에 많은 영향을 미쳤을 것으로 보입니다.

세 번째의 키워드는 무용 교육자, 무용 지도자 최현입니다. 1955년에 그는 혜화동에 최현무용연구소를 개설(1976년, 서울 독립문 근처에 다시 무용연구소를 개설하고 1977년에 최현무용단을 창설)할 정도로 그는 학창시절부터 후학 양성에 강한 집념을 가졌던 것 같습니다. 1961년 서울대학교 사범대학을 졸업한 후 서울대학교 음악대학과 사범대학(체육교육학과), 이화여자대학교(1969~1970), 중앙대학교, 서울예전(1981~1985) 등에서 학생들을 가르쳤고, 특히 1965년부터 30여 년간 서울예술고등학교에서 후학들을 양성하는 데에 심혈을 기울였습니다.

1983년에 결혼한 제자 원필녀를 비롯하여 김향금(창원대 무용과 교수), 이미미(최현우리춤원 1대 회장), 백정희(한양대 무용과 교수), 서영님(전 서울예고교 교장), 윤성주(전 국립무용단 예술감독), 정혜진(전 서울예술단 예술감독), 박은영(한국예술종합대학 전통무용원 교수), 마혜일(서울예고 무용과 주임교수), 손미정(예원중학교 무용과 주임교사) 등이 직계 제자들입니다. 뿐만 아니라 그는 국립무용단 무용수(1963~1973), 국립무용단 지도위원을 역임하면서 한국을 대표하는 무용수로서, 안무가로서 수많은 무용수들을 지도하면서 길러내기도 했습니다.

네 번째, 가장 중요한 키워드는 한국 최고의 무용수, 안무가 최현입니다. 16세인 1945년, 한국무용계의 거장이었던 김해랑에게 8년 동안 무용과 창작법을 배운 최현은 1955년 혜화동에 최현무용연구소를 개설하면서 김천흥에게 궁중무용을, 한영숙에게 승무, 태평무, 살풀이를, 김진옥에게 봉산탈춤을, 장재봉에게 통영 오광대를 배우는 등 한국무용계의 장인들을 두루 찾아다니면서 모든 분야의 춤을 직접 사사했습니다.

'예술은 배우는 것이 아니라 스스로 깨닫는 것'이라고 한 스승의 말씀을 좌우명으로 삼아 '자기자신의 춤'을 만들어 나갔습니다. 이 과정에서 조택원으로부터는 '신노신불로(身老心不老)'를 전수받기도 합니다. 86 아시안 게임 식전 행사 '영고'와 88 서울 올림픽의 폐막 행사 '안녕'의 무용 안무를 총괄했고 5회 이상 해외 순회공연에 무용수로 참여하기도 했습니다. (1957년 동남아 순회, 1970년 일본 엑스포, 1971년 동남아 5개국 순회, 1982년 중남미 순회, 1990년 소연방 4개국 순회, 1995년 월드컵 유치 중남미 순회 등)

최현은 초창기에는 김해랑 작품에 출연했지만 점차 자신이 안무한 창작 춤으로 그 영역을 넓혀 나갔습니다. 「시집가는 날」(1979), 「황진이」(1981), 「마의태자」(1981), 「雨中有題」, 「사랑가」(1985), 「새불」(1987), 「추정」(1987), 「꿈의 춘향」(1992), 「명성왕후」(1994) 등 100여 편이 넘는 무용극, 창극, 마당극, 뮤지컬에 주역으로 또는 안무자로 창의적 활동을 계속했습니다.

1974년 위궤양 수술을 받고 퇴원했을 때 하늘을 훨훨 날고 싶은 염원을 담아 1976년 TBC 방송과 1978년 세종문화회관 개관예술제에서 선보인 〈비상〉이 최현의 대표작이라는 데에는 무용계의 의견이 일치합니다. 65세인 1994년 12월 2~3일, 국립극장에서 무용에 입문한지 48년만에 최현은 첫 개인발표회를 갖습니다. 「비상」, 「군자무」, 「허행초」, 「비원」, 「녹수도 청산을 못 잊어」 등이 관객을 열광시켰습니다. 김영태 시인이 그에게 헌사한 허행초시를 안무한 「허행초」도 「비상」과 함께 그의 대표작입니다.

마음을 비우면 그 마음속에 길이난다.
손에 든 부채를 버리면 춤의 길을 걸어 온 손이
잠깐 해방될까
그것도 잠시 마음이 허한 법
마음 다 비운 뒤에 허전함이 다시 부채를 들지
평생 그 일념 때문에 지화자 얼씨구
춤으로 빈 마음을 채우고 다시 길 떠나듯

김영태 시인은 이를 두고, '그동안 연극, 창극, 무용극, 뮤지컬 등 종합무대에서 안무와 출연으로 수많은 업적을 남기면서도 여지껏 자기만의 무용세계를 펼쳐 보이는 개인발표회가 없었다는 것은 그가 얼마나 신중한 완벽주의자인지를 보여주는 부분'이라고 말했습니다.

그 이후 최현 선생께서는 거의 매년 발표회를 가졌고, 2001년 12월, 그의 마지막 작품인 「비파연」을 호암아트홀에서 선보였습니다.

무용평론가 김영태는 다시 말합니다.

단아하고 고담한 백자기 같은 춤
일진청풍속에 의연히 장공을 마주하는 춤

바람과 꽃과 세월 속에서 유유자적하는 선비의 춤
끊길듯 이어지고 이어질듯 하다가
마침내 허공을 향하여 비상하는
그 무한한 활력과 동(動)의 세계로 비약하는
그 춤의 힘은 바로
남성춤의 진수라고 해도 좋을 것이다.
손끝으로 추는 춤이 아니라 가슴으로 추는 춤이다.
얄팍한 웃음으로 혹하게 하는 꾸밈이 아니라
생각과 느낌과 정서로 추는 멋의 춤이 거기 있으니
나는 감히 최현의 춤을 사랑하고 아껴오기를
50년이 흘렀다.

끝으로, 다섯 번째 키워드는 이 시대 마지막 낭만주의자 최현입니다. 1994년 12월 「허행초 최현춤 작품전」의 카탈로그에서 최현 선생께서는 이렇게 술회합니다.

춤은 춤추는 이 마음의 바탕이 거울처럼 비처야 하며, 그 거울은 춤추는 사람의 인격이요 자세의 기본입니다. 저는 혼탁해가는 시대에 저만이라도 귀감을 남기려 노력했습니다.
후학들을 지도할 때 저의 소신을 늘 그들에게 일깨워주었습니다.
천품(天稟)은 곧 춤의 득도요, 길이나 다름없다는 것을...
'허심초'라는 제목에서 짐작하듯, 제가 걸어 온 길이 그랬듯이 허욕이나 가식으로부터 우리가 마음을 비울 때 만나는 허심탄회함, 사(邪)나 욕(慾心)이 들어설 수 없는 정화(淨化)의 적나라함을 춤으로 제 인생 육십 반고비에서 접어보려는 뜻...

공간 속 허공에서 춤 춘다는 것, 그것은 참으로 찰나적이 아닐 수 없다. 그 찰나의 순간에 우주적 질서의 운용과 조형미, 영상미를 다룬다는 것은 늘 어렵다. 마치 건축과 같다고나 할까. 발동작 하나, 손동작 하나가 모두 허공에 쌓는 아름다운 건축물을 위한 작은 벽돌 같다.

춤에 대한 최현 선생의 이러한 신념, 철학, 자세 때문에 그 자신 100여 편이 넘는 안무를 했음에도 무용계 입문 48년 만에 '최현춤 전'을 열 정도로 자기 자신에게 엄격했던 것 같습니다. 이를 두고 박용구 선생께서는 '외유내강'의 '완벽주의자'로, 성경린 선생께서는 '비상은 최현만이 출 수 있는 춤'이라고 평했습니다. 그러나 저는 자신에게는 엄격하고 강직하지만 밖으로는 항상 부드러움을 보여주었던, 그러면서 술과 낭만을 즐겼던 최현 선생은 이 시대의 대표적인 '선비'였다고 회고합니다. 저는 최현 선생께서 안무하고 창작한 「우중유제」, 「추정」, 「비상」, 「허행초」, 「비파연」 등 많은 작품들의 제목과 내용들을 보면서 '풍류와 멋과 기품을 지닌 전형적인 선비'였다는 확신이 들었습니다.

소설가 이세기가 "갓쓰고 도포입고 부채 들고 최현이 무대에 나타나면 이 도령이 광한루에 나선 듯 화사하고 눈부시다... 부채 끝으로 오작교를 가르키고, 부채를 펴서 얼굴을 가리면 그때마다 한량의 풍류와 선비의 기품이 동시에 엇갈린다"라고 표현한 그대로입니다. 물론 길지 않은 동안 최현 선생과 술자리에 자주 어울렸던 저는, 지금 이 순간 아마도 이 시대의 마지막 낭만주의자였을 최현 선생을 기리는 마음 간절합니다.

서기 815년 당의 시인 백거이(居易)가 구강(九江)의 사마(司馬)로 좌천된 어느 날 친구를 전송하기 위해 배타고 심양강에 나갔다가 비파소리를 듣고 울적한 심경을 시로 표현한 「비파행(琵琶行)」을 읽으면서, 마지막 작품 「비파연」을 안무했던, 허전하고 외로웠을 최현 선생의 마음이 읽혀집니다. 최현 선생께서는 지금 이 순간 이승에서 비파소리 들으면서 춤을 추며 비상하고 계시지 않을까 싶습니다.

끝으로 이 글은 〈비상 의지와 허행의 숨돌림―최현론〉(김영태), 〈최현의 생애와 예술세계〉(윤명화), 〈석하 최현 타계 10년 석하전상서〉(2012.12.27. 최현우리춤원),《전통춤 평론집 춤풍경(舞風景)》(김영희, 2016, 보고사),《당시삼백수》(2014, 명문당), 네이버, 타계 당일의 신문 기사와 원필녀 등 지인들의 증언을 토대로 작성했습니다. (2017년, 최현 15주기 추모 세미나에서의 기조연설)

**임문영**(林文榮)

서울 태생. 성균관대, 동대학 무역대학원을 졸업하고 파리 10대학(낭테르) 사회학 박사학위를 취득했다. 프랑스 유학시절, 앙드레 말로의 문화정책에 대한 관심으로 그의 '문화의 집'을 답사하기 위하여 프랑스 문화부의 재정 지원을 받아 프랑스 전역의 문화의 집을 방문하여 자료를 수집하고 문화의 집 원장들과 면담을 할 수 있었다. 귀국 후 문화공보부 주최 문화종사자들의 교육 및 연수에 프랑스 문화의 집에 관한 자료를 소개하였는데 당시 새로운 아이디어로 지방자치단체 차원에서 많이 활용되기도 했다. 아울러 노태우 정부 때, 문화부 신설을 위한 국가정책전문가회의 문화교육부문 분과위원장을 맡아 실질적인 정책자문을 했다.

또한 유네스코 본부에서 발행하는 잡지《유네스코 꾸리에(Unesco Courrier)》의 한국어판 편집장으로 세계의 문화를 한국에 소개하는 역할을 했다. 해외 문화에 목말라했던 당시 문화적 상황을 돌이켜보았을 때 매우 의미있는 일이었다. 이러한 일련의 활동으로 유네스코 본부 한국인 문화분야 전문인으로 선정되기도 했다. 알리앙스 프랑세즈, 유네스코 한위, 한불협회 회장을 역임하였고 계명대학교 유럽학과에서 정년 퇴임하였다.

은퇴 후에는 봉사활동으로 서초복지관에서 특강을 매년 3개월씩 해오고 있으며 시인과 수필가로 등단해 활동하고 있다.

# 삶을 작품화하라

요즘의 삶의 형태는 우리가 젊었을 때와는 많이 달라졌다. 노동을 중시하던 시대와 크게 달리, 일과 생활의 균형을 추구하는 워라밸(Work and Life Balance)이 바람직한 한 형태로 등장했다. 특히 욜로(You Only Life Once) 현상도 유행해 자기의 삶을 가장 중요시하는 사고가 강하다. 이런 시대적 문화 상황 속에 살면서 제대로 된 취미 하나쯤 가져야 할 시대에 우리는 살고 있는 것이다. 특히나 은퇴 후 노년의 삶이 풍요롭기를 원한다면, 더욱더 하고 싶은 취미생활을 위해서 배우고 또 배워서라도 취미생활을 즐겨야 나름대로의 삶이 풍요로워질 것이다.

나는 어려서부터 그림 그리기를 무척 좋아했다. 작은 이모부가 이당 김은호 화백을 좇아 그림을 배우던 후소회(後素會)의 마지막 제자인 오당 안동숙 화백인 까닭에 아틀리에에서 그림을 접하고 살았지만, 아마도 6.25 전쟁 때 아버지를 잃고 말 상대를 그림 속에서 찾았는지도 모른다. 아무튼 나는 살아오면서 그림 그리기, 그림 감상하기, 그림책 읽기, 미술사와 그림 배우기(유화, 수채화, 판화, 펜화, 전각) 등에 지속적인 관심을 가져왔고 은퇴 후에도 다양한 취미생활을 하고 있다. 요즘은 글쓰기에도 관심이 많아 시(詩)뿐만 아니라 수필 쓰기에도 시간을 많이 할애하고 있다. 박완서 작가의 말처럼 '자기 전공공부에는 게으르고 자신도 없는 주제에 잡문 나부랭이나 써가지고 살아가는 허섭스레기들처럼' 살아가고 있는 것은 아닌지 간혹 의문이 든다.

그림에 대한 나의 취미생활은 결혼 후에 빛을 보게 되었다. 다행히 아내도 그림에 관심이 많아 함께 미술관 순례를 한다든지, 그림 배우기를 함께 한다든지 하는 취미활동을 함께 해오고 있다. 취미생활은 혼자 하는 재미도 있지만 둘 이상 여럿이 하면 간혹 갈등도 있지만 즐거움이 훨씬 많기 마련이다.

대구에서 혼자 기러기아빠 생활을 하는 바람에 우연히 대구 일요화가회 총무를 만나 가입하게 되었다. 서울에 올라가지 않는 일요일엔 대구 주변을 스케치 하고 유화를 그리며 풍광을 즐겼다. 1년 결산으로 열리는 연말 전시회 때는 대구 일요화가회 분들과 함께 즐거움을 나누었다. 이런 가운데 아내는 서울에서 나름, 꽃을 그리는 꽃 화가로 변신해 그림을 통해 일상에서 탈피할 수 있는 계기를 만들었다. 홀어머니를 모시는 일은 그리 간단하지 않았으니 그림으로 치유를 한 셈이다. 이런 와중에, 어느 날 우리 집에 오셨던 흑단의 조각가 문신 화백의 권유로 용기를 내어 1991년 청담동 최갤러리에서 첫 부부전시회를 갖게 되었다. 하지만 우선은 고민이 많았다.

그림을 전공하지 않은 아마추어 화가로 전시를 한다는 것이 쉽게 받아들여지지 않았고, 미술학과 교수도 아닌 사회학 전공자가 전시한다는 것이 크게 부담되었다. 해서 아내의 이름을 먼저 쓰고 내 이름을 나중에 쓰는 조건으로, 다시 말해 나는 어디까지나 찬조 출품한다는 의미로 합의해서 전시하기로 했다. 화랑에서는 우리 전시를 쉽게 허락하지 않았다. 공식적인 미술경력도 증빙 자료도 없었으니 당연한 일이

임문영, 포도주 병마개로 만든 「Composition」 춘, 하, 추, 동

다. 하지만 쥐구멍에도 볕 들 날이 있다는 속담처럼 마침 파리 소르본 대학 출신의 최갤러리 관장의 배려로 큐레이터가 우리 집을 방문했고, 화랑이 그림 판매는 않고 장소만 제공한다는 조건으로 전시할 그림들을 미리 확인하고서 허락을 받았다.

그렇게 해서 전시회가 열리게 되었는데 대성공이었다. 친지들이 대부분 팔아주는 덕에 아내의 그림이 팔리고 내 그림은 1+1로 끼워주는 격이 되었지만 그래도 기분이 좋았다. 그림이 호당 얼마로 팔린다는 사실이 신이 났다. 전시경비를 제하고도 엘란트라를 장만할 정도였으니, 그냥 신이 났다. 이렇게 첫 전시회는 친구들과 친지분들의 도움으로 성황리에 끝이 났다. 그림을 취미로 잘 선택했다는 생각이 들 정도였다. 하지만 우리 부부는 어디까지나 그림이 좋아서 그림을 그리고 순수 아마추어리즘을 숭상한다. 하지만 그림이 쌓이면 전시를 지속적으로 이어갔다.

2000년 연구년으로 우리 부부가 파리에 1년 체류할 때에도 운 좋게 전시를 할 수 있었다. 아내는 꽃 그림으로, 나는 포도주 병마개(bou--chon)를 이용한 작품으로, 체류하던 파리 국제대학촌(CIUP)에서 부부 전을 개최했다. 특히 관심을 가진 뒤바리 기자의 취재로 파리 포도주 신문에 기사가 실리기도 했다.

2007년 정년퇴임을 맞이하여 개인적으로 교분이 있던 대구 맥향화랑 김태수 관장께서 한 달간 전시회를 열 수 있게 해주셨고, 이어서 계명대에서는 「임문영 판화개인전」을 개최해주어 동료 교수와 직원들의 뜨거운 환영을 받기도 했다. 판화 판매대금 및 작품을 학교에 모두 기부·기증해 뜻깊은 마무리를 지었다. 기분 좋고 보람된 일이었다.

2017년 우리 부부는 마지막 부부전시회를 명동성당 '갤러리 1898'에서 열기로 했다. 그동안 우리 부부의 그림을 아끼고 사랑해주었던 모든 분들께 감사하는 마음을 전하는 뜻의 전시회를 열고 가능한 소품 하나씩을 선물로 드리는 이벤트도 했고, 판매대금은 재능기부를 했고 남은 대작들은 한국외방선교회 등에 기증해 부부 이름의 전시회를 마감했다. 그 후로 전시회는 열지 않고 있다. 대신 작은 그림들을 그려 선물로 드리는 기쁨을 누리고 있다.

은퇴 후 나의 취미생활은 더욱 활발해져, 예술의 전당 미술아카데미에 등록해 펜화의 일인자인 김영택 화백한테 펜화를 1년간 배웠고, 나아가 서예 아카데미에서 전각(이승호 전각가)을 3년간 배우기도 했다. 또한 서초복지관에선 수채화와 연필화를 배우기도 했다. 파리 7대학교 한국학과 교환교수로 1년간 체류했을 때에는 다색판화공방인 콩트르브앵 아틀리에에서 6개월간 판화도 배우기도 했다.

이처럼 그림과 연계된 자기도취에 만족해하는 삶을 나는 살아왔다. 젊었을 때 일만 하고 정년 뒤에는 그림과 함께 즐거운 삶을 살았고 지금도 일주일에 한 번씩 두 시간 동안 그림을 그리며 무아경에 빠지고 있다. 취미는 흔히 말해 삶에서 액세서리 정도로 생각하기 쉬운데 체험해보니 액세서리가 아니라 잠자리를 함께한 베개와 같은 존재로,

나에게 즐거움과 기쁨, 때론 눈물도 안겨준 보석 같은 존재였다. 취미 생활로 인해 더욱 풍요로운 삶을 살게 되어 행복했고 지금도 진행형이다.

프랑스 사회학자 앙리 르페브르가 삶을 작품화하라고 했듯이, 취미를 통해서 각자의 삶을 예술품으로 만들고 싸인·낙관도 찍고 되돌아갈 때, 우린 삶을 그만큼 열심히 살았노라고 하지 않을까?

임문영, 「The Last Dance」(2024)

젊은이들에게 하고 싶은 말

# 길은 글이요 여행은 삶이다

한마디로 떠나고 싶을 때, 떠나라고 하고 싶다. 고등학교 2학년 때 (1960) 친구와 함께 무전여행을 떠났다. 서울에서 진부령을 넘어 강원 골짜기를 거쳐서 영주 부석사 무량수전을 보고 경주 석굴암까지 이르는, 글자 그대로 무전여행이었다. 당시에는 무전여행이 유행이었다. 나는 처음으로 서울을 떠났고 시골을 체험할 수 있었다. 특히 석굴암 십이지신상을 만져보고 우리 문화를 사랑하게 되었다. 신기함을 직접 느꼈다.

그 뒤 1973년 대만, 홍콩을 거쳐 필리핀에서 3주 정도 유네스코 직원 교환프로그램으로 마닐라와 바기오 등지를 관광하며 돌아볼 수 있었다. 특히 대만에서 천연색 TV를 처음 보고 너무 신기해했던 기억이 새롭다. 그 뒤 74년 유네스코 파리본부 직원연수 과정에 발탁되어 파리 유네스코 본부에서 3개월 정도의 연수 프로그램을 이수하고 유럽을 여행하며 이탈리아와 일본을 거쳐 귀국했다. 당시 유럽 여러 나라를 여행하며 보고 들은 것들로, 나의 젊은 시절, 가장 멋있고 가장 보람된 잊지 못할 여행이었다.

　처음엔 파리 센강 변에 있는 에펠탑을 보고서 아름답다고만 느꼈지만 되돌아보니 나의 일생에서 피가 되고 살이 되는 어떤 영양분이 되었음을 알게 되었다. 특히 로마에서 버스를 타고 티볼리의 빌라 데스테를 보러 갔을 때 만난 미국 청년과의 짧은 대화가 나의 일생에 큰 영향을 미칠 줄은 당시엔 몰랐다.

　비가 부슬부슬 오는 날, 혼자서 손수건을 머리에 얹고서 빌라 데스테의 아름다운 분수와 주변 볼거리를 보고 있었는데, 마침 젊은 미국 친구가 있길래 반가운 나머지 말을 걸고 이야기를 이어갔다. 얘기인즉, 그 당시 3년 전에 빌라 데스테를 여행하다가 지금의 아내와 우연히 만나 연애하고 결혼해 지금은 딸 하나 두었단다. 그때를 기념하기 위해 한 달간을 머물면서 딸과 함께, 장모님까지 모시고 와 그들이 만났던 이곳에서 여유롭게 여행하는 것을 보고는 정말 너무 부러워했다.

　대체로 여행지를 선택하면 빨리 보고 사진 찍고, 또 다른 곳으로 이동하고 사진 찍고, 중요한 유적이나 볼거리를 미리 정하고는 얼른 보고 얼른 찍고 다른 곳으로 이동했던 나는 그 미국 청년을 얼마나 부러워했는지 모른다. 지금은 여행 패턴이 많이 바뀌고 보다 바람직한 방향으로 변화되고 있어 다행이라고 생각되지만, 아직도 우린 여행보다는 관광하고 있는 것이다.

　이 글을 쓰는 이유 중 하나는 특히 젊었을 때 많이 여행 하라고 주문하고픈 것이다. 떠나고 싶을 때 떠날 수 있는 젊은이들이 얼마나 되겠는가? 하지만 그런데도 떠나고 싶을 때 떠나는 용기가 중요하다는 것이다. 여행의 이유는 설명하지 않겠다. 여행에 조금이라도 관심이 있는 친구라면 김영하의 《여행의 이유》를 읽었으리라 믿는다. 나는 무슨 이유에서든 간에 젊어서는 국내외를 막론하고 여행을 밥 먹듯이 하라고 하고 싶다. 연암 박지원도 "길은 글이요 여행은 삶이다"라고 했다. 무슨 말이 필요하겠는가? 젊은이들이여, 그냥 떠나라. 이것저것 재지 말고 졸지 말고 그냥 떠나고 싶을 때 떠나라. 이것이 내가 하고 싶은 말이다. 길은 글이요 여행은 삶이다.

「자화상」앞에서

# 외길과 샛길

  학문의 길을 걷기로 정했다면 외길인생을 걸어야 한다는 생각이
먼저 든다. 샛길을 수없이 찾아다녔고 딴짓을 많이 했다면 학문하는
사람들의 잣대로는 비판 받아 마땅하다. 하지만 오늘날은 여러 길을 경
험한 사람이 오히려 하나의 통섭의 길을 모색할 수 있는 역량을 가진
사람으로 간주될 수 있지 않을까? 우리 세대의 절박한 상황 속에서 니
름의 핑계도 있을 것이나, 나이 들어 생각해보니 흠투성이인 나의 삶,
그중에서도 나의 전공에 관해 나름 못한 말말을 하고자 한다.

  처음 도입된 대입(국가고시)에서 실패한 뒤, 꿈에도 생각해보지 않
은 학과 선택을 했으니 뜻밖의 일이었다. 고교 때 제2 외국어로 독일어
를 공부한 내가 불문학과를 선택한 나름의 이유는 1차의 꿈이 날아간
뒤에 오는 일종의 호기심이었다. 딴은 별난 짓이었다. 전과나 편입시험
도 있었지만 어찌 된 일인지 끝까지 졸업한다. 다행히도 졸업하자마자,
알리앙스 프랑세즈에 취업이 되어 나름 만족했다. 일반회사에 취업하
는 것보다 프랑스 유학의 꿈을 꿀 수 있게 되었으니 말이다. 결혼해서
유학을 가야 한다는 나름의 철칙(?)을 고수하다가 고배를 마시고 유학

을 포기하고는 유네스코 한국위원회로 직장을 옮긴다. 안정된 직장생활을 하면서도 외대 지역대학원 유럽학과에 1년 이수하고는 성대 무역대학원(야간)이 개원하자 고민 끝에 옮기고 만다.

석사 논문으로 유럽통합과 한국이란 주제로 유럽 전문가인 김세원 박사의 지도를 받았다. 졸업 후 아프리카 상어지느러미 중개상 책임자로 가는 기회가 있었지만 포기하고 만다. 실은 유네스코의 직장 분위기에 홀딱 빠진 것이다. 게다가 유네스코 파리본부에서 일하는 꿈을 꾸기 시작했다. 국제기구에서 일하는 꿈이 나래를 편다. 1974년 파리본부에서 유네스코 직원 연수 과정(3개월)에 참여할 행운을 마치고서 더욱 꿈은 굳어지고, 이어서 1976년 프랑스정부 장학생 시험에 합격해 프랑스 유학의 꿈이 날개를 단다. 문화를 공부하기 위해 유학을 꿈꾸었고, 문화를 공부한다는 것은 학위소지자로서 바로 유네스코 직원으로 가기 위한 지름길이었다. 오로지 유네스코 본부 직원이 되기 위한 길이 희망이었는데, 하필 국가할당제에 묶여 정부 베이스로 추천되었음에도 그 꿈이 좌절되고 만다. 사람은 꿈을 먹고 산다고 했다. 꿈이 좌절되면 사람도 좌절되는 것인가? 그렇지는 않다. 안되는 것은 안되는 것으로 바로 수용하고 유네스코 한위에서 학위를 마치고서도 열심히 일을 했다. 일주일에 하루 시간강사를 할 수 있게 특별히 소속 부장님이 배려해 주기까지 하셨는데 감사한 일이었다.

당시 프랑스에서 학위를 받은 사회학 박사가 몇 명 되지 않았다. 해서 나를 아는 분들이 나를 가만두지 않고 여기저기 자리에 추천해주셨다. 결국은 정부 관련 연구기관과 대학, 두 자리를 놓고 진지하게 고민하게 되었다. 나의 멘토이신 대학은사님께 조언을 부탁했더니 정부 기관은 바람을 탄다고 하셨고 대학은 제자를 키운다는 보람이 있다고 하셨다. 멘토의 말씀은 중요하다. 결국 교수님의 말씀에 따라 대학으로 가기로 정했다. 아주 잘한 결정이었지만 은퇴하고 가끔은 그때 정부 기관으로 갔더라면 지금의 나는 어떻게 되었을까 하는 생각에 젖어 들 때도 있다. 그냥 즐거운 추억인 셈이다.

한국에서 프랑스학과가 학부에 처음 개설되어 내가 책임자로 가서 학과를 발전시키는 임무를 맡은 셈이다. 프랑스라는 지역을 정치, 경제, 사회, 문화, 전 분야를 가르치면서 불문학에 치우친 연구 분야를 정치, 경제, 사회 분야 전반으로 확대하는 지역연구를 하게 되었다. 당시에는 세계화 추세에 따라 지역연구가 나름 인기 있는 추세였고 미래도 밝아 보였다. 그렇게 해서 정년퇴직할 때까지 프랑스학/지역학 연구에 매진했으나 시대 변화에 따라 프랑스학과와 독일학과가 합쳐 유럽학과로 다시 태어났다. 당시 유럽연합이 탄생하여 개별국가연구보다는 유럽 차원의 연구가 절실히 필요한 때문이었다.

1976년 프랑스 유학을 떠날 때, 사회학을 하려면 미국으로 가야지 왜 프랑스로 가느냐고 고려대 임희섭 교수가 프랑스 유학에 대해 한 말씀을 하셨다. 실제로 사회학의 연구중심이 미국으로 건너간 지가 오래되어 프랑스나 독일에서 공부한 유럽 연구자들은 사회학 중에서도 사회사상이나 사회철학이 중심 연구주제였다고 할 수 있다. 나는 사회학 연구주제 중에서도 프랑스로 문화를 공부하러 간 것이기에 나름 잘한 선택이었고 더욱이 나에게는 프랑스 정부 장학금을 받았으니 다른 선택의 여지가 없었다.

하지만 당시 사회학 연구추세로는 문화나 여가는 연구중심에서 벗어난 주제(별로 관심을 두지 않던 주제)였다. 실제로 장학본부에서도 나의 연구계획을 보고 파리 1, 2, 10 대학 그리고 파리사회연구원에 추천서를 보냈으나, 최종적으로는 파리 2대학에서 경제와 문명 연구팀에 들어가 1년을 공부했는데 문화연구가 아닌 문명과 경제를 공부하고 수

료만 했다. 동시에 파리 10대학에서 사회과학부문 박사준비과정을 이수하고 지도교수로 일상생활 사회학자 앙리 르페브르의 조교였던 앙리 레이몽 교수 밑에서 박사학위 논문을 지도받게 되었다. 첫마디에 최소한 8년이 걸릴 것이라 엄포를 놓는 바람에 잔뜩 겁 먹고 하루하루 살얼음판을 걸었다. 학부에서 사회학을 이수하지 않았기에 통계 및 사회학과 심리학 과목을 의무 이수하도록 해서 처음엔 혼쭐이 났다. 원어 강의 듣기에도 힘든 과목들을 이수하느라 프랑스 학생들의 노트까지 빌려가며 이중으로 고생한 6년 만에 드디어 논문을 마무리할 수 있었다.

논문 주제는 한국에서의 문화시설과 문화활동에서의 문화 소외현상에 관한 것이었다. 준비하면서 앙드레 말로의 문화정책과 '문화의 집(Maison de la culture)', 그리고 내 논문 심사위원장인 조프르 뒤마제디에의 여가연구에도 깊이 빠져들었다. 한때는 우리나라의 여가연구에도 관심을 쏟았다. 노동 중심에서 여가 중심사회로 이동해가는 과정에서 여가의 중요성을 강조하고 여가를 어떻게 활용해야 하는가 등을 연구 발표하며 특히 프랑스인들의 여가생활의 실태를 연구하고 소개하기도 했다.

지금 생각하니, 대학교수라는 직책에 얽매이지 말고 나름대로 전공을 충분히 살려서 학문적 성과를 좀 더 높이는 외길인생을 살았으면 어떠했을까 하는 아쉬움이 남는다. 지금 생각해보니, 학생들 가르치는 데 열중해 그들과 함께 하는 시간이 즐겁고 행복해 새롭게 들어오는 신입생들을 나름 프랑스문화를 알게 하고 그들에게 배울 것을 알려주어 보다 나은 시민이 되는 일에 더 치중했던 것 같다. 한 인간을 더욱 인간답게 가르치는 일이 중요한 것은 개인적인 연구도 중요하지만, 더 중요하다고 당시에는 생각했던 것 같다.

# 콧수염

신학기 강의가 시작되었다. 그날도 터미널에서 대구행 버스에 몸을 실었다. 두 명의 경찰이 차 안으로 들어왔다. 그들은 내게로 다가왔다. "신분증 좀 봅시다." 말없이 교수 신분증을 내밀었다. "아, 네, 감사합니다." 경례를 하고 가버린다. 무슨 사건만 터지면 내 소중한 마스코트이자 심벌인 콧수염이 타깃이 되는 것이다. 같은 장소에서 두 번씩이나 신분증 제시를 요구당하기도 했다. 가짜 콧수염 달고 홍콩으로 도주한 이수근 간첩사건과 정수일 교수 간첩 사건 때는 콧수염을 아예 밀어 버리고 싶었다. 그 정도로 귀찮은 일들이 많았다. 심지어 빈 택시도 콧수염을 보고는 그냥 가버렸다. 서글픈 일이다. 그럼에도 콧수염은 건재하다.

반면 콧수염으로 인해 덕을 본 적도 있다. 그날은, 동료 교수들과 해인사근처 식당에서 모임이 끝나고 학교로 되돌아가는 길이었다. 뻥 뚫린 88고속도로, 핸들을 잡은 젊은 교수는 신나게 페달을 밟았다. 순찰백차가 떴다. 딱지를 떼게 생겼다. 순간, 젊은 교수는 재빨리 머리를 굴려 과속한 이유를 그럴싸하게 둘러댔다. 뒷좌석에 앉아있던 콧수염

교수가 별안간 도쿄의 '하야시 초빙 교수'로 둔갑하였다.

"수고하십니다. 세미나 참석차 왔다가 해인사를 보고 대구공항으로 모시는 중입니다. 비행기 시간이 임박해 어쩔 수 없이, 알면서도 과속운전을 했습니다."

운전했던 교수는 죄송하다고 공손히 조아렸다. 단속 경찰은 뒷좌석 콧수염 교수를 향해 목례를 하고 안전하게 모시라며 통과시켜 주었다. 우리 일행은 돌아오는 차 안에서 얼마나 웃었는지 지금도 그때를 생각하면 절로 웃음이 나온다. 이만하면 수훈의 공로자는 콧수염이 아닌가.

콧수염과 인연을 맺게 된 것은 우연한 계기였다. 유학시절, 산적한 자료를 정리하며 논문 쓰기 바빠서 면도할 시간조차 없었다. 자연히 털보가 되었다. 유난히 털이 많았기에 보름 정도 면도하지 않으면 얼굴이 달라 보이고, 한 달 정도 손질 안 하면 전혀 다른 사람이 되었다. 진정 파리의 자연인이다.

대학에서 후학을 양성하며 학생들에게 적잖은 관심의 대상도 콧수염이었다. 콧수염은 용기도 필요하지만 우선 풍성한 털이 관건이다. 교수는 학생들의 평판에 민감하다. 코미디언을 닮았다. 어느 유명 인사를 닮았다. 있어 보인다. 그런대로 괜찮다 싶어, 콧수염을 더 소중히 여기고 있다.

내 얼굴에는 내 얼굴이 없다. 특징이 있으면서 특징이 없는 것이다. 인사동 지인의 미술 전시회에서 만난 몽골 청년은, 나를 보자 화들짝 동공이 왕사탕처럼 변하며 반가워했다. 고향 몽골에 계신 형님이 오신 줄 착각했다면서 자기 형님과 콧수염까지 꼭 닮았다고 했다. 고향에 보낸다며 여러 장 함께 사진을 찍어 갔다. 일본 가면 일본인 닮았다 하고 중국 가면 중국인 닮았다고 한다. 내 얼굴은 글로벌 페이스이니 과연 국제학 교수답지 아니한가.

　교양과목인 문화인류학을 강의할 때다. 콧수염에 대한 토론을 하게 되었다. 콧수염에 대한 부정적 편견과 긍정은 반반이었으나 긍정의 요인들이 우세였다. 우선, 미세 먼지를 걸러주어 호흡기 질환에 도움이 된다. 무게감이 있고 예술적이다. 멋있다. 특화된 개성이다. 상징성이 강하다. 무엇보다 기분 좋은 것은 잘 어울린다는 말이었다. 그렇게 잘 어울린다는 콧수염이 수난을 당한 일이 있다.

　유학을 마치고 귀국했을 때였다. 눈, 코, 입만 보이는 털북숭이를 바라보며 놀란 아내의 모습이 아직도 생생하다. 반가운 해후는 잠시, 아내는 다짜고짜 이용원에 다녀오라고 했다. 서운했지만 못 들은 척하고, 그대로 쓰러져 잠이 들었다. 아내는 곤히 잠든 '태초의 원시인' 같은 남편의 몰골을 물끄러미 바라보며 고개를 저었다. 여장군처럼 커다란 재단 가위를 들고나왔다. 울퉁불퉁한 톱니바퀴처럼 가위는 콧수염 인중 골짜기를 빠져나와 턱수염 언덕을 지나, 구레나룻 절벽을 타고 오르며 온통 터럭 숲을 누볐다. 잠에서 깨어 이언실색을 했던 그날 이후, 콧수염만 보존하게 되었다.

　숨 막히는 폭염이 계속되던 여름날, 아내는 내 콧수염을 보면 더 덥다고 익살스러운 엄살을 피웠다. 죽은 자의 소원도 들어준다는데 하물며 사랑하는 아내가 아닌가. 나 역시 더웠다. 깨끗이 밀고 보니 갑자기 초가을처럼 인중이 허전하고 서늘했다. 며칠 지나니 또다시 울창해졌다. 지인이 하는 말이 "수염을 뗐다 붙였다 하십니까? 며칠 전에 말끔했는데..."라고 한다. 더부룩한 콧수염을 보며 내가 하는 말이다. "네, 리모델링 중입니다."

　교수회의가 끝나고 동료들은 '할매 국시' 집에서 맛 좋은 국시로 시장한 배를 채웠다. 앞사람은 뒷사람이 내겠거니, 뒷사람은 앞사람이 냈으려니, 당당하게 학교로 돌아왔다. 며칠 후 친구와 국시 집을 찾았다. 할매는 그날따라 반색을 했다. 이름도 성도 모르고 얼굴만 아는 단골 손님이었는데, 그날 바쁜 틈에 계산을 놓친 할매는 콧수염만은 정확히 기억한다고 했다. 옴팡 비상금을 날렸다. 뜬금없는 외상값 운명의 슬픈 콧수염! 그러나 장하다. 동료들의 허기를 채웠나니...

서초동에서 광교 호수마을로 이사를 왔다. 콧수염도 위력을 다했으니 이젠 점잖게 콧수염의 노년을 지내기 위해서이다. 아내가 이삿짐 정리를 하다가 우연히 발견했다며 무슨 보물이라도 되는 것처럼 하얀 봉지에 싸인 물건을 내놓는다. 아뿔싸! 40여 년 전에 깎인 내 수염이 까맣게 윤이 나는 상태로 있는 것이 아닌가? 우리 둘은 한주먹의 털을 보고 있다. 그때 "수염이 잘려 힘을 못 쓰나 보네" 하며 빙그레 웃는다.

콧수염에 얽힌 일화는 많은 추억을 안겨 주었다. 애지중지하며 소중하게 여겼던 사랑스러운 콧수염. 임문영의 상징으로 잘 관리하리라. 여학생들이 콧수염의 진부를 다투다 확인하러 찾아왔던 그 콧수염. 오늘도 갖가지 일화 속에 잠겨 바라보는 즐거움 또한 비할 바 없다.

# 새가 된 아내

    자녀들이 모두 둥지를 찾아 떠나자 우리 부부는 수원의 신도시로 이사를 했다. 창밖으로 숲이 보이고 잔잔한 호수가 있어 일상에서도 힐링이 되는 좋은 환경이다. 하루하루 겨울이 깊어지고 있었다. 멀리 앙상한 나뭇가지에 까치집만 덩그러니 을씨년스럽다.

    서울은 빌딩숲으로 거리마다 사람들 모습이 화려하지만, 차량들의 홍수로 매연이 심해 공기가 탁했다. 그런 환경 탓에 아파트 창문조차 제대로 열어놓지 못하고 공기청정기에 의지하며 강남에서 40년을 살았다. 나이가 들어감에 따라 공기 좋은 곳에서 건강관리하면서 살아가자고 여기저기 물색을 하다가 소원 하나는 성취했다.

    거실 소파에 앉아있으면, 파랗게 뿜어내는 녹색의 싱그러움에 정신이 맑아지고, 잔잔한 호수는 마음의 평정을 안겨준다. 지상 낙원이 따로 없다. 아내는 아파트 철제 난간 위로 곡식을 주욱 늘어놓았다. 그러고는 매일 새를 기다린다. 새 먹이를 챙기며 기다리는 아내의 모습이 천진스럽다.

    2주 째, 드디어 이름 모를 새 한 마리! 곡식을 쪼아대며 녹두알 같은 눈망울을 이리저리 굴려 주위를 경계한다. 불안했나. 금방 날아가버렸다. 우리는 눈에 띄지 않으려 숨을 죽였다. 새들이 하나 둘, 난간 위에 놓인 곡식을 먹으러 오기 시작했다. 처음엔 박새인지 딱새인지 분간도 못했다. 인터넷에 찾아보니 딱새는 천연기념물로 귀한 몸이다. 박새란 녀석도 보이기 시작했다.

어느 날인가 덩치가 큰 녀석 한 쌍이 왔다. 직박구리다. 새들 숫자가 점점 늘어나자 아내는, 물통도 매달아 놓고 플라스틱 새 먹이통도 큰 것으로 달아 놓았다. 작정하고 새를 키울 기세다. 물통으로 달아놓은 그릇은 1973년도 마닐라에서 사 왔던, 야자열매로 만든 장식품이다. 새 먹이통은 플라스틱 네모 용기로 강력 빨래집게 몇 개로 부착해 놓았다. 제법 그럴싸한 모양새를 갖추었다.

아내가 그간 자연을 얼마나 그리워했는지 짐작이 되었다. 아내를 위해서도 이곳으로 이사하기 잘 했다는 생각이 든다. 겨우내 새들이 찾아 들었다. 이 사랑스런 모습을 동영상에 담아 손자들과 친지에게 전송했다. 아파트에 새들이 산다고 이웃들도 신기해하며 좋아했다. 이렇게 새들과 함께 시간 가는 줄 모르고 새로운 재미에 취하고 즐거움을 누리게 되었다. 봄이 되었다. 다양한 종류의 새들이 매일 찾아들고 아주 가끔 콩새도 날아왔다.

미처 예상 못 한 사태에 직면하였다. 뒤늦게 참새 한두 마리 조잘대더니, 순식간에 떼를 지어 모여들었다. 그동안은 나름대로 어떤 질서가 있었는데 참새 떼들이 오고부터는 분위기가 달라졌다. 박새는 여러 마리가 와도 먹이 먹는 순서가 있었다. 먼저 온 녀석이 먹고 나면 다음 녀석이 먹이를 먹었다. 질서를 지키는 모습이 감동이었다. 직박구리는 두 마리씩 오는데 그 녀석들도 둘이 함께 먹는 법이 없다. 아무리 배가 고파도 한 마리는 기다렸다가 먹는 것이 신기했다. 만물지영장(萬物

之靈長)인 인간보다 몇곱절 훌륭한 신사 같은 양반 새였다.

　사람들은 조금 덜떨어진 녀석을 보고 '새대가리'라고 한다. 새들과의 공생으로 유심히 관찰하면서 잘못임을 알았다. 그러나 참새 떼만은 예외였다. 먹이를 먹는 태도도 버릇없고 제멋대로였으며, 서로 먹겠다고 다투기까지 했다. 먹고 나서는 난간에 똥을 갈기지를 않나, 여간 마음을 상하게 만드는 녀석들이 아니다. 참새 똥을 치우며 인내심을 키우지만 인내도 한계에 부딪히고 말았다.

　얼마 후 우리 부부는 이웃에 큰 민폐를 끼치고 있다는 사실에 놀라고 말았다. 바로 아랫집 난간이 온통 참새 똥으로 범벅이 되어 있지 않은가. 이러다가 위 아랫집 사이에 분란이라도 생기지 않을까? 걱정이 앞섰다. 어찌하면 좋을까? 대책을 세우지 않으면 안 되겠다 싶었다.

　아내와 난 드디어 결심했다. 시도 때도 없이 새 먹이를 끊이지 않고 주다 보니 우리 내외가 먹는 쌀보다 더 많은 양이 들어갔어도 우리는 새 먹이는 안중에 없었고, 오로지 새들을 보는 재미로 즐겁고 행복했었다. 결국은 이기심이 부른 난처한 상황이 생겼나. 새 먹이를 중단해야겠다는 결론을 내렸다. 마침 따뜻한 봄이니 풍성한 먹이가 있는 자연으로 돌아가도록 하는 것이 바람직하다고 깨달았기 때문이다.

　우리가 즐겁고 행복한 사이, 새들에게는 자연에서의 자생력을 역행하게 하는 오류를 범한 것 같아 새들에게 미안했다. 겨울철 먹이 활동이 힘들 때만 잠시 도와주기로 하고, 커다란 먹이통을 단호하게 떼어냈다. 소통의 끈을 끊지 말자는 의미에서 물통만은 그대로 두고 물을 채워주기로 했다.

　아무런 예고도 없이 일방적으로 내린 조치라, 요즘 흔히 말하는 갑질 하는 것은 아닌지? 특히 박새와 직박구리 같은 양반 새에게는 미안하다는 생각이 들었다. 며칠 동안 새들이 유리 창문 안을 기웃거리며 왜 먹이통을 치웠느냐고 따지는 것 같고, 이 무슨 날벼락이냐며 원망하는 것 같기도 했다. 어떤 녀석은 두리번거리다 재빨리 체념하고 날아갔다.

먹이가 사라지자 새들이 찾아오는 빈도도 눈에 띄게 줄었다. 아내의 실망이 이만저만이 아니었다. 어쩌다 직박구리가 물 먹으러 오면 반색을 하며 직박구리에게 말을 걸고 있다. "목마르지? 잘 왔어" 새들과 대화를 하는 게 아닌가. 또 물을 먹고 날아가면 "목마르면 언제든지 와"라고. 아내는 새가 되었다.

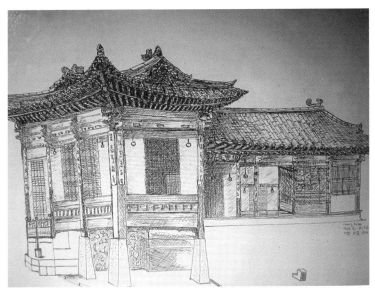

「낙선재」(2012)

**김원**(金洹)

1943년 서울 출생의 건축가로, 서울 공대 건축공학과를 나와 김수근 건축연구소에서 수업했으며, 네덜란드 바우-센트룸 국제대학원에서 학위(Diplom)를 받았다.

현재 건축환경연구소 광장 및 도서출판 광장 대표, 한국건축가협회 명예이사, 한국실내건축가협회 명예회장, 김수근문화재단 이사장 및 부설 서울건축학교 운영위원장, 건국대 건축대학원 겸임교수를 지냈다.

주요 작품으로 한강성당, 명동 셴뿔수도원, 국립국악당, 통일연수원, 서울종합촬영소, 광주 가톨릭대학교 등이 있다.《우리시대의 거울》,《한국 현대건축의 이해》,《빛과 그리고 그림자》,《개발시대의 건축이야기》, 그리고 속편《새천년의 환경이야기》, 그리고 3편《김원의 사람들이야기》등의 저서가 있으며, 역서로는《건축예찬》,《건축가 없는 건축》,《마천루》등이 있다.

환경 문제에 대한 깊은 관심으로, 국회 환경포럼의 정책 자문위원과 환경 문화 예술진흥회 및 동강 내셔널 트러스트, 그리고 동강을 사랑하는 문화 예술인 모임의 공동 대표로 있으면서, 2000년에 국무총리실 영월댐 공동 조사단 문화 분과 위원장에 천거되어 영월댐 백지화에 중요한 역할을 하는 등, 환경운동에 있어 신문 기고, 방송 출연, 환경 교육뿐만 아니라 현장에서 직접 몸으로 부딪혀온 실천가로서, 새시대 건축과 도시의 최우선 과제가 환경 문제라고 주장한다.

# 삼이라는 수

한국 사람들의 일상생활과 언어생활에서 '삼(三)' 또는 '셋(3)'이란 말은 그저 세 번째 숫자가 아니다. 삼일, 삼칠일, 삼 년, 삼세판, 삼촌 등 숫자 '3'이 들어간 말들을 떠올려 보면 한국 사람들은 일생을 '3'에 둘러싸여 '삼'을 외치며 사는 것처럼 그 '삼'이란 말을 많이 쓰고 듣는다.

'삼일'을 빗대어 하는 말 가운데 '작심삼일(作心三日)'이란 말은 단단히 결심한 일이 삼일만 지키고 무너지는 경우가 많은 것을 빈정거리는 뜻이 있다. '삼 년'을 주목하는 말은 셀 수 없을 정도이다. '업은 아이 삼 년 찾는다', '부자는 망해도 삼 년 먹을 것이 있다', '삼 년 가뭄에 하루 쓸 날 없다'는 등의 속담들을 보면, 삼 년이란 시간은 꽤 긴 기간을 함축하면서 하나의 정해진 시간 단위처럼 쓰이고 있다.

'세 살 버릇 여든 간다'는 말은 참 의미심장한 말이다. 태어나서 3년 사이에 익힌 여러 가지 버릇들은 평생을 못 고치고 죽을 때까지 계속하게 된다는 뜻인데 내가 요즘 나이 팔십을 먹고 보니 새삼 이 말의 뜻이 실감 난다. 삼 년이 세 번 거듭되는 '석삼년'이란 말도 있다. 그저 '아홉 해'라 할 말을 '석'과 '삼'을 두 번 써서 의미를 강조한 것이다.

'서당 개 삼 년에 풍월을 읊는다'는 유명한 속담에서 보듯이, 삼 년이란 꾸준히 노력하면 무언가 하나는 꼭 이룰 만한 긴 시간도 된다.

어떤 분야에 아무리 서투른 사람이라도 그 한 부문에 오래 있다 보면 남이 인정할 만한 지식과 경험을 갖게 된다는 말이다.

한국 사람이 어울려 사는 곳에는 어디에나 친근한 삼촌들이 있다. 꼭 촌수가 삼촌이 아니라 해도 쉽게 '삼촌'이라 부르고, 또 그들은 기꺼이 누군가의 삼촌이 되어 준다. 제주도에서는 '아저씨'란 말 대신 아무 남자에게나 삼촌이라는 호칭을 쓴다. 아저씨 벌 되는 남자의 일반 대명사인 것이다. 이촌이 부자지간인 것을 생각하면 삼촌도 부자지간 다음으로 가장 가까운 인척인 것이다.

환인의 서자 환웅은 세 개의 천부인(天符印)을 가지고 풍백(風伯), 운사(雲師), 우사(雨師) 세 사람과 함께 태백산 꼭대기에 내려왔다. 무리 삼천 명을 데리고 '삼칠'일을 택하여 제사를 지냈다. 웅녀는 호랑이와는 달리 인고의 시간을 견디어 내고 삼칠일(21일) 만에 사람이 되었다. '삼칠'은 산모가 출산한 후 '3×7일=21일'을 지나야 산모를 방문하고 위문할 수 있다는 날의 수이다. 면역력이 약한 신생아와 산모의 외부 감염을 염려한 지혜로운 풍속인데 그것을 기억하기 쉽게 '삼칠'이라고 했다.

응원할 때 '삼삼칠 박수'를 치는 것은 세 번 박수하고 네 번 치고 셋으로 끝나는 운율이 힘을 돋우어 주는듯하기 때문일 것이다.

삼년상(三年喪)을 치른다는 말은, 부모님이 돌아가시면 자식들은 자신이 태어나 세 살이 되어 사람 구실을 할 수 있을 때까지 돌보아주신 부모님의 은덕을 갚기 위해 최소 삼 년 동안 온갖 정성을 다하여 묘소를 지켜야 한다고 믿고 그대로 실천하였다. 이를 일컬어 시묘라고 했다는 아름다운 풍속이었고 그것을 못하거나 안 하면 큰 불효로 여겼다.

'삼세판'은 한 번, 두 번 결론이 나지 않을 때, 세 번째 결론에는 승복한다는 습속이다. 적어도 세 번은 시도해야 믿을 만하다는 뜻이니, 한두 번의 시행착오를 줄이는 방법으로 맞춤하다. '삼시 세끼'란 말은 우리 인생에 있어 가장 기본적인 생명 조건이다. 삼매경(三昧境)은 불교에서 하나의 대상에만 마음을 집중하여 일심불란한 경지에 이르는 것을 가르치는 교리이다. 그런데 그걸 왜 '삼의 경지'로 표현했을까?

삼매(三昧)란 불교의 궁극적 목표인 해탈에 이르는 가장 빠른 길이고, 중생의 마음속에 남아 있는 죄업을 녹이는 방법으로 활용된다.

원효대사는 그의 책 《대승육정참회(大乘六情懺悔)》에서 "삼매경이란 주관과 객관, 그 사이에 일어나는 파국이 올바른 관찰과 마음가짐으로 일체가 되어 마침내 그 세 가지에 대한 생각까지 잊어버린 경지에 들어간 것을 뜻한다."라고 했다.

기왕 불교 이야기가 나온 김에 더 나아가 보자.

대력보살이 말하였다. "마음이 만일 맑은 데 있으면, 모든 경계가 일어나지 아니하니, 이 마음이 맑을 때 삼계가 없어질 것입니다."

부처님께서 말씀하셨다. "그렇다. 보살아, 마음이 경계를 일으키지 않으면 경계가 마음을 일으키지 않으니, 왜 그런가? 보는 바 모든 경계는 오직 보는 바의 마음일 뿐이니 마음이 환화(幻化)하지 않는다면 보는 바가 없게 된다. 보살아, 안으로는 중생이 없고 삼성(三性)이 공적해지면, 자기의 중생됨도 없어지고 남의 중생됨도 없어진다. 그리고 두 가지 들어감(二入)도 생겨나지 않는다. 마음이 이와 같은 이익을 얻으면, 곧 삼계가 없어지는 것이다." (원효, 《금강삼매경론》 해제)

"세간의 모든 경계는 다 중생의 무명망심에 의하여 머물러 있게 되니, 이러므로 일체법은 거울 가운데의 형상과 같아서 얻을 만한 실체가 없고, 오직 마음일 뿐 허망한 것임을 알아야 한다.

도깨비 얼굴이 새겨진 고려시대 청동 화로(국보 제145호)와, 취사와 조리에 쓰이던
솥 채도삼족정(중국, 시대미상)

왜냐하면 마음이 생기면 갖가지의 법이 생기고 마음이 없어지면
갖가지의 법이 없어지기 때문이다."(마명,《대승기신론》해제)

"삼천리 강산, 삼천만 동포"처럼 우리나라의 강토와 백성을 '삼'으
로 시작하며 이렇게 부르는 것은 공연히 애국심과 공감대를 불러일으
킨다. 삼한(마한, 진한, 변한), 삼국(신라, 고구려, 백제), 삼국지, 삼국유
사, 삼국사기 이게 모두 우리 역사의 물줄기와 근원을 말할 때 제일 먼
저 등장하는 말이다.

삼고초려(三顧草廬)란 말처럼 듣기 좋은 말도 없다. 유비가 제갈량
을 세 번이나 찾아가 설득했다는 고사성어는 가장 점잖고 우아해 보
인다. 삼성그룹은 우리 경제의 최고의 성공신화이다. 별 셋이 나란히
떠 있으면 무언가 일이 잘 풀릴 것 같은 느낌이다. 삼권분립은 민주주
의의 가장 기본적이며 최고의 덕목이다.

삼족정(三足鼎; 다리가 셋 달린 고대의 솥. 가장 안정적인 상태로
서 있다)처럼 안정된 상태이기 때문일까. 원래 삼족의 정은 고기를 끓
여 신에게 바치는 제기로 사용되던 것으로, 고려 시대에는 향로 등의 용
도로 사용되었을 가능성이 있다. 비례가 적정하고 다리 셋이 안정감을
준다.

'다리가 셋 달린' 까마귀와 '머리 셋 달린' 독수리

삼족오는 다리가 셋 달린 까마귀이다. 동아시아 전설에 등장하는 상상의 동물이다. 하늘 높이 떠 있는 해가 바로 삼족오라거나, 또는 해안에 삼족오가 살고 있다고도 한다. 태양의 흑점을 신격화했다는 말도 있다. "원래 검은 새는 아니지만 해를 등지고 있기 때문에 검게 보일 뿐이다."

삼족오를 표현한 가장 오래된 유물은 기원전 4,000년 경 황하 중상류 지역의 양사오문화(仰韶文化) 토기이다. 고구려 문화재, 특히 벽화 등에서도 삼족오 형태를 다수 확인할 수 있다. 기본적으로 삼족오는 한중일 삼국(특히 북만주 지역)에 걸친 공통적인 전설이다. 일본 신화에도 태양의 화신이라 일컬어지는 삼족오가 있다. 임진왜란에 참전한 사이카슈(雜賀衆) 스즈키 가문의 문장도 이것이었고, 현재 일본 축구 국가대표팀도 엠블럼으로 사용하고 있다. 한국에서 삼족오는 이미 원형인 까마귀의 개념을 벗어나 상상의 새 봉황과 동일시되었다.

삼재라는 말은 세 가지 재앙이 든다는 말로서 '삼 년 동안 재수 없는 일이 생긴다'는 예언이다. 그 삼 년의 첫해를 '들삼재'라 하고, 마지막 해를 '날삼재'라고 한다. 삼재가 든 삼 년 동안에는 삼재 부적을 만들어 몸에 지니면 그 재앙을 물리칠 액막이가 된다. 부적의 그림과 그 내용 의미가 '머리 셋 달린 독수리'이므로 사나운 독수리 세 마리가 사나운 부리로 재앙을 쫓아내고 나를 보호해 준다는 뜻이다.

요즘 같은 더위를 삼복더위라고 한다. 삼복은 초복, 중복, 말복을 말하는데, 초복은 하지 후 3번째 경일(庚日; 경자가 들어간 날)이며 4번째 경일은 '중복', 입추 후 첫 경일을 '말복'이라고 한다. 초복, 중복, 말복을 통틀어 '삼경일' 또는 '삼복'이라 부른다.

복날은 가을철의 기운이 대지로 내려오다가 아직 여름철의 기운이 강렬하여 일어서지 못하고 복종한다는 의미를 품고 있으며 1년 중 무더위가 가장 극심한 시기로, 가을 기운이 땅으로 내려오다가 이 기간 동안 더위 앞에 잠시 엎드려 있다고 하여 '엎드릴 복(伏)'을 사용, 복날이라고 하며 이때의 무더위를 '삼복더위'라 부른다.

일반적으로 초복, 중복, 말복은 10일 간격으로 찾아오지만 해에 따라 중복과 말복 사이가 20일 간격이 되기도 한다. 이때는 '월복(越伏)'이라 한다. 즉 초복, 중복은 하지를 기준으로 하지만, 말복은 입추가 지나 첫 번째로 오는 경자날을 말복이라고 칭하며, 달을 건너뛰어 자격이 생긴 월복인 것이다.

나도 역시 배달민족의 한 핏줄인고로 평소 3자를 좋아하고, 3의 배수를 좋아한다. 특히 나의 직업상 어떤 설계에서나 공간의 크기와 치수를 결정해야 할 때, 자연스럽게 3의 배수로 정할 때가 많다. 그런데 30, 60, 90센티미터는 우리의 고유 단위로 한 자(尺), 두 자, 석 자가 되므로, 그것 또한 공연히 우리 체형과 치수와 정서에 걸맞은 느낌이 드는 것이다. 3, 6, 9, 12, 15, 18, 21... 특히 21은 서양의 러키세븐(7)이 우리 식으로 세 번 겹치는 숫자이니 내가 가장 좋아하는 숫자이다.

예수교회는 성부와 성자와 성신이 일체라는 교리, 즉 삼위일체(三位一體)의 교리 위에 세워졌다. 예수님이 태어나셨을 때 동방박사 세 사람이 황금과 유황과 몰약을 가지고 경배하러 왔다. 예수님은 세례받고

삼 일만에 가나의 혼인잔치에서 첫 번째 기적을 일으키셨다. 예수님
은 베드로에게 "네가 나를 세 번 배반할 것이다"라고 말했고, 실제로
베드로는 예수님이 잡히시던 날 닭이 울기 전에 세 번씩이나 "나는 그
사람을 모르오"라고 했다.

골고다 언덕의 십자가는 하나만 있지 않고 세 개가 서 있다. 예수
님이 가운데, 양쪽에 좌도(左盜), 우도(右盜)가 함께 있다. 예수님은 십
자가에 못 박혀 돌아가시고 묻히셨으며 사흘 만에 죽은 이들 가운데
부활하셨다. 태어나고 죽으시고 부활하신 이 삼단계로 완벽하게 이루
어졌다. 우리는 미사때마다 "생각과 말과 행위로 죄를 많이 지었으며"
라고 세 가지를 반성하며 "내 탓이요. 내 탓이요. 내 큰 탓이로소이다"
라고(Mea Quilpas)를 세 번 외치며 세 번 가슴을 친다.

중국에서도 삼이라는 숫자에 대한 선호도가 높다. 삼황오제(三皇
五帝)는 중국의 고대 신화에 등장하는 제왕들. 황 세 명과 제 다섯 명
을 말한다. 이들 여덟 임금들은 중국 문명의 시초를 열었다고 하는데,
근대 이전 중국에서는 신화가 아니라 반쯤 역사적인 인물로 여긴다.
그러나 사마천은 삼황이 말이 안 된다며《사기》에〈삼황본기〉를 두지
않았다. 현재의〈삼황본기〉는 당나라 때 사마정이 가필한 것이다.

황제란 단어의 어원이 삼황오제이다. 전국 통일 후 진시황이 새로
운 호칭을 정하면서 삼황오제의 글자를 따서 '황제'라는 호칭을 만든
것이다. 현대 역사학계는 삼황오제가 후대에 창조되고 부풀려진 신화
이며, 역사적 사실이 아니라고 판단한다. 그러나 1990년대 이후부터
중국은 중화 민족주의에 입각하여 국가 차원의 개입을 통해 삼황오
제를 실존 인물로 격상하려고 하는 움직임을 보여 학계가 우려하고
있다.

"삼천갑자 동방삭(三千甲子東方朔)"이란 말은 중국 사람들과 그들

말의 과장법을 아마도 가장 잘 보여준다. 일반적으로 갑자는 60년이다. 그대로 직역하면 삼천갑자는 '3,000×60=18만' 년이 된다. 갑자를 한 해로 보아 삼천 년이라고도 하지만 세 갑자로 해서 180년 또는 500세, 14,000세로 말하기도 한다.

동방삭은 중국 한나라 무제 때의 가신이었던 문인으로, 서왕모(西王母)가 먹고 불로장생한 천계의 복숭아 세 개를 훔쳐먹은 죄로 아무도 모르는 곳으로 사라져서 3,000갑자를 살았다고 한다. 그를 목성의 화신이라고 믿는 사람도 있다.

〈영조실록〉의 영조 35년 6월 9일자에는 "삼간택(三揀擇)을 행하여 유학 김한구의 딸을 정하고 대혼(大婚)을 6월 22일 오시(午時)로 잡다"라는 대목이 나온다. 왕비 간택을 위해 초간택, 재간택을 거쳐 마지막 단계로 삼간택을 거친 것이다. 이 세 번의 과정이 얼마나 지난한 것이었을런지는 상상하기도 힘들다.

사람 이름에도 석 삼자를 쓴 경우가 많다. 쉽게는 김영삼 대통령도 있고 사육신의 성삼문도 있고, 내가 어렸을 적 동경하고 부러워 마지못하던 유명한 여행가 김찬삼도 있다. TV 드라마에 나왔던 삼순이는 가장 한국적인 여성의 이름이다.

또 우리나라에는 석 삼자 들어간 지명이 많이 있다. 삼랑진도 있고, 삼천포도 있고 목포의 삼학도도 있고, 고성의 삼일포도 있고, 서울에는 유명한 삼청동에 삼청공원도 있다. 산이 맑고, 물이 맑고, 사람이 맑다는 뜻이다. 강원도에 삼척시도 있고, 벽제 가는 길에 삼송리도 있다. 옛날에 소나무 세 그루가 있었던 모양이다.

영호남 두 지방에서 서울로 오는 길이 천안에서 만나는데, 그 만나는 길을 '천안삼거리'라고 한다. 우리나라에는 어느 지방에나 '삼거리'가 있다. 두 길이 한 길로 만나는 길은 모두가 삼거리인 것이다.

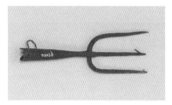

조선시대 슴베식 삼지창(육군박물관 소장, 왼쪽 위)
조선시대 수렵용 투겁식 삼지창(관동대학교 소장, 왼쪽 아래)
전주 경기전의 홍살문(오른쪽)

　　삼지창은 병기, 또는 어구(漁具)의 일종으로 끝이 세 갈래로 갈라진 창을 말한다. 그리스어로는 트리아이(Τρίαινα)나, 영어로는 트라이던트(Trident)라고 한다. 그리스 신화에 나오는 바다의 신 포세이돈의 상징으로서도 유명하다. 삼지창이라면 사극에 자주 나오는 당파(鏜鈀)일 것이다. 조선시대 포졸의 제식 무기로 짧은 삼지창이 많이 나오는데 이게 바로 당파다. 우리나라에서 처음으로 삼지창이 쓰인 것은 초기 철기시대부터였다. 이때의 삼지창은 말 그대로 어업용 작살이나 농사용 쇠스랑, 거름대(쇠스랑과 비슷하나 날이 수평으로 붙은 농기구. 거름을 다루는 용도로 쓰며, 쇠스랑과 비슷하다).

　　제주도를 흔히 삼다도라고 하는데 그건 물론 바람과 돌과 여자가 많아서 부르는 일종의 애칭이다. 그런데 아마도 두 가지나 네 가지가 많거나 유명하다고 해서 이다도나 사다도라고 부르지는 않았을 것이다. 역시 삼을 좋아해서 생긴 이름일 것이다.

　　남한강의 단양에는 도담삼봉(島潭三峯)이라는 아름다운 바위섬 세 개가 있는데 조선왕조의 개국공신이자 역사상 최고의 인문학자 정도전은 그를 따라 자신의 호를 '삼봉'이라고 했다.

남쪽에 가면 '삼합'이라는 맛있는 음식이 있다. 삼겹살과 홍어를 묵은김치와 함께 싸서 먹는데 삼합이 맞는다고 한다. '합이 맞는다'는 말은 아마도 '궁합이 맞는다'는 말과 같은 뜻일 터이다. 합이 맞는 두 가지 음식은 많지만 세 가지가 합이 맞는 경우는 유일하다.

백제가 망했을 때 '삼천궁녀'가 몸을 던져 물에 빠져 죽었다는 전설의 '삼천(3,000)'이라는 숫자는 좀 믿기 어렵다. 하여간 굉장히 많은 숫자를 말했을 것이다. 혹시 '삼백궁녀' 정도라 해도 믿기 어려울 것이다.

기미년 3월 1일 '독립선언'의 마지막에 나오는 공약삼장(公約三章)이 그 내용도 좋지만 공약이 두 가지나 네 가지가 아니고 세 가지를 약속한 데서 말에 무게가 실린다.

"참을 인(忍) 자 세 번이면 살인도 피한다"는 말이 있다. 수만 년 동안 재난과 맹수와 싸워온 인류는 스트레스에 대응하는 호르몬이 발달해 있다. 이는 주로 콩팥 위에 있는 부신에서 나온다. 에피네프린과 노르에피네프린이 대표적이다. 이 둘은 심장 박동을 늘리고, 혈압을 높이고, 혈당치를 올린다. 사냥을 하거나 잡아먹히지 않으려고 도망갈 때 같은 흥분 상태에서 스트레스를 극복하기 위해 필요한 반응이다. 화를 낼 때도 이 호르몬이 증가하여 유사한 반응이 일어난다.

그런데 두 호르몬은 분비된 뒤 순식간에 효소에 분해되어, 10~20초 정도면 원래 수준으로 되돌아간다. 화가 치밀어 올랐다가도 10~20초만 참으면 호르몬이 줄어서 화가 난 것이 풀릴 수 있는 것이다. 심호흡 세 번이면 호르몬의 생리작용으로 분노 조절 장애를 극복할 수 있다는 말씀이다.

# 인왕산과 벽수산장

## 인왕산과 벽수산장

한가한 휴일 오후에 옥상의 간이침대에 누워 인왕산을 바라본다. 그러고 있으면 작은 아이들이 그 바위 표면에 달라붙어서 기어 올라가는 모습이 눈앞에 어른거린다. 65년 전 나의 모습이다.

나는 1955년에 중학교엘 들어가면서 산악반에 들어갔다. 학교에서 가장 가까운 인왕산은 산악반의 바위 타기 훈련장으로 최고의 등산학교였다. 거대한 바위 슬래브(slab), 그 사이에 좁게 갈라진 크레바스(Crevasse), 또 그보다 더 깊어서 거의 애들 체격에는 침니(Chimney)라고 해도 될 만한 틈새 코스, 그리고 맨 꼭대기에 올라가면 소나무 한 그루가 외롭게 서있는데 그걸 우리는 무슨 뜻인 줄도 모르고 "입본마스(一本松)"라고 불렀고 거기에 오버행(Overhang)도 있었다. 그런 모든 다채로운 바위 형태가 모두 한나절 코스로 연결되어 있었다.

우리는 토요일 방과 후(요새는 이런 말은 안 쓰는 듯)에는 그냥 누가 시키지 않아도 고등학교와 중학교 사이에 있던 '원탁(円卓)'이라는

옛날 우물돌가에 모였다.

벽수산장은 윤덕영의 호 벽수(碧樹)를 따다 지은 이름으로 옛날 역관 천수경의 송석원(松石園) 터에 지었는데 1966년에 불에 탔고 1973년 철거되었다.

처음 인왕산에 갔을 때, 진해웅이라는 산악반 선배가 몇 해 전에 안자일렌(Anseilen; 자일을 타고 하강하는 것) 도중에 낡은 자일이 끊어지면서 추락하여 현장에서 사망했다는 이야기를 듣고 겁이 많이 나기도 했지만, 바로 한 해 위인 민계식, 황정승, 조득정, 최학주 등 선배

벽수산장. 언커크 청사 전경(국가기록원, 1969)과 언커크 지부 화재 진화 작업 현장(국가기록원, 1966)

들은 냉정하고 엄격했다. 산악반은 규율이 엄해서 눈곱만큼도 봐주는 게 없었다. 그래야 안전사고를 예방할 수 있다는 거였다. 그러니 산악반은 항상 무슨 수도자들 모임처럼 엄숙했다.

인왕산에 오르기 전에 꼭 지나가야 하는 거대한 프랑스식 샤토(Cha-teau)가 있었다. 너무 크고 너무 화려해서 온 주변을 압도하고 어쩌면 아름다운 인왕산을 시샘하듯 가리고 서 있었다. 친일파 윤덕영이 한일합방에 큰 공을 세운 대가로, 왜놈들로부터 받은 거금을 들여서 '사상 최대'의 '세상에서 가장 화려한' 집을 지었다는 것이다.

우리가 산에 다니던 1950대에는 그 마당에 늘 미군 '찝차'들이 서 있어서 우리는 그곳을 멀찌감치 돌아서 바라보고만 다녔다.

흔히들 무슨 뜻인 줄도 모르고 그 건물을 '언커크'라고 불렀는데 나중에 알고 보니 정식 이름은 유엔 한국통일부흥위원단(UN Commis-sion for the Unification and Rehabilitation of Korea)이었다. 한국전쟁이 정전협정으로 중단된 1950년 10월 7일 유엔 총회 결의에 따라 한반도에 통일된 정부를 수립하고 전쟁으로 폐허 된 주권경제를 부흥시킨다는 목적으로 만든 기구라고 한다.

거기에 파견된 유엔군 소속 미군들이 그 집을 지키고 있었던 것이다. 가까이 가면 겉으로만 보아도 더욱 웅장하고 화려해서 들어가 보고 싶은 마음이 늘 굴뚝같았으나 군인들의 경비가 삼엄했다.

우리는 그냥 쳐다보며 조금씩이나마 아는 이야기만 나누었을 뿐이다. 다른 재미있는 이야기는 누군가 한번 몰래 들어갔더니 현관 지붕이 유리로 되어있고 그 유리에 물을 채워 넣어서 금붕어를 기르고 있다고도 했다. 믿거나 말거나...

## 벽수산장 Ⅱ

사진에서 윤덕영은 자기 집 뒤 바위 언덕에 '벽수산장'이라고 크게 새겨놓고 자랑스럽게 앉았다. 그 옆에 자세히 보면 '松石園'이라는 바위 글씨가 보인다. 우리나라 최고의 명필 추사 김정희의 글씨이다.

원래 이 땅은 천수경이라는 역관의 집터였고, 이 지역 중인 계급들이 즐겨 모였던 여러 개의 시사(詩社: 시 짓는 모임) 가운데 가장 크고 수준 높은 모임이 있었다.

천수경은 중인 계급이었지만 부자였고 추종자가 많아서 그 집에서 매달 열리는 모임은 임금이 관심을 보일 정도로 인기와 수준이 높았다. 어느 날 이들이 건너편 백송 마을에 사는 추사 어른을 모셔다 함께 하루를 즐겼다. 추사는 왕족 대접을 받는 당대의 명사였지만 중인들의 모임에 기꺼이 와서 참여했고, 그들의 높은 수준에 감동하여 천수경의 당호인 '송석원'이라는 글씨를 기념으로 써주었다. 천수경 또한 이에 감동하여 그 글씨를 자기 집 뒷마당 바위에 새겨 놓았다.

전두환 때 경호실에 근무하던 어느 경찰관이 바위 위에 집을 짓고 살았는데 마당을 넓힌다며 바위 위에 콘크리트를 덧씌우는 바람에 글씨가 모두 콘크리트 속에 묻혔다. 나는 그 글씨를 본 적도 있고 내력을 알기 때문에 어떻게든 복원을 하려고 아랫집을 세내어 얻어 가지고 '바위 글씨 박물관'과 '중인 문학 자료실'이라는 걸 1년 동안 운영하면서 그 존재를 알리려고 노력을 해왔다. 지금 이 집은 고 박원순 시장의 이해와 도움으로 서울시에서 매입하여 천수경과 김정희의 스토리를 재현할 계획을 세우고 있다.

'松石園'이라는 바위 글씨는 우리나라 최고의 명필인 추사 김정희의 글씨다.

# 장정 선수의 금의환향

어젯밤 뉴스에서 인천공항에 내린 우리 장정 선수의 늠름한 귀환 모습을 보았다. 밝고 환한 미소에, 여유 있는 조크에, 당당한 태도는 정말 감동적인 장면이었다. 이렇게 말을 했다.

"저 이젠 땅콩이란 말 싫어요. 작은 뭐가 더 맵다. 그 정도가 좋지 않나요?"

사실 153이냐, 152냐, 따져 봐야 그게 그거지만, 그게 그렇기 때문에 더욱더 귀중한 것이 아니겠는가. 신세계 소속의 김영 선수와 함께 공동 3위에 오른 위상미(미셸위) 선수와는 키에서 31센티미터나 차이가 나는데 위선수가 신인상을 받고 둘이 함께 찍은 사진을 보니 정말 꺼꾸리와 장다리의 기념촬영이었다.

보통의 신체조건에서 우승을 했더라도 물론 기특하기야 말할 나위가 없지만, 모든 사람이 핸디캡이라고 생각하는 키의 문제를 극복하고 세계 정상에 올랐다는 사실은 그 눈물겨운 뒷이야기를 다 듣지 않아도 짐작이 가고도 남음이 있다. 골프선수에게 신장이란 게 얼마나 기본적으로 중요한지는 장선수가 프로로 전향한지 6년이 지나도록 그래도 괜찮은 그동안의 성적에도 불구하고 스폰서가 없었다는 사실에서도 실감이 나는 것이다. 즉 어떤 기업에서도 선뜻 후원을 하겠다고 나설 만큼 기대되는 선수가 아니었다는 이야기이겠다.

장정 선수는 나흘 동안 시합 내내 무슨 'STC'인가 하는 상표를 가슴에 달고 플레이를 했다. 이번에 알고 보니 그의 언니가 다니는 화장품 회사의 로고였다는데, 그동안 약간의 도움을 준 데 대한 고마움의 표시로 그 로고를 달고 출전했었다는 것이다. 장선수의 우승에 그 작은 회사는 또 얼마나 감동하고 감사했겠는가? 대재벌기업에서 후원을 해서 모든 비용을 다 대고도 우승하면 또 포상금을 더 얹어 주고 하는 멋진 상황이 아니라, 경제적인 어려움 속에서 일궈낸 쾌거라는 사실에 더욱 감동을 하게 된다.

그동안에 사실 얼마나 어려운 일이 많았겠으며, 또 그때마다 얼마나 여러 번 좌절도 했겠는가마는 더욱 놀라운 일은 장선수가 공항에서 울지 않더라는 사실이다. TV를 보는 내가 눈시울이 붉어질 정도인데도, 또 어지간한 남자선수라도 눈물을 글썽일 만큼 충분히 감동적인 장면인데도 장선수는 울지 않았다. 오히려 생글생글 웃으며, 울려는 주위 사람들을 껴안았다.

그리고 보니 마지막 라운드 18홀의 버디 퍼팅을 성공시키고 우승이 확정되었을 때도 울지 않았고, 아버지와 포옹을 하면서도 울지 않았다. 우승 트로피를 받아들고 거기 입 맞출 때도 울기는커녕, 눈시울도 붉히기는커녕, 깔깔거리고 웃으며 트로피가 너무 무겁다고 농담을 하며 그걸 머리에 써 보이기도 했다. 마치 아무 고생 안 하고 우승을 차지한 듯한 여유, 여러 번 우승을 해본 듯한 여유. 그 순간, 어찌 그간의 간난과 신고의 쓰라림이 뇌리를 스쳐가지 않았을까.

도대체 나는 그것이 장선수가 그동안 쌓아온 엄청난 내공의 힘이라고 생각했다. 바로 그 내공이 그녀를 울지 않게 했을 뿐만 아니라 실상 오늘 그 엄청난 일을 이룩하게 한 것이다. 첫날 그 비바람 속에서 다른 선수들이 모두 좋은 스코어를 내지 못했을 때 혼자서만 6언더를 기록한 것이 우선 최고로 발휘된 내공의 힘이었다. 나는 사실 그동안 여러 번 우리 선수들이 그랬듯이 소위 첫날의 '깜짝 일등'일 수 있다. 그러나 그것만도 대단하지 않냐? 그렇게 생각을 했다.

그런데 둘째 날도 셋째 날도 그녀는 정말 '눈곱만치도' 흔들림이 없었다. 그리고 드디어는 마지막 날, 정말로 얼마나 긴장되고 힘들었겠는지 조금은 짐작을 할만했었는데, 게다가 애니카 소렌스탐과 한조가 되었다. 보통 같았으면 소렌스탐과 둘이 라운딩을 한다는 사실만 가지고도 주눅이 들려야 할 판인데, 아닙니다. 웬걸 주눅은커녕 너무도 당당한 나머지 오히려 이 골프의 '여제(女帝)'가 흔들리기 시작하더니 급기야는 서서히 무너져 내리는 것을 우리는 모두 보았다.

특히 15번 홀에서 성공시킨 장선수의 버디 퍼팅은 드디어 이 여제를 완전히 흔들어 놓아, 그녀는 1미터짜리 퍼팅을 놓치고 말았고 급기야는 18번 홀에서 더블보기를 범하면서 완전히 무릎을 꿇었다.

이로써 장선수는 그녀의 막판 추격을 조용히 잠재웠다. 나흘 연속 벌어진 4라운드 게임 내내 장선수는 단 한차례도 다른 선수의 추월을 허용하지 않고 리더보드 꼭대기에 이름을 올린 채 그대로 끝까지 그 순위를 유지하였다.

3라운드가 끝난 날 기자회견에서 소렌스탐은 소감을 말하기를 자신이 다섯 타를 뒤지고 있지만 내일 마지막 라운드에서 쉽게 이길 수 있을 거라고 했다. 왜냐하면 장정이 한 번도 우승을 해 본 적이 없는 '처녀선수'이기 때문이라고 했다. 분명 그것은 큰 차이일 것이다. 즉 경험이 없으니 긴장하고, 흔들리고, 욕심내고, 모험을 하고, 그러고는 결국 무

위상미 선수와 장정 선수

너진다는 골프의 정석적 상식을 말한 거였다.

그런데 다음 날 이 '여제'는 전날 자신의 '큰소리'에 부담을 느꼈던지, 시종 생글생글 웃고 있는 장정보다 훨씬 긴장한 표정이었고, 흔들리고 욕심내고 모험하는 그 정석을 자기 자신 그대로 따라왔다. 장정은 1번 홀 (파4)에서부터 버디를 잡아 기선을 제압하면서 스스로 부담을 떨쳐버렸다. 여제가 가장 가까이 장정을 추격한 건 세 타 차이까지였고 마지막에는 드디어 승부수를 던지는 모험을 하다가 거기에 실패를 하고는 드디어 무릎을 꿇고, 합계 9언더파(장정과는 7타 차), 5위로 추락하였다.

장정의 우승은 이 골프 여제가 들러리를 서줌으로써 더욱 빛을 발했다. 마지막에 소렌스탐의 표정은 말이 아니었다. 안쓰러울 정도였다. 장정은 여전히 생글생글 웃고 있고...

그건 정말로 '여자 황제(女帝)'에 대한 '반란'이었다.

장정은 처음부터 철저하게 소렌스탐의 존재를 무시하는 전략이었다. 경기 내내 소렌스탐과는 대화는커녕 눈조차도 맞추지 않는 것이 눈에 보였다. 흔히 '배우는 자세로 임하겠다'느니, 뭐 그런 입에 발린 이야기를 하지만, 장정은 이날 '꼭 이기겠다'는 전략으로 다섯 타 차의 우위를 유지하며 안전 위주로 게임을 폈고, 소렌스탐과 힘 대결을 피했다. 그런데 바로 그것이 타수 차를 좁히려고 안간힘을 쓰는 소렌스탐에게 조급증을 안겨 주었다. 그리고 드디어 '여자골프의 지존(至尊)'이라던 소렌스탐은 신장 152센티미터의 무관처녀(無冠處女)에게 어색하고 내키지 않는, 도저히 인정할수 없는 축하의 포옹을 해 보이지 않을 수 없었다.

세상 사람이 모두 알고 인정하듯이 애니카 소렌스탐은 대단한 선수이다. 나이 서른네 살에 지금까지 총 64승을 기록했다. 그런데 나는 평소에 그녀의 너무도 당당하고 빈틈없는, 남자같이 씩씩한, 그리고 세련되고 교양 있어 보이는 매너에 꽤나 불만이 있었다. 더구나 박세리나 박지은을 대하는 평소의 태도는 약간은 경멸하는 듯한, 그리고 "너희들 그래봐야 내 상대가 아니지."라는 우월감이 나타나 보여서 싫었다.

결혼하고 나이가 들어가면서, 그리고 승수가 올라가면서 그녀의 그런 태도는 좀 더 심해지는 것 같았다. 그런데 사실 이 신장의 열세라는 문제는 스윙 궤도와 그 아크를 극대화해야 하는 골프라는 서양식 운동의 속성을 떠나서라도, 식민 제국시대에 서양인들이 가졌던 동양인들에 대한 인종적 우월감을 과시하기에 아주 좋은 증거처럼 느끼는 사람들이 많다. 물론 그렇게 느끼는 서양인들은 인종주의자들이고, 또 그렇게 느끼는 동양인들은 그들 마음속에 서양인들이 심어준 오리엔탈리즘을 껴안고 사는 사람들이겠지만 말이다.

나에게는 이렇게 보였다. 소렌스탐은 만일 그날 상대가 다른 서양

선수였다면 그 상대를 충분히 꺾었을 것이다. 마지막 라운드를 다섯 타나 뒤져서 시작하는 것은 물론 대단한 핸디캡이지만, 그전 날 소렌스탐이 기자회견에서 말했듯이 그 정도는 뭐 그녀에게는 충분히 이길 수 있는 점수 차이였다.

또한 우리는 그보다 더 큰 점수 차이에서도 치고 올라와 상대를 이겨내는 '여제'의 엄청난 괴력을 익히 보아 온 터이다.

그런데 이 '지존'에게 그날 생긴 문제는 상대를 깔본 것이었다. 당연히 장정은 그녀에게 우습게 보였을 것이다. 키를 보나, 경력을 보나, 전속 코디도 없이 시합 전날 고민 끝에 손수 골라 입었다는 패션을 보나, 스폰서도 없는 떠돌이에, 나라 이름도 생소한 어디 동양 나라 출신, 이름도 괴상해 '져웅 지앵(Jeong Jang)'이라고?

여제는 처음부터 자만에 빠져 있었다. 장정의 첫 홀 버디부터가 몹시 기분이 상했던 모양이다. 그러고는 '무언가를 보여주어야' 했다. 장정에게보다도 전 세계의 팬들에게, 이 꼬마는 내게는 상대가 안 된다. 사흘 동안 리더였지만 운이 좋았던 거지, 넌 오늘로 그 운이 끝이야라고. 바로 그것이 이 여제를 흔들어 놓았던 것 같다. 그리고 자신에게 화가 나 있는 것처럼도 보였다. 그래선지 15홀에서는 공을 벙커에 빠트리고 그걸 또 한 번에 못 꺼내고, 드디어 마지막 18번 홀에서는 드라이버가 빗나가 잠정구를 치고 나갔는데 가서 보니 초구를 찾을 수가 없어 두 타를 먹고 결국 더블보기를 범했다.

이 모든 것이 골프라는 심리적 운동의 묘미라고는 하지만 '여제'에게는 참기 힘든 상처였을 것이다. 특히 마지막 홀 그린에 들어설 때 갤러리들의 기립박수가 두 사람 중 누구를 향한 것이었는지를 알면 말이다.

지금까지 내가 보아온 골프 시합 중계방송 중에서 가장 인상적인 것을 꼽으라면 나는 당연히 2000년도의 쎄이프웨이 클래식 시합을 들 것이다. 그 네 번째 라운드는 정말 인상적인 한국 선수들끼리의 대결이 었다. 결승전의 마지막 홀에 김미현과 장정이 비기는 바람에 두 선수만의 연장전이 벌어졌다. 김은 신장 153센티미터의 "슈퍼 땅콩", 장은 신장 152센티미터의 "울트라 땅콩", 두 땅콩의 결승은 세계를 놀라게 했다. 그때 김미현이 우승을 했는데 장내 아나운서는 내내 김의 작은 키를 언급하며 롱런할 수 있을까를 걱정해 주었다.

정말로 내게는 180, 190짜리 서양 선수들이 재미있다는 듯 들여다 보는 사이에서 한국 땅콩 둘이서 벌이는 시합이 인상적이었다.

그때만 해도 이것은 무슨 신기한 곡예를 보는 듯, 거의 깜짝 쇼 수준일 거라고 그들은 그냥 재미있어 했을 터이다.

그러나 이제 그때 그게 쇼가 아니었고 끝이 아니었다는 것을, 모든 갤러리들과 전 세계의 시청자들은 그때 그 "울트라 땅콩"이 거대한 난공불락의 여제를 실력으로 당당히 무너뜨리는 날이 온 것을 경악의 눈으로 지켜보고 있는 것이다.

한국에서 네 번째 나온 메이저 퀸 장정. 이제는 아나운서들도 무슨 신기한 서커스를 보는 듯한 못된 말투를 고쳤다. 시종일관 장정을 "JJ"라는 애칭으로 부르며 환상적인 플레이에 경의를 표시했다. 그리고 4라운드 내내 선두를 지킨 것을 "wire-to-wire(neck to neck과 같은 뜻으로)"라고 칭송하면서, 그녀의 생애 첫 우승과 첫 메이저 우승을 "더블 쿠데타(Double coup)"라고 명명하였다.

시합 도중 내내 소렌스탐을 따라다니며 경호를 하던 경찰관 두 명은 장정에게조차도 경계를 늦추지 않는 모습이 눈에 띄었으나, 마지막에 가까워 오면서 오히려 장정을 경호하는 매너로 태도를 바꾸었다.

현지에서는 아나운서, 갤러리, 모두들 열광하는 모습이 역력했다.

진심으로 감탄하고, 감동하고, 축하하고 즐거워하는 모습들이었다.

더구나 장정의 마지막 말 한마디, "나는 우승에 연연하지 않았다. 내 플레이를 즐기고 싶었다."

오늘 하루 종일 도하 각 신문과 방송은 JJ의 우승 소식과 그 뒷이야기를 소개하느라 여념이 없었다.

생애 첫 우승, 그것도 미국 LPGA의 메이저 대회, 게다가 그 어렵다는 브리티시오픈의 악명 높은 난코스, 아무도 그녀의 우승을 예상하지 않았던 극동에서 온 "땅콩"에게 대체 이게 보통 일인가?

원래 딸만 셋인 집안의 막내인데 큰 언니는 176, 작은 언니는 163, 그러니 선천적으로 키들이 작은 집안도 아니었다는 것이다. 셋이 다 키가 작았다면 또 모르되 혼자만 그랬으니 사춘기의 고민은 두 배, 세 배 더 되었으리라 짐작한다. 그런데 그녀는 깔깔 웃으면서 언니들의 옷을 물려 입지 못한 것이 속상했다고 털어놓았다. "엄마는 왜 나만 이렇게 작게 낳아주었냐"거나 "나만 잘 안 먹인 거 아니냐?"라고 많이 투정을 했다는 이야기도 귀엽기만 했다. 왜냐하면 그런 상황에서 일구어낸 그녀의 강한 내공의 표출이어서 더욱 빛이 나 보이기 때문이다.

그로부터 두 주일 후, 미국 오리건주 포틀랜드의 컬럼비아 에지워터 컨트리클럽에서 열린 LPGA 투어 세이프웨이 클래식(총상금 140만 달러)에서 사상 처음으로 한국 선수들이 1위부터 5위까지를 독식하는 쾌거를 이루었다. 강수연이 15언더파 201타로 1위, 장정이 205타로 2위, 박희정과 김주미가 공동 3위, 임성아가 5위를 차지했다. 강선수는 LPGA 챔피언에 오른 15번째 한국 선수이며, 올해 2005년에 한국 선수들은 5승을 거두었는데, 모두가 생애 첫 우승이라는 진기록을 세웠다.

# 까치 까치 설날

까치 까치 설날은 어저께고요
우리 우리 설날은 오늘 이래요
곱고 고운 댕기도 내가 들이고
새로 사 온 신발도 내가 신어요

동물생태학자 최재천 박사는 까치들의 언어를 연구한 결과 어느 정도까지 그 대화를 해독할 수 있게 되었다고 말했다. 까치가 언제부터 우리 생활 가까이에 들어왔는지 모를 만큼 녀석들은 오래전부터 인간 생활에 가장 친근한 동물 중에 하나로 각인이 되어 있다. 그 모습과 하는 짓이 예쁘기 때문에 '좋은 소식을 전하는 새'로 받아들였을 것이다.

옥인동 우리 동네에는 유난히 까치가 많이 보인다. 인왕산이 가까워서 집 뒤의 큰 나무에 때로는 수십 마리가 한꺼번에 날아올랐다가 내려앉았다가 재미있게 단체 놀이를 자주 한다. 녀석들 중에 한 무리는 때로 우리 집 마당으로 날아와 마당에서 뛰어다닌다. 깡충깡충 뛰는 모습이 귀엽다. 메마른 겨울 마당에 무얼 먹을 게 있는지 열심히 땅바닥을 쪼아댄다. 어쩌면 늦가을에 감나무에서 떨어진 홍시의 마른 살

껍질이 아직 몇 개쯤 굴러다니고 있는지도 모른다.

　사실 나는 '까치밥'이라는 민족적 미덕을 기억하고, 가을에 감나무를 흔들어 감을 떨어뜨릴 때, 드문드문 몇 개는 가지 위에 남겨두기도 하지만 녀석들이 고맙다면서 그 남은 감들을 먹는 걸 본 적은 별로 없다. 실은 며칠 전부터 나의 눈길을 끈 것은 까치 두 마리가 마당에서 나뭇가지들을 물어서 어디론가 날아가는 모습이었다.

　오래전에 앞마당의 벽오동 나무에 까치 부부가 열심히 집을 지어서 새끼를 낳고, 날기 훈련을 시키는구나 했다. 얼마 안 있어 섭섭하게도 온 가족이 멀리 떠나버리고 다시 오지 않는 걸 본 적이 있어서, 녀석들이 또 가까운데 어디 신방(新房)을 차리는구나 생각했는데 그 위치를 추적하지는 못했다.

　그러던 중 어느 날, 내가 또 인왕산을 보려고 옥상에 올라가는데 바로 눈앞의 전신주 위에 두 마리가 찍찍거리면서 나뭇가지들을 물어다가 늘어놓고 있었다. 최재천 교수가 바로 얼마 전에 까치들의 대화를 연구한 결과 상당 부분 그 뜻을 알게 되었디 는 기사를 본 적이 있어서 나도 좀 그들 사랑의 대화를 엿들을 수가 있을까 귀를 기울여 보았는데 그게 쉽게 될 리가 만무한 일이었다.

　대강 그냥 눈치로 때려잡기로는 "여보, 여보, 이집 주인아저씨가 올라왔어. 나쁜 사람 같지는 않지만, 집 짓는 걸 눈치채지 못하게 조금만 가만있다가, 저 사람 간 다음에 계속하자" 그러는 것 같았다.

　나는 못 본 척하고 살짝 허리를 굽혀 파라페트 아래 상체를 감추고 자리를 피했다. 녀석들의 말귀를 알아들었기 때문이다.

　그리고 난 다음 며칠 동안 부부는 바쁘게 나뭇가지를 물어다 날랐고 둥지는 모양을 갖추어 가기 시작했다. 집을 짓는다면서 도면 한 장도 없이, 구조계산서도 없이, 나뭇가지들을 물어다가 사이사이에 끼워 넣어서, 예쁘고 단단한 구조체를 완성해가는 모습이 대견하다 못해 신기하게도 신비롭게도 보였다.

그런데 그저께, 바로 '까치 까치 설날'이라는 그날! 내가 옥탑 방에 있다 보니 까치들의 울음소리가 요란하게 시끄러웠다.

옥상 밖으로 나와서 보니 '한전(韓電)'이라고 써 붙인 거대한 바가지 차가 전주 아래 서있고 헬멧을 쓴 아저씨가 바가지를 타고 올라와서 그 까치 부부의 신혼집을 부수어 쓰레기통에 주워 담고 있었다. 그리고 그 주변에서 낯익은 까치 두 마리가 울부짖고 있었다.

나는 깜짝 놀라서 고만하라고 소리를 지르고 싶었으나 이미 늦은 것을 알았다. 한전에서는 매뉴얼대로 전기 합선을 우려하여 전주에 짓는 까치집은 눈에 띄는 대로 철거하도록 되어 있는 것 같았다.

더구나 여기는 청와대를 지키는 군부대의 인왕산 초소까지 올라가는 초고압 전선이라는 노란색 표지가 붙어있는, 애들 팔뚝만 한 굵기의 전선들이 무시무시하게 지나가는 길목이다. 누가 감히 건축허가도 없이, 신고도 없이, 여기다 집을 짓다니!

나는 하늘을 우러러보며 제비 부부에게 부끄러웠다.

뒤로는 북악산을 주산(主山)으로, 앞으로는 남산을 안산(案山)으로, 자리도 잘 잡았다. 그런데 하필이면, 하필이면, 설날에... 젊은 아내는 울면서 남편에게 헤어지자고 했을까? 젊은 신랑은 필생(畢生)의 집 짓기를 망쳤으니 자살이라도 생각했을까? 하여튼 둘이는 어디론가 가버리고 다시 나타나지 않는다.

저희들이 집 짓는 모습을 훔쳐보고 사라진 나쁜 인간을 떠올리며 저주를 퍼부었을 것이다. 어디 두고 보자, 네가 한전에 신고했지? 나쁜 놈! 흥부는 제비 다리를 고쳐주고 팔자를 고쳤다는데, 나는 불쌍한 까치집을 신고하여 부수게 했다는 오해를 받았으니...

## 윤금희(尹金姬)

피아니스트 윤금희는 춘천여자고등학교, 이화여자대학교 및 동대학원을 졸업했다. 춘천여고 졸업 시 강원도 도지사상을 수상했으며, 대학 입학시험인 국가고시에서 음악과 전국 수석을 차지했다. 또한 대학 졸업 시 이화여대 총장상을 수상하여 그 실력을 인정받았다. 실기 수석으로 〈조선일보〉 주최 신인 음악회에서 연주하고 국제음악제 초청 연주회도 가졌다. 이후 미국의 아스펜 음악학교와 모차르테움 여름 아카데미를 수료하였다.

바흐 탄생 300주년 기념 독주회를 포함하여 다수의 피아노 독주회를 개최한 바 있으며, 독일 하이델베르크 쳄버 오케스트라, 일본의 니시노미야 오케스트라, 체코의 프라하 심포니 오케스트라, 부산시향, 춘천시향, 이화 스트링 체임버, 뉴서울 필하모니 오케스트라 등과 협연했다. 독일 아델라이데 첼로 4중주단 및 체코 야나첵 현악 4중주단과의 협연을 통해 앙상블의 매력을 선보였고, 속초에서 열린 국제관광엑스포 개막식에서 춘천시향과의 협연 등 강원도에 대한 깊은 애정을 지속적으로 보여주어 2009년 '강원도를 빛낸 강원인상'을 수상했다. 또한 다수의 피아노 독주회, 듀오 연주뿐만 아니라 바이올린, 첼로, 플루트 등 독주 악기와의 앙상블과 독창회 반주로도 활발히 연주 활동을 전개하였다.

미국 인디애나 대학 주최의 특강 「Brain & Music」, 「Chopin Workshop」 등 해외 학술대회에 참여하여 음악적 연구를 지속하였고, 〈18세기 Piano Etude에 대한 연구〉, 〈Chopin의 4 Ballades에 대한 연구〉, 〈'Mussorgsky의 전람회의 그림'에 대한 연구〉 등의 논문을 발표했다. 또한 동아콩쿠르, KBS 신인콩쿠르, 부산콩쿠르, 쇼팽 콩쿠르, 삼익콩쿠르 등의 심사위원으로 활동하며, 이화여자대학교 음악연구소장, 한국피아노듀오협회 회장 등을 역임하고 평창대관령 음악제 추진위원으로 10년간 활동하였다. 30년간 이화여자대학교 음악대학 교수로 재직하며 후학을 양성하였고, 현재 명예교수로 음악 활동을 이어가고 있다.

# 평창대관령 음악제

    우리나라의 대표적인 국제 음악 축제인 '평창대관령 음악제'는 20 04년에 시작되어 올해로 20주년을 맞이했다. 이화여자대학교 음악대학 연구소장으로 재직 중이던 어느 날, 인터콘티넨탈 호텔에서 줄리아드 음대 피아노 전공 K 교수를 만났다. K 교수는 나를 만나자마자 진지한 표정으로 서류를 내밀었는데, 그것은 강원도 평창에서 음악제를 시작하려는 계획이 담긴 지도였다. 그 순간 나는 미국의 '아스펜 뮤직 페스티벌'이 떠올랐다.

    한때 미국 로키산맥 중심부의 작은 탄광도시에 불과했던 아스펜은 음악제를 시작한 후, 겨울에는 스키장으로 여름에는 아스펜 뮤직 페스티벌을 비롯한 다양한 행사로 수만 명이 찾는 명소로 변모했다. 이처럼 우리나라에서도 강원도 대관령의 맑고 깨끗한 정기를 담은 곳에서 음악제가 열릴 것이라는 꿈이 현실이 된다고 생각하니 가슴이 뜨거워졌고 나는 테이블 위에 펼쳐진 서류를 꼼꼼히 읽어 내려갔다.

    그런데 이 페스티벌을 유치하려면 강원도의 허가를 받아, 강원도로부터 충분한 보조금을 확보해야 했다. 이런 음악 행사를 강원도청에

신청하기 위해, 강원도 출신인 나에게 도움을 요청하려고 뉴욕에서부터 자료를 들고 온 것이었다. K 교수의 손을 잡으며 나는 기뻐서 가슴이 설레었다.

그 당시 강원도의 큰 염원은 동계 올림픽 유치였다. 이를 위해 여러 형태의 모임이 만들어졌는데, 강원도뿐만 아니라 서울에서도 각종 모임과 특별회의를 만들고 강원도민 전체가 하나되어 심혈을 기울이던 시기였다. 강원도청에는 올림픽 유치 전담 부서가 있었고, 나는 음악제가 올림픽 유치에 얼마나 큰 도움이 되는지 다양한 경로를 통해 설명하기로 결심했다. 동계 올림픽 유치에 결집된 강원도의 의지를 계속 보아왔던 나는 음악제 개최가 중요한 요소가 될 것이라는 확신이 있었다. 도청 문화재관리청과 강원도민들에게 이점을 강력하게 설명하고 아스펜 뮤직 페스티벌을 사례로 소개했다. 동계 올림픽을 갈망하는 강원도민들의 마음이 움직이도록 전력을 다했다.

그 이후 관계자들이 아스펜을 직접 다녀오면서 음악제 추진이 이루어졌다. 그리고 2004년 6월 평창음악제 개최가 결정되었다. 추진위원회가 결성되었고 프로그램과 학생 유치를 위한 회의를 시작하였다. 강원 지역에서 함께할 수 있는 여러 형식의 음악회도 준비하면서 도민들에게 홍보를 하고, 혜택을 줄 수 있는 음악제가 되도록 다양한 행사들이 진행되었다.

마침내 2004년 7월, 줄리아드 음대 강효 교수를 예술감독으로 한 아시아의 최고의 클래식 페스티벌이 시작되었다. 처음에는 실내악을 중심으로 'Great Mountains Music Festival & School 대관령 국제음악제'라는 타이틀로 열렸다. 2004년에 '자연의 영감(Nature's Inspiration)'이라는 주제로 시작하여 2005년 '전쟁과 평화(War and Peace)', 2006년 '평창의 사계(The Four Season of PyongChang)', 2007년 '비

전을 가진 사람들(Visonery)', 2011년 '빛이 되어(Illumination)', 2020
년 '그래야만 한다!(Es Muss sein)'를 페스티벌 주제로 정하고 유명 연
주단체와 세계적인 독주자를 초청하여 마스터 클래스와 학술 심포지

역대 평창대관령 음악제의 포스터들

엄을 개최했다.

대관령 국제음악제는 2016년 '평창대관령 음악제'로 공식 명칭이 바뀌었다. 그리고 2018년에 평창이 동계 올림픽 개최지로 선정되었는데 이 점은 '평창대관령 음악제'와 결코 무관하지 않았다고 나는 생각한다. 이름도 낯선 강원도 '평창'에서 열린 '국제 음악제'가 세계적인 명성을 얻으면서 세계 속으로 평창의 인지도를 알리는 시석이 된 것이다.

현재 실시하고 있는 대관령아카데미는 국내외 음악 전공생들을 대상으로 하는 평창대관령 음악제의 교육프로그램으로 구성되어 있다. 세계적 수준의 아티스트로부터 레슨 받을 수 있는 '실내악 멘토십 프로그램'과 '마스터클래스', 평창 페스티벌 오케스트라의 단원으로 활동할 수 있는 '평창 페스티벌 오케스트라 참여', 강원도 내 학교들을 방문해 공개 레슨을 진행하는 '찾아가는 마스터클래스', 음악 관련 분야 전문가들이 강원도 내 학생들을 대상으로 넓고 다양한 진로를 소개하는 '직업 진로 특강', 지역 출신 젊은 아티스트들의 예술적 역량 강화 및 대관령 음악제 참여 기회를 제공하는 '영아티스트 콘서트 & 특강' 등, 평창대관령 음악제는 다양한 무료 교육 프로그램을 통해 미래 인재 양성을 위해 힘쓰고 있다.

세계적으로 이름난 음악캠프들은 개최 때마다 음악인과 음악을 공부하는 젊은이는 물론, 관광객들이 몰려와 대성황을 이룬다. 앞으로 '평창대관령 음악제'도 해를 거듭할수록 세계적인 음악캠프로 명성을 쌓아가기를 진심으로 소망한다. 실내악뿐만 아니라 피아노, 성악 등도 포함되어 큰 규모의 음악제가 되기를 바란다. 더불어 나는 음악제를 통해 보여준 예술의 힘이 평창올림픽의 성공적인 개최 등 국가의 위상을 높이는 데 크나큰 기여가 되었음을 자랑스럽게 생각한다.

# 음악의 힘
— 피아니스트 임윤찬의 연주를 들으며

　음악은 음으로 말하는 언어이다. 단순한 소리의 배열이 아닌, 음이 소리로 형성된 언어가 되어 사람들과 교감하는 특별한 예술 장르인 것이다. 꾸준한 연습을 생활로 받아들이는 열정(Passion)과 진실성(Integrity)은 연습을 연주로 이어가는 기본적 에너지이자 중요한 다리 역할을 한다.

　음악인에게 가장 중요한 두 가지 과정은 '연습'과 '연주'이다. 음악인이 되기 위해서는 음악적 언어를 익히는 필수 과정이 있는데, 이를 '연습'이라 한다. 연습은 음악을 삶의 일부로 받아들이게 하고, 그 깊이를 더해준다. 악보를 정확하게 해석하고, 그 소리를 표현해내기 위한 기초 테크닉부터 음악적 요소와 상징을 해석하고 소리로 구현하는 기술까지 연습을 통해 익혀야 한다. 이러한 훈련은 아주 어린 시절부터 시작된다. 끊임없이 긴 이 시간은 신체 건강과 손의 구조를 단련, 그리고 음악적 요소를 익히기 위한 반복 훈련으로 채워진다.

　매일, 매번의 연습 시간을 작은 승리로 이끌기 위해서는 오랜 인내심과 집중력이 요구된다. 이러한 과정이 나의 꾸준한 연구와 연주뿐 아니라, 제자들이 음악인의 길을 가는 데 중요한 이정표와 동력이 되었다고 할 수 있다. 그리고 연습 과정을 함께 연구하며 지도하는 것을 '레슨'이라 하며, 이때 훌륭한 스승을 만나는 것이 가장 중요한 요소 중 하나가 될 수 있다. 나 역시 춘천 죽림동 성당의 음악원에서 9살 때부터 음악 공부를 시작하여 엄격한 레슨 과정을 밟았다. 그 과정은 마치 길고 험한 얼음길을 멈추지 않고 꾸준히 걸어가는 '순례자의 걸음'과 같다고 생각한다.

그래서 긴 여정에서 가장 필요한 것은 음악을 좋아하고 사랑하는 마음, 즉 '열정'이라고 생각한다. 연습은 열정을 현실로, 그리고 연주로 연결하는 다리와 같다. 음악을 배우는 데 꾸준한 연습과 열정이 가장 근본적인 필수 조건인 셈이다. 피아노 연주에서는 88개의 건반과 두 손의 열 손가락이 각기 다른 기능을 수행하며, 건반 위에서 소리를 만들어내고 세 개의 페달을 이용해 음악을 완성한다. 이 과정이 얼마나 많은 시간의 연습과 열정을 필요로 하는지 깊이 생각해 봐야 한다.

기나긴 연습 과정을 거쳐 청중과 소리로 교감하는 행위가 바로 '연주'이다. 연주는 정해진 장소와 제한된 시간 속에서 청중이 함께 들을 수 있도록 이루어진다. 연주에는 목소리, 발음, 호흡, 감정, 그리고 집중된 자세 등 다양한 요소가 무대에서 실현된다. 음악은 소리를 통해 시간과 공간을 초월하여 교감하는 특별한 예술이며, 이를 '시간 예술'이라 부를 수 있을 것이다.

올림픽 경기가 기록 경신에 환호하는 것이라면, 음악 콩쿠르는 소리로 모든 사람이 공감하는 시간 예술이라는 점에서 특별히 다르다고 생각한다. 앞서 언급했듯이, 연주를 위해서는 '연습'을 통해 음악에 대한 충분한 이해와, 음악을 추구하는 긴 시간의 과정이 필수적이다. 연주자

나의 음악 순례가 시작된 춘천 죽림동 성당과 음악원

는 지속적인 연습 과정을 통해 몸에 익히기까지 긴 노력을 기울인다. 그 후에야 비로소 '연주'라는 형태로 청중 앞에서, 제한된 시간과 장소에서 그 음악을 표현할 수 있게 된다.

　오랜 시간 동안 열정과 함께 연습을 이어가다 보면, 연습한 작품을 청중과 소통하고 싶은 순간이 찾아온다. 이러한 소통의 장이 바로 연주회나 콩쿠르로 이어지며, 독주회, 협연, 앙상블 등의 형태로 구현된다. 음악은 오랜 연습을 통해 만들어진 결과물이다. 비록 연주회에서 주어지는 한두 시간은 그 긴 연습 과정에 비하면 짧고 제한된 시간이지만, 연습한 곡을 집중해서 단 한 번에 기억하고 소리로 표현해야 하는 음악은 진정한 '시간 예술'이다. 따라서 연주 무대는 두렵기도 하며, 많은 긴장감을 요구한다는 점을 항상 명심하고, 더욱 철저하고 충분히 연습해야 한다.

2022년 6월, 18살의 앳된 청년이 오케스트라와 피아노가 기다리고 있는 무대에 올랐다. 그 무대는 미국인으로서 처음으로 옛 소련에서 개최된 차이콥스키 콩쿠르를 우승한 피아니스트 반 클라이번(Van Cli-burn), 그의 이름을 딴 콩쿠르 결선 무대였다. 40분이 넘는 불꽃 튀는 연주로 라흐마니노프 피아노 협주곡 3번을 마친 직후, 모든 관객이 일제히 일어나 손뼉 치며 환호했고, 지휘자 마린 올솝(Marin Alsop)은 감동의 눈물을 흘렸다. 이 기념비적인 연주를 듣고 눈물을 흘린 사람이 과연 지휘자뿐이었을까?

'반 클라이번 국제 피아노 콩쿠르' 60년 역사상 최연소 우승자인 피아니스트 임윤찬! 그의 결선 연주는 지금도 유튜브에서 클릭 한 번으로 쉽게 감상할 수 있다. 콩쿠르 당시 미국 텍사스의 공연장에 있지 않았더라도, 우리는 영상 시대인 덕분에 타임머신을 탄 듯 그 감동의 순간으로 돌아갈 수 있다.

리스트의 「초절기교 연습곡(Études d'execution transcendante)」 전곡에서의 화려한 테크닉, 그리고 라흐마니노프의 찬란한 피아노 협주곡을 결선에서 선보인 임윤찬! 그의 연주에서 가장 놀라운 점은 음악적 내용을 통해 작곡자의 철학을 청중에게 이야기한다는 점이었다. 그는 작곡자를 놀라울 만큼 깊이 이해하고 있었다. 그 진실함에, 음악이 전해주는 깊은 이야기에 청중은 숨죽이고 귀 기울였고, 더 듣고 싶어 열광했다. 이런 특별한 연주를 들으며, 그가 홀로 피아노 앞에 앉아 보냈을 긴 연습의 시간을 떠올린다. 작품을 선택하고, 연구하고, 연습에 연습을 거듭하던 고독한 시간, 그 모든 시간은 밀도 높은 연습의 시간이었을 것이다.

그 무엇보다 중요한 것은 연주에서 음식의 간과 같은 존재인 '템포'에 있었다. 피아니스트가 어떤 빠르기로 연주할지 고민하면서, 그 곡을 청중에게 가장 맛있게 들리게 하기 위해 노력했을 모습이 눈에 보인다. 임윤찬의 연주는 자꾸 듣고 싶어지도록 유혹하는 최고의 템포로 설정된 음악이었다.

임윤찬의 연주가 보여준 집중력과 긴장은 음악만이 가질 수 있는 특성이다. 힘들고 어려운 과정을 짧은 시간 안에 모두 쏟아내는 열정은 음악이라는 시간 예술의 매력이며 특징이라 할 수 있다. 그가 평생 피아노 앞에서 보낸 수많은 시간, 고요한 연습실에서 울려 퍼지던 음표들의 에코는 단순한 반복의 결과가 아니다. 그것은 그의 내면 깊은 곳에서 우러나오는 표현이며, 감동의 진정한 원천이었다.

콩쿠르에서는 전쟁 중인 러시아와 우크라이나의 젊은이들이 서로 경쟁하는 모습을 보였다. 그러나 음악을 통해 대화하며 자기 나라의 국가를 연주하는 그들의 모습은, 전쟁 중에도 평화를 갈망하는 순간이었다. 전쟁이 멈춘 듯한 순간, 음악은 온 세계를 하나로 만들었다. 참가자들의 연주에서 느껴지는 희망, 용기, 그리고 서로를 향한 따뜻한 우정은 감동적이었다. 전쟁의 고통 속에서도 서로를 지지하며 평화의 메시지를 공유하는 이들의 모습은 전 세계 많은 이들에게 깊은 감동을 주었다. 이들은 예술가로서의 길을 포기하지 않았다. 다름 아닌, 자신의 목소리를 세계에 전달하는 과정이다. 이것은 음악이 주는 또 하나의 큰 힘이라 생각한다.

2022년 반 클라이번 콩쿠르의 시상식이 유튜브 생방송으로 전 세계에 전해졌을 때, 나는 또 한 번 그의 연주에 울컥하지 않을 수 없었다. 피아노 앞에서 몰입하던 모습, 각 성부가 독립적이면서도 조화를 이루어 무르익은 소리, 모두가 그 소리에 공감하게 한 메시지! 나는 그가 연습하는 과정이 보였다. 특히 매일 12시간을 연습한다는 그의 말에서, 악보에 담긴 작곡자의 의도와 음악을 해석하고 표현하려는 그의 집중과 노력이 어떻게 연습을 통해 소리로 재창조되는지 알 수 있었다. 피아노를 가지고 산으로 가고 싶다는 그의 진정성과, 연주하고자 하는 피아노 작품을 연구하는 그의 자세는 감동적이었다.

대상 수상자로서 완벽하고 자랑스러운 그는 여러 번 반복해서 들으면서도 언제나 감동을 주는 최고의 연주자다. 그의 학구적인 자세와 음악에 대한 진실한 태도가 아름답고 다채로운 소리를 만들어낸다. 임윤찬의 음악은 진지하고 정직했기에, 청중들은 깊은 감동을 받을 수 있었고 코로나로 힘들었던 시간과 전쟁 중이라는 사실도 잠시 잊게 만들었다. 전 세계가 하나 되는 순간, 거기에 아름다운 음악이 있었다. 바로 음악의 힘을 보여준 승리의 순간이었다.

음악과 함께한 나의 인생. 음악은 긴 시간에 걸친 연습 과정을 통해 만들어지는 시간 예술이다.

**박윤초(琴蘭堂 朴倫初)**

1944년 서울 북촌에서 아버지 박석기(한국 최초 국악학당 설립)와 어머니 김소희(국악 인간문화재) 사이에서 태어났다. 아버지의 혼과 어머니의 예술적 재능을 타고나서 부모님 덕에 어릴 때부터 당대 최고 스승에게 판소리, 무용, 가야금 등을 사사하고 이당 김은호, 우전 신호열로부터 한국화, 한학, 서예를 사사하였다. 부친의 유지를 받들어 무대에 서는 일을 삼가고 국악 교육자와 해외에 국악을 알리는 데 힘을 쏟았다. 일찍이 국악학원을 열어 제자들을 기르고, 극단 '자유'에서 국악지도 겸 배우로 해외 공연을 통하여 파리 등에 알려져 국악 단독 초청 공연이 잇달았다.

1980년대 초 미영불 합작 뉴 오페라 「알라딘」(Alladin lamp with travelers, 뉴욕 라마마 극단 제작)에서 주연으로 활동했으며, 공연의 음악은 판소리를 기본으로 한 것으로 판소리의 음악성이 세계적이라는 것을 실감하는 계기를 만들었다. 「알라딘」은 1년 동안 세계 일주공연을 한 성공작이었다. 1990년대 파리 ARTA 초청 판소리 워크샵(2회)을 통하여 파리에 유학 온 세계 각국의 젊은 예술가(40명)에게 판소리를 1년 동안 교육하고 파리 유네스코 '세계 여성의 날' 초청으로 한국 규방문화로서 사군자와 서예를 시연하기도 하였다.

또한 연극, 시, 재즈 등 타 장르와 융합하여 국악의 외연을 확장하는 데 천착하고 우리 가락에 시를 실은 시창을 창제하였다. 한국예술종합학교 연극원, 서울예술대학 등에 오래 몸담았으며, 〈만남〉 등 다수 음반, 시집 《초혼가》, 한지에 붓글씨를 직접 써서 조선 서책으로 만든 《김소희류 「춘향가」 사설집》 등을 출간하였고, '예술가의 장한 어머니상'을 어머니께 헌정하였다.

# 아버지의 초상
— 일제강점기 한국 최초의 국악학당 설립자 박석기

어수선한 세상을 피하여 서울을 떠나 양평 문호리로 온 지 2년이 지나고 봄을 맞았다. 뜰에는 월악산국립공원 깊숙이 묻혀 사는 지인이 보내준 연붉은 수달래가 활짝 피었다. 한가로운 오후, 하늘거리는 그 꽃잎에 빠져 유유자적 하는데 여고시절 은사께서 전화를 주시어 내 아버님에 관한 글을 쓰도록 권유하셨다. 얼떨결에 그러겠다 하고 펜을 들었으나 도무지 한 줄도 쓸 수 없었다. 내 나이 열 살에 아버지를 여의었으니 아이가 아버지를 얼마나 알까. 세상의 전부를 잃은 그 사무친 정과 한, 70년이 지난 오늘까지 묵힌 그 많은 말들이 가슴속에 응어리져 한마디도 할 수 없는 것이다. 한 인물에 관한 이야기는 객관적 사실에 근거하여야겠지만 세상에 어느 자식이 부모님에 관한 글쓰기를 객관화할 수 있을까. 또한 저의 글이 짧아서 아버님께 누가 될까 두렵기도 하다.

세상에 지식인은 많아도 지성인은 행하기 어려워 드문 법인데 아버님은 그 덕목을 갖추었다. 아버님은 역사와 민족의식이 투철한 선비이자 지성인으로서, 일제강점기 현실참여라는 시대의 조류를 역행하였고, 아무도 관심 갖지 않은 꺼져가는 민초들의 음악을 민족음악으로 인식하고, 그것들을 지켜야 한다는 사명 하나로 견고한 사회적 관습마저 벗어 던지고 모든 것을 바쳐 스스로 낮은 곳으로 걸어가신 문화 독립군이었다. 어느 언론인은 그의 칼럼에서 국악 부흥운동 및 교육자로서 조선 말기 "고창에 신재효가 있었다면 일제강점기 담양에 박석기가 있었다"라고 하였다(〈한겨레신문〉, 2017. 6. 21).

요즈음 흔히들 소리하는 사람을 자칭 타칭 '소리꾼'이라 한다. 1930년대 당시 국악을 천시하는 사회 통념 속에서도 아버님은 '성악가'로 존중하여 불렸다(광주시 판소리 무형문화재 한애순 증언). 우리가 우리 것을 비하하는데 어느 누가 우리 것을 존중할까. 서양음악을 하면 음악가, 성악가인데 말이다. 아버님은 그렇게 우리 음악을 사랑하고 존중하셨다. 그러나 아버님은 당신의 삶의 흔적을 지우기라도 하신 듯 변변한 사진이나 자료 한 장 남기지 않으셨다. 집안에도 사정은 마찬가지다. 그러므로 아버님 생애에 관하여 그의 어릴 때 기억, 아버지와 인연이 있던 분들의 단편적인 이야기, 저작물에 언급된 글과 인터넷 아카이브 등으로 얼개를 맞추어 조명하고자 한다.

첫째 단원은 아버님 수학 시절, 둘째 단원은 아버님의 국악 부흥운동 및 교육자의 여정, 셋째 단원은 딸의 회상으로 구성한다. 또한 첫째와 둘째 단원은 독자들의 편의를 위하여 아버지의 함자를 그대로 쓰오니 불경을 용서하소서.


## 수학 시절

박석기(曉南 朴錫驥)는 대한제국 광무 3년(1899) 전남 담양군 창평

효남 박석기(1900~1953)

면 창평리에서 함양 박씨 가문의 차남으로 태어났다. 조부 박휴동(18
45~1917) 때 이미 큰 부를 쌓았고 부친 박진규(1868~1927)는 창평
면과 주변지역에 상당한 토지를 소유한 부호로서 창평의 명문가였다.
부친은 교육에 열성이 많아 한 살 터울 형과 같이 천자문을 배웠고, 창
평의 또 한 명문가인 고씨 가문(고경명의 후손)의 고정주가 설립한
(1906) 창흥의숙에 들어가 신학문과 문물에 눈뜨게 된다. 창흥의숙은
얼마 안 가 새로 설립된 창평보통학교(4년제)에 통합되어서 창평보통
학교를 졸업하였다(1912, 14세).

　박석기의 민족의식은 창흥의숙에서의 수학이 큰 영향을 미친다.
그는 곧바로 상경하여 경성보통학교(현 경기고등학교)를 4년 수료하
고(5년제 중 조기 수료, 1917, 19세) 일본 유학길에 올라 프랑스계 학교
에 잠시 적을 두었다가 교토 제3고보(현 교토대학 교양과정부)를 졸업
하였다(1918, 20세). 그리고 도쿄로 가서 도쿄제국대학교 법문학부 불

문학과를 졸업하였다(1923, 25세). 그의 수학은 완전한 고증이 어려워 부정확한 점이 있을 수 있다. 그가 불문학을 전공한 것은 문필가의 길을 가고자 함이었다. 자유와 평등을 외치며 봉건주의를 해체시킨 프랑스 시민혁명, 계몽주의 사상가인 장 자크 루소, 그리고 빅토르 위고 등의 사상적, 문학적 영향을 받았다. 조선의 봉건주의 해체를 우리 스스로 하지 못하고 일제의 식민지가 되어버린 현실에 청년 박석기는 총칼보다는 펜을 선택하여 구국의 길에 나서고자 한 것이다.

여기서 잠깐, 박석기의 성품과 신념을 엿볼 수 있는 한국 야구사에 남아있는 도쿄 유학생 야구단 이야기를 언급하고자 한다. 일제강점기 일본 유학생 대부분은 부유한 집안의 자제들로서 우리 겨레의 독립을 쟁취하고자 선택된 청년이라는 소명의식이 강했다. 도쿄 유학생 전원이라 할 수 있는 600여 명이 2.8 독립선언서(1919)를 발표하였고, 이어서 모국에서 3.1 독립선언이 촉발하게 되며, 그 해 4월 상해 임시정부 수립으로 이어진다. 이런 한국 근대사의 경이로운 일을 도쿄 유학생이 해낸 것이다.

이런 유학생 중 일부가 야구단을 조직한 것인데 중·말기에는 박석기 형제가 중추적 역할을 수행하였다. 1924년 유학생 야구단(하와이 원정단)이 현지에 도착하자 그곳의 동포들이 일제의 정탐꾼이라는 누명을 씌워 단장 겸 선수(투수)인 박석윤(박석기의 한 살 터울 형)을 모래밭에 칼을 꽂아 놓고 자결하라고 협박하였는데, 박석기가 나서서 주저 없이 그 칼을 집어 들어 자신의 가슴을 X자로 그어 단호하게 그의 결백을 주장하였다. 그 기세로 겨우 풀려난 사건은 유명한 일화로 남아있다. 실로 그의 형제애와 기백을 알만한 사건이었다.

또 하나, 무슨 이유에서인지 알 수 없지만 1927년 봄 박석기는 도쿄로 건너가서 유학생 야구단을 조직하여 방학(7월 중순)을 맞아 모국을 방문하는데, 이때 단장 겸 선수(포수)로 활약하는 박석기가 야구단 운동가를 작사하고 연습장에 자주 놀러 와 어울린 안익태(도쿄 고등음악원 유학생, 선수 안익조의 동생)가 작곡하여 선수들은 연습할 때나 이동할 때도 부르고 고국에서 경기를 할 때도 불렀다 한다.

"원한과 분격뿐인 한국 남아야/ 고국산천 떠나서 이역 천지에/ 고독과 벗을 삼아 이역 천지에/ 누구를 위하여 분투하느냐/ 한국 반도야 잘도 있거라/ 우리는 너희 회포 풀으리로다"

그러나 이 노래가 모국의 청소년들이 즐겨 부르자 일제가 금지시켜 버렸다 한다(최인식 기고문). 박석기가 남긴 것은 이것이 유일하다. 악보나 녹음이 전해지지 않아 매우 아쉽다.

## 국악 부흥운동 및 교육자의 여정

■ 지실초당과 국악학당

박석기는 20세기 중반 유학을 마치고 귀국하여 불문학을 더 공부하기 위해 파리 유학을 추진하였으나 부친의 반대로 뜻을 이루지 못하였다.

대학 동문인 형을 비롯한 유학생 출신 현실주의자들은 조선총독부 등 관계에 진출하도록 강권하였으나 그의 타고난 반골 기질과 지독한 민족주의적 결벽증 때문에 창씨개명도 거부한 채 꿈쩍도 하지 않았다. 그는 세상에 뜻을 두지 않았다. 일제는 경제적 수탈에 이어 한민족 말살정책이 심화될 것이 명약관화해져 갔다. 한민족 말살정책이란 민족문화 말살, 창씨개명, 우리말과 글 사용 금지, 기존 종교 억압 및 강제적 신사참배, 한국인의 소위 황국신민화 등이다.

그들의 주도면밀한 정책 추진과 프로파간다에 의하여 우리 민족은 불과 한두 세대 적어도 100년 이전에 우리의 역사가 부정되고 민족의 뿌리가 절단되며 민족혼이 사라지는 것이다. 당대 최고의 엘리트이자 지성인이었던 박석기, 그의 예술가적 심성과 인격은 총칼을 잡는 만주 독립군이나 임시정부의 정치적 독립운동이 아닌 민초들에 깃든 민족혼을 지키는 길을 택하였다. 그리하여 박석기는 숨이 끊어져 가는 한국 전통문화 예술을 지켜 민족혼을 살리는 길이 독립운동이라는 노선에 모든 것을 걸었다. 그는 우리글로 창작할 수 없는 현실에 분노하며 문필가의 꿈과 필을 꺾었다.

그는 일제에 의하여 지리멸렬해져 가는 우리 전통 민속음악의 부흥과 교육에 몸을 던지기로 결심하였다. 당시만 해도 일반 사람들이 관심 갖기 어려운 분야에 당대 최고 인텔리인 박석기가 관심을 가진 것은 일제의 민족문화 말살 정책 외에도 두 가지 원인을 더 들 수 있다. 전라도 지방은 전통 민속음악 향유가 일상화된 문화이고, 그가 예술적 기질과 선비적 기질을 타고 나서 어려서부터 영산회상 등 아악류의 거문고를 가까이하였다는 점이다. 우선 그는 교육 터전을 물색한다. 그가 교육의 터전으로 먼저 지실(芝室)을 떠올렸으리라는 것은 의심의 여지가 없다. 본가(창평리)에서 멀지 않은 곳으로 식영정, 환벽당, 소쇄원 등 많은 정자가 있고 풍광이 수려하여 그가 자주 찾는 곳이기도 하였고, 그의 성정에 딱 들어맞는 곳이기 때문이다.

다음의 글은 박석기가 지실 명당에 터전을 이룩한 내력을 연구한 《2019 지실초당과 국악학당의 이해》(초당문화예술재단 원장 정은주 저)라는 책자에서 따온 것임을 밝힌다. 저자는 영일 정씨로 집성촌인

1970년대 전북 창평의 지실초당

담양군 남면(현 가사문학면) 지실(행정명은 지곡리이나 주민들은 지실이라 한다)에서 나고 자란 토박이로서, 박석기의 지실초당과 국악학당의 역사적 사실에 근접한 저작물이라 이를 인용한다.

"박석기가 교육의 터전으로 물색한 곳에는 300여 년 전 영일 정씨 가문의 정업(1701~1747)이 세우고 학문을 닦던 초당(艸堂)이 있었다. (또한 초당 뒤 산록에 거문고 바위가 갈라져 있는데 한쪽 바위에 금암(琴巖)이라 새긴 석각문과 밑에는 석오(石梧)라 새긴 석각문이 있었고, 바위 갈라진 틈에 상서로운 벽오동이 자라고 있었다) 정업의 초당은 그의 장남 금암 정충환이 종9품 동몽교관(童蒙敎官)을 지냈으므로 동몽관이라는 학동들을 가르치는 학당으로 사용하였다 한다."

그 이후 초당은 박석기가 답사하였을 때도 존속하고 있었으나 어떻게 쓰였는지 알 수 없고, 어떠한 모습이었는지 1970년대 사진으로 가늠할 수밖에 없다.

지실초당에 올라 앞을 바라보면 환벽당과, 손에 잡힐 듯이 무등산과 평무뜰이 조망되고 뒤로 성산의 장원봉에서 뻗은 산자락이 동막골을 지나 나지막이 내려온 기슭에 초당이 평지에서 조금 높은 곳에 자리 잡고 있다. 바람 부는 날에도 초당에 오르면 한 점 바람도 느낄 수 없을 만큼 길지였다. 그야말로 일동삼승(一洞三勝; 식영정, 환벽당, 소쇄원) 한가운데 자리한 지실초당이야말로 명당임을 박석기는 단번에 알았을 것이다. 게다가 300년이나 된 금암과 석오라는 석각문과 벽오동은 선비로서 거문고를 가까이한 박석기로서는 마음에 든 터전이었을 것이다.

당시 초당은 정업의 9대손이 소유하고 있었다. 박석기는 창평의 박씨 가문과 지실의 정씨 가문이 서로 통혼 관계여서 우선 지실에 사는 박씨 친척들을 설득하여 초당과 터를 팔도록 여론을 조성하였고 1930년 우여곡절 끝에 매입하는데 성공하였다. 그러나 그다음이 문제였다. 동네 사람들은 지실초당에서 국악학당을 열겠다는 말에 맹렬하게 반대했다. 필자가 어른들에게 들은 바는 이러하다.

"당시 박석기가 말을 타고 와서 반지실이나 마을 어귀에 말을 매어 놓고 걸어 다니면서 동네 사람들에게 "지실초당에서 우리 국악을 가르치려 합니다. 권번이 아니고 우리 민족의 소리를 가르치는 학교를 만들 것입니다. 제가 꼭 해야겠습니다."라며 설득했다고 하였다."

동네 사람들은 기생들이 숙식을 하며 소리 배우는 곳으로 알고, 외

지인이 몰려다니고 시끄럽게 할 것이니 당연히 반대했다. 박석기는 학생들은 소리하는 성악가들이지, 기생이 아니며 우리 소리가 없어지지 않도록 본인이 지키겠다고 열정적으로 설득한 것이 주효하여 마침내 허락을 얻어내었다.

이 시기에 박석기는 당대 최고의 명인 백낙준(1884~1933, 거문고 산조의 창시자)를 독선생으로 지실초당에 초빙하여 민속악(거문고산조 등)을 체계적으로 익힌다. 이는 그의 사회적 인식이나 신분으로 볼 때 희귀한 일이나, 그가 우리 소리를 지켜내겠다고 뜻을 세운 이상 그들 속으로 들어가는 것을 주저하지 않았다. 그리하여 그는 몇 년 만에 거문고산조 등 민속 거문고의 최상의 경지에 도달하였다.

한편, 초당 일우에 국악학당(17평 정도의 초가라는 기록이 있다 한다)을 짓고 전국에 소리 선생, 가야금 등 기악 선생, 전통춤 선생 등 각 분야별로 선생을 선발한다는 소문을 내었다. 그러자 전국에서 정응민, 박동실, 박기채, 오수암, 임옥돌 등이 참가했으나 시험(현 오디션)을 거쳐 박동실이 합격하였고 그 외에도 여러 선생이 선발되었다. 박동실이 선발된 이유는 그가 '방 안 소리'가 아닌 창극 활동에 적합한 '부대 소리'를 가졌다고 판단되었기 때문이었다.

박석기는 시급하게 우리 민속음악을 보급하고 맥을 이으려면 창극이란 형식으로 무대에서 공연을 하여야 하고, 그래야만 말살된 민족성을 적극적으로 복원하는 것이 효과적이라 생각한 것이다. 그리고 학생들을 모집했는데 김소희, 김녹주, 박귀희, 장월중선, 박송희, 박후성, 임유앵, 임춘앵, 한승호, 한애순, 김동준, 한갑득 등이었다. 국악학당의 학생은 30명 정도 되었고, 수업할 때는 교실로, 잠잘 때는 침실이었지만 다 수용할 수 없어 근처 반지실에 방을 얻어 살았다는 어른들의 증언도 있었다.

지실초당은 1930년 매입하였으나 국악학당을 개설한 시기를 고증할 자료는 없다. 다만 박동실이 나이 38세에 국악학당 선생으로 일했다는 기록을 참고하면 1935년 전후이나 아마도 이보다 좀 앞선 시기가 아닐까 한다. 왜냐하면 박석기가 4~5년 동안 시간을 보내고 있지 않았을 것이 분명하기 때문이다. (학당을 짓는 일은 1년도 걸리지 않는다) 또한 당시 학당의 명칭도 알 길이 없다.

　　오늘날 '국악학당'이라 하는 것은 이해를 돕기 위한 방편일 뿐, 당시에는 쓸 수 없는 이름이었다. 국악이란 용어는《중종실록》에 나오나 일제하에서는 금지된 용어였다. 박석기가 선생과 학생들에게 가장 먼저 한 교육은 자신이 국악학당을 설립한 배경, 목적, 앞으로 추구하는 바를 설명하는 것이었다. 그들은 탄복하였고 의욕과 열정이 넘쳤다. 무엇보다 사람대접 받고, 단순히 기예를 익히는 것을 넘어서 고귀한 민족 예술을 하는 예술가라는 인식의 대전환에 자존감을 가졌을 것이다. 학생들은 판소리, 민요, 거문고, 가야금, 북, 장구, 춤(살풀이류의 수건춤, 입춤) 등 국악의 모든 것을 체계적으로 배웠다. 좋은 스승과 수려한 환경에서 숙식을 무료로 제공받으며 (심지어 집에 다녀올 때도 여비까지 주었다) 스승은 열성을 다해 가르치고, 학생은 열심히 배웠다. "초당에는 소리하는 사람, 악기 하는 사람들이 쉴 새 없이 들락거렸다." (한갑득 증언)

　　그때 학생들은 후일 대부분 무형문화재 명인·명창으로 성장하여 박석기가 뜻한 바대로 일제강점기 우리 국악을 살려내고 광복 후 우리 전통음악을 크게 빛낸 예술가가 되었다. 특히 김소희는 국악사에 40년 동안 최고의 자리에 섰던 명실상부 인간문화재였다. 여기서 박석기를 이해하는 데 크게 도움이 되는, 지실초당 학생이었던 한애순(광주시 판소리 무형문화재)의 진솔한 증언을 듣기로 한다.

"이 냥반(박석기)은 자 우리나라에 무엇이 있나. 아무것도 없다. 오직 남은 것은 예술 밖에 남은 것이 없으니 내가 이것을 살려봐야겠다. 허고는…… 박귀희, 김소희, 임춘앵이, 그 사람덜이 다 고렇게라도 예술을 헌다 예술가 자격을 받았고, 그런 건 그 양반에 한해서 그렇지, 그 양반이 아니었으면 그때 세상에 기생이나 허지, 세상 조류가 고렇게 되아갖고 있었어. 그랬는데, 그 양반이 들어서 갖고는, 우리나라 예술, 우리나라 성악을 알아야 한다 그래 갖고, 예술가라고 명칭을 내서 저거해서 가르치고, 선생을 특수허니 잡아갖고, 선생이 딱 가르칠 수 있게 허시고, 그 예술 수준은 이 양반이 다 맨들어 놓고, 이 양반 거시기로 다 해놓고, 오직 예술만 알고 우리나라 거시기만 알다가 이 속에서만 살고 계시다가 예술을 살린다고 예술에만 정신 쓰시다가 가셨어요." (김기형 글 인용)

"이 분(박석기) 이 형제가 제국대학 다녔잖아요, 형제분이라도 사상이 달라요. 형님은 만주대사관까지 지내셨고, 형제간 이래두 사상이 틀려같구, 이 양반은 그때 세상에 동창생덜이 요새 같으면 국회위원 국무총리 모다 그런데, 이 양반은 그것이 아녀. 남의 나라 밑에 가서 고개 숙이고 하기 싫다 말여. 왜, 우리나라 것을 살려봐야겠다. 그런 생각을 가지신 거예요. 그 양반은 특이 헌것이 뭐냐 하면요. 좋아만 중-시고 진짜 우리나라 예술을 사랑하시고 그러셨지. 진짜 자기가 탄 것은 거문고지요. 그러니께 갑득씨 선생님이 그 양반 아니에요. 갑득씨만 가르친게 아니라, 그러니께 어릴적부텀 그 양반 밑에서 받고 거문고를 배와나서 술대를 한번 떵하고 떵긴 것이 다른 사람허고 틀려요. 우리 전문가들 귀에는 딱 들어와 버려요." (김기형 인용. 2003)

216

■ 창극 활동

지실초당(국악학당)은 1938년 일제의 압력으로 폐쇄된다. 그러자 박석기는 창극 활동에 몰입하게 되는데, 앞서 국악학당 교사로 박동실을 발탁할 때 말한 바와 같이 우리 소리 우리 전통음악의 명맥을 잇고 보급하는 데 가장 효과적인 방안으로 일찍이 창극을 염두에 두었고 그 것을 실행하였다.

박석기는 같은 해(1938) 광주에서 '화랑창극단'을 설립하였다. 단원들은 박동실, 김소희 등 지실 학당 출신들이 대부분이었다. 창단 작품인 「춘향전」을 필두로 「망부석」까지 총 4편을 무대에 올렸는데, 우리 민족의 혼을 일깨우는 문제작들로서 지향하는 바를 분명히 하였다.

1942년 화랑창극단을 발전적으로 해체하고, 창극좌(조선성악연구회의 직속단체)와 합병(사실상 박석기로의 흡수 통합)하여 조선창극단을 확대 창설하였다. 박석기는 차원이 다른 무대를 만들고자 당대 최고의 예술가들을 관여하게 하였는데 최남선, 이광수, 정노식 등 문장가들은 극본, 고증, 가사를, 무대장치 미술은 이당 김은호, 허백련 등이, 의상은 유자후(이준 열사의 사위)가 맡기도 하였다.

그러나 창극단 활동은 그리 녹록한 일이 아니었다. 또다시 조선총독부의 탄압이 거세어졌다. 순회공연 중엔 고등계 경찰을 붙여 감시하고 탄압하였다. 「심청전」 공연에서 일이 터졌다. 일경이 문제 삼은 것은 일본 황실 모독 죄로, 「심청전」 가사 중에 심황후, 황후 운운하는 대목이 일본 황후를 모독하였다는 것이다. 특히 심청이 인당수에서 부활하여 황후로 봉해지고 가을밤 아버지를 그리워하는 "추월이 만정하여..." 대목에서 심황후라는 단어를 빼고는 극이 되지 않는 대체 불가한 대목이다. 박석기는 물러설 인물이 아니었다.

주인공(심청)인 김소희가 경찰서에서 심한 고초를 겪었고, 박석기는 구류처분과 고문까지 당했다. 그래도 지방 순회공연을 강행했으나 극단 살림은 더 어려워지고, 때론 숙식비마저 충당 못해 창극단 얼굴인 김소희를 여관에 잡혀두고 다음 행선지로 떠나는 일까지 발생했다. 박석기는 늘 그때마다 돈을 마련하여 달려왔다. 그러면 제자는 스승을 붙잡고 울 수밖에 없었으나, 이런 극한적 고난 속에서 동지애가 연인으로 변하였다.

해방 한 해 전 박윤초가 태어났다. 수천 석에 이르던 재산은 일제 말기에 거의 소진되었다. 현실주의자였던 한 살 터울 형(장남)은 민족주의자인 동생 박석기를 늘 어려워했고 그를 이해하였다. 그래서 형은 선친의 막대한 유산을 동생이 마음대로 쓰도록 허락했다.

해방을 맞아 초대 내무부 장관 윤치영은 박석기를 중앙 인사처장에 천거하려 했다. 이에 박석기는 "내가 들어가면 빗자루로 쓸어버릴 사람뿐인데, 내가 어찌 그 자리에 앉아 있을 수 있겠는가" 그렇게 한 마디로 거절하였다.

그는 꿈꾸었다. 창극단을 이끌고 미국 순회공연을 가서 한국의 소리를 제대로 들으면 한국민을 보는 눈도 달라지리라. 그가 못이룬 꿈은 훗날 김소희가 카네기홀에서 이루게 된다. 조선창극단은 1948년 「왕과 호동」을 끝으로 막을 내린다. 지실초당(국악학당)은 1964년(박석기 타계 후 10년)까지 창평 박씨 문중이 소유하다 어떤 이유에서인지 다시 지실 영일 정씨 문중으로 양도되었다.

딸 박윤초는 말한다. "아버님에 대하여 선비정신을 빼고는 이해할 수 없다. 그는 조선의 마지막 선비였다. 예악은 조선 선비가 갖추어야 할 덕목이었다. 그의 거문고가 그것을 말해주고 있다." 또 부모님에 대해 말한다. "예가 질서를 추구한다면 악은 조화를 추구하는 것이다. 이것은 아버님의 뼈다. 아버지는 어머니에게 그런 덕목을 요구할 수 없었

2015년 광복 70주년 기념 공연 포스터

다. 어머니는 불세출의 타고난 예인, 대중이라는 바다에서 떠날 수 없는 배라는 것을 아버님은 알고 있었다. 그러나 그것은 우리 가족에겐 고통이었다."

2015년 9월 국립국악원은 광복 70주년 기념 공연으로 「박석기를 생각하다」를 무대에 올려 그의 삶과 업적을 조명하고 그에게 헌정하였다. 공연 안내문에 '일제강점기 우리 음악을 지키기 위해 자신의 모든 것을 내걸었던 국악 운동가'라고 했다. 윤초 등 후손들은 공연 사실을 몰랐고 공연 즈음에 연락해와 속절없이 관람하였다. 연속 3일간 공연하였지만 객석은 빈자리가 없었다. "미리 좀 알려주지 그랬느냐"라는 물음에 국립국악원은 "선생에 대한 온당한 역사적 평가와 존경이 오해받을까 해서"란다.

딸 박윤초는 공연 내내 3일 동안 눈물을 닦았다. 70여 년이 지났어도 국가가 아버지를 잊지 않았다는 사실 때문이었다. 공연이 끝나고 어느 관객이 "아버님께 국가가 무엇을 해주었는지" 박윤초에게 묻는다. 그의 말뜻은 국가유공자나 무슨 훈장 같은 것을 받았는지 궁금한 것 같다. "아버님은 그런 것을 결코 원하지 않을 것이기에 바라지도 않는다. 다만 역사가 사실대로 기록되면 족하다고 하실 분이다."

2017년 6월 한 일간지에 박석기에 대한 칼럼이 실렸다. "국악계에 한 전설이 있다. 19세기 조선, 전북 고창에 동리 신재효가 있었다면 20세기 일제강점기, 전남 담양에 효남 박석기가 있었다. 동리가 판소리 열두 마당을 정리해 민족의 소리를 지켜냈다면, 효남은 일제의 문화 말살정책 속에서 우리 소리의 맥을 이어갈 수 있도록 전 재산을 털어 후원하였다." 이 칼럼은 우리 근대 국악사에서 대표적인 국악 부흥운동가이자 국악 후원자 두 사람을 들고 있다.

박석기는 생애의 대부분을 엄혹한 일제강점기를 살았다. 그럼에도 불구하고 20대까지는 야구를 통하여, 40대까지는 국악 부흥운동을 통하여 좌절과 체념, 타협과 굴종 대신 투지와 분노, 민족애와 불굴의 정신, 그리고 희망을 가지고 살았다. 광복과 한국전쟁이 끝난 즈음, 박석기는 향년 54세에 유명을 달리했다. 이제 조국을 위해 일할 수 있는 원숙한 나이였으나 아쉬울 뿐이다. 박석기는 위대한 우리 전통예술의 선구자이다. 이런 선구자가 있어서 오늘날 우리나라가 세계적인 문화 강국으로 거듭날 수 있었다. 우리는 이를 잊지 말아야 할 뿐만 아니라 기억하고 기려야 마땅할 것이다.


## 딸의 회상

나는 길을 가다가도 깜짝 놀라는 일이 생기면 "아버지!" 한다. 어머

220

니에 대한 인식과 정이 들기 전 두세 살 때부터 아버지하고만 살아서 어머니가 아버지로 대치된 것이다. 그러니 어머니를 찾거나 떼를 쓰지 않았고 어머니의 빈자리를 크게 느껴본 적이 없다. 그만큼 지극정성으로 보살펴주셨다.

아버지는 늘 거문고를 하셨고 독서를 하거나, 사람들을 불러 모아 담소를 나누셨다. 나는 아버지의 그림자였다. 아이가 인형을 가지고 놀듯 인형처럼 늘 아버지 팔, 등, 무릎에 있었다. 나는 아버지의 거문고 소리에 깨어나고 잠들었다. 아버지와는 죽이 잘 맞았다.

조금 커서 다들 엄마가 있는 동네 친구가 부러웠지만 속으로 삼키었다. 흔히 '피는 못 속인다'고 하는데, 나는 어머니의 기예적 소질과 아버지의 선비적 정신을 타고났다. 아버지와 공연을 보고 오면 노래와 제스처를 흉내를 내어 주변을 감탄케 했다.

부산 피난시절 우리 집에 동랑 유치진 작은아버지(두 분은 의형제 결연을 맺으셨다)가 함께 기거하였는데 두 분 사이에 자다 아침에 일어나면 내가 만든 국악조 애국가를 부르는 것이 하루 일과의 시작이었다. 사연인즉, 아버지가 무슨 말씀 끝에 애국가가 슬프니 니가 한번 신나게 불러봐라 하시기에 그 자리에서 내 멋대로 신나게 곡을 붙여 불렀다. 나중에 알고 보니 슬픈 것은 스코틀랜드 민요「올드 랭 사인」곡조 때문이었다. 그때도 공식 국가는 현재 애국가인데 사람들이 해방 전 곡조로 불렀던 것 같다. 물론 만 일곱 살 아이가 끝까지 부르지는 않고... '우리나라 만세' 하고 만세를 부르는 것으로 끝나는 우스운 곡이었다 (그러면 두 아버지는 두 손 들고 만세를 제창했다).

그런데 그 곡조가 우리 소리라는 것이다. 아버지는 정색을 하고 "우리 윤초는 뱃속에서 배워서 나왔구나" 하셨고, 작은아버지는 "우째 야가 형수님을 빼닮은노!" 하셨다. 그때가 내 인생에 가장 행복했던 시절이었다.

그때 동랑 작은 아버지는 당신의 초기 작품인 창극 「가야금의 유래」(1951년, 부산중앙극장 초연. 주인공인 어머니와 학춤을 추는 내가 함께 무대에 선 나의 첫 무대) 때문에 우리 집에 오래 머무셨다. 아버지는 내가 무대에 서는 것을 반대하셨으나, 작은아버지는 어머니와 나를 만나게 하려고 아버지를 설득해서 학춤을 배우게 하였다 한다.

모녀가 울고 난리 난 상황에서도 무대는 열심히 해서 학의 의상에 붙인 깃털이 많이 빠져 날갯짓을 하면 깃털이 무대 위를 날아다니는 것, 천재 피아니스트 한동일 오빠가 나에게 꽃다발을 주는 장면이 신문에 난 것이 신기하였던 것과 청중의 박수와 소리가 너무 커 깜짝 놀란 기억이 새롭다. 지방 순회공연은 아버지의 반대로 가지 못했다.

두 아버지는 애국가 사건과 마음에 들도록 춘 학춤, 지방 순회공연 취소 문제 때문에 나의 교육문제가 도마에 올랐고 공자 말씀(평소 아버지는 천자문, 붓글씨를 가르쳐 그때 나는 공자를 알고 있었다)을 하시며 논쟁을 하셨는데 두 분 의견이 달랐다. 《논어》의 '학이지지(學而知之)는 불여생이지지(不如生而知之)'라는 것을 후에 알았다. 작은아버지는 "타고난 기예도 익히도록 해야 한다"라고 하셨지만 아버지는 딸이 자신의 삶을 풍요롭게 하는 규방예술로서 시서화와 악(樂)을 배우는 것을 원하는 것일 뿐 딸이 그것을 배워 무대에서 직업으로 하는 국악인이 되는 것을 경계하셨다. 어머니 때문이리라.

그때 나는 엄마처럼 살지 않겠다고 아버지께 약속하였다. 아버지는 "여자도 여가시간에 즐길 수 있도록 그림, 서예, 악기, 소리, 춤을 조금씩은 익혀야 한다" 하시며 배우는 것을 허락하셨다.

그리고 2년여 후 전쟁도 끝나고 가을 어느 날 광주병원에서 문서 하나를 내밀더니 옆에 있는 오라버니에게 "이제야 내가 파리에 가게 되었는데, 네가 윤초 데려다 주어라. 내 곧 따라가마.”하신다. 알고 보니 파리에 있는 지인들에게 당신 공부도 하고, 내 그림 공부도 시키겠다고 알아봐 달라 한 것이 전쟁이 끝난 이제 허락이 떨어졌다는 것이다. 그리고 얼마 후 아버지께서 유명을 달리하셨다. 그때 내 나이 열 살, 운명이었다. 내 인생이 그렇게 바뀌었다.

언젠가 연극 공연으로 파리에 처음 갔을 때 아버지 생각에 많이 울었다. 여고 졸업 후 내가 유학길에 오를 때 파리로 오지 않고 미국 유학 간 오빠 때문에 미국으로 간 것이 죄송해서도 울었다. 부질없지만, 아버지와 파리로 갔더라면 내 인생이 어떠했을까 생각한 그때였다.

창평 본가에서 아버지 주검 앞에 졸도하여 3일 동안 깨어나지 못하자 어른들은 딸까지 데려가려는가 하고 난리가 났었다고 한다. 장례 후 정신이 나가 일어나지 못하는 나에게 집안 어른들의 결정이 내려졌다. 법도에 따라 나는 3년 탈상할 때까지 본가에서 아버지를 모셔야 한다는 것이었다. 그동안 본가는 일본 유학을 마친 당시 최고의 지식인인 아버지 3형제가 10년 만에 모두 돌아가신 비극을 맞이하였지만, 워낙 부유한 집안이라 몇 안 되는 우리 집식구와 작은 집식구들(큰집은 서울에 있었다)과 그리고 머슴들, 가정부들(나를 주인집 아기씨라고 존댓말 쓰는 내 전담 가정부까지 있었다) 해서 20여 명의 대식구가 함께 화목하게 살았다. 이런 가정 분위기 때문에 아버지를 잃은 상처를 어느 정도 치유할 수 있었다.

나는 13세 때(1956) 아버지 탈상을 치르고 큰어머니(최설경, 육당 최남선의 막내 여동생)의 손을 잡고 서울 어머니께로 돌아왔다. 실로 10년 만의 그리던 귀환이었지만 어머니와는 뜻이 맞지 않았을 뿐만 아니라 늘 바깥일로 바쁘셔서 아버지의 빈자리를 보듬어주지 못했다. 사춘기와 맞물려 아버지에 대한 사무친 그리움으로 방황의 가슴앓이가 계속 되었다.

이때 나를 바로잡아주신 분들이 계셨는데, 우리 집 살림 도맡아 하시고 제 부모님 역할까지 하신 외할머니와 큰어머니, 그리고 동랑 작은아버지 내외분과 우전 신호열 선생(당대 최고 한학자, 어머니와 나의 한학 서예 스승), 여고 은사인 이상일 박사(평생을 오빠처럼 나를 이끌어주셨다) 이분들의 사랑과 정성으로 어른이 되었다. 이당 김은호, 안상철 선생께 한국화를 배웠고 그동안 한영숙, 이매방 선생의 춤과 성금연, 함동 정월 선생의 가야금을 사사하고 판소리와 남도소리는 어머니 제자들이 수업할 때 어깨너머로 어렵지 않게 배울 수 있었다.

어머니는 아버지의 유훈 때문인지 나를 가르치려 하지 않았고 체계적 공부는 어머니의 녹음과 카세트테이프가 전부였고 내 스승이었다. 어머니는 내 공부를 짐작하시고 주변에 자랑하고 다니셨다. "윤초가 내 딸은 딸이여."

자식 된 도리로 어머니의 무형문화재 판소리의 이수자가 되고 국립국악원 초청으로 어머니 제 판소리 춘향가 완창 공연도 마쳤다. 이제 평소 생각대로 국악에서 벗어나려 했다. 나는 어머니께 내 할 도리를 다했다고 생각했다. 그러나 어머니가 개설하신 국악학원에서 바쁜 어머니 대신 부원장으로 학생들을 가르쳐야 했다(교육이 적성에 맞는다는 것을 그때 알았다).

한편 국악을 다른 예술 장르에 접목하고 융합하는 일도 하고 싶었다. 나는 시집을 내고 현대시를 국악 창으로 소리하는 장르를 만들어 시인들의 모임과 학교에 보급하였다. 나는 어머니 딸이기에 인적 네트워크상 국악의 중심에 있었지만, 국악의 아웃사이더를 자처했다. 그러다 극단자유(대표 이병복)에서 배우들의 북, 장구를 가르치다 배우로 무대에 서게 되었고 세계를 돌며 공연을 하였다.

'예술가의 장한 어머니상' 수상식에서 어머니 김소희(국가무형유산, 판소리 전승자)와 함께

　그때 나를 눈여겨 본 해외 인사들이 내 개인 국악공연 요청이 많아 또다시 해외로 나돌게 되었다. 어머니와는 여느 모녀 사이처럼 알콩달콩 자잘한 대화를 많이 하는 사이가 되지 못하고 무슨 말씀 끝이면 "그래, 너는 느그 아버지 딸이다"라며 서운해하셨고 그걸 풀어드리지 못한 못난 자식이었다. 아버지에 대한 말씀을 끄집어 내면 "느그 아버지는 큰 산이셨다"만 하실 뿐 눈은 먼 하늘을 보신다. 그런데도 내가 장기 공연이나 워크숍으로 오랫동안 해외에 있을 때 안부 편지를 드리면 기다렸다는 듯이 바로 회신하시는 속 깊은 어머니셨다. 그러다 대학에 몸담아 주로 연기인 후학을 지도하고 오늘에 이르렀다.
　건강이 나빠지실 무렵, 어머니는 무형문화재 후계자 서류를 만들라 하시기에 어렵게 설득하여 마음을 접으시도록 한 불효도 저질렀다. 나도 원하지 않았고, 아버지와의 약속도 잊지 않았다. 돌아가시기 1년 전 '예술가의 장한 어머니상'을 안겨드리고 모녀가 함께 남도여행을 하며 때론 서로 웃고 때론 울며 모녀의 쌓인 회한을 남김없이 풀었다. 그리고 내가 태어나 처음 어머니 품에 안겼듯 내 품에 꼭 안겨 엷은 미소로 떠나셨다.

해마다 추모공연 중에 2006년 전주소리축제 초청으로 어머니의 일생과 예술을 조망하는 사모곡을 작사 작창하며 모노드라마 형식의 시창극 「섬김과 기림, 하늘소리 김소희」를 공연하였고, 2017년 어머니 탄생 100주년을 맞아 기념 공연 「큰 나무 깊은 그늘」을 만들어 어머니께 헌정하였다.

이 공연은 어머니가 100년에 하나 날까 말까 한 성악가란 것을 일찍이 알고, 우리 가족 모두 희생되더라도 어머니의 길을 가도록 하신 아버지께 헌정하는 공연이기도 하였다. 돌이켜보면, 모녀의 갈등은 사랑만큼 크지 않았고, 내가 그렇게 태어난 것이지 부모님 때문에도 아니었고, 아버지와의 약속 때문에도 아니었다. 무상한 일이지만 세상이 변하여 비평가들이 나를 '총체적 예인'이니 '예술계의 마당발'이라 하여 아버지 바라셨던 규방예술에 머물지 못하였지만 아버지와의 약속은 지켜낸 것이라 생각한다. 이제 나에게는 부모님에 대한 정과 그리움만 사무치게 남았다.

얼마 전 나는 창평 아버님 산소를 성묘하고 지실초당을 찾았다. 그 옛날 아버님이 말 달리던 지실, 그 수려한 풍광은 많이 변하였다. 마을도, 길도, 개천도 다 변하여 옛 자취를 찾을 수 없다. 초당은 새로 지어져 옛 맛을 다 잃었고, 학당은 흔적이 없다. 심지어 아버님 말 타고 내리던 하마석도 최근에 사라졌다 한다. 아무것도 남아 있지 않았다.

허허로운 마음으로 주변을 돌아보는데 그 옛날 아버님의 열정을 지켜본 초당 뒷산(정철의 「성산별곡」의 성산의 한자락)의 금암과 벽오동만 아버님의 옛일을 기억하며, 그의 피붙이인 줄 알고 반긴다. 이제 초당에 아버님의 거문고 소리 끊어진지 오래다. 이에 나는 시 한 수를 지어 아버님 전에 바친다.

아버지의 거문고 소리
성산기슭 지실초당
금암(琴巖) 틈새 벽오동이
석상고동(石上古桐) 되었으면

봉황이라도 깃들어서
크게 한번 울음 울어
무등산이라도 흔들거랑,
그 옛날 봉래의(鳳來儀)에
춤이라도 추거들랑,
성산죽림 죽로실(竹露實)에
한 소리가락 울리거랑
옛날 저 초당에서
가슴 뜨거웠던 한 청년 나리어
청포(淸泡)에 한바탕
거문고라도 타고지고

작은 바람에 옛 일을 말하듯 주변 대숲만 일렁인다. 그댓바람 소리에 딸 박윤초의 「춘향가」 한 대목이 실려 나온다. "갈까부다. 갈까부네. 님을 따라서 갈까부다. 천리라도 따러 가고, 만리라도 따러 나는 가지......"

**신현숙(愼炫淑)**

덕성여대 명예교수. 이화여대 불문과를 졸업한 후, 프랑스 브장송 대학에서 '장 지로두 연구'로 불문학 박사학위를 받았다. 서강대, 서울대, 이화여대, 한국외대 강 사를 지냈으며, 한국연극학회 부회장, 한국기호학회 편집위원, 한국 국제극예술협 회 이사, 국제대학연극학회(AITU) 한국 대표 등을 역임했다. 생태주의 연극을 개 척한 공로를 인정받아 '2016 여석기 연극평론가상'을 받았다.

저서로 《희곡의 구조》, 《초현실주의》, 《20세기 프랑스 연극》, 《한국현대극의 무 대 읽기》, 《아르또와 잔혹연극론》, 《한국연극과 기호학》(공저), 《연극기호학》, 《연 극학 사전》, 《공연의 기호》 등이 있다.

# 소성당 위의 다락방

## 만남

나는 돌아설까 망설였다. 북부 프랑스 특유의 둔중하고 오래된 붉은 벽돌건물이 앞을 가로막는 듯 했다. '브장송대학교 의과대학 여학생기숙사', 벌써 세 번째 되돌아왔건만 여전히 건물 안으로 들어갈 사신이 없었다. 나는 의과대학 학생이 아니었다. 인문대학 소속이고, 고작 프랑스 유학생활 2년차에 접어든 이미 삼십이 넘은 이방인이다. 그런데 여기는 왜 왔지? 입소문에 의하면, 이 기숙사는 의대생들과 간호대 학생들만 있기 때문에 파티는 커녕 밤낮으로 공부하고, 식사 메뉴좋고, 면회나 방문도 제한적이어서 논문학기에 안성맞춤인 곳이라고 했다.

- 무슨 일로 왔지요?

젊은 수녀님 한 분이 상담실 창문을 열고 물었다. 나는 당황했다. "저... 저기 방을 구하려고요." "들어오세요." 나는 초등학생처럼 쭈뼛쭈뼛 상담실 안으로 들어가 수녀님이 가리키는 의자에 앉았다.

- 예과 몇 학년이죠? 무슨 과 전공? 아시아 어느 나라에서 왔나요?

- 전 의과대학 학생이 아니에요. 인문대학 제3과정에서 박사논문 준비 중인 학생인데...

- 그런데 여긴 왜 왔지요? 여긴 의과대학 여학생기숙사예요. 다른 학부 학생은 입사가 불가해요. 규정에 어긋나거든요. 일반대학 기숙사에 가보세요.

앗, 그제야 정신이 번쩍 들었다. "네, 수녀님. 알고 있어요. 다만, 저... 혹시... 그러니까 혹시 여기 기숙사에 여분의 방이 있을까 하고요... 혹시 의과대학생이 아니더라도 입사가 가능한지 어떤지..." 나는 중언부언했고, 이제 막 프랑스에 도착한 외국인 학생처럼 쩔쩔맸다.

일반대학 학생기숙사에는 세계 여러 나라의 젊은 학생들이 모여 있었다. 그래서 토요일 오후면 곧잘 작은 파티가 열려 즐겁고 떠들썩한 분위기가 밤까지 계속되었다. 그러한 파티를 통하여 젊은 학생들은 일주일 동안의 강의들에서 받는 스트레스를 날려 보내며 다음 주의 학구열을 재충전하는 것 같았다.

그러나 나는 그때 젊지 않았다. 이미 결혼해서 세 아이의 엄마인 '마담 신(Madame Shin)'이었고, 서울에서 대학 강사로 바삐 살다가, 박사학위가 없으면 강사 자리도 불안한 상황에 위협을 느껴 앞뒤 형편을 고려하지 않고 무조건 프랑스로 떠나온 터였다. 해서, 젊은 대학생들의 파티에 스스럼없이 어울리지도 못했고, 어울릴 시간도 없었다. 더욱이 장학금도 빠듯해서 학생 기숙사가 아닌 일반 아파트를 구하기는 어림없는 처지였다. 그러하니 답은 딱 하나. 되도록 빨리 박사과정을 마치고 논문 심사를 통과해 귀국해야 한다, 당시 나의 생활 목표는 오직 그 한 줄 뿐이었다.

- 저어... 수녀님 혹시 1년만 이 기숙사에 입사할 수 없을까요? 박사

과정 마지막 학기여서 시간에 쫓기고 있는데... 학생 기숙사는 좀 번잡하고...

- 기숙사 규칙이어서 어쩌나... 내 마음대로 할 수 있는 일도 아니고.

그런데 일어서려는 순간, '아이고 맙소사, 이제 어딜 가서 방 구하지?' 하는 걱정이 들며 눈물이 핑 돌았다. 방을 구하기 위해 온 종일 헤매고 난 탓인지 배도 고프고, 온 몸에 힘이 빠져 벌떡 일어서려다가 나는 비틀거렸다. 그때였다. 반쯤 열린 상담실 입구에서 중년의 수녀님 한 분이 안을 기웃거리다가 아예 상담실 안으로 들어왔다.

- 괜찮으세요?

- 아, 네, 프랑수아즈 수녀님. 이 학생은 인문대학 소속인데.

상담 수녀님이 간략하게 설명하는 동안 나는 고개를 숙이고 앉아 있었다. 이유 없이 자존심이 상했고 눈물이 날 것 같은 표정을 보이고 싶지도 않았기 때문이다. 상담 수녀님은 식당 문제로 외출해야 하는데 마침 부원장님이 잘 와 주셨다면서 서둘러 일어서서 사무실을 나갔다.

- 헌데, 마드모아젤은 왜 하필 여기 의과대학 기숙사에서 방을 구하려고 하나요? 여긴 학생들이 모두 밤늦게까지 기숙사 도서관에서 공부하기 때문에 정숙해야 하고, 면회도 제한되어 있으며, 불필요한 모임은 엄격히 금지되어 있어서 별로 재미있는 곳은 아닌데. 규칙도 굉장히 엄격하고요.

- 바로 그래서 왔어요. 다음 학기에 논문 발표해야 하는데, 아직 준비가 제대로 되어있지 않아서 마음이 급하고. 시간도 촉박하고, 아파트 방을 구하기에는 충분한 돈도 없구요. 되도록 빨리 귀국해야 하는데... 사실, 전 마드모아젤이 아니고 마담이예요. 결혼해서 어린 아들이 셋이 있고요.

- 아! 그래요? 처녀처럼 보이는데. 아시아 여학생들은 모두 나이가 어려 보여.

왜 그랬을까. 나는 프랑수아즈 수녀님 앞에서 묻지도 않는 말까지 줄줄이 털어놓았다. '내가 왜 이러지... 웬 고해성사야? 왜 이리 입이 헤프냐, 빨리 나가자. 완전 내 정신이 아니네. 맙소사! 정말 초면에 이게 무슨 꼴이람.'

나는 일어섰다. 그리고 프랑수아즈 수녀님 쪽은 쳐다보지도 않은 채 고개 숙여 인사하는 척 하며 상담실을 나가려고 돌아섰다. 그때, 프랑수아즈 수녀님이 커피 잔을 조그만 탁자 위에 내려놓고 앉으라는 손짓을 했다. 나는 당황해서 망설이다가 주저앉았다.

'프랑수아즈 수녀님은 참 이상한 분이시다. 단정하고 엄격해 보이는 겉모습과는 달리 한없이 따뜻하고 너른 품으로 상대를 편안하게 해주어 상대를 무장해제시킨다.' 나 역시 커피를 마시는 동안 나도 모르는 사이에 서울에 있는 내 식구들 이야기, 여기 브장송대학에서 박사학위를 기필코 받고 가야만 대학에서 계속 강의할 수 있다는 이야기, 더구나 장학금이 넉넉하지 않아 조용하고 편한 아파트는 얻을 형편이 못 된다는 이야기, 가끔 '아이 돌보기' 아르바이트를 하지만 고작 책 몇 권 살 정도의 돈밖에는 안 된다는 얘기 등등. 내가 생각해도 놀랄 만큼 내 속엣 말을 줄줄이 다 털어놓고 말았다. 프랑수아즈 수녀님이 잠시 망설이다가 결심한 듯 물었다.

- 혹시 기숙사 방이 아니고 다락방이라도 괜찮아요?

- 다락방요?

- 예전에는 기도실이었던 다락방이 있어요. 지금은 본관 건물에 기도실이 따로 있어서 사용하지 않지만... 그곳은 정식 기숙사 방이 아니니까 의과대학 학생이 아니더라도 빌려줄 수 있을지도 몰라. 아무튼 오

늘 내가 기숙사 규정이며 여러 가지를 잘 알아 볼 테니까 내일 다시 오면 어떨까요?

- 메르씨! 메르씨! 그랑 메르씨!

나는 마치 노래하듯이 열 번쯤 '메르씨(감사합니다)'를 연발하고 나서 프랑수아즈 수녀님과 헤어졌다. 왠지 실감나지 않는 면접이었다. 내가 무슨 말을 했던가? 수녀님께서 뭘 물어보셨지? 대학기숙사로 돌아오는 버스 속에서도 나는 좀 멍청한 느낌이 들었다. 다음날 오후, 다시 의과대학 여학생기숙사 정문 앞에 섰을 때, 나는 비로소 와락 걱정이 되었다. '정말 다시 오라고 하셨지? 혹시 내가 프랑스어를 잘못 알아들은 건 아닐까? 다락방이라니? 설마 수녀님께서 실수하신 건 아닐 테고.' 점점 자신이 없어 그냥 안을 기웃거리기만 하는데, "들어와요 마담 신, 기다리고 있었어요."라는 말과 함께 프랑수아즈 수녀님의 모습이 정문에 나타났다. 나는 가만히 심호흡을 했다. '아! 맞구나 맞아.'


## 은총이 내리다

- 우선 다락방부터 볼까요? 그런 다음에 사무실에서 몇 가지 상의하기로 하고.

"좋습니다!" 나 역시 오는 길 내내 그 '다락방'이 퍽 궁금했던 터였다. 프랑수아즈 수녀님은 정문에서 보면 왼쪽 켠 후미진 귀퉁이에 있는 작은 벽돌 건물 앞에서 멈춰 섰다. 상당히 오래된 건물인지 지붕이 낮고 벽돌색도 퇴색해서 희끄무레한 붉은색이었다.

- 3백년 된 소성당이에요. 아담하죠? 내가 신학대 학생일 때 이 소성당에서 예배 많이 드렸는데. 그때 윗층 다락방은 수녀님들의 기도실

이었고. 가끔 손님 수도자들이 잠시 묵어갈 때도 있었지만, 지금은 본관에 현대식 객실이 따로 있어서 항상 비어 있어요. 앗! 계단 조심.

성당 옆면을 휘감듯이 소용돌이치며 이층으로 올라가는 계단은 그야말로 프랑스 중세 소설에 나오는 계단 그대로였다. 점점 호기심이 동했다. "자, 들어가 볼까요..." 프랑수아즈 수녀님이 익숙하게 다락방 문을 열었고, 우리는 앞서거니 뒷 서거니 하며 방안으로 들어갔다. 사실 다락방은 너무 좁아서 두 사람이 나란히 서서 움직일 수가 없을 정도였다. 대충 방안을 훑어본 다음, 우리는 사무실로 돌아왔다. 프랑수아즈 수녀님은 방이 좁아서 불편할 텐데, 다행이 내가 체구가 아담해서 그럭저럭 지낼 수도 있겠다고 웃으셨다. 나로서는 좀 낯선 분위기였지만 선택의 여지가 없었다.

'소성당 위의 다락방, 그곳에 내가 적응할 수 있을까?' 영성체 받은 후에도 한동안 냉담했고, 착실한 신자도 아니었는데, 나는 자신이 없었다. 그런데 프랑수아즈 수녀님이 전혀 뜻밖의 제안을 하셨다. 기숙사 방이 아니고 현재 기도실로 사용하지 않는 방이니까 공식적으로 책정된 방 값이 따로 없을텐데, 규정을 확인해 보아야 하겠고, 다만 매달 청소비와 식비는 지불해야 된다는 것이다. '오, 하느님! 감사합니다!' 나는 무조건 동의했다. '맙소사! 주님의 선물이다.' 평소에 잘 하지 않던 성호도 그으면서, 나는 언제 입주할 수 있는지 물었다. 프랑수아즈 수녀님은 웃으셨다. "성질도 급하네, 원 참. 마음이 결정되면 내일 다시 들려서 입사원서도 작성하고 몇 가지 상의 합시다. 우리."

그렇게 해서 나는 의과대학 여학생기숙사의 번지 없는 다락방 기숙생이 되었다. 그러나 며칠 동안 방을 치우고 내 책과 짐들을 정리하면서 나는 후회했다. 다락방은 생각보다 훨씬 더 협소했다. 고작 작은 나무 침대 하나, 한 쪽 벽면 유리창 아래 붙여놓은 좁고 길쭉한 나무 책상과 작은 탁자, 그리고 다른 벽 구석의 소형 붙박이 옷장 하나. 그것들이 가구의 전부인데, 좁은 다락방은 꽉 차 있는 듯 답답했다. 다행이 내 소지품도 간단해서 붙박이 옷장에 요령껏 밀어 넣었더니 방의 공간은 그대로인데 왜 마음이 답답한지 알 수가 없었다.

사실, 학생기숙사의 방도 별로 넓지 않다. 다만 학생 기숙사 방은 천정이 높고, 친구들이랑 떠들 수도 있는데, 기도실이었던 여기 다락방은 천정이 낮아서 답답하다. 더구나 성당 위의 방이니까 '절대 정숙'이 기본 규칙임을 이사 오던 날, 막내 수녀님이 나에게 넌지시 귀띔해주는 바람에 나는 마음의 문이 쿵! 하고 닫히는 것 같은 답답함을 느꼈었다. 이사 온 후, 첫 번째 일요일, 절친인 프랑스 처녀 도미니크가 이사파티 하자고 다락방에 들렀다가 기겁을 했다. "아유, 난 움직이지도 못하겠어! 완전 중세 시골 수도원 사이즈야. 숙, 너 설마 '수도의 미학'에 관한 논문을 쓰고 있는 건 아니겠지?" 도미니크가 놀려댔다. 그녀는 프랑스 여자로서는 키가 남다르게 크고 몸매가 완전 육감적인 처녀였다. "야, 숙, 집들이 파티 하지 말고, 우리 다시 이사할 계획 짜자. 여긴 숨이 막힐 것 같아." "됐네요. 고마워. 자, 나가자. 근처에 맛있는 식당이 있어."

일주일을 간신히 보내고, 나는 다시 방을 구하기로 결심했다. 좁은 다락방의 협소함에 나 역시 머리에 두통이 날 지경이었다. '그래, 난 수도자가 아니야. 어떻게 날마다 기도하며, 조용하게 묵상하며, 살 수 있어? 같은 클래스의 프랑스 친구들과 떠들고 토론하고 해야 아이디어도 얻고 불어 실력도 나아질 텐데... 앗! 이러다간 논문 발표커녕 논문의 1부도 못 쓰고 탈락하겠다!' 라고 자조하다가, 그렇게 마음 정리가 안 된 채 며칠이 지난 날, 나는 일찍 기숙사에 돌아와 호기롭게 다락방의 문을 열었다. 엉?! 나는 어안이 벙벙했다. 좁고 어두운 다락방 대신

봄날 오후의 온화한 햇빛이 넘실대는 밝은 실내가 눈앞에 펼쳐졌던 것
이다. 멍청한 기분으로 서 있는 내 뒤에서 프랑수아즈 수녀님의 목소리
가 들렸다.

- 윤숙, 방이 밝아졌죠? 오늘 기숙사 대청소 날이어서 기도 책들과
수도복들을 본관 자료실로 옮겼어. 성서들, 성가집들은 저 쪽 벽의 책
장에 옮겨놓고. 윤숙의 가방과 소지품들은 저 옷장에 넣어두어도 되
요. 만약 원하면, 창문 아래쪽 책상을 사용해도 되고요. 나는 몰래 숨
긴 비밀을 들킨 사람처럼 쩔쩔맸다.

- 아유, 이렇게 배려해주시다니요. 프랑수아즈 수녀님 어떻게 감사
드려야 할지...

- 배려는 뭘, 이사 오는 날 챙겨주어야 했는데, 내가 깜빡했지. 내일이
라도 방 정리하다가 필요한 것 있으면 말해요. 되도록 도울 테니까... 윤
숙은 요구하지 않고 그냥 혼자서 참는 성격인가 봐... 아니면 아시아인
들의 풍속인가...? 여기 프랑스에서는 요구하고, 설명하고, 주장해야 해
요. 필요할 경우에 말이에요...

- 아! 그럼, 제발 저를 윤숙이 아니라 현숙이라고 불러주세요.

- 윤숙... 윤수크.... 연숙...

- 에구, 수녀님, 현숙, 현숙이에요. 영어로 '헨리' 할 때처럼, '흐' 발음
이 들어가야 해요.

- 그러게. 알긴 알겠는데... 프랑스인에게 'H'발음은 잘 안 돼. 휸숙?

- 에구머니나! 차라리 그냥 '숙'이라고 부르세요. 한국에서도 친한
사이에서는 가끔 애칭으로 '현숙'을 줄여서 '숙'이라고 해요. 그냥 '너'
라고 편안하게 말도 놓으시고요.

- 아, 그래? '숙!' 쉽네. 몽 미뇽 '숙!'

그러면서 프랑수아즈 수녀님은 소녀처럼 깔깔 웃으셨다. 웃으시는

모습이 막내 이모처럼 느껴진다. 무엇이든 다 받아주고, 아낌없이 사랑해주는 서울의 막내 이모, 보고 싶어라!

- 숙, 오늘 소성당에서 토요일 저녁미사 있어. 혹시 시간되면 일곱 시에 내려오든지...

- 옛 써! 씻고 단장하고 달려갈게요.


## 근시안

중세 건축양식으로 설계한 소성당은 협소하고 막힌 분위기여서 숨이 막힐 지경이었다. 헌데, 왠지 깊이 있고 경건한 기운이 감돌고 있어서 저절로 '마음의 평화!'라는 기도가 나왔다. 젊은 신부님의 강론은 일상생활의 평범하지만 소중한 가치를 일깨워 주었다. 미사가 끝나고 성당을 나설 때 프랑수아즈 수녀님이 어깨를 툭 치셨다. "우리 내일 아침 식당에서 만나."

프랑수아즈 수녀님과 헤어진 나는 황급히 이층 다락방으로 뛰어 올라갔다. '에구, 저 낮은 천정! 아, 그래서 방이 좁아보였구나!' 유난히 둔탁한 가구들... 나는 일어서서 방안을 이리저리 서성거렸다. 그러다가 문득 소성당 앞마당으로 면한 유리창 벽면의 좁고 길쭉한 나무 책상 앞에 놓인 좁은 의자에 가서 앉았다. 유리창은 벽면의 절반을 거의 다 차지하다시피 해서 소성당 앞마당과 저 높이 밤하늘이 한 눈에 들어왔다. '푸우!' 심호흡을 하다말고, 나는 문득 앞마당의 고즈넉한 아름다움에 눈을 크게 떴다. '휴우...! 마음이 탁 트이는 것 같아! 밤하늘에 저렇게 많은 별들이 반짝이다니! 어린 시절 피난 갔던 전라도 시골에서 마당에 놓인 대나무 평상에 누워 올려다보았던 밤하늘과 어쩌면 저렇게 비슷할까!' 이상한 일이다. 한국의 시골과 프랑스 시골은 아무 연관이 없건만, 4월 봄날의 푸른 밤하늘은 신비하게도 닮아있었다.

소성당 앞 작은 화단에서는 이름 모를 꽃과 풀들, 키 작은 나무들이 4월의 밤공기를 마시며 가로등 불빛에 싱그럽게 반들거렸다. 다락방의 유리창문은 넉넉하게 바깥세상을 방안으로 끌어들였고, 나는 거기에 취해서 한참을 꿈꾸듯 창가에 앉아있었다. 나는 왜 그동안 이 유리 창문에 관심을 두지 않았을까? 한참만에 녹차 한 잔 만들 양으로 일어선 나는 문득 다락방이 널찍하게 느껴져 깜짝 놀랐다. 좁다니? 바깥 하늘이 통째로 들어오는 널찍한 유리창이 있는데, 왜 숨막히게 좁다는 생각을 했을까? 책 읽고, 글 쓰고, 소성당의 퇴색한 붉은 벽돌 지붕 너머로 펼쳐지는 하늘을 바라볼 수 있고! 오늘처럼 사월의 푸른 밤하늘에서 별들이 하나씩 둘씩 깨어나는 것을 바라볼 수 있고! 그런데 왜 나는 다락방의 협소함에 두통이 날 지경이었고 고작 일주일도 못 견디고 이사할 궁리만 했을까?

생각하니 그동안 나는 다락방 한쪽 벽을 거의 절반이나 차지한 저 넓은 창문에 눈길을 준 적이 없다. 창문 따위에는 관심도 두지 않고, 오로지 방안의 물건들을 치워낼 생각에만 몰두했었다. 덩그러니 놓인 커다란 휴지통을 날씬하고 길쭉한 꽃무늬 휴지통으로 바꾸었고, 내 옷가지들 중에서 몇 가지와 낡은 용품들도 버렸다. 어차피 가을 논문 심사에 천만다행으로 통과하면 난 브장송을 떠나 룰루 랄라 서울에 간다!!! 참! 그날 저녁에도 결과는 아랑곳없이 단지 나의 소망일뿐인 생각에 두 팔을 만세 부르듯 올리다가 문득 내 시선이 창문에 멈췄던 것이다. '어머? 창문이 있었네!'

그제야, 나는 깨달았다. 사실, 나는 근시안이었던 것이다. 고작해야 내 시선은 다락방의 낮은 천정과 좁고 긴 벽 등, 수치적 · 외연적 공간에

문화예술멘토포럼 정기 모임에서

만 머물렀을 뿐, 다락방의 넓이를 추상적·심리적으로 확장할 수 있는 통로공간을 보지 못했던 것이다. 나는 부끄러웠다.


## 주님 찬미 받으소서

그날 저녁에야 나는 비로소 다락방의 창문이 의외로 넓다는 것을 깨달았다. 그런데 나는 왜 그 창문을 보지 못했을까? 보지 못했다기보다는, 벽의 일부처럼 느껴지는 창문 곁을 전혀 신경 쓰지 않고 건성으로 지나쳤다. 오히려 좁은 다락방을 조이는 방해물처럼 외면했던 것 같다. 두툼하고 오래된 나무 창틀에 끼워 넣은 유리창도 뿌옇게 보여서 그랬을 것이다. 그런데 문득, 말갛게 닦인 창유리가 전혀 새로운, 신선하기까지 한 느낌으로, 내 시선을 사로잡았다. '이거 무슨 조화지? 아, 그렇구나! 오늘이 기숙사의 대청소 날이었지!'

나는 다시 창가에 가서 앉았다. 기숙사 본관 건물에서 불 켜진 창들이 초저녁 밤하늘의 별들처럼 수줍게 반짝이고 있었다. 아름다워라! 나는 숨을 죽였다. 저 방마다 누군가는 머리를 싸매고 공부하고 있고, 누군가는 가족에게 편지를 쓰고 있고, 또 누군가들은 보리수차를 마시며 담소하며 있겠지... 나도 모르게 주르르 눈물이 흘렀다. 문득 서울에 있는 어린 세 아들의 얼굴이 떠올랐기 때문이다. 억지로 안간힘을 쓰며 감정을 차단하고 지냈던 마음의 빗장이 스스로 열렸나보다. 나는 창문을 반쯤 열고 상반신을 앞으로 쑥 내밀어 기숙사 건물의 이곳, 저곳을 훑어보았다. 수녀님들의 거처와 수련원, 기타 다용도 건물, 기숙사, 관리실, 식당, 도서관 등등. '이렇게 사람들이 모여 사는 것을... 왜, 나는 일주일 동안 줄곧 내 다락방에만 쪼그려 앉아 있었을까... 왜, 소성당 앞마당으로 면한 벽면에 시원하게 넓은 창문이 있다는 것을 몰랐을까?' 생각해보니 나는 방안의 가구들과 물건들에만 관심이 있었다. 그날 저녁 소성당의 미사에 프랑수아즈 수녀님과 참석하지 않았다면, 나는 여전히 다락방의 협소함을 탓하면서 공간의 물리적 넓이 안에서 맴돌았을 것이다. 나는 근시안이었다.

나는 문득 그 당시 내 자신을 되돌아보았다. 박사논문 발표 최종학기라는 강박관념이 나를 괴상하게 변화시켜 놓은 것이다. 오직 책읽기, 논문쓰기가 전부인 삶에서 친구도 불어 연습 삼아 프랑스인들을 중심으로 만났고, 서울의 가족들에게는 양해를 구하며 엽서만 보냈다. 장문의 편지가 꽁꽁 묶어놓은 내 마음, 가족들에 대한 그리움을 터뜨릴까 겁났기 때문이다. 그러던 내가 그날 미사에서 오랜만에 소리 없이 울고 나니 멋쩍어서 황급히 다락방으로 돌아왔던 것이다. 미사 중에 웬일인지 추스를 수 없게 눈물이 흘러 내렸었다. 곁에 앉아 계시던 프랑수아즈 수녀님은 모른 척했다. 그날 밤, 내가 다락방에서 창문을 발견한 것은 우연이 아니었다. 어쩌면 프랑수아즈 수녀님은 첫날부터 "숨이 막힐 듯 답답하다"라고 투정부리던 나를 꿰뚫어 보시고 연민을 느끼셨는지도 모른다. 아마도 내가 가정과 학문, 그리고 교수직을 꽉 움켜쥐고 숨 가쁘게 앞만 보고 달려가고 있다고 걱정하셨는지도 모른다.

그날 소성당의 미사에는 성당 안이 썰렁하게 느껴질 정도로 몇 명 안 되는 신자들이 참석했었다. 동네 노인 내외분, 빵집 주인 내외분과 아들, 의과대학 학생들 세 명, 그리고 몇 분 수녀님들이 전부였다. 그러나 모두들 평온한 얼굴로 각자 자신의 기도에 몰입해 있었고, 기쁘게 찬송가를 부르고 있었다. 그들을 보면서 나는 부끄러웠다. 그동안 나는 기도마저 제대로 하지 못했다는 것을 비로소 깨달은 탓이다. 주님 자비를 베푸소서! 나도 모르게 두 손을 모아 소성당 창문 너머로 밤하늘을 바라보며 나는 기도했다. '주님, 저는 그동안 스스로 마음의 창문을 닫고 살아왔나이다. 그리하여 주님이 내려주신 이 아름다운 세상과의 소통을 단절하고, 그저 삶의 곤궁함만을 탓하거나 명예 등을 찾아 헤매었나이다.'

나는 마음속으로 '제 탓이요, 제 탓이요, 저의 큰 탓입니다'를 부르짖으며 남모르게 가슴을 쳤다. 그러자 답답했던 마음이 뻥 뚫리는 것 같았다. 미사가 끝나자마자 위층 다락방으로 뛰어 올라가 창문을 찾았던 것도 그동안 닫혀 있었던 내 마음자리를 확인하고 싶었기 때문인지도 모른다. 마음의 창을 열지 못했던 나는 얼마나 어리석었고, 방황했고, 고통스러웠던가. 마음의 창문을 닫고 있었던 나는 전능하시고 자비로우신 주님의 말씀을 들을 수 없었고, 주님께 하소연할 수도 없었다. 그제야 나는 소성당 위 다락방이 내 마음자리 같음을 깨달았다. '다락방의 창문을 발견하게 해주신 주님 감사합니다. 찬미 받으소서!'

마지막으로, 그리고 언제나, 프랑수아즈 수녀님! 브장송 의과대학 여학생 기숙사의 소성당 2층 다락방에 저를 입사시켜 주시고, 매사에 신경 써 주신 프랑수아즈 수녀님. 이름만 불러도 눈물부터 흐른다. "수녀님, 이제야 감사와 사랑을 담아 보잘것없는 이 작은 글 한편을 보내드려요. 너무 늦은 시간에…"

## 정승희(鄭承姬)

1958년 김백봉 문하생으로 입문한 이후, 본격적으로 무용의 길에 들어섰으며, 그 후 한영숙에게 승무, 살풀이춤, 태평무 등을 배우면서 우리 춤 멋에 심취하여 우리 춤의 뿌리 찾기 작업을 병행하였고, 한영숙류 춤 맥을 이어가고 있다.

〈동아일보〉주최 제2회 무용콩쿠르(1965)에서 금상을 수상하면서 무용계의 신예로 등장하였다. 우리나라에서 최초로 '무용 전문교육'(1963)을 실시한 이화여대 무용과 1회 졸업생으로, 학사 · 석사 출신으로는 최초로 27세에 상명대학교 무용 전공 교수로 발탁되었고, 1996년부터는 한국예술종합학교 무용원 교수로 재직하면서 한국무용의 발전에 헌신하였다.

1974년 정승희의 첫 번째 창작 작품「심청전」은 한국 춤을 현대화한 새로운 시도였으며, 그 실험정신을 높이 평가받았다. 이후「학이여 그리움이여」,「달빛을 삼키면서」,「새벽에 관음이 찾아오다」,「물위에 쓴 시」,「Images – 비천사신무」,「고로초롬만 살았으면 싶어라」,「기다림 산조」,「오호통재라…」등의 작품을 통해 우리 춤의 심미적 깊이를 추구하면서 진정한 예술가로서의 삶을 추구하고 있다.

그동안 한국예술종합학교 무용원 원장, 상명대학교 자연과학대학 학장, 대한무용학회 회장, 한국무용사학회 회장을 역임하였고, 현재는 대한민국 예술원 회원, 한국예술종합학교 무용원 명예교수로 활동하고 있다.

# 예술계의 두 거장,
## 김천흥·최연호 선생님을 추억하며

무악계(舞樂界)의 거장이신 심소 김천흥 선생님은 전통예술을 위해 헌신하신 큰 스승이다. 김천흥 선생님이 돌아가신지(2007) 벌써 17년이 되었는데, 99세까지 장수하신 선생님은 국악계를 통틀어 인품, 덕망, 학식, 예술에 있어 단연 돋보이는 분이다.

나에게는 이따금 선생님을 생각할 때마다 떠오르는 모습이 있다. 우리 집에서 한국예술종합학교 무용원으로 출근하려면 국립국악원 앞에서 유턴을 해야 하는데, 가끔 선생님께서 중절모를 쓰신 해맑은 얼굴로 하늘을 쳐다보시며 손가방을 들고 양쪽 무릎을 가볍게 들면서 노래 부르시듯 춤추시듯 사뿐사뿐 국립국악원으로 출근하시는 모습을 뵈었다. 그때면 그렇게 애교스러울 수가 없었다. 그런 날은 나도 모르게 얼굴에 웃음꽃이 번지면서 왠지 하루 종일 즐겁고 행복함을 느끼곤 했다.

아흔이 넘는 연세에도 불구하고 국립국악원 예악당에서 저녁 공연을 보신 후, 우면당 극장 앞 벤치에서 늦게까지 남아 제자와 담소를 나누시던 모습. 후학들이 주관하는 무용계 모든 행사에 초청받으시면 한

번도 빠짐 없이 흔쾌히 호응해 주시어 우리들에게 따뜻함과 용기를 불어넣어 주시던 분. 가끔 국립국악원 원로 중의 원로이신 존경하는 성경린 선생님과 김천흥 선생님을 모시고 식사를 대접해 드리면 그렇게 해맑고 천진한 동안의 모습으로 즐겁게 식사하시던 두 분의 모습이 모두 그립기만 하다.

59년 전 이화여대 무용과에서 심소 김천흥 선생님한테 궁중무용을 처음 배웠지만, 개인적으로도 선생님의 고전무용연구소(당시의 무용연구소 이름)에서 사사받은 적이 있다. 1974년 6월 공간사랑에서 가야금 명인 황병기 선생의 기획으로 「춘앵전」(궁중무용) 전장을 발표했을 때, 춤뿐만 아니라 창사도 직접 지도해 주시고 국립국악원 연주단까지 챙겨주시던 자상하신 분. 항상 웃는 얼굴로 사랑을 베푸셨던 그 모습이 새삼 그립다.

그분의 인자함, 따뜻함, 순수함으로 인해 모든 무용인이 항상 존경해 마지않던 선생님은 숭고한 예술성과 함께 무용사에 길이 남을 업적을 쌓으셨다. 중요무형문화재 제1호 종묘 제례악과 제39호 처용무 '명예 보유자'이신 선생님은 한국무용 발전에 혁혁한 공을 세우면서 생전에 서울시 문화상(1960), 문화재 보존 공로상(1968), 한국문화대상(1969), 대한민국 예술원상(1970), 국민훈장 모란장(1973), 한국국악대상(1997), KBS국악대상 특별공로상(1992), 방일영 국악상(1997), 대한민국 금관문화훈장(2001)을 받으시면서 궁중무용의 대가로 높이 추앙되셨다.

심소 김천흥 선생님은 이 나라에서 무용하는 후학들을 진정으로 사랑하심을 몸소 실천하신 훌륭한 분이다. 한평생 청빈하게 사시면서 가정 살림이 넉넉하지 못하신 가운데에도 후학을 위해 수상금 전액을 이화여대 무용과와 서울대 국악과에 장학금으로 기부하시어 무용계

정승희, 「심청」, 명동 예술극장(1974)

의 귀감이 되셨다. 돌아가신 뒤에도 가족들이 선생님의 기념사업회를 위해 거액을 기부하시는 등 선생님 뒤를 이은 가족들의 훌륭하신 모습 또한 우리의 가슴을 울리고 있다. 우리는 지금 훌륭한 궁중무용의 대가 한 분을 떠나보냈지만 수많은 무용인, 음악인, 예술인들은 그분을 결코 잊지 못할 것이다.

내가 최연호 선생을 처음 만난 것은 1974년 봄이었다. 1972년 상명여대 전임강사가 된 후, 첫 개인 발표회를 준비하던 중 연출을 맡았던 김정옥(ITI 세계연맹회장, 현 대한민국예술원 회원) 교수를 통해서였다. 1974년 나의 첫 번째 창작공연 「심청」(1974. 10. 5.~6. 예술극장 4회 공연)은 음악가 윤이상의 오페라 「심청」을 원작으로, 안무 정승희, 각색 정승희, 작곡 김희조, 미술 최연호, 연출 김정옥, 무대감독 손진책, 조명 이우영 등 당대의 최고 스텝으로 구성한 획기적인 작품이었다. 무용계에 새바람을 일으키고자 하는 나의 의도를 파악한 최연호 선생께서는 훌륭한 무대미술로 뒷받침해 주셨다.

특히 나에게는 최선생에 대한 잊지 못할 추억이 있다. 1970년대에는 우리 무용계에 남성 무용수가 귀하던 시기였다. 작품 「심청」에 출연할 남성 무용수가 부족해 고민하는 것을 옆에서 지켜보시던 선생께서는 연극인들과 함께 작업을 시도해 보라면서 민예극단(대표 허규)을 소개시켜 주신 일이 있었다. 당시 연극계는 우리 것 보다 서양 작품을 위주로 공연하던 풍토였는데도 유일하게 우리 소리와 춤을 연극에 도입하고자 노력하던 민예극단 단원들과의 작업, 특히 손진책 선생과의 작업은 잊을 수 없는 아름다운 추억이었다. 내 기억으로는 창작무용 공연에 연극인들이 다수 참여하여 무대에서 춤춘 것으로는 첫 시도가 아닌가 싶다.

당시의 무용음악은 작곡을 하기 보다는 한강수타령, 태평가, 당악, 창부타령, 염불, 삼현도드리, 굿거리, 산조, 시나위, 풍류타령 등의 곡을 되풀이하거나 편집하여 사용하는 실정이었다. 이러한 때, 김희조 선생께 작곡을 의뢰하니 김 선생께서는 팜플렛 인사말에 "무용창작곡을 개인이 착수하기에는 너무나 막대한 부담이 되어 실현시키기 어려운 실정인데, 이런 어려운 여건을 극복하고 대담하게 양악과 국악을 혼용

최현, 정승희, 「심청」(1974)

한 30여 명의 오케스트라로 신작곡을 위촉한 용기를 높이 평가한다며, 이번 발표회를 기점으로 무용계에 비약적인 발전의 기폭제가 되기를 기대한다"고 썼었다.

최 선생은 이것을 가상히 여기셨던지 공연이 끝난 후, 다음 작품을 위해 신진 작곡가를 소개시켜 주시겠다 하여 선생 댁에 간 적이 있다. 그때 최 선생 댁에서 작곡과 무용예술에 대한 많은 이야기를 나누면서 나를 고무시켜 주시던 일이 새삼 생각난다. 그 후에도 나는 「열반」(1983), 「고로초로만 살았으면 싶어라」(1983), 「네 영혼이: 백화」(1983), 「승무」(1993), 「태평무」(1993), 「춘앵전」(1994) 등의 무대미술을 최연호 선생께 부탁드려 무용 작품의 완성도를 높였다.

무용가들은 그들의 작품을 뒷받침할 디자이너와 작곡가들에게서 최상의 지원을 받기를 갈구한다. 그런 면에서 볼 때 최 선생은 어느 누구보다도 무용예술을 토탈 시어터(Total Theatre)의 개념으로서, 올바른 예술적 혼합을 위해 무용가들과의 유대를 돈독히 하고자 노력한 분이시다. 지금 이 글을 쓰면서 새삼 최연호 선생이 그리워진다. 무용 작품의 무대미술을 부탁드릴 때마다 항상 웃는 얼굴로 안무자의 창작 의도를 파악하고자 연습실에 자주 ₩오시던 모습, 경제적으로 부담을 안 주려고 배려하시던 모습 등이 생각난다.

우리는 지금 훌륭한 무대 미술가 한 분을 떠나 보냈지만, 최 선생과 작업을 함께 했던 수많은 무용인, 연극인들은 언제나 최 선생의 훌륭한 예술성과 함께 그분의 인자함, 따뜻함, 겸손함과 순수함을 결코 잊지 못할 것이다.

김천흥 선생님과 최연호 선생님. 예술계 두 분 거장의 사랑과 가르침, 업적을 가슴 속 깊이 간직하고 추억하며 다시 한 번 삼가 두 분의 명복을 빈다.

# 동아무용 콩쿠르와 나

신록이 짙어가는 계절인 5월이 되면 국내 무용콩쿠르 가운데 가장 역사가 깊은 동아무용 콩쿠르에 입상하기 위해 재능있는 많은 젊은이들이 가슴 설레며 자신과의 싸움에 도전장을 낸다. 동아무용 콩쿠르와 나. 그것이 없었고 그 등용문을 거치지 않았더라면 내 무용 인생은 또 다르게 전개되었을 것이다. 전통과 중량감, 어느 것에서도 동아무용 콩쿠르는 타의 추종을 불허한다. 오늘 이 시점에도 동아무용 콩쿠르의 권위 아래 많은 인재들이 예술가적 토대와 묵직한 시발점이 이 콩쿠르에 의해 이루어지고 있음을 결코 부인하지 못한다.

이 글을 쓰는 지금, 1965년 제2회 동아무용 콩쿠르 한국무용부문에서 금상을 받았을 때의 감회가 새삼 느껴진다. 당시 「광란의 제단」이라는 작품으로 콩쿠르를 준비하면서 매일 새벽마다 하루도 거르지 않고 연습에 연습을 거듭하면서 땀을 흘리던 일이 엊그제 같다. 동아무용 콩쿠르 입상을 계기로 더욱 자신감을 갖게 된 나는 우리 춤의 심오한 멋에 새삼 자긍심을 가질 수 있었으며, 한 번도 이 길에의 입문을 후회함이 없이 나름대로 열심히 몸과 마음을 불태워 오늘에 이르렀다고

252

정승희, 「광란의 제단」, 동아무용 콩쿠르 금상 수상작(1965)

자부한다.

　오늘날 무용계가 활성화된 요인 가운데 하나는 동아일보사가 일찍이 언론을 통해 일반 대중에게 춤예술문화를 널리 알리면서 꾸준히 지속적으로 지원해 온 역할도 큰 몫을 차지했다고 하겠다. 동아일보사는 일찍부터 전통문화·예술 등에 큰 비중을 두고 이를 민족예술로 부각시키고자 노력하였는데, 1927년 당시의 신문 논설에 다음과 같은 기사가 실려 있다.

　"우리 조선 전국에는 매우 발달된 조선무용, 즉 종교적인 무용, 궁중무용, 향토무용(민속무) 등이 고귀한 예술로서 자리잡고 있는데 왜 이를 진흥(振興)시키지 못하는가를 탄식하면서 무용이라는 것이 공간적 한계를 벗어나 조선적으로 얼마든지 보편화할 수 있는 이점(利點)이 있다. 즉 언문(諺文)도 모르는 무산(無産), 무직(無職)

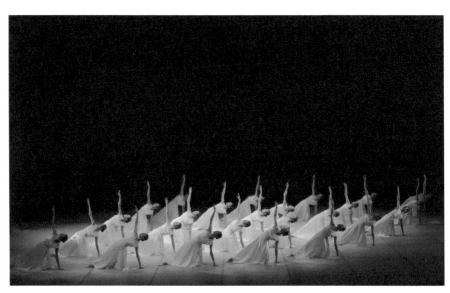

정승희 안무, 「물위에 쓴 시」, 예술의 전당 토월극장(2005)

의 대중들까지 감상할 수 있는 점(點)이 있으니 무용을 민중적 예술로서 크게 진흥시켜야 한다. 어제까지는 절망 상태에 빠져 역사적 회고(回顧)와 추억만으로 시사(是事)하였지만 이제는 민족적으로 어느 광명(光明)을 향하여 매진(邁進)하는데 있어 노래와 춤에 예술적 표현을 주면서 전 민중이 도약(跳躍)하자는 취지의 글이 실렸다." (東亞日報, 1927년 8월 10~13일, 16~18일)

근대에 들어와 한국 민족은 민족 국가로 살아 남기 위한 방편으로 전통을 되살리면서 민족예술을 창의적으로 개발시키고자 노력하였다. 이러한 운동에 〈동아일보〉, 〈조선일보〉, 〈매일신보〉 등 몇몇 언론들이 앞장서서 무용예술에 대한 옹호의 글을 씀으로 인해 신무용운동의 선각자인 최승희, 조택원 등이 근대무용인 신무용(Neue Tanz)을 받아들인 후 무용가로 독립해 자신의 무용 세계를 구축할 수 있었다.

무용예술이 더욱 활성화되고 국제무대에서 경쟁력을 갖기 위해서는 정부의 장기적이고도 확고한 문화정책과 함께 동아일보사와 같은 언론계의 뒷받침이 있을 때 무용계는 재정적·정신적 뒷받침으로 인해 더욱 융성해질 수 있으며 결과적으로 예술시장도 넓힐 수 있다.

동아콩쿠르 무용·음악 등과 같이 기량이나 테크닉이 큰 비중을 차지하는 예술 장르는 기량 향상을 위해 콩쿠르가 필수적이라 하겠다. 국내뿐만 아니라 세계각국에서 많은 무용 콩쿠르가 개최되고 있는 까닭이 여기에 있다. 초창기 입상자부터 오늘에 이르기까지를 살펴보면, 많은 입상자들이 대학뿐만 아니라 무용계 중심에서 주도적 역할을 담당하면서 무용현장 최일선에서 활발하게 활동하고 있어, 동아무용 콩쿠르가 한국에서 자타가 인정하는 최고의 권위 있는 등용문임을 입증시켜 주었다.

특히 동아무용 콩쿠르는 1983년을 기점으로 예술특기자 병역면제 혜택에 따라 일반부 남자 3개 부문(한국무용, 현대무용, 발레)의 금상 이상 수상자에게 병역 면제 혜택이 주어지면서, 기량 있는 남성 무용수들이 다수 등장함에 따라 오늘날 무용계가 활성화되는 데 밑거름이 되었다. 좋은 작품을 만들자면 안무가의 역할이 중요하지만 음악, 무대 미술, 조명 등 전문인의 도움이 필요하다. 허나 더욱 중요한 것은 기량을 갖춘 무용수들이 작품의 성패를 가늠한다 해도 과언이 아니다. 한동안 남성 무용수 부족으로 절름발이 신세를 면치 못했던 무용계가 기량을 갖춘 남성 무용수의 등장으로 균형을 이루게 되면서 창작의 다변화가 일어나 무용예술이 양적·질적으로 발전하면서 유료 관객 점유율도 월등히 높아졌다.

앞으로 언론사에서 배출시킨 입상자들을 위한 춤 무대를 마련하는 등 지속적인 배려를 한다면 동아무용 콩쿠르의 성과가 더욱 나타날 것으로 생각된다. 그런 의미에서 2001년부터 시작한 역대 입상자들의 초청 공연은 비록 단독 공연은 아니지만, 무용콩쿠르에 대한 일반인들의 관심을 높이고 무용 자체의 질을 높이며, 이를 통해 미래의 무용계를 가늠해 볼 수 있다는 점에서 바람직한 기획이라 생각된다.

창조 행위가 바람직스러울 때 문화의 발전은 당연히 성취된다고 본다. 예술에 있어 창조력의 진정한 가치는 예술인 각자에 의하여 형성된다고 볼 때, 동아무용 콩쿠르는 전통과 중량을 자랑하는 콩쿠르로서 재능있는 젊은 인재들의 등용문이자 희망이다.

# 영전에 바치는 장한 어머니상

오늘 하루 종일 비가 주룩주룩 내리고 있다. 창밖을 내다보며 문득 오래전에 돌아가신(1996), 어머니 생각이 간절해 예전에 어머니께서 써 놓으신 글(1974)을 찾아 다시 읽어보면서 어머니 생각에 잠깁니다. 며칠 전에는 지면을 통해서 문화관광부에서 주는 '예술가의 장한 어머니상'을 어느 무용가의 모친이 받는다는 수상 소식을 듣고 문득 돌아가신 어머님에 대한 그리움이 솟구칩니다.

태어날 때 우는 제 모습을 보고 너무 예뻐서 무용가로 키우기로 작정하고 근대의 대무용가 '최승희'의 이름을 본따 '승희'라는 이름을 지어주신 어머니. 5남매 중 넷을 경기여중·고, 경기중·고등학교에 다니게 하고 나는 최승희의 모교인 숙명여학교에 보내신 어머니. 앞으로는 여자도 꼭 본인의 전공을 살려야 한다는 교육관을 실천하기 위해 큰딸에게는 약학을, 둘째 딸에게는 바이올린을, 셋째 딸인 나에게는 무용을 전공시키신 분. 무용 연습을 하고 밤늦게 돌아온 어린 딸의 문 닫는 소리만 듣고도 그날의 감정을 알고 격려와 위로를 아끼지 않으시던 분. 돌아가시기 전까지 무용 공연이 있을 때마다 의상은 물론 소품까지 직접 만들어 주시거나 알뜰히 챙겨주시던 그분이 떠나고 안 계신 이 가을에 더욱 생각난다.

길을 걸어가다가도 음악 소리가 들리면 꼭 들어가 보곤 하시던 어머님은, 전라도에서 갓 올라오신 설장고의 명인 전사섭 선생과 이정범 선생도 이런 과정에서 알게 되어 1960년대 초 어느 누구보다도 먼저 설장고를 배우게 되었다.

이화여자대학 3학년 때인 1965년 여름, 불교의식무용 '작법'에 대해 이론적으로 아직 정립이 안 되어 있을 때, 나는 대장경이 있는 명사찰 해인사를 가면 작법을 배울 수 있을 것 같아 무작정 해인사로 내려가겠다고 했을 때(작법은 서울의 명 사찰에서만 행해졌으며 지방 사찰들도 영산재를 할 때는 서울에서 모셔 갔음), 만사 제쳐놓고 저를 따라나서시던 모습.

무용과 졸업작품 발표회 때 「가무보살」이란 작품 안무를 위해 어머님과 함께 새벽공기를 마시며 자주 조계사에 갔던 일들이 생각난다. 조계사의 법당에 피리, 비파, 장고 등을 든 비상하며 춤추는 보살들 그림을 보고 동작선을 분석하던 일과, 이 작품의 의상과 소품, 연단 등을 어머님이 직접 그림으로 그리고 제작하여 주시던 모습 등이 주마등처럼 떠올라 더욱 그립다.

당시 졸업작품을 정하지 못해 고민하고 있을 때, 어머니께서 최승희 선생의 작품 「가무보살」을 직접 보셨다며 재안무를 권하셨다. 최승희는 20세기 한국을 빛낸 최고의 예술가로, 우리나라 무용사에 큰 발자취를 남긴 위대한 무용가였다. 그러나 월북했다는 이유로 이름조차 언급할 수 없는 금기어가 되어 1980년대 말까지 잊혀진 무용가로 남았다. 그 당시 아무도 최승희의 작품을 춤추지 않았지만, 어머니의 권유로 내가 처음으로 「가무보살」 작품을 재해석해서 춤춘 것이다.

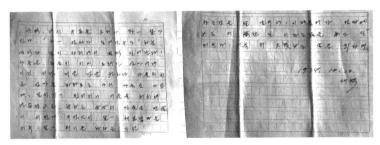

사랑이 가득 담긴 어머니의 친필 원고

　우리 주변을 살펴보면, 예술계에 너무나 장한 어머니들이 많이 계신다. 무용이란 예술을 이해하고 사랑한 어머님들 이런 분들이 계셨기에 오늘날 우리 무용계뿐만 아니라 예술계 전체가 더욱 풍요로워진 것이 아닌지… 어머님이 돌아가신 후 유품을 정리하다가 예전 나의 첫 개인 창작발표회(1974) 때의 과정을 옆에서 지켜보신 어머니가 몇 자 적어 놓으신 원고가 누렇게 변색되어 나왔기에 여기에 실어본다.

　새벽 4시 수돗물 소리가 쏴- 쏟아진다. '아- 엄마(나)가 일어났구나' 하는 생각과 같이 자리에서 벌떡 일어난다. 식욕을 잃은 지 이미 오래인 엄마에게 이것저것 먹을 것을 권하나, 다 물리치는 엄마를 바라보는 나의 아픈 마음은 아프다.
　앞서거니 뒤서거니 어둠을 헤치며 연습장으로 향하는 모녀의 마음은 만감이 서린다. 무엇인지 잘- 해보겠다는 의욕, 잘- 되기를 바라는 기원. 연습장에 도착하면 엄마는 구상에 잠기고 나는 엄마의 구상을 깨뜨릴새라 조심조심 주위를 치운다. 이렇게 일과가 시작되기를 근 1년.
　생각이 막힐 때 동(東)으로 향해 도움을 청한다. 벽에 부딪친다. 서로 향해 도움을 청한다. 역시 벽에 부딪친다. 동서남북을 향한 끝에는 앙천(仰天)하게 마련이다. 이런 엄마의 생활 연속을 바라볼 때 예술을 지향하는 엄마의 모습이 살을 에이도록 애련하다.

왜 고귀한 예술을 제자에게 남겨주려 들지 않을까? 연구소 생활이 그렇고 학교생활이 또한 그렇다. 험준한 예술의 길을 누가 딛고 일어서느냐에 성(成), 불성(不成)은 달려있다.

(중략)

드디어 역경을 딛고 막이 열리던 날 나의 가슴에 뜨거운 눈물이 솟아 발끝에 뚝뚝 소리를 낸다.

오- 신이여 도와주소서.

그동안에 외로웠던 괴로웠던 절규는 시율(施律)의 화신(化身)으로 변하였다. 우리 무용계의 지루함을 깨뜨렸다고 한다. 새 바람을 일으켰다고 한다.

이 모두가 우연으로 또한 과찬으로 안다면 엄마는 억울할 것이다. 오- 나는 엄마의 피나는 노력을 보았기에, 그리고 분통이 터지는 듯한 이 일 저 일을 당하였기에, 그러나 또한 자위한다. 어떠한 고난 없이는 목적을 이룰 수 없다는 것을 잘 알기에...

이제부터가 엄마에게는 더 험한 길이라는 것을 제삼 일러둔다. 더욱 더 대성하는 날을 위하여.

1974. 10. 10. 새벽


이 글을 읽고 있으면 무용을 하는 딸에 대한 애절한 사랑과 함께, 무용이란 예술에 대한 어머님 나름의 집념과 사랑을 느낄 수 있다. 자식들의 재능을 일깨워주는 안목을 가진 어머님은 자신도 일찍이 발명 특허권을 두 개나 가지고 계신 분이다. 어머님은 외국에 잠시 들렀을 때도 미술관은 물론 이름 있는 음악 연주회가 열리면 티켓을 사서 들으러 가시는 분이다.

이렇게 예술에 대한 남다른 미의식을 가지신 어머니는 모든 면에서도 박식하고 지혜로워 자식과 사위들로부터 존경을 받으시는 진정한 문화인이셨다. 태어날 때부터 무용의 길로 인도해 주신 어머니, 저는 항상 춤을 출 수 있어서 행복하며 나의 천직을 사랑할 수 있어서 행복하다. 이에 다시 한 번 감사를 드리며 이 딸이 진정한 마음으로 장한 어머니 상을 어머님께 바친다.

「춤의 여정-춤의 노래」 공연을 마치고 멘토포럼의 이상일, 김동호, 김화숙 선생님과 함께(국립극장 달오름, 2022)

## 유옥재(兪玉在)

현재 강원대 무용학과 명예교수. 경희대학교 대학원에서 한국무용 전공으로 이학박사를 취득하였으며, 31년간 강원대학교 무용학과 교수로 재직하며 옥조근정 훈장을 수훈하고 지역 문화 발전에 헌신했다. 김백봉 '춤' 보전회 2대 회장과 한국무용협회 강원도 지부장을 역임했다.

제1회 전국무용제 단체상(장려)과 개인상(연기)을 수상했으며, 중국 세계민속예술제 단체상(은상), 개인상(안무)을 받았다. 또한 강원도 문화상 전통예술 부문과 1999 동계 아시안게임 개·폐회식 안무로 대통령 표창을 수상했다. 강원도 문화상을 수상하였으며, 평안남도 무형문화재 제3호 '김백봉 부채춤'을 이수하였다.

주요 공연 활동으로는 디종 페스티벌, 피레네 국제민속축제(프랑스), 세계 타이난 드럼 페스티벌(타이완)과 뉴욕주 알바니 및 산타로사에서 열린 '봄의 축제', 재미 한인학교협의회 초청공연, 일본 도야마와 돗토리현, 중국 항저우 공연, 그리고 2018 평창 문화올림픽 공연 등이 있다. 또한 정선 아리랑춤, 횡성 한우춤, 강원 학춤, 평창 사냥춤 등 강원의 민속문화를 바탕으로 독창적인 안무를 창작했다.

# 아! 김백봉

    춤의 여신, 김백봉 선생님. 그분의 품에서 자란 춤은 오직 그분만의 것이었다. 한국무용을 무대화한 역사적인 신무용의 큰 획을 그은 분으로, 한국적인 희로애락을 바탕으로 고도의 테크닉과 과학적, 기하학적인 춤으로 이를 승화시킨 일인자였다. 그 방대함 속에 인생을 걸었다. 곡선으로 이루어진 한국 춤의 미세한 감각을 놓치지 않고, 신체의 마디마디마다 정확성을 추구하며 정중동(靜中動), 동중정(動中靜)의 근원을 철학적으로 끌어내는 것이 김백봉 선생님의 가르침이었다. 그 열정적인 가르침은 모든 무용인이 인정하고 또 인정할 것이다.

    나는 대학 시절 1년에 두 번 정도만 집에 올 수 있었다. 집에 너무 가고 싶어서, 교생실습을 춘천 제일고등학교(현 강원대학교 사대부고)라는 신설학교로 나가게 해달라고 부탁드렸다. 나 혼자만 그 학교를 희망했는데 졸업하면 집에 자주 못 올 것 같아서였다. 교생 기간 동안, 전 교생에게 남녀 구분 없이 모두 무용을 가르쳤다. 그 당시 제자들 중에는 육군참모총장, 사단장 등 많은 인재가 배출되었다. 대학 4학년 2학기에 학교에서 발령을 받아, 2학기 수업을 전혀 듣지 못한 채 졸업을

김백봉 선생님과 함께

하게 되었고, 선생님 덕분에 나는 춘천 고향에 머물 수 있었다.

대학원 재학 시절, 선생님 댁에서 지내며 학교에 다녔다. 밤이면 의상과 소도구 제작 등 춤에 필요한 한복 의상 디자인을 새롭게 익히고 선생님과 많은 시간을 함께했다. 평범한 일상을 모두 춤에 적용하시는 김백봉 선생님만의 달란트. 그 당시에는 힘들다고 생각하지 않고 쉽게 넘겼던 부분들이, 나중에 돌아보니 춤의 바탕이 되는 주옥같은 가르침이었다.

선생님께서 곱게 길러주시고 예쁘게 키워주신 덕분에 나는 대학에 몸담게 되었고, 무용의 불모지였던 강원도에 최초로 국립 강원대학교 예술대학 무용학과를 신설하고, 강원도립무용단을 창단하는 데 혼신을 다할 수 있었다. 이렇게 강원도에서 무용의 저변 확대에 앞장설 수 있었던 것은 선생님께서 아낌없이 주신 용기와 힘 덕분이었다.

무용학과 창단을 위해 선생님께서는 약 6개월 동안 춘천에 머무르시며, 귀중한 자신의 원작들을 아낌없이 제자들에게 쏟아부어 주셨다. 밤새 선생님과 함께 춤을 추었고, 가끔 식사 시간을 놓치셔서 컵라면으로 끼니를 대신하신 적도 있었다. 선생님은 무용실을 떠나지 않으시고 새벽 3시, 4시까지 제자들과 함께 춤을 가르치고 연습하셨다. 이토록 나는 선생님과 상상할 수 없을 만큼 소중한 춤의 시간을 보냈다. 선생님은 사랑과 열정으로 제자들에게 춤에 필요한 고도의 기술과 깊은 철학을 심어 주셨다.

김백봉 춤 보전회 회장 시절, 「아! 김백봉」 공연을 통해 선생님을 다시 무대에 모실 수 있었다. 국립극장과 강원대학교 백령문화관에서 열린 이 성대한 대형 공연은 전국 대학 선생님들과 제자들, 그리고 모든 보전회 이사님들이 함께 무대에 올라 세상을 놀라게 했다. 선생님의 주옥같은 작품을 널리 알리고 영원히 보존하는 김백봉 보전회는 지금까지도 잘 운영되고 있으며, 앞으로도 올바른 한국 춤의 진수를 계승하고 그 뜻을 영원히 이어갈 것이다.

춤은 곧 생활이자 인생의 전부이며, 생과 함께하는 종합예술이다. 무용인의 삶은 춤과 함께하고, 춤은 곧 인생을 만들어가는 것이다. 선생님께서는 무용인으로서 모든 것을 갖추신 분이었다. 영원히 오래도록 함께 계실줄 알았는데, 얼마 전 유명을 달리하셨다. "김백봉 선생님, 저는 정말 행운아입니다. 선생님의 가르침이 저의 버팀목이 되어 올바른 춤의 길을 걷게 되었고, 매일매일 새로운 생각과 현실을 알차게 보낼 수 있었으니 말입니다. 다시 태어나도 선생님의 제자로 춤의 길을 걷고 싶습니다. 늘 보고 싶은 선생님, 감사합니다."

평안남도 무형문화재 김백봉부채춤 소유자인 경희대 무용학부 안병주 교수(왼쪽)와 함께

# 부채춤을 사랑하는 이유

    한국 춤에는 여러 장르가 있다. 크게 전통춤과 신무용으로 나누기도 한다. 한국무용을 하는 무용수들은 다양한 장르를 거치며 각자의 춤을 찾게 된다. 그중 나는 신무용의 길을 밟아왔는데, 가장 큰 계기는 은사님과의 만남과 가르침에서 비롯된 것이라 믿는다. 운 좋게도 좋은 선생님들을 만나 나만의 창의력을 춤으로 승화시킬 수 있는 에너지와 열정을 얻었고, 그렇게 춤의 인생을 살아왔다. 부채춤의 역사적 이론과 스토리 원작자(김백봉 교수님)의 의도는 차후에 다루기로 하고, 내가 그 많은 춤 중에 부채춤을 사랑하며 꾸준히 이어온 것은 나만의 고집이라 할 수 있다.

    한국 정서에 가장 적합하게 모든 것을 하나로 함축한 춤, 한국 춤 안에 깊이 내재된 모든 것을 밖으로 내뿜는 춤의 원동력, 신체의 구조를 기반으로 호흡하고 발산하는 정중동, 동중정의 고도의 훈련을 통한 춤의 정의를 얻을 수 있는 춤. 솔로 춤을 군무화한 무대연출과 안무에 의해 더욱 발전했으며, 이는 최초로 한국춤 무대에 진출하는 밑거름이 되었다. 「백조의 호수」를 보며 한국 춤 또한 웅장한 무대 예술을 이루어낼 수 있음을 깨달았다.

김백봉 선생님(앞줄 오른쪽)과 부채춤 공연을 마치고 단원들과 함께

부채춤 의상은 ① 분홍 당의와 보라색 치마, ② 옥색 당의와 오렌지
치마 ③ 초록 당의와 다홍치마(무궁화를 뜻하는 군무진의 의상)이다.
30~40명 정도가 추는 군무는 화려하고 체계적인 구도 속에서 하나의
무궁화를 이루어낸다. 부채춤은 기하학적인 춤의 형태를 통해 신체를
바르게 성장시킬 수 있으며, 한국 정서를 담은 스토리텔링과 각 춤사위
마다 의미를 지닌다. 춤의 기본 테크닉을 고도의 훈련을 통해 익히며,
이를 통해 춤의 기능은 더욱 고조된다.

2019년 9월 17일 오후 3시, 나는 '평안남도 무형문화재 제3호 김
백봉 부채춤' 이수 심사에 임하였고, 늦은 나이에 후배들의 심사를 거
쳐 무사히 이수하게 되었다. 이는 부채춤을 보전하는 데 기여하고 싶
었기 때문이다. 이 과정에서 나 자신의 춤을 다시 점검하고 인식하는
기회를 가졌다. 거의 3개월 동안 새벽부터 하루 종일 연습에 몰두하였
고, 앞으로는 이런 기회가 없을 것이다. 부채춤 이수 심사에 임하면서
도 김백봉 선생님 앞에서 여전히 떨림을 경험하였고, 그동안의 연습을
잘 마친 나 자신을 새삼 칭찬하고 싶었다.

# 오늘 하루

어제 폭우로 인한 참극을 눈물겹게 뉴스로 보면서 안타깝고 처절한 마음을 감출 수 없었다. 인간의 힘으로는 어쩔 수 없는 한계가 있다는 현실이 더욱 피부에 다가왔다. 이렇게 살아있음과 나에게 주어진 진주 같은 삶에 감사하며, 앞서간 분들의 영면을 두 손 모아 가슴으로 기원했다.

뉴스에서 본 장면이 떠오른다. 한 남녀가 우산을 펴고 팔짱을 끼고 나가는 순간, 그들은 열린 맨홀 뚜껑을 미처 보지 못하고 그대로 빠져버렸다. 어찌 이런 일이 있을 수 있을까? 밤새 마음이 무겁고 잠을 이루지 못했다. 그런데 아침이 되니, 마치 어제의 비극이 없었던 것처럼 하늘은 화창하고 구름은 아름답고 찬란했다. 대룡산 입구에서 걷기를 시작했지만, 머릿속에는 인간의 나약함과 자연의 위력에 대한 생각이 가득했다. 자연은 때로는 아름답고, 때로는 무섭게 우리에게 경고를 보내는 듯하다.

요즘 나는 매일 청아한 대룡산을 바라보며 친구들과 함께하는 시간 속에서 행복을 느끼고 있다. 대룡산을 바라보며 오전과 오후마다 산

유옥재, 「어느 봄날」

책을 즐기는데, 매 시간마다 달라지는 숲과의 교감이 내 건강을 지켜주는 수호자처럼 느껴진다. 나이가 들어 겁 없이 마련한 전원주택에서의 삶은 매일 아침 대룡산, 잔디, 소나무, 커피 로스팅, 때로는 피어나는 꽃들과의 대화로 가득 차 있다. 마치 꿈을 먹고 사는 듯한 나날들로 하루하루가 행복하다.

　물론 전원생활은 누리는 만큼 부지런함을 요구하는 현실이다. 하지만 자연의 시간과 흐름에 맞춰 살면서, 나는 점점 더 이 삶에 익숙해지고 있다. 아름다운 춘천에서의 노후는 지루함이나 답답함과는 거리가 멀다. 속속들이 흐르는 맑은 물 소리가 피부에 와닿고, 맑디 맑은 공기는 삶을 신선하게 만들어 주며 밝은 생각을 떠오르게 한다. 비록 작은 가슴이지만, 그 안에는 우주를 품고 있다는 느낌이 든다. 마음이여, 오늘도 작은 행복으로 나를 찾고 바라본다.

## 윤시향(尹詩鄕)

　함경북도 무산에서 태어나 이화여자대학교 독어독문학과와 동대학원을 졸업하고 논문 〈브레히트의 반파시즘 연극연구〉(1991)로 박사학위를 받았다. 독일 쾰른대학교에서 연수, 베를린 자유대학교 초빙교수를 지냈으며 한국브레히트학회 회장, 한국여성연극협회 공동대표, 한국연극평론가협회 이사, 한국공연예술원 원장, 한국뷔히너학회, 헤세학회 편집위원, 한국 I.T.I. 감사 등을 역임했다.

　출판물로 《브레히트의 연극세계》, 《하이너 뮐러의 연극세계》, 《15인의 거장들》, 《독일문학의 장면들》, 《서사극의 재발견》, 《유럽영화예술》, 《소리》 등의 공동저서가 있고, 《당나귀 그림자에 대한 재판》, 《어두운 밤 나는 적막한 집을 나섰다》, 《그때 이미 여우는 사냥꾼이었다》, 《시체들의 뗏목》, 《메데이아》, 《알프스의 황혼》, 《햄릿머신》, 《문신》 외 다수의 독문학 작품을 우리말로 옮겼다.

　오랜 기간 원광대 유럽문화학부 교수로 재임하면서 후학 양성에 힘쓴 공적으로 대통령 표창을 받았으며, 한국여성연극협회의 올빛상(6회)을 수상한 바 있다. 현재 원광대 명예교수로, 월드 2인극페스티벌 심사위원장과 한국여성연극협회 고문을 맡고 있으며 연극평론가와 골목길 해설사로 활동중이다.

# 도가국제연극축제에 다녀와서

　일본 도야마현 도가에서 열린 2018년 도가국제연극축제(도가여름연극축제, 8. 24.~9. 2.)에 다녀왔다. 이 축제가 유명한 이유 중 하나는 그 지역성 때문일 것이다. 도쿄에서 서북쪽으로 약 250킬로미터 떨어진 이곳은 인근의 도야마공항에서 차를 타고 두 시간 정도 들어가야 한다. 도가(利賀)에 대해 익히 들었음에도 아슬아슬한 산 벼랑길을 차로 들어가는 느낌은 각별했다. 하기야 옛날 적에게 쫓긴 사무라이들의 피신처였으며 겨울에는 눈이 3~4미터까지 쌓이고 지금도 곰이 나온다는 오지이니 말이다.

　영어로는 'SCOT Summer Season 2018'이라고 불리는 이 축제는 일본의 세계적인 연출가 스즈키 다다시(忠志鈴木)가 도가에서 매년 개최하고 있다. 1939년 6월 20일 시즈오카현 출생인 그는 연출가, 극작가, 철학자로 1966년 극단 와세다 소극장을 창단하여 현재의 SCOT(Suzuki Company of Toga)로 발전시킨 '스즈키 메소드'의 창시자이다. 스즈키 연기술은 몸의 중심을 하체에 두고 발성은 단전으로부터 소리를 낸다. 배우들의 시선은 정면을 뚫어지게 응시하고 발을 바닥에 붙인 채 힘차게 쿵쿵 걷는다. '발의 연극' 또는 '발의 문법'이란 표현은 스즈키 메소드를 단적으로 설명한 말이라 할 수 있다.

스즈키 메소드의 기본은 발걸음을 혹독하게 훈련하여 하반신의 감각을 예민하게 하고, 발의 움직임을 단련하는 것이다. 땅에 발을 내리친 반작용으로 상반신에 미친 에너지를 허리로 온전히 받는 훈련을 행한다. 그러나 노(能)와 가부키(歌舞伎) 등 일본 전통극에 뿌리를 둔 이 방법은 배우들에겐 가혹한 '지옥훈련'이다. 여배우도 남자와 같은 대단히 굵직하고 동굴에서 울리는 듯한 목소리를 낸다. 스즈키는 이를 "배우의 호흡, 몸의 중심, 에너지 소비 세 가지를 적절히 조절하는 기술"이라고 설명했다. 필자가 실제로 본 트레이닝 현장은 연극훈련이라기보다 차라리 혹독한 스포츠 훈련과 비슷해 보였다. 다만 스포츠와 달리 스즈키 메소드의 핵심이 에너지를 대사와 연기에 담아서 적절하게 활용하는 점이라고 할까.

1976년 스즈키는 도가에서 오래된 갓쇼즈쿠리(짚으로 지붕을 엮는 방식의 전통가옥)를 구입하여 극장으로 개조하고 각종 공연을 무대에 올리며 '연극만을 위한 예술촌'을 추구했고 도가는 세계 연극계의 성지 가운데 하나로 자리 잡았다. 호수야외극장, 도가다이산보, 바위극장, 도가산보와 신도가산보극장을 갖춘 이곳은 지난 40년 동안 도가예술공원으로 그 모습을 갖췄다. 이 장구한 연극촌 건설 작업을 일본국제교류기금과 도야마현 등 정부기관이 묵묵히 지원해줬다.

도가는 낮 동안에는 아무 일도 일어날 것 같지 않은 고요와 적막에 싸여있다. 점심 때에나 아래쪽 구루메칸 식당에 식사를 하려는 사람들이 모일 뿐이다. 오죽 조용했으면 필자가 낮 동안 모모세(百瀬) 천변에 나가 물 흐르는 소리를 녹음하면서 앉아 있었겠는가. 그런데 저녁이면 연극 시작하기 1시간 전부터 신기하게 사람들이 조용히 모여들

도가예술공원의 갓쇼즈쿠리 앞에서

어 줄을 선다. 인구 6백 명의 작은 산골마을 도가에 일본 각지와 세계에서 연극 애호가와 연극관련 인사들이 모여드는 것이다. 연극인들은 이곳을 스코틀랜드(SCOT-Land)라고 부르기도 했다.

2013년부터 SCOT는 도가의 공연을 대중에게 공개하는 새로운 제작형식을 채택한다. 표준 티켓요금 없이 무료로, 아니 관객이 낼 수 있는 만큼 또는 '원하는 대로' 지불하는 방식으로 바꿨다. 단, 사전에 인터넷이나 전화예약이 필수이다.

## 도가의 극장들과 스즈키 다다시의 작품 공연

한국 팀은 7박 8일의 체류 기간 동안 다국적 배우에 의해 올려진 스즈키 다다시의 대표작 4편 「세상의 끝에서 안녕(Greetings from the Edge of the Earth)」, 「디오니소스(Dionysus)」, 「트로이의 여인들(The Trojan Women)」, 「북부 풍경(Northern Landscape)」과 '아시아 연출가 페스티벌' 출품작들을 매일 관람했고 또 전 세계의 배우를 위한 '스즈키 메소드' 트레이닝 현장을 참관할 수 있었다.

먼저 극장들을 간단히 소개하면 다음과 같다.

• 도가산보(利賀山房): 건축가 이소자키 아라타(磯崎新)가 설계한 도가산보는 도가예술공원 최초의 극장으로 전통가옥 내부를 극장으로 바꾼 150석 규모의 소극장이다. '갓쇼즈쿠리'라는 이 전통가옥의 지붕은 알파벳 V자를 뒤집은 형태로 양손을 모아 합장하는 모양이다. 삼면의 대형 유리가 아우르는 입구의 공간은 높은 계단으로 극장 내부와 연결된다. 극장내부는 일본의 노 무대 형식에 가깝다. 구조재는 모두 검은 색으로 되어있으며 조명, 무대를 위한 고정 장치는 없다. 객석에

2018 도가국제연극축제에서 스즈키 다다시(가운데), 앙상블극단 단원들과 함께

는 다다미를 깔았고 기둥과 기둥 사이에 각목을 가로지르고 조명기와 무대장치 등을 각목에 매달아 사용한다.

• 호수 야외극장: 모모세 천변에 커다란 호수를 파고 고대 그리스 양식에 일본 노 스타일을 가미한 약 800석 규모의 원형 야외극장이다. 1982년에 이소자키 아라타의 설계로 건설되어 일본 최초의 세계연극제 '도가 페스티벌'이 개최되었다. 무대 배경이 되는 숲과 호수에 무대 조명이 비치고 머리 위에서 화려하고 웅장한 불꽃이 펼쳐질 때면 관객은 광활한 우주공간 속에 있는 듯한 인상을 받게 된다.

• 도가다이산보: 도가로 온지 38년째인 2013년에 마을 체육관을 개조한 대극장. 450석 규모로 내부 전체는 굵은 철골로 구성되어 있으며 무대는 넓고 깊은 대극장 공간이다.

• 바위극장: 공원 내 자연 속에 지어진 야외 소극장. 도가의 자연풍경과 신도가산보를 배경으로 주변 공간 전체가 극장 공간으로 기능할 수 있는 장소에 위치하고 있다. 무대를 둘러싸도록 배치된 작은 바위는

조명기구를 숨길 수 있는 크기이며 배우가 공연 중 몸을 숨기거나 올라갈 수 있는 커다란 바위가 무대 오른쪽에 자리 잡고 있다. 등·퇴장은 무대 좌우와, 중앙에 설치된 10미터 높이의 나무계단을 이용한다. 2009년에 건설되었고 250석 규모이다.

한국 팀은 도착한 첫날밤에 원형 야외극장에서 스즈키 연출의「세상의 끝에서 안녕」을 관람했다. 일본 최초의 '불꽃놀이 극'이라는 이 개막작은 축제의 하이라이트라고 할 수 있는데 연극 중간에 웅장한 불꽃놀이가 수차례 연출되어 관객의 탄성을 자아냈다. 정교하게 연출된 불꽃은 공연 내용에 따라 화려한 꽃처럼 피어나기도 하고 화염처럼 솟구치기도 하고 폭포처럼 공중에서 쏟아져 내리기도 했다. 호수 위에 만들어진 무대는 양쪽 나무다리가 등·퇴장로로 이용되며(가부키의 하나미치(花道)를 차용), 그리스의 야외극장 양식을 모방해 만들어진 객석은 수용 인원이 800명이라는데 통로계단까지 관객들로 꽉 찼다.

반세기동안의 일본 전후 역사와 현재를 돌아보는 작품으로 어두운 내용을 패러독스하게 화려한 불꽃놀이로 치환했다. 세상을 정신병원 또는 병원이라고 생각하는 스즈키의 세계관대로기득권층이라고 할 수 있는 병원장과 가난한 환자들의 대화를 통해 계층 간의 갈등, 전후의 일본상 등을 조명한다. 스즈키의 상징인 휠체어를 탄 환자들과 기모노를 변형시킨 긴 옷자락을 늘어트린 여자들이 등장하여 '스즈키 메소드'로 단련된 움직임을 구현했다. 이 공연에는 한국인 배우 이성원 씨도 휠체어를 타고 출연했다.

공연 후에는 무대 위에서 일본 사케 술통을 나무망치로 내려쳐 열고, 관객들이 무대로 몰려 나가 배우들이 나눠주는 사케를 함께 마셨다. 일종의 이벤트에 가까운 이 공연은 신선한 야외공기 속에 웅장한 불꽃놀이를 곁들여 축제 개막작에 최적화된 퍼포먼스였다.

　다이산보 대극장에서 공연된 스즈키 연출의 「디오니소스」는 에우리피데스 원작으로 광신적인 종교집단과 권력투쟁 사이에서의 희생을 그린 작품이다. 세계 19개국에서 공연된 스즈키의 그리스 비극 대표작 가운데 하나. 불경한 테베의 왕 펜테우스를 벌하려는 술의 신 디오니소스는 펜테우스의 어머니 아가베를 비롯한 테베의 여인들을 자신의 종교로 귀의시켜 산에 불러 모은다. 펜테우스는 디오니소스의 종교가 모든 테베 시민들 사이에 퍼질 것을 두려워하여 그를 잡으려고 하지만, 오히려 디오니소스의 마력에 빠져 그를 따라 산 속에 있는 여성들을 보러 가다가 살해당하고 만다. 아가베는 종교에 빠져서 스스로 아들을 죽였다는 사실에 전율한다. 그녀는 종교에서 벗어나 디오니소스의 종교에 저주를 퍼부으며 방랑의 길을 떠난다.

　빈 의자 6개가 무대 뒤쪽에 놓여있고 우주공간에서 울리는 듯한 깊고 웅장한 음악과 함께 6명의 제사장이 천천히 등장하는 도입부가 인상적이었다. 전쟁 후의 풍경을 보여주는 「트로이의 여인들의 무대」는 아무 무대장치도 없이 텅 비어있어 온통 검은색 공간을 이룬다.

　이 연극은 고통에 대한 연구이다. 중세복장을 한 무사가 무대 중심부에 동상처럼 부동의 자세로 극이 끝날 때까지 서 있다. 그는 힘없는 수호신이다. 그의 오른쪽에 안경을 쓰고 휠체어에 앉아 책을 펴들고 역시 꼼짝하지 않는 노인이 보인다. 그러니 이 극은 그가 읽는(또는 전달하는) 책의 내용이다. 이어서 세 명의 중세 사무라이가 무대에 등장한다. 그들은 장난과 잔학행위를 번갈아가며, 어느 순간에는 어리석은 철부지처럼 행동하다가 다음 순간에 냉혈한 살인자처럼 행동한다.

　스즈키의 연극 스타일은 완전히 비현실적이다. 그러나 모든 제스처, 모든 상징은 고통스럽게 설득력이 있다. 헤쿠바의 손자 살해 장면에

서, 아이는 헝겊인형이지만 살인자가 손을 떼자 살아있는 육체가 고통
받고 있는 것 같이 느껴진다. 여배우 시라이시 가요코는 카산드라도 연
기했는데, 나이 든 배우에서 어린 소녀에 이르기까지 그의 변신은 놀
라운 설득력을 나타낸다. 이 연극은 정복자의 오만을 드러내며 전쟁에
서 가장 고통 받는 존재는 여성과 아이들임을 보여준다.


## 아시아 연출가전

'아시아 연출가전'은 2014년 헨리크 입센의 「유령」을 참가국 연출
가들이 각기 다른 시각으로 연출한 이래 동일한 방식으로 진행되어
왔다. 2018년도 아시아연출가전에서는 베르톨트 브레히트의 「조처
(Die Massnahme)」(일본 측에서 정한 영어명은 결정(Dicison))를 과제작
품으로 지정하고 공연시간도 70분으로 제한했다. 참가국은 한국, 일
본, 중국, 대만과 인도네시아의 다섯 나라였다.

한국은 김진만 연출의 앙상블극단이 참가했다. 구성은 번역 오제
명, 드라마트루그 윤시향, 예술감독 김성노, 출연 박정순 이계영 조정
민 김연진 장용석 오현철 김미란 이영민 김민재, 제작감독 임밀, 무대
감독 이영민, 조명 오택조, 조연출 손예림, 협력프로듀서 이훈희, 통역
김민재로 이루어졌다.

브레히트의 작품 가운데 가장 많은 논란을 불러일으킨 「조처」는
이른바 '학습극(Lehrstueck)'에 속한다. 학습극이란 1920년대 말부터
1930년대 초에 브레히트가 쓴 일련의 짧은 극작품들을 지칭하는데, 기
존의 공연극과는 달리 학습극에서는 연기자와 관객의 분리를 지양한
다. 따라서 '관객 없이, 연기자들이 자기 자신을 위해 연기'하는 학습극

에는 공연극을 위해 개발된 전통적인 미학적 척도들이 적용될 수 없다. 네 명의 선동가와 감독 합창단이 등장하는 이 극은 소련에서 파견된 선동가 집단이 중국에서 벌이는 공산주의 혁명 활동을 다루고 있다.

내용을 간단히 살펴보면, 한 미숙한 혁명가(젊은 동지)가 중국 민중들의 비참한 현실에 연민을 억누르지 못하고 감정적으로 행동하여 연속적으로 실수를 범함으로써 조직 전체를 위태롭게 만든다. 선동가들은 젊은 동지가 자신의 죽음에 동의하는 가운데 그를 살해한다. 서막에서 선동가 집단은 동지의 살해를 감독 합창단(당의 재판부)에 보고하고 판결을 요청하며, 이어지는 8개의 장면은 일종의 극 중극 형식을 통해 중국에서 벌인 혁명 활동과 함께 젊은 동지의 잘못된 행동방식들을 보여준다.

브레히트는 1945년 이후 이 작품의 공연을 금지했다. 1930년대 후반부터 진행된 스탈린의 피의 숙청을 보면서, '동지의 살해'라는 도발적인 사건과 가장 철저한 학습극 형식이 결합된 「조처」(1930년 작)에 대해 심각한 회의를 가졌던 것 같다.

앞서 언급했듯이 아시아 연출가전은 아시아 전역의 젊은 연출가들이 도가에 모여 동일한 연극공연을 선보이는 프로그램으로 공연 후 그들의 공연을 토대로 심사위원들이 논평하며 토론회를 갖는다.

2018년 아시아 연출가전의 일정은 다음과 같다.

· 8월 27일(월) 16:00 중국: 리보 연출/ 도가산보
· 8월 27일(월) 19:30 일본: 세토야마 미사키 연출/ 바위극장
· 8월 29일(수) 16:00 대만: 훙치엔 연출/ 도가산보
· 8월 30일(목) 19:30 인도네시아: 루크만 로사디 연출/ 바위극장
· 8월 31일(금) 16:00 한국: 김진만 연출/ 도가산보

    가장 먼저 공연한 중국 팀의 「조처」는 브레히트 텍스트에 충실한 공연이었다. 사각형으로 구분지어진 무대 공간에서 네 명의 선동가와 젊은 동지가 사실적 대화와 낭송적 대사를 번갈아 사용하며 브레히트의 메시지를 전달했다. 응축된 사상과 약간 감상적인 느낌이 교차되며 전반적으로 안정된 앙상블을 보여주었다. 마지막 장면에서 무대 위에 붉은 돌과 브레히트를 연상시키는 안경을 배치하고 스포트라이트로 상징성을 부여했지만 혁신적인 무대미학은 발견할 수 없었다.

    중국 팀과 같은 날, 일본 팀이 공연한 바위극장은 공원 안쪽에 지어진 야외 소극장인데 네 명의 선동가가 무대 중앙의 10미터 높이의 계단을 오르내리며 노래하고 연기했다. 무대 위에는 탁자와 의자를 놓고 연극 상황에 맞춰 변형시켰다. 그러나 도가의 자연과 신도가산보를 배경으로 한 바위극장 공간 전체를 연극 공간으로 좀 더 대담하게 사용할 수 있지 않았을까 하는 아쉬움이 남았다. 일본 연극은 깔끔하지만 평범하며 외국 작품 해석에 소심하다는 심사평을 받았다. 스즈키도 이전의 인터뷰에서 "한국 연기자는 야성적 에너지가 넘친다. 일본 젊은 배우들에게는 그것이 없이 시키는 대로 하고, 청결하지만 에너지가 없다"고 한 말을 상기시키는 공연이었다.

    중국 공연과 대조를 이룬 대만 공연은 자극적이며 텍스트를 절대화하지 않은 다채로운 구성으로 속도감 있게 진행되었다. 연출자는 대만인으로서 직면한 정치 상황에 대해서 토론하고 분석하며 롤 플레이 수법으로 유머를 섞어서 국제적 정치 상황을 표현했다고 밝혔다(연출노트). 이데올로기를 패러디하여 젊은 동지로 역할을 바꾸는 상황도 '가위바위보'로 결정하는 등 게임화했다. 네 개의 검은 의자를 적절히 활용했으며, 신체훈련이 잘 된 연기자들이 물구나무 서기, 수화, 테니스 동작, 체인으로 줄넘기 등을 연결시키며 박진감 넘치는 무대를 보여주

베르톨트 브레히트의 「조처」 공연을 마친 후의 한국 '양상블극단'

었다. 그러나 지나친 연극적 재미 추구로 인해 중요한 테마를 놓치게 되어, 마치 과다한 소스가 들어간 맥도날도 햄버거 같다는 심사평을 듣기도 했다.

인도네시아 팀의 「조처」는 야외극장이라는 무대 조건을 잘 살린 공연이었다. 브레히트 시대와는 달리 시청각의 유혹을 많이 받는 새로운 세대의 관객들에게 연출가는 전하고 싶은 정보가 산더미처럼 많으며 현대 관객이 느낄 수 있는 무료함과 싸워야 하기 때문에 관객이 브레히트의 사고를 소화하고 즐길 수 있도록 새로운 시청각적 유혹을 창출할 필요가 있었다고 했다. 경제적인 다양한 소품들(마스크 대용으로 얼굴에 뒤집어쓴 노란 스타킹과 고무장갑, 노란 우산 등) 활용, 숙련된 신체동작 등으로 관객의 호응을 끌어내며 활기찬 무대를 보여주었다. 그러나 공연 도중 비가 오면서 공연의 흐름이 끊어졌고 완성도가 떨어졌다.

피날레를 장식한 한국 팀의 공연은 심각한 주제를 패러독스화해서 축제극으로 잘 살렸으며 배우들의 역량과 연출력이 높은 수준이라는 심사평을 받았다. 도입부에서 생일 축하 노래를 '해피 혁명'으로 바꾼 점, 젊은 동지를 배우로 섭외한 설정, 무대감독과 서기 등 스태프 투입, 일본어 번역 노래와 가사를 보여주는 연출 방식이 혁신적이고 재치 있었다. 또한 브레히트의 낯설게 하기 효과를 위해 극을 수차례 중단시켜 관객이 사고하도록 하면서도 다시 연극의 주제로 돌아갈 때의 자연스러운 전환으로 결말까지 매끄럽게 갈 수 있었다.

'삶의 연극'을 추구한 연출자의 의도에 맞게 "흥이 많은 민족"(심사평)이 관객과 호흡하며 신바람을 일으킨 무대였다. 그러나 자칫 축제성이 과장되어 관객과 연기자 모두 흥에 넘치다 보면 조직과 개인, 강자와 약자라는 대립구도가 불분명해질 우려도 있다는 지적이 있었다.

전반적으로 '2018년 아시아 연출가전'은 젊은 연출가들답게 브레히트라는 이름에 주눅 들지 않고 자기 나름의 색깔을 보여주며 노래와 춤 이외에도 시청각적 효과를 활용한 새로운 무대를 시도한 공연들이었다. 참고로 부언하자면 도가산보가 전통식 가옥으로 보존을 위해 못을 박을 수 없어 무대장치는 대부분 상징적인 구조의 문이나 의자 등의 소품을 주로 사용했다. 또한 무대 위에서 물이나 액체를 뿌리는 행위가 금지되어 있어 대만 팀과 한국 팀은 공연방식을 일부 변경할 수밖에 없었다.

현재 아시아 연출가전의 심사위원장은 「도쿄노트」, 「서울시민」 3부작, 「과학하는 마음」 시리즈 등으로 한국에도 잘 알려진 히라타 오리자(平田オリザ)이다. 심사위원들은 '2018년 아시아 연출가전'에 출품된 작품들은 예년보다 월등하게 뛰어난 기량을 보여주었고 각 팀의 특성과 색깔이 두드러지게 나타났다고 평가했다.

이전에는 아시아 연출가전을 경연제로 하여 시상을 했지만 시상의 공정성에 대한 불만과 항의가 일자, 주최 측은 참가팀에게 일률적으로 우수상과 상금을 수여하는 방식으로 변경하였다. 따라서 금년에도 우수 상장 및 상패와 상금 50만 엔(약 500만 원)을 받았다. 그러나 아시아 연출가전의 가장 큰 성과는 시상이 아니라 페스티벌이 끝난 후 리셉션에서의 아시아 각국 젊은 연극인들의 만남이 아니었나 싶다. 페스티벌 기간 동안 서로 눈치도 보며 서먹서먹하던 이들이 허심탄회하게 이야기하며 서로 다시 만날 것을 기약하고 파티가 끝난 후에도 헤어질 줄 모르고 서로 소통하면서 교류를 약속했다.

스즈키 다다시는 이전의 인터뷰에서 인류에게 여전히 극장이 필요한 이유로, 영화와 TV, 인터넷이 있지만 배우의 '중재되지 않은' 존재가 필요하기 때문이라고 말했다. "그것은 라이브 교환이며 진정한 교류이기 때문입니다. 우리는 같은 공간에 있어야 하고 소통해야 합니다. 우리는 그것을 인간으로서 필요로 합니다."

한편, 도가예술공원 곳곳에는 일본과 러시아가 공동 개최하는 제9회 '2019 세계연극 올림픽 페스티벌' 포스터가 붙어 있었다. 2019년 8월 23일에서 9월 23일까지 20개국에서 30개의 프로그램(심포지엄과 워크숍 등 포함)이 진행된다는 이 행사에는 스즈키 다다시는 물론 그리스의 테오도로스 테르조플로스, 미국의 로버트 윌슨, 한국의 최치림, 러시아의 바실리 호긴, 폴란드의 야로슬로루 프레드, 중국의 로리 빈, 인도의 라탄 디얌 등이 참가한다. 또한 SCOT에는 이수연 씨가 스태프로 활동하고 있었는데, 한국 팀의 통역은 물론 기타 여러 가지로 편의를 돌봐주었고 이성원 씨도 많은 성원을 아끼지 않았다. 이 자리를 빌어 감사의 인사를 전한다.

## 김화숙(金利淑)

1971년 11월 명동 국립극장에서 첫 개인 발표회 「법열의 시」로 데뷔하였다. '김복희·김화숙현대무용단'을 창단하여 20년 동안(1971~1991) 김복희와 공동으로 36편의 작품을 발표하고 《김복희·김화숙 춤 20년》을 발간했다. 아울러 1985년 전북지역에서 '김화숙&현대무용단사포'를 창단하였고 예술감독을 맡아 57편의 작품을 발표하였다. 지금까지 발표한 작품이 총 90여 편에 이르는데 김화숙&현대무용단사포의 30년 작품활동을 담은 《사포의 시간 1985~2015》과 40년의 작업을 정리한 《춤이 있어 외롭지 않았네》를 출판하였다.

《세계현대무용사전(International Dictionary of Modern Dance)》(1998)과 《세계춤 사전(The Oxford Dictionary of Dance)》(2000)에 등재되었으며, 대표 작품으로 광주민중항쟁 무용삼부작(1부: 그해 오월, 2부: 편애의 땅, 3부: 그들의 결혼)이 있다. 대극장, 소극장, 야외무대 등 공간의 크기와 특성에 따른 안무를 시도하며 「사포, 말을 걸다 시리즈(1-11)」, 「사포의 공간탐색 프로젝트」 등 공간 특정형 작품을 발표하고 있다.

대한민국무용제 우수상(1979), 개인상(1985), 안무상(1989), 그리고 춤 비평가상(1997), 이사도라 무용예술상(2001), 아름다운 무용인상(2013), 2023 최고예술가상을 수상하였다. 한국현대춤협회(1991~1994) 회장, 한국무용교육학회(1989~2008) 회장, 초대 국립현대무용단 이사장(2010~2013)을 역임했으며, 2003년부터는 무용교육혁신위원회를 통해 불합리한 무용교육 제도 개선을 위해 노력하고 있다. 현재 원광대 명예교수, 김화숙&현대무용단사포 예술감독으로 활동하고 있다.

# 오월의 눈물

    공연이 끝나고 나면 가슴이 후련해지리라 생각했는데, 공연을 끝냈음에도 불구하고 답답한 가슴을 어찌하지 못하고, 대본 작가와 나는 오월 광주를 삼부작으로 확대하기로 의기투합을 하였다.

    광주민중항쟁 무용삼부작은 1995년 5월 「그해 오월」 공연을 끝내고 나서 진행된 프로젝트로, 2부 「편애의 땅」은 1997년 5월 자유소극장에서, 3부 「그들의 결혼」은 1998년 5월 토월극장에서 공연되었고, 그해 12월 오페라하우스에서 1부 「그해 오월」 재공연을 마지막으로 오랜 작업이 마무리되었다. 결과적으로 예술의전당 오페라하우스, 자유소극장, 토월극장 등 세 극장을 섭렵하게 되었고, 1994년 작품 구상을 시작으로 1998년 12월 공연이 끝나기까지 5년이라는 긴 시간이 걸린 셈이다.


    1.

    "그 징한 오월은 왜 할락하요" 금호문화재단 주최 좌담을 끝내고, 티타임에 꺼낸 내 의견에 대한 반응은 의외로 싸늘했다. 광주민중항쟁을 무용작품화하고자 창작활성화지원금을 받기 위해 제출한 서류가 떨어진 직후라서 나도 모르게 그 이야기를 꺼냈던 것 같다.

다음 날 "얼마믄 원하는 작품을 해내것소"라며 퉁명스럽게 걸려온 전화! 전혀 기대하지 않았던 바로 금호문화재단 부이사장의 전화였다. "삼천만 원이믄 충분하것소?" 1994년 당시 금호문화재단에서 개인에게 준 최대지원금이 천만 원이었으니, 냉철하게 보이는 그들의 내면에는 광주에 대학 애착이 얼마나 깊은지 충분히 짐작하게 했다. 그렇게 1980년 오월 광주는 금호문화재단의 전폭적인 후원이 있었기에 무용작품으로 탄생시킬 수 있었다.

교통통제가 해제되는 날, 나는 바로 광주로 들어갔었고, 그때 받았던 충격은 오래도록 가슴 한편에 쌓여 광주 오월을 춤으로 만들어야겠다는 생각을 단 한 번도 놓은 적이 없었다. 철저하게 고립되었던 광주 시민들의 황당함과 어처구니없는 수많은 죽음들.... 작품 「그해 오월」은 15년이 지난 1995년 5월에 광주에서 초연되었다.

이 작품의 대본을 제자인 한혜리 교수에게 의뢰했던 이유는 1980년 당시 대학생이었고, 무엇보다 광주에 대한 객관적 시각이 필요했기 때문이었다. "어머니, 이제 그만 우세요."로 시작되는 대본은 개인의 입장에서 바라본 광주 이야기로 네 개의 장면(어머니, 이제 그만 우세요/ 젊은 무등/ 숨길 수 없는 노래/ 참 좋은 세상)과 일곱 개의 이미지(낮은 신음소리/ 볼 수 없는 얼굴들/ 참지 못할 분노/ 고독한 거리/ 질퍽이는 눈동자/ 지워야 할 기억/ 우리가 그리던 세상은)로 구성되어 있다.

어떤 경우에는 특별한 인연들이 모여 작품이 완성될 때가 있다. 1994년 봄, 상해예술제 초청 공연 덕분에 상해음악원 윤명오 교수를 만나게 되어 「그해 오월」 작곡을 의뢰할 수 있었고, 광주 망월동 이미지가 필요했던 내게 사진작가 이상일은 자신의 작품 사진들을 조건 없이

광주민중항쟁 무용삼부작의 1부 「그해 오월」 중에서

제공해주었다. 마음속에서 수없이 그려본 장면들... 80분짜리 대작이었음에도 불구하고 단숨에 안무를 끝냈다. 명확한 작품 의도는 무대 구도를 더욱 선명하게 해주었고, 40여 명의 무용수들은 내가 원하는 데로 움직여 주었다. 수없이 반복에 반복연습을 시키는 내 훈련 방식을 말없이 견디어 준 무용수들이 제자들이어서 아마도 가능했던 일이었으리라.

"예술감독이 그렇게 무서운 자리인지 인자 알았소" 조용히 극장에 찾아와 무대 연습시키는 장면을 보고 금호문화재단 부이사장이 던진 한마디였다. 극장 스텝 시스템이 전혀 구축되지 않은 환경에서 작품다운 작품을 무대에 올린다는 건 커다란 모험이다. 갑자기 펑크를 낸 조명감독, 유난히 장면 전환이 많은 무대장치, 이 모든 상황들이 무대 리허설을 더욱 힘들게 했다. 그래도 부이사장의 방문 효과는 대단해서 극장의 적극적인 협조로 무대연습을 흡족하게 진행시킬 수 있었다.

망월동 사진을 배경으로 무대 한가운데 부동의 자세로 앉아 있는 소복을 차려입은 어머니! 그리고 천천히 흩어진 국화꽃을 거두며 작품은 시작된다. 광주민중항쟁! 그 처절한 분노는 어쩌면 말이나 글보다 육체적 표현이 더 절박하게 와 닿을 것이라는 나의 예상은 적중했다. 구차한 설명보다는 침묵이, 아니 상징적이고 절제된 동작들이 더욱 강렬하게 와 닿았으니까.


2.

대본 작가와 함께 작품 구상을 위해 떠난 여행지 파리는 변함없이 옛 모습 그대로를 간직하고 있었다. 1977년 파리 첫 방문 이후, 파리국제무용제 참가, 피에르 가르뎅극장 초청공연 등, 공연을 목적으로 방

광주민중항쟁 무용삼부작의 2부 「편애의 땅」(1997)

문했을 때와는 달리, 순전히 작품 구상만을 위한 여행이어서인지 여유 있게 파리의 뒷골목을 누비며 낡은 서점과 음반 가게들을 기웃거리고 카페에 앉아 지나가는 군상들을 바라보았다. 며칠을 그렇게 목적 없이 거닐었을까. 드디어 두뇌는 작동하기 시작했고 보이는 모든 것은 춤으로 환원되고 있었다. 무용 대본을 들고 떠난 여행! 1997년 1월, 파리 길모퉁이의 카페에 앉아 2부 「편애의 땅」 안무는 그렇게 구체화되기 시작했다.

네 개의 장면(그래도 그 땅은 말한다/ 그 땅이 노래한다/ 춤추는 편애의 땅/ 지금, 편애의 땅에 서서)과 다섯 개의 이미지(생명의 땅/ 불면의 땅/ 슬픔의 땅/ 외면의 땅/ 기다림의 땅), 2부 「편애의 땅」은 전체주의적 시각에서 바라본 광주 오월이다. 단절된 공간과 시간 속에서 공동체가 함께 겪으며 감내해야 했던 감정들… 생명, 불면, 슬픔, 외면, 기다림이라는 단어 자체가 깊은 자극제가 되어 무대 구도는 물론 움직임으로의 환원은 즉각적이었다. 솔로 연습까지 시키고 나면 밤 12시! 만약 두뇌에 수도꼭지가 있다면 잠가 버리고 싶을 만큼 끊임없이 떠오르는 잔상들…

"선생님! 목이 안 돌아가요"라며 무용수들이 차례로 목통증을 호소할 만큼 지독하게 연습을 시킨 이유는 바로 정면이 없는 무대라는 사실과 관객은 2층에서 내려다보아야 한다는 작품 의도 때문이었다. 18명의 무용수들이 팔과 다리를 벌리고 엎드렸다 일어나는 순간, 자유소극장 1층 바닥은 가득 찼다가 사라지고, 또다시 가득 찼다가 사라진다. 단순한 동작일수록 효과는 강렬했으며, 공간 구성은 더욱 선명하게 드러났다. 그러나 삼면에서 바라보는 관객의 위치 때문에 안무자도 삼면에서 바라보면서 구도를 재확인하며 연습을 시켜야 했으므로 정말 힘든 안무 작업이었다. 내가 왜 이런 선택을 했는지 중간에 포기하

광주민중항쟁 무용삼부작의 3부 「그들의 결혼」(1998)

고 싶을 만큼 힘들었지만, 반면에 잊지 못할 무대의 순간들을 내게 안겨준 가장 애착이 가는 작품이 되었다.

'외면의 땅'에서 관객을 매혹시켰던 빨간 드레스의 주역 무용수, "춤을 추면서 드레스를 벗어야 한다고요?"라며 놀라 수줍어하던 그녀, 그러나 작품 속에 기꺼이 자신을 던지며 온몸으로 춤을 추었던 그녀! 춤을 추면 춤 속에 빠져 완전히 다른 사람이 되어버리는 몰입의 경지를 느끼기까지, 얼마나 많은 시간을 투자했던가! 또 얼마나 오랫동안 나와 함께 했던가! 그러나 어느 날, 오로지 사포와 춤만을 위해 살아왔던 시간을 뒤로하고 그녀는 홀연히 사포 곁을 떠나버렸다. 그녀가 하늘 무대로 떠난 지 벌써 15년! 시간 감각이 무뎌지는 것일까? 바로 엊그제 같은데, 그래도 「편애의 땅」 파일 속에서 생생한 모습으로 춤을 추고 있는 그녀, 그녀는 지금도 작품 속에 영원히 살아있다. 반주 없이 솔베이지의 노래가 담담히 흐르고, 무대 한쪽에는 국화꽃을 한 아름 안고 서 있는 어머니! 마지막 이미지 '그리움의 땅'은 이렇게 저 멀리 신부복을 입고 있는 그녀를 바라보며 3부 「그들의 결혼」을 암시하듯 끝을 맺는다.


3.
토월극장 무대 깊이를 끝까지 사용했던 3부 「그들의 결혼」은 용서와 화합의 의미를 담은 작품으로 무대장치 설치에 이틀이나 소요될 만큼 욕심을 부렸던 작품이다. 11쌍의 신부복을 입은 커플로 시작되는 이 작품은 네 개의 장면(돌아선 신부/ 나는 말하지 않았다. 그들은 어디로 갔는가/ 우리들은 지상에 그렇게 있었다)과 7개의 이미지(흔들이는 사람들/ 그들 앞에 선 신부/ 몸을 던지는 광장/ 따뜻한 시선/ 잃어버린 선택/ 뒤돌아보지 않는 사람/ 그렇게 함께 있었던 우리)로 구성하였다.

마치 거울 앞에 서있는 듯한 착각을 불러일으켰던 첫 장면은 11쌍의 남녀가 출연했음에도 불구하고 어느 평론가는 6쌍의 무용수가 거울에 반영된 것이라 믿고 다음과 같이 기록하고 있다.

"겹겹이 포개진 듯한 푸른빛 타원형의 장치 안에서 젊은 6쌍의 커플은 마치 거대한 거울 앞에 선 듯한 집단 자화상 같은 모습을 보여준다. (중략) 동시에 공간은 전경과 후경의 대립감에 의해 일종의 거울 반사적 기능을 가졌다. 따라서 공연의 전체적 효과는 반사적이면서 동시에 최면성과 초현실성이 뒤섞인 효과를 만들어 냈다."

공사를 하듯 무대 바닥을 3단계로 높이고, 거기에 조명이 더해지면서 평범했던 무대를 한순간 입체적으로 바뀌어버린 것이다. 안무가는 이렇듯 종합예술이라는 무용의 특성을 고려하여 무대 메카니즘적 효과까지도 염두에 두고 작품을 만들어야 하는 매우 고차원적인 작업을 하는 예술가라고 할 수 있다.

공연 둘째 날 오전, 출연자들과 함께 안무자인 나도, 대본 작가도 모두 무대 위에서 조금은 여유롭게 몸을 풀면서 대화를 나누었다. 그런데 객석에서 바라보기만 했던 3단계 무대가 막상 올라가 보니 얼마나 불안했던지... 이 무대에서 조명까지 받으며 춤을 추게 하고, 거기에 18미터나 되는 무대 깊숙이 맨 뒤에서부터 관객을 향해 두 팔 벌리며 달려오게 하다니... "선생님도 한번 달려보세요"라며 본인들이 얼마나 힘든지 체험해보라는 무용수들에게 정말 대단하다고 칭찬을 해주었던 기억이 새롭다.

이렇게 삼부작을 끝내고도 아쉬웠던 걸까? 삼부작을 모두 끝낸 다음 해인 1999년 9월 「5월의 눈물(Tears of May)」 CD-Rom을 출시했다. 삼부작 대본, 사진, 영상, 안무스케치 등을 한곳에 담아 기록으로 남겨야겠다는 강력한 의지가 바로 무용 CD-Rom을 만들게 했던 원동력으로 작용하여 공연되는 순간 사라져버리는 무용예술에 대한 아쉬움을 달래고 싶은 마음이 아니었나 생각해 본다. 춤으로 보는 역사-광주민중항쟁 무용삼부작! 이제는 정말 아쉬운 마음을 접어야 했다.

작품 구상에서부터 무려 6년이라는 긴 세월! 무엇이 이토록 집요하게 나를 붙들어 놓은 걸까? 누군가에게는 찬란한 오월이, 그 누군가에게는 잔인한 오월로 기억되는 아이러니! 5월이 되면 어김없이 피어나는 담장의 붉은 장미... 떠오르는 아픈 기억들, 코로나 상황에서도 속절없이 봄은 피어나고, 어김없이 5월은 또 찾아오리라.

# 찬란한 밤하늘을 위해 등불을 끄다

그러니까 무대에서 훨훨 날 것 같은 가벼움을 느끼며 춤으로 충만했던 시절, 문예진흥원에서 처음 시행했던 창작활성화 지원 제도가 시작되면서 첫 번째로 선정된 작품 「흙으로 빚은 사리의 나들이」(1987) 공연을 앞두고, 연습 도중 아킬레스건이 끊어지는 사고를! "무용수가 다리 다친 건 커다란 실수"라는 글을 포함한 20편의 내 수필은 왼쪽 다리 전체를 기브스 한 채 몇 달간을 꼼짝없이 집에 묶여 있으면서 시작되었다.

열정만을 무기로 춤추기와 작품 만들기에 몰입했던 그 시절, 나만의 온전한 시간을 갖는 행운은 뜻하지 않게 찾아왔다. 때마침《춤》잡지사의 원고 청탁으로 매달 한 편씩 글쓰기를 시작했고, 2년을 약속했던 원고는 20회를 끝으로 더는 계속할 수가 없었다. 진실로 자신을 다 털어놓을 수 있을까? 하는 의구심은 글을 쓸수록 짙어졌고, 글은 왠지 실체에 페인트칠을 해놓은 잘 포장된 선물 꾸러미일 수밖에 없다는 생각이 강하게 들어 글을 지속할 수 없었던 것 같다.

'연속수상– 찬란한 밤하늘을 위해 등불을 끄다'는 이렇게 나의 30

대 후반 기록으로 남아 아직도 그 시절을 생생하게 떠올리게 한다. 매달 원고 마감일이 어찌 그리 빨리 돌아오던지… "선인장꽃의 추억들/ 무용수가 다리 다친 건 실수/ 나를 부르는 춤/ 여행 연습/ 모든 것은 춤/ 빗소리, 파도 소리에 묻혔던 여름/ 작품이란 결국 '사람'과의 만남/ 하얀 밤, 코스모스꽃은 찬란했다/ 파리에서 만난 한 줌의 흙/ 행복 불감증의 시대에/ 우리가 같이 사는 이유/ 10분 동안의 행복/ 마른 풀/ 그 불안하고 두려웠던 무대/ 누군가 삼켜버린 오월/ 더 많은 것을 성취해도 그것은 무(無)/ 출발은 언제나 연습실부터/ 무용가의 딸/ 누구도 흘러가는 시간을 잡을 수 없으리/ 사랑한다는 것과 좋아한다는 것…" 지난 원고 주제들을 떠올리며 가만히 눈을 감아 본다.

혼신을 다해 완성된 작품을 무대에 올리면, 그 작품을 관람하는 관객의 숫자는 얼마나 될까? 작품이 무대에 올려지는 바로 그 순간, 사라져버리는 일회성 예술인 무용은 그날 그 시간에 함께한 관객들의 눈과 가슴에만 남아있기 때문에 공연이 끝나면 마치 허공에 집을 지었다 사라지는 것 같은 착각이 들곤 한다. 작품이 사라져버린 무대, 텅 빈 객석! 그 허망함을 어찌 글로 표현할 수 있으랴. 그러나 글은 오래도록 남아 연재가 계속되는 동안 지인들과 후배들에게서, 그리고 해외에서까지 공연 때보다 더 많은 인사를 받았던 것 같다. "《춤》지를 받으면 선생님 글부터 먼저 읽어요"라며 춤보다 글로 나를 기억하는 사람들이 많아지는 아이러니함을 느끼며 보냈던 시절, 그래도 공연이 끝나는 바로 그 순간부터 새로운 작품을 구상하며 무대에 집을 짓는 상상만으로도 충만한 무용 작품의 마력은 그 무엇과도 바꿀 수 없으리라.

한편의 감동적인 무대가 한 사람의 인생을 바꾸어 놓기도 할 만큼 무대는 중독성이 짙다. 지금도 가끔씩 무대에서의 나의 옛 모습을 기억하고 있는 사람들을 마주칠 때가 있는데 그분들의 기억이 너무나도 선

작품 「마른 풀」(1987)에서

명해서 깜짝 놀라곤 한다. 무용수로 안무자로 숨 가쁘게 달려온 20~30대와는 다르게 40대부터 내 작업은 주로 안무와 연출에 집중해 왔다. 그런데 서울무용제 30주년 행사에 초대되어 70의 나이에 무대에서 춤을 추어야 하는 상황에 놓이게 되다니! 어떤 작품으로 관객과 만나야 할지, 음악과 무대미술은? 이 나이에 어떤 의상을 입어야 할지, 긴 시간의 연습을 감당할 수 있을지, 과연 무용수의 몸으로 되돌아갈 수는 있는 건지... 꼬리에 꼬리를 물고 고뇌는 깊어만 갔다.

아킬레스가 끊어지는 사고로 1년을 쉬었다 다시 서게 된 첫 무대는 '현대춤작가 12인전'에 참가하게 된 솔로 「마른 풀」이었다. 그 불안하고 두려웠던 무대를 어찌 잊을 수 있을까. 공연 후 온몸엔 두드러기가 일어나고, 그래도 첫 공연을 무사히 마친 덕분에 둘째 날은 편안하게 춤 출수 있었던 기억이 새롭다. 그런데 하물며 거의 20년을 무대에 서지 않았는데 또 솔로로 무대에 서게되다니... 잠들 수 없는 밤을 수없이 보내며, 그럼에도 불구하고 상상 속에서 나는 이미 춤을 추고 있었다. 그리고는 구도자의 길을 걷는 심정으로 연습에 연습을 거듭했던 순간들이 지나가고!

"무대 위에 서 있는 자세 하나로 평론가의 싸늘한 시선마저 강력하게 흡인하던 마력적인 그의 춤이 20년 만에 기적적으로 부활했습니다. 우리 '인생'의 유전이 확실한 구도 가운데, 목이 메이는 중압으로 다가오는 가운데, 그의 몸은 노숙한 김화숙 무용 작품의 귀중한 매체였습니다." 공연 후 평론가가 보내준 이 글은 작품 「인생」을 위해 거의 2년을 짓눌러왔던 중압감에서 한순간 해방시켜 주었고, 신기하게도 내 온몸은 새롭게 리셋되고 있었다. 내게 찬란한 밤하늘을 위해 등불을 끄고 싶었던 세월이 있었다면, 오랜 세월을 흘려보낸 지금, 이제는 캄캄한 밤하늘을 위해 작은 등불을 하나 켜고 싶다.

# 여행지에서 만난 작가들의 흔적

늘 마음속에서만 간직하고 있었던 그곳에, 늘 상상만 해보았던 그
곳에, 첫발을 내딛는 순간, 그 어떤 말도 할 수가 없었다. 하염없이 바라
만 볼 뿐… 황량한 벌판 높은 언덕 위에 바다를 향해 우뚝 솟아 있는 포
세이돈 신전! 몇 천 년을 그렇게 외롭게 아티카 해안을 지키며, 거센 에
게해 바람을 맞으며, 그 오랜 시간을 의연하게 버티고 있는 포세이돈 신
전이 있는 수니온곶(Cape Sounion), 그곳은 아티카반도의 최남단 끝자
락 절벽 위에 그렇게 존재하고 있었다.

아들 테세우스를 기다리던 아테네의 왕 아이게우스에 대한 슬픈 이
야기가 깃들어 있는 수니온곶! 크레타 쪽만을 응시하며 아들을 기다리
던 바위 위에 서서 멀리서 들어오는 배의 검은 돛 때문에 아들이 죽은
줄 착각하고 바다에 몸을 던진 바로 그곳, 그 푸른 물빛은 지금도 처연
한 아름다움으로 바라보는 이의 가슴까지 아려오게 하였다.

34개의 기둥 중 15개의 기둥만이 덩그렇게 남아 있는 포세이돈 신
전을 천천히 한 바퀴 돌아본다. 하루 종일 바다를 바라보며 하염없이
앉아 있어도 좋을 것 같은 이곳, 시인 바이런이 왜 이곳을 그토록 좋아

수니온곶에서

했는지 알 것 같다. 수니온곶에 대한 바이런의 깊은 애정은 「돈 주앙」에
나오는 '그리스 섬들'이라는 시 마지막 연에 그대로 표현되어있다.

수니온의 대리석 절벽 위에 나를 올려 놓아다오
파도와 나 이외에는 아무것도 없어
우리 서로의 속삭임이
서로 휩쓸려 가는 것을 들을 수 있는 이곳에
거기서 백조처럼, 노래하면서 죽게 해다오
노예들의 나라가 결코 나의 나라가 될 수 없으리
사모스 포도주의 저 술잔을 내팽겨쳐라

저 멀리 하염없이 펼쳐지는 애게해를 바라보며 시를 떠올려 보니, 언젠가 다시 한번 오고 싶은 강렬한 욕구가 솟구친다. 바람과 고요가 공존하고 있는 아테네에서 수니온곶까지 가는 길은 또 얼마나 아름다운가! 멋진 해안선을 따라 스포츠카를 몰며 "페드라~"를 외치며 난간을 뚫고 절벽으로 추락하는 영화〈페드라〉의 명장면이 탄생한 이 도로를 달리며 눈이 시리도록 푸르른 애게해에서 잠시도 눈을 뗄 수가 없다.

그런데 진실로 원하는 일은 다시 이루어진다고 했던가. 일 년 만에 수니온곶을 다시 오게 되다니... 관광객들이 너무 많아 차분히 감상하기 어려웠던 기억이 남아 있어 아테네에서의 이른 아침 출발, 그날의 포세이돈 신전 첫 방문자가 되었다. 벅찬 가슴을 달래며 저 멀리 신전이 놓여있는 언덕을 향해 이번에는 천천히 걸어 올라가 본다. 삶의 무게도 일상적 허무도 한순간 사라지게 하는 이 고요! 이 순간을 얼마나 느끼고 싶었던가! 함께 떠난 무용가들의 탄성이 나를 깨운다. 오로지 불어오는 바람만을 느끼며 저절로 팔이 올라가 마치 춤을 추는 듯, 텅 빈 이곳은 우리들만의 무대가 되었다. 아, 기다란 대리석 바닥에 누워 바라본 하늘, 따사로운 햇살과 살랑거리는 바람만이 내 곁에 있는 이 순간을 어찌 잊을 수 있으랴!

나무 십자가 하나만 덩그러니 꽂혀 있는 크레타섬의 니코스 카잔차키스의 무덤은 그의 명성과는 달리 소박하고 간결했다. 그리스의 대표적 작가인 카잔차키스! "나는 아무것도 바라지 않는다. 나는 아무것도 두려워하지 않는다. 나는 자유다."라는 묘비명이 가슴에 와 닿는다. 이렇게 분명하게 자유를 외칠 수 있는 용기는 아무에게나 생기지 않는다. 모든 예술가들이 자유를 추구하지만 추구하는 것과 진정한 자유를 온몸으로 느낄 수 있다는 건 다른 차원의 문제이다.《그리스인 조르바》

니코스 카잔차키스의 무덤.

소설 속의 조르바는 바로 그 자신이 아닐까. 오로지 자유를 갈망하며 전 세계를 방랑했던 영원한 자유인다운 묘비명이었다.

   처음으로 자연과 내가 하나가 되는 순간, 아니 진정한 자유를 경험한 건 고등학교 2학년 여름, 학교에서 단체로 떠난 '나라도'라는 섬에서였다. 하얀 달이 대낮처럼 밤을 밝히던 그 밤, 소나무 언덕 위에서 바다를 바라보니 달빛 길이 물 위에 떠 있는 것이 아닌가!

반짝거리는 물 위를 걸어갈 수 있을 것 같은 강렬한 충동은 곧 두려움으로 변했고, 서둘러 내려왔던 그 짧은 순간, 내가 누구인지, 어디에 와 있는지를 잊게 만든 그 순간! 아마도 첫 번째 몰입(?)의 경험이었으리라. 또 한 번의 달빛 황홀함을 느꼈던 순간은 한밤, 텅 빈 국도를 달리며 만난 코스모스 길이었다. 달빛에 반사된 꽃 빛이 그렇게 아름다운지는 미처 몰랐었다. 유배당하는 것 같은 심정으로 시작된 출근이라는 이름의 여행은 오랫동안 잊고 있었던 자연에 대한 감각들을 불러일으켰고, 이렇듯 코스모스 꽃 빛에 매료된 순간을 선물해 주며, 억울함과 소외에 대한 분노는 어느덧 사라지고, 근무지에서의 시공간을 즐길 수 있는 여유를 내게 안겨주었다.

산토리니의 명성에 눌려 조금은 덜 알려진 미코노스, 화려한 아름다움을 즐기는 이들에겐 산토리니가 먼저겠지만, 난 미코노스의 조용한 풍경에 매료당하고 말았다. 몇 권의 책과 함께 한 달쯤 이곳에 머무르고 싶어진다. 작은 골목길을 따라 기웃거리고 싶은 아름다운 가게들을 지나 하얀 풍차가 있는 언덕까지 걷기도 하고, 바다를 바라보며 앉아만 있어도 좋을 것 같은 호텔 테라스, 온종일 그저 빈둥거리기만 해도 좋을 것 같다. "누구나 울창한 숲속 한 그루 나무 같은 고독 속에서 꿈과 사랑과 정든 사람들을 차례차례 잃어가는 상실의 아픔을 겪게 마련이다"라는 문장으로 독자들의 마음을 울렸던 소설 《상실의 시대》, 무라카미 하루키가 미코노스에 몇 년 동안 머물며 이 소설을 집필했다고 한다.

마음에 담고 있으면 언젠가는 만나게 되는 것일까? 수니온곶과 바이런, 크레타와 카잔차키스, 미코노스와 하루키! 여행의 또 다른 매력은 이렇듯 예상치 못한 것들과의 만남이 아닐까?

신화의 섬 미코노스의 작은 골목길

**박경립(朴耕立)**

　한양대학교 건축공학과를 졸업하고 동대학원에서 건축학 전공으로 석사, 박사 학위를 취득하였다. 현재 국립강원대학교 건축학과 명예교수와 한국전통문화대학교 국제문화유산 협동과정 석좌교수로 유네스코 한국위원회 창의도시 명예자문위원장, 회관위원회 위원장 등으로 활동하고 있다. 유네스코 한국위원회 집행위원, 문화·정보커뮤니케이션분과 위원장, ICOMOS 이사와 감사로 활동하였다.

　건축역사와 건축설계를 강의하였으며, 지역의 전통건축을 채록하고 문화적 정체성 규명과 창의적으로 보존, 계승하는 일을 해왔다. 국가중요민속문화재인 고성 왕곡마을을 비롯한 한국 민속마을 보존과 지속가능한 발전에 대하여 연구하였으며, 출판사 「일조각 사옥」을 비롯하여 「광덕마을 공동체 펜션」 등을 설계하였다.

　건축가의 사회적 의무와 역할에도 관심을 두어 대한건축학회 부회장, 지회연합회 회장, 회지 편집위원장, 한국건축정책학회 회장을 지냈으며, 대통령 소속 국가건축정책위원회 부위원장(정책조정분과 위원장), 문화재청 건축문화재분과 위원장, 궁릉문화재분과 초대 위원장, 세계분과위원회 위원, 강원도 문화재위원장, 평창동계 올림픽 경기장 건설 기술전문위원회 위원장 등으로 활약하였다.

# 유진규와 함께한 십년의 외출

1.

유진규는 매우 여린 사람이다. 섬세하며 감성적이다. 대부분 말수도 적고 조용조용 말한다. 그러나 어느 특정 사항을 만나거나 부디치면 그는 다른 사람이 된다. 속에 오랫동안 마그마를 품고 있다 터지는 휴화산 같은 사람인 것이다. 좋은 세상을 꿈꾸며 항상 무언가를 말하려 한다. 그러나 그는 말을 잘 하지는 못한다. 조금은 더듬거리고 조금은 수줍어하고 말을 길게 하면 항상 엉키곤 한다. 마음이 먼저 가 있어 조리 있게 말을 하지는 못한다. 그래서 그가 택한 마임이라는 장르는 그에게는 신의 한 수인 것 같다.

2.

2000년 초반 어느 날 그가 불쑥 전화를 걸어왔다. 본인 소개를 하며 마임축제를 위한 극장 부지를 선정하는 데 도움을 받고 싶다는 그에게 나는 완곡하게 거절의 의사를 말하였다. 당시는 대학교 일과 건축계 일로 매우 바쁜 때여서 여력이 없었다. 그는 끈질기게 여러 번 전

화를 걸어왔다. 그리고 일단 만나서 이야기를 듣고 싶다고 시간을 내어
달라는 그의 부탁을 거절만 할 수 없어 연구실에서 만나게 되었다. 그
는 마임축제 극장 조성의 중요성을 열심히 이야기하였다. 그와 함께 한
마임축제 여행은 그렇게 시작되었다.


3.
　수렁에 빠진 것이다. 유진규와 함께하는 사람은 대부분 그의 수렁
에 빠진 사람들이다. 그는 빈손이다. 축산학을 공부하다 말고 무언극
을 시작한 그는 대부분 연극인들이 그렇듯 열정으로 살아간다. 그래
도 전공을 살리려 했는지 춘천에 내려와 기르던 소도 빈손으로 마감
한다. 가난해야 예술이 나오는 것인가? 그는 돈이 없어도 별로 동요하
지 않는다. 속으로 어떨지 몰라도 겉으로 드러내는 적이 없다. 어려울
때는 껄껄 웃으며 어떻게 되겠지 하고 만다.
　가장 먼저 수렁에 빠진 사람은 그의 아름다운 아내일 것이다. 20
21년 예술의 전당 공연에서 그는 처음으로 공연을 끝내고 하는 무대
인사에서 오랫동안 함께하면서도 소개하지 않았던 아내를 소개하였
다. 그녀는 무대에서 내려온 후 함께한 긴 세월 속에 쌓인 응어리가 한
번에 풀린듯하다고 말하였다.
　영국 런던 마임축제에서 「빈손」 공연을 할 때 나도 현장에 있었다.
작은 소극장 공간은 빛과 그림자로 대비되며 빈손의 몸짓과 사물의
소리로 가득 찼다. 우리 삶의 의미는 무엇이고 사후의 세계는 어떤 모
습일까? 아무도 증명하지 못하는 이 난제를 물을 움켜쥐어 봤자 손가
락 사이로 빠져나가 결국은 빈손이 되고 마는 우리의 인생을 유진규
는 짧은 시간 마임을 통해 보여주려 하였다. 집착을 버리고 손으로 잡

313

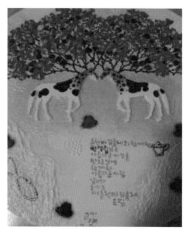

런던 마임축제 초청 공연 후의 유진규 부부(왼쪽)와 춘천마임축제 자문위원, 이사, 운영위원장을 마친 후 받은 임근우 화백의 그림 감사패(오른쪽)

으려하는 갖은 욕망들을 우리들은 쉽게 버릴 수 있을까?

그 공연에 그의 아내도 함께였다. 맨날 밖에서 살다시피 한 유진규의 세계에 아내도 공연자로서 함께 참가한 것이다. 그녀의 심정은 어땠을까? 빈손의 수렁에 함께 빠진 그녀에게 묻고 싶었으나 그럴 수 없었다. 땀범벅이 된 열띤 공연이 끝나고 그다음 날 우리는 상큼한 아침 공기를 만끽하며 산책을 하였다. 같은 풍경인데 공연 전과 공연 후에 달리 보이는 것은 결국 모두 마음 때문인 것을 잘 알면서도 그렇지 못하는 우리인 것을 새삼 느낀 시간이었다.

극장에 딸린 작은 카페는 항상 열려 있어 공연자, 연출자, 제작자, 시민들이 함께하는 열린 예술 창작의 산실이었다. 공연만 끝나면 굳게 닫히는 우리의 극장과 대비되며 새삼 춘천마임극장이 조성되면 반드시 좋은 창작의 산실이자 예술가들의 집합소를 만들겠다는 생각을 마음속에 갈무리하였다.

4.

그는 운이 무척 좋은 사람이다. 누군가 나타나 그를 돕거나 함께한다. 나는 그에게 종종 말한다. 빚 갚으라고. 그는 조용히 춘천마임축제를 세계 3대 마임축제의 반열에 올려놓았다. 그것으로 충분하다. 그는 개인의 역량으로 할 수 있는 최선을 다하였다.

나는 극장 조성 장소 자문에서 운영위원으로 이름만 올려 달라는 요청을 뿌리치지 못하고 그리하게 하였다. 그러나 이름만 올릴 수 없는 것이 우리의 인생사다. 사실 건축가로서 지역의 건축과 교수로서 지역사회의 발전에 동참해야 한다는 것은 평소의 내 지론이었다. 결국 마임축제 이사가 되고 운영위원장까지 하게 되었다. 유진규를 예술감독에 전념하게 하고 운영의 부담은 덜어주기로 한 것이었다.

마임축제는 제조업이 저조한 춘천이라는 도시의 활력소였다. 요즘은 문화산업이라는 용어도 활발히 사용되고 유네스코에서는 창의도시라는 분야를 개척하여 새로운 도시발전 컨셉트를 도입하여 온 지 오래다. 춘천은 이미 시민사회가 앞장서서 도시의 품격을 높인 곳이다. 박용수 강원대학교 총장, 소설가 전상국 강원대학교 교수, 한림대학교 부총장과 상지대학교 총장, KBS 이사장을 겸임한 유재천 총장, 춘천교대 박민수 총장, 권영중 강원대학교 총장, 김진태 국회의원, 유원표 선생 등이 마임축제 이사장을 맡으며 마임축제의 의미와 가치를 높였다고 할 수 있다. 한림대학교의 정연구 교수, 강원대학교의 임근우 교수, 한림성심대 김명섭 교수는 운영위원과 이사를 같이 하며 마임의 후원자이자 주체가 되어갔다. 임근우 교수는 축제의 설치미술을 도맡으며 전문성을 발휘하였다. 우리는 스스로 마임축제 일꾼이라고 생각하며 함께하였다.

축제 사무처에도 잊지 못할 열정적 인물들을 만났다. 지금은 각자의 위치에서 맹렬한 활약을 펼치고 있지만 당시에는 열악한 환경 속에서도 사명감을 갖고 마임축제의 발전에 온힘을 다하였던 최석규 선생, 권순석 선생을 비롯하여, 박지선, 김지영, 최봉민, 강영규, 심현주, 김아미... 이들은 자원봉사자들을 교육하고 지원하고 프로그램을 실행한 마임축제의 숨은 영웅들이다. 춘천마임축제의 성공에는 유진규만 있는 것이 아니라 이들의 헌신이 밑거름이 되었다. 얼마 전 타계하신 이외수 선생은 축제를 여는 첫날 전야제의 서막을 항상 열어 주셨고, 축제 기간의 안녕과 성공을 비는 굿은 이혜경 만신이 맡아 주셨다. 축제 기간에는 자원봉사자 수백 명이 함께하였다. '고슴도치섬'과 '브라운 5번가'의 권오열 선생의 도움은 절대적이었다. 그는 자원봉사자의 대열에 앞장서 지역사회와 마임축제를 하나로 만드는 작업을 하였다.

공동주최였던 춘천 MBC의 이순철 선생, 유계식 선생, 박유남 선생도 마임축제의 중요한 일원이었다. 지역의 언론들도 마임축제의 의미와 가치를 인식하고 축제에 대한 기사를 의미 있게 실어주었다. 용호선 선생, 남궁현 선생, 박미현 선생, 정명숙 선생 등 문화부 기자들답게 문화의 힘을 믿으며 마임축제 발전에 큰 힘이 되었다.


5.

관이 너무 나서면 자율성이 떨어지고 너무 무심하면 원동력을 잃게 되는데 균형을 잡기란 쉽지 않은 일이 틀림없다. 춘천시도 마임축제가 성장하는 데 가장 필요한 지원군이 되었다. 시장부터 문화부서 직원들은 축제의 일원이 되었다. 부지를 선정하고 도시정비를 하고 드디어 예산이 나오고 꿈에 부풀어 전용극장을 혼연일체가 되어 준비하던 어느 시점부터 불편한 조짐이 보이더니 극장 설계로부터 건설 과정에 다시 상기하고 싶지 않은 불편한 일들이 한동안 계속되었다. 성장한 춘천마임축제가 자율성을 갖고 움직이는 걸 가로막는 여러 일들이 벌어지게 된 것이다.

그러나 다 그런 것은 아니었다. 정용기 춘천시 문화예술국장은 춘천마임축제의 가치를 이해하고 열심히 지원하였으며, 김혜혜 당시 시의원은 정말 헌신적으로 몸짓극장을 마무리하는 데 지원을 아끼지 않았다. 시설을 담당하였던 한영호 선생도 본인 일처럼 최선을 다하였다. 다 고마운 얼굴들이며 이 같은 사람들 모두의 힘이 합해져 춘천마임축제의 화양연화 시절이 이루어진 것이었다.

그러나 그들을 매료시키고 움직이게 한 것은 유진규의 힘이자 매력이었던 것을 잊어서는 안된다. 그는 보스가 아니라 리더였다. 보스는 '가라'고 하지만 리더는 '가자'한다면 그는 리더였다. 가끔은 실패도 하고 실수도 하고 오버도 하지만 함께하며 좋은 세상 만들기를 바라며 침묵시위를 하는 몸짓 선동꾼이었다. 그는 태생적으로 예술가였던 것이다. 그는 어둠의 미학을 잘 알고 있었다. 어둠 속에서 빛이 어떤 힘이 있는지...


6.

프랑스 페리그 마임축제에 참석한 후 공연에 참석하여 상을 받은 남궁호 한예종 교수와 유진규 그리고 나는 한국 마임 중흥을 위한 아시아마임센터를 춘천에 지어 미래를 대비하자고 밤새 논의한 적이 있다. 세계 3대 마임이스트로부터 영향을 받은 두 사람들이 앞장서 언어의 장벽을 넘어서는 국제 언어인 마임으로 세계와 소통할 것을 꿈꾼 것이다. 아직은 이 꿈은 살아있다.

나는 마임축제와 함께하는 기간 중 하고 싶었지만 못한 일이 하나 있다. 축제 기간 중 춘천 시내 불을 한 시간만 다 끄고 돗자리 깔고 춘천 시민 모두 누워서 밤하늘의 별을 바라보는 퍼포먼스를 하는 일이다. 우리가 어디쯤 있는지 무엇을 위하여 이렇게 달려가고 있는지 함께 조용히 생각하는 시간을 갖고 싶은 것이다. 전기 절약도 하겠지만 지금이라도 밤하늘의 별을 잊고 사는 우리가 잠시 쉬어 가는 것이 어떠한가.

# 어머님과 책방

## 1. 어머님과 책방

어머님은 지방으로 발령이 나서 떨어져 혼자 사는 아들을 매우 안쓰러워하셨다. 밥은 제대로 먹고 다니는지, 맨날 밤 새는 걸 밥 먹듯 하던 아들을 아침 일찍 깨우는 일이 사라지자 매우 허전해 하셨다. 시장에 들리시는 일 외에, 텔레비전 보시는 일과 마당의 꽃을 가꾸고 물 주시는 일을 제외하곤 문밖출입을 거의 하지 않던 어머니께서 어느 날 읽을 책을 사다 달라고 하셨다. 집에서 조금 떨어진 대학교 앞에 책방이 있어 책을 구해 드리게 되었고, 가끔 들리곤 하여 책을 고르다 보니 책방 주인과 자연스럽게 인사를 하게 되었다. 주로 역사 소설에 관심이 있으셔서 나는 평소 읽지 않던 소설들을 찾기 시작하였다.

학생들과 밤을 같이 새우며 설계지도를 하던 때라 주말에도 춘천에 있게 되어 부모님을 매주 찾아뵙는 것이 어렵게 되었다. 때로는 거의 한 달 만에 서울에 들리기도 하였다. 책을 열심히 읽으시던 어머님께 새로운 책을 사드리지 못하는 경우도 생기게 되어 궁리 끝에 책방을 알려 드리기로 하였다. 책방 주인에게 어머님이 책 사러 오시거든 아들이 지급할 테니 마음 놓고 가져가시게 하였다. 매우 흐뭇해 하시며 아들이 사드린 책을 열심히 읽으셨고 집에 들리는 날이면 소설 속에 나온 이야기가 역사 속에 실제로 있었던 일인지 확인을 하셨다. 그 시절을 지낸 어머님들은 누구나 소설 한 권씩의 사연을 갖고 계셨고 우리 어머님도 그러하셨다.

세월이 빨리 지나가고 어머님이 세상을 떠나셨다. 어머님 때문에 들리던 책방도 오랫동안 들리지 않게 되었다. 어머님이 안 계신 집을 찾는 것은 매우 슬픈 일이었고 자다가도 나를 깨우러 오실 것만 같은 생각에 두리번거리기도 하였다. 여전히 어머님이 가꾸어 놓으신 마당에는 계절을 따라 꽃이 피고 있어 가끔은 멍하니 꽃을 보며 어머님 생각에 잠기기도 하였다.

몇 년 후 아버님이 편찮으시게 되어 부모님 댁에 들렀다가 저녁 먹고 산책을 하다 오랜만에 책방에 들르게 되었다. 책방 주인이 어머님 안부를 물어왔다. 요즘 책방에 안 들리신다고 무슨 일이 있냐고. 책을 고르다 떠오른 어머님 생각에 먹먹하던 차에 가슴이 울컥하여 눈물을 보이고 말았다.

춘천을 떠나 서울 간다고 전화를 드리면 그 시간부터 마당에 나오셔서 아들 올 때를 기다리시던 어머님. 서울 와서 막히는 길을 설명 할 방법이 없어 가장 먼저 핸드폰을 사게 되었었다. 길이 막혀 늦게 도착할 테니 방에 들어가 계시라고 전화 드릴 수 있게 되어 마음이 놓이게 되었었다.

아직도 어머님이 가꾸시던 채송화, 봉선화, 모란, 장미, 뒷결에 핀 매화, 목련. 계절이 다가오면 영화처럼 떠오른다. 끊임없이 기른 강아지들이 뛰어 놀던 마당에는 어머님의 사랑과 그리움을 먹고 자란 생명들이 내 가슴으로 추억이 되어 담기고, 계절이 오면 어김없이 손짓을 하며 부른다.

## 2. 흰머리와 아버님

어느 날 아버님께서 갑자기 물으셨다. 염색하면 안 되느냐고. 흰머리의 아들이 보기가 안쓰러우셨던 모양이다. "보기 싫으세요" 하고 묻는 아들에게 아버님은 "꼭 보기 싫은 건 아니지만..."하고 말을 흐리셨다. 속 시원히 "그렇게 하겠습니다"라고 말씀드렸으면 좋았으련만 잠시 망설인 나는 "조금 기다려 보세요" 하고 말씀을 드렸다. "뭘 기다리냐? 그냥 염색하면 되지" "학생들에게 물어보고 말씀드릴게요".

다음 주 대학에 가자마자 첫 시간에 학생들에게 물어보았다. 나 염색 하는 게 좋다는 사람 손 들라고 하였더니 아무도 손을 들지 않았다. 이 친구들 교수가 의견을 물었으면 답을 해야지, 속으로 생각하며 다시 물었다. 이대로 좋은 사람? 모두 다 손을 들었다. 매우 의외였다. 일찍이 새치가 생기더니 점점 더 하애져서 나이보다 더 나이든 줄 아는 사람도 많았고 선배 교수들도 머리가 새까만 때여서 윗사람들 보기가 민망한 적도 여러 번 있던 터라 정말 의외였던 것이다.

허연 머리를 가진 대학교수를 보기 좋아요 하는 학생들과 염색을 하길 바라시는 아버님 사이에 나는 선택을 하여야만 하였다. 그 다음 주 아버님을 찾아뵌 나는 웃으며 "아버님이 보기 싫으셔도 좀 참으세요"라고 말씀 드렸다. 이유를 물으시는 아버님께 "학생들이 보기 좋다고 해요." "염색하면 눈도 나빠진다고 하고요." "게을러서도 그렇구요."라고 했지만 사실 나는 생긴대로 살기로 한 나와의 약속을 지키고 싶었다. 머리가 나쁜데 자꾸 써야 하는 사람은 일찍이 하예진다는 속설이 있었지만 나쁘건 좋건 책을 읽어야만 하는 나에게 눈 건강을 지키는 것은 매우 중요한 일이었다. 이제 나이가 제법들어 허연 머리를 뭐라고 그러는 사람이 거의 없어졌지만 집에 들어가는 엘리베이터 안에 비친 나의 모습에서 가끔은 아버님의 모습을 보고 놀라기도 하고 씩 웃기도 한다. 떠나가신 아버님이 문득문득 떠오를 때면 거울에 비친 나의 모습을 보며 아버님을 떠올리곤 한다.


## 3. 바둑

나는 나이 사십이 되던 해에 바둑을 배웠다. 직장이 지방이라 아버님 찾아뵙고 "다녀왔습니다" 하곤 식사를 같이 하는 시간을 빼면 아버님과 대화하는 시간은 거의 없어지게 되었다. 아버님과 함께 시간을 보낼 수 있는 것이 없을까 궁리 끝에 바둑을 생각해 내었다. 좋든 싫든 바둑을 두는 동안은 마주 앉아 있어야 하니 좋은 시간이 될 것 같았다. 후배교수에게 바둑을 처음부터 배운지 몇 달 되는 어느 날, 나는 아버님께 "바둑 한판 두시지요" 하고 당당하게 말씀을 드렸다. 그 후 신기해하시는 아버님과 함께 종종 바둑판을 앞에 두고 수담을 하였다. 판판히 지는 아들에게 아버님은 대학생활이 고되냐고 묻곤 하셨다.

명절 때마다 정치적 의견이 달라 아버님과 언성을 높이곤 하였던 젊은 시절을 뒤로하고 나이가 들면서 아버님의 신뢰와 사랑을 마음속 깊이 간직하였지만 이제는 그조차 할 수 없는 시간이 되었다. 아버님과 함께하였던 시간이 얼마나 귀중한지 나이 들며 더욱 절절히 느끼고 있고, 지금도 바둑판을 보면 아버님의 훤한 모습이 떠오른다.


## 4. 담배

친구들보다 늦게 장가들어 난 딸이 커가며 담배 연기가 싫다는 이야기를 자주하던 어느 날 아버님께서 물으셨다. "애비야, 아직 담배 피냐?" "예..." "많이 피냐?" "예..." "나는 너 낳고 끊었었는데." 나는 곰곰이 아버님의 말씀을 생각해 보았다. 6.25 전쟁 때 피난을 못 가서서 고생을 하셨고 1.4 후퇴 때 피난 가다 나는 대구에서 태어났다는 소리를 가끔은 들었지만 그때 담배를 끊으셨다는 이야기는 처음 듣는 이야기였다. 담배를 피며 그 상황을 생각해 보았다.

대구 서대신동 어느 집 문간방에 세들은 우리 가족은 한 방에서 지내고 있었는데 갑자기 주인 할머님께서 미안하지만 애를 다른 곳에서 낳았으면 한다는 말씀을 하셨다고 한다. 아들을 귀하게 여기던 시절 한 집에게 주어진 복이 다른 집으로 가서 혹여 아들을 뺏길까봐 하신 소리였다고 한다.

서울에 멀쩡한 집 나두고 피난 온 것만도 서러운 데 피난통에 나가서 애 나란 소리는 청천 벽력같은 소리였다고 한다. 할머님도 걱정이 시름이 되어서 앓아 누우시고 어머님도 걱정이 태산일 때 주인집 할아버님께서 모두를 구제하는 말씀을 하셨다고 한다. "그 집이, 집이 없어 여기까지 피난 왔느냐? 돈이 없어 피난 왔느냐?" "나라가 이지경인데 서로 도와야지... 야박하게 어디 나가서 낳아라 그럴 수 있나? 마당에 새끼줄 구해 안채하고 사랑채 사이에 매달아 놓으면 다른 집이니 아들 뺏길 것도 없지..."

다행히 두 집 모두 아들을 순산하였다고 한다. 그 이후 다시 부산까지 피난 가게 되었으니 나라가 풍전등화였던 시절 위로 딸만 셋 낳은 집에서 어렵게 얻은 아들을 보며 무언가 결심을 해야 되겠다고 하시던 아버님이 하신 일은 담배를 끊으셨던 일이었다고 한다.

그 말씀을 듣고 얼마 후 나는 심한 독감에 걸렸고 목이 아파 담배를 며칠 쉬는 중에 아버님 말씀을 되새기며 담배를 끊게 되었다. 20세부터 피던 담배를 사십이 되어 끊었는데 지금 생각해도 가장 잘 한 일 중의 하나인 것 같다.

## 5. 첩첩산중

어머님 돌아가시고 홀로 남은 아버님 모시는 일은 쉽지 않은 일이었다. 나는 직장이 춘천이라 서울을 떠나 있었고 아버님은 춘천에 오실 의사가 하나도 없으셨다. 마침 큰 누님이 아파트 리모델링으로 당분간 이사를 해야 하는 입장이라 아버님과 같이 거주하기로 결정을 해주셔서 매우 고맙게 지내고 있었다. 문제는 아버님의 치매기가 조금씩 보이기 시작하고 누님의 말을 잘 듣지 않게 되면서부터였다. 사람들을 잘 못 알아보시기도 하고 하신 말씀을 또 하시는 경향이 생기며 오랜만에 아버지 모시며 최선을 다하는 누님의 말보다는 나를 기다리며 내말만 들으려 하셨다. 매우 힘들어 하던 때에 큰누님이 이사를 하게 되어 아버님께 춘천에서 같이 지내시자고 말씀을 드렸다. 어렵게 설득을 하여 춘천으로 모셨는데 아버님은 오시는 저녁부터 서울에 가시겠다고 하셨다. 이런저런 이유를 대어 아버님을 설득하였지만 전혀 들으려 하지 않으셨다.

서울에 가서 혼자 계시면 걱정도 되고 자주 찾아 뵐 수도 없는 때여서 매우 상황이 어려웠다. 하루는 마음먹고 아버님께 여쭈었다. "왜 그렇게 서울로 가려 하시는지요?" "내가 왜 죽을 때 돼서 타향에서 산단 말이냐?" 그 다음날로 서울로 모시고 갔다. 아버님 고향은 서울이었던 것이다. 그냥 오래 살던 곳이 아니라 마음속 깊이 서울은 하나하나 인생을 보낸 고향이었고 모든 기억이 함께한 고향인 것이었다.

사람들은 서울은 복잡하고 모든 것이 비싸고 이웃 간 정도 없고 살지 못할 곳이라고 종종 불평하지만 서울에서 살기를 원하고 모여든다. 그러나 아버님께는 어릴 적 놀이터와 졸업한 학교와 친구들이 있고, 같이 하였던 기억의 장소가 있는 곳으로 떠날 수 없는 곳이었다.

서울로 가는 길에 펼쳐진 산들과 나무들이 푸르러 "아버님, 강원도 참 아름답지요?" "첩첩산중이구나..." 나는 속으로 되내었다. '아버님, 숲으로 둘러싸인 도시가 진정 살기 좋은 도시입니다.'

나는 첩첩산중의 아름다운 도시 춘천에서 일업 일생의 교수로서의 임무를 다하고 정년퇴임을 하였다. 집안에서는 서울을 떠나 지방에 자리 잡은 첫 사람이었다. 춘천은 나에게 제2의 고향이 되었다. 미래의 도시가 바라는 숲과 함께하는 아름답고 살기 좋은 도시이며 그를 지키려는 나의 노력이 결실을 맺은 곳이기도 하다. 이곳에서 나는 인정 많고 심성 곱고 열심히 공부하는 학생들과 37년 6개월의 시간을 보내고 그들은 이제 훌륭한 건축인이 되어 곳곳에서 활약하고 있어 나의 시간을 보람 있게 하고 있다.

**양보경(楊普景)**

　서울에서 태어나 성신여자사범대학 사회교육과(지리전공)를 졸업하고, 서울대학교 대학원에서 지리학 석사, 박사학위를 취득했다. 역사지리학·문화지리학·한국지리학사를 전공하며, 조선시대 읍지 연구로 박사학위를 받은 후 일제강점기를 거치며 단절된 한국의 역사지리학, 전통지리학의 재발견에 천착하였다. 한국문화예술진흥원 문화발전연구소에서 '문화발전10개년계획'을 세우는 데 참여하고 한국의 문화정책과 문화행정, 서울대학교 규장각에서 근무하며 한국의 문화유산의 깊이를 보게 되었다. 지리지, 한국 및 서양 고지도, 실학적 지리학, 전통시대의 자연인식, 백두산과 백두대간, 서울 등 지역, 지명과 영토, 접경지역, 역사지리정보시스템(HGIS) 등을 연구했다. 주요 연구업적으로 〈조선시대의 자연인식체계〉 등 110여 편의 논문, 《조선시대 읍지의 성격과 지리적 인식》,《서울의 옛 지도》,《서울의 경관변화》,《백두산 고지도집》 등 60여 편의 저서가 있다. 대한지리학회장, 한국문화역사지리학회장, 한국지역지리학회장, 한국여성지리학자회장을 역임하고, 대한지리학회 회장 재임 시《대한지리학회 70년사》를 발간하였다.

　과거의 지리가 미래 공간의 기본 토대이며, 공간은 사회를 바꾸는 기초라는 생각으로 독도, 동해, 백두대간, 지명, 국토계획과 지역문화 등의 분야에서 국무총리실, 외교부, 국토교통부, 해양수산부, 행정안전부 등의 정부기관, 서울특별시, 경기도 등을 비롯한 여러 지자체의 위원회에서 활동하였다. 문화재청 문화재위원, 국가지명위원회 위원, 동북아역사재단·동해연구회 이사, 국립중앙박물관, 국립민속박물관, 서울역사박물관, 국립해양박물관, 국립중앙도서관 등 박물관 및 도서관의 위원, EBS 세상보기 〈양보경의 우리 옛 지도를 찾아서〉(2000년, 5회 방영) 등의 대중 강연 등을 통해 한국의 지리적 유산이 한국과 세계의 중요한 문화유산임을 알리고자 하였다. 현재 '지도포럼'의 공동위원장이다.

　2018년 성신여자대학교 최초의 교수·학생·직원·동문 직선 총장으로 선출된 후 서울총장포럼 회장, 한국여자대학총장협의회 회장, 한국사립대학교총장협의회 부회장, 대교협 대학입학전형위원회 위원장 등을 역임하였다.

# 〈혼일강리역대국도지도〉와 '지도의 날'

## 1402년, 〈혼일강리역대국도지도〉 탄생하다

지도는 단순히 길을 찾고 위치를 보여 주는 도구일까? 우리는 일상에서 맛집과 만남의 장소, 관광지를 찾고 길을 안내하며, 토지를 찾아보는 실용적 목적의 지도를 많이 사용한다. 그러나 지도는 우리가 생각한 것보다 다양한 목적과 성격을 지니고 있다. 철학, 이념과 세계관, 국가와 권력, 전쟁, 문화와 사람들을 담은 지도들도 매우 많다. 조선에서 만든 세계지도, 〈혼일강리역대국도지도〉도 대표적인 지도이다.

〈혼일강리역대국도지도〉(이하 '강리도'로 약칭)를 알고 있을까? 이 지도는 조선 건국 후 10년이 되던 1402년(태종 2)에 좌정승 김사형, 우정승 이무, 검상 이회 등이 만들고 권근이 발문을 쓴 지도이다. 아프리카를 바다로 둘러싸인 대륙으로 그린, 현존하는 가장 오래된 세계지도이다. 〈혼일강리역대국도지도〉는 또한 현전하는 우리나라 지도 중 가장 오래된 단독 지도다. 이 지도의 가장 큰 특징은 조선이 다른 나라에 비해 매우 크게 그려져 있는 점이다. 크기로 보면 조선이 상대적으로 세계에서 가장 크다. 이는 오류가 아니다. 초기 조선의 자부심, 조선 중심적인 자아 인식의 공간적 투영이다. 크게 그려진 조선 부분은 현존하는 가장 오래된 우리나라 전국지도의 자태를 보여주는 점에서도 큰 의미를 지닌다. 많은 군현 지명들도 쓰여 있어 조선과 각 지역의 탄생 이력서라 할 수 있다. 이 지도는 당시 동서양을 막론하고 당대 가장 훌륭한 세계지도로서 한국을 넘어 인류의 소중한 문화유산으로 그 세계사적 가치를 인정받고 있다. 〈강리도〉는 조선 초기 사람들의 넓은 세계적 시야와 문화적 힘을 넘어 당대의 문화적 교류와 인류의 문화적 성취를 보여주는 중요한 지도로 찬탄의 대상이 되고 있다.

유럽에서는 1488년 바르톨로뮤 디아스의 희망봉 발견, 1498년 바스쿠 다 가마의 인도 항해의 결과로 1502년 칸티노의 세계지도에 아프리카 대륙이 제 모습을 갖추게 된다. 서양보다 거의 100년 전에 아프리카 대륙을 사실적으로 그린 〈강리도〉는 전 세계인을 놀라게 한다. 또한 동서 문명의 교류를 보여주는 흔적들이 가득 담겨있는 귀중한 세계적 문화유산이다. 〈강리도〉에는 기본적으로 중국, 한국, 일본의 지도학적 성과를 바탕으로, 고대 그리스, 중세 이슬람의 지리학과 지도학적 지식, 그리고 유럽, 아프리카, 아시아의 많은 지명들이 동서 문명의 교류로 포함될 수 있었다. 이 흔적은 일반적으로 상세하게 표시하지 않는 이슬람 지역에 수많은 지명이 쓰여 있는 점에서 확인된다.

반면 인도가 작게 그려지고, 인도에 지명이 거의 기록되지 않은 것은 이 지도의 기반이 몽골의 세계관을 반영하는 지리적 지식이었음을 반영한다. 불교국가로서 인도에 대한 관심이 많았던 고려가 망한지 10년밖에 안된 시점이기에 이 지도는 당대 전통적인 불교적 세계관과는 다른 세계관을 반영하는 세계지도인 셈이다.

그러나 유감스럽게도 이 지도는 일본에만 4종의 사본이 소장돼 있

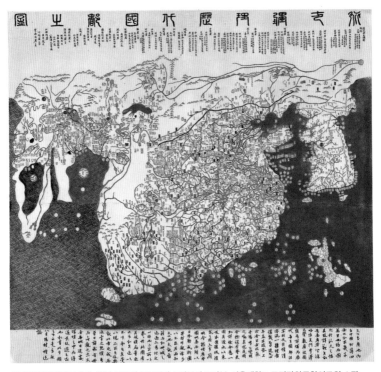

〈혼일강리역대국도지도〉, 일본 교토시 류코쿠대 소장본의 모사본, 서울대학교 규장각한국학연구원 소장.

어 국내에서 연구와 소개가 잘 돼 있지 않았다. 일본 소장본 중 류코쿠 대학 소장본은 가장 대표적인 초기 사본으로 그 중요성을 인정받고 있다. 국내에는 서울대학교 규장각한국학연구원과 국립중앙박물관이 류코쿠대본을 필사한 모사본을 소장하고 있다.


## 한국의 전통지리학은 존재했는가

이렇게 훌륭한 지리적 전통을 가지고 있는 한국이지만, 내가 대학과 대학원에서 지리학의 역사를 공부하던 때에는 한국, 아시아 지리학의 역사를 배우지 못했다. 서양 지리학의 발달사만 배웠다. 〈강리도〉, 한국의 지도들, 지리지들은 교육도 하지 않았다. 〈대동여지도〉와 고산자 김정호도 전설로 만났을 뿐이다. 조선은 지도와 지리지의 나라였다. 그러나 아직도 많은 사람들은 〈대동여지도〉 외에는 한국의 역사에 어떠한 지도가 있었는지조차 잘 알지 못한다.

이는 일제강점기로 인한 우리 문화와 역사, 전통의 단절 때문이라고 생각한다. 근대 이전에 지속되어 온 한국의 많은 문화와 예술과 학문이 그 가치를 인정받지 못하고 정리되지 못한 채 전근대 유산으로 치부되어 폄훼되고 사라졌으며, 연구도 축적되지 못했다. 한국의 수천 년 역사에 지리학이 존재했는가? 존재했다면 그 내용은 무엇인가? 서구 지리학과의 차이, 동양 및 한국의 지리학의 정체성은 무엇인가? 끊임없는 물음이 이어졌었다.

대학원에서 지리학의 여러 하위 영역 중 역사학과 지리학이 만나는 거대한 융합학문인 역사지리학, 세계 각 지역의 사람과 사람들이 만들어내는 문화를 다루는 문화지리학, 지리학사 분야를 전공하면서 놀랍고 즐거웠다. 일제강점기를 거치며 잊힌 우리의 역사지리학, 전통지리학은 아무도 들어가 보지 않은 보물창고였다. 역사지리학 연구자는 거의 없었다. 한국 역사지리학의 대상인 조선시대 및 그 이전 시기, 일제강점기를 연구하기 위해서는 한문과 일본어 해독 능력이 필요하고, 많은 사료와 유적, 유물들을 섭렵하는 데 많은 시간이 필요한 때문이었으리라. 한국 지리학의 전통을 캐내고 싶어 한문 습득을 위해 공부한 사서삼경(四書三經), 중국의 역사서 등을 통해 중국과 동아시아 문화를 이해하는 기초를 다질 수 있었다. 개인적으로는 인간의 본질과 도리, 세상을 보는 시야를 넓히는 큰 자산이 되었다.

우주가 하늘, 땅, 인간으로 구성되어 있다는 동양의 전통적인 삼재(三才)사상, '하늘의 원리'(天文)와 '땅의 이치'(地理)를 알아야 인간세상을 다스릴 수 있다는 논리는 무엇보다 매력적이었다. 박사학위를 받고 한국문화 예술진흥원 문화발전연구소에서 '문화발전10개년계획'을 세우는 데 참여했던 시간, 우리나라 고문헌의 거대한 숲인 서울대학교 규장각의 특별연구원으로 근무했던 시절은 그 보물창고의 심연에 들어가 우리 문화정책, 우리 문화유산에 대한 체험을 하게 해 준 소중한 발판이었다.

1970년대 이후 고지도와 풍수에 대한 학문적, 지리학적 연구가 체계적으로 시작되고 있었고, 전통지리학의 또다른 축인 지리지(읍지)에 관한 연구로 나는 박사학위를 받았다. 아무도 주목하지 않았던 거대한 광맥을 채굴하는 느낌이었다. 여러 기관에 소장된 천여 종의 지리지, 읍지를 연구하면서 우리나라가 지리지의 나라, 위대한 지역연구 및 지역조사의 전통을 가지고 있었음을 찾아낼 수 있었다. 박사학위 논문인 조선시대의 읍지 연구를 통해 한국 역사에서 침체기로 평가되던 16~17세기 조선 사회의 역동성을 재조명할 수 있었으며, 조선시대의 인문지리학의 가치와 내용의 풍부함, 사회적 영향력을 밝히고자 했다. 1980년대에 지리지, 읍지의 영인본 출간의 꽃을 피워 한국학 연구 전반에 지리지 이용의 꽃을 피운 것은 부수적인 보람이었다. 그러나 근대화의 거센 파도를 타고 쏟아져 들어온 서양 문물의 홍수 속에서 한국의 전통지리학의 보편적 가치와 특성을 제대로 인식하고 공유하는 일은 쉬운 일이 아니었다. 마찬가지로 전통 지도의 의미와 가치를 밝혀서 그 진면목과 만나는 데도 실로 오랜 시간이 걸렸다.

박사학위를 받은 후 서울대학교 규장각한국학연구원(이하 '규장각')에서 일하며 연구하던 시간을 가장 잊을 수 없다. 지도 소장 목록 작성과 해제, 전시를 위해 규장각의 지도들을 만나는 매일매일은 새로운 보물과 만나는 즐거움과 발견의 연속이었다. 한 예로 한국 지리학자 중 가장 많이 알려진 고산자 김정호의 지도에 관한 연구는 이전에도 있었다. 그러나 고산자가 단순한 지도 제작자가 아니라 조선 후기에 크게 발전한 역사지리학의 성과를 수용하고 종합한 지리학자였으며, 지도와 지리지가 서로 뗄 수 없는 일체임을 실현한 고산자의 지리사상을 밝힐 수 있었다. 그가 옥사한 것이 아니라, 후원을 받고 지도 제작을 한 겸인(傔人)이었음도 새로운 발견이었다. 우리나라 최대최고의 소장처인 규장각의 지도와 지리지를 직접 대면하며 훌륭한 동료들과 함께 했던 행운에 늘 감사한 마음이다.


## '지도의 날'을 한국에서 시작하기를

오랫동안 '지도의 날'을 만들어야 한다는 의견들이 있었다. 지도의 중요성과 의미를 기리고, 우수한 한국의 지도 전통을 알리기 위해서다.

제1회 지도의 날 기념 행사(2023)

김선홍 전 주칭다오총영사의 저서《1402 강리도》(2022) 출판을 계기로 여러 분야에 계시는 분들이 뜻을 모아 2023년 1월에 '지도의 날 제정 추진위원회'(이하 '지제추'로 약칭)를 출범시켰다. 지제추에는 대한지리학회, 한국문화역사지리학회, 한국지도학회, 한국고지도연구회의 회장이 위원으로 참여하였으니, 지도 및 고지도와 관련된 많은 학회가 뜻을 함께한 것이다. 그리고 2023년 6월 대한지리학회 학술대회에서 '지도의 날'을 9월 첫째 주 토요일로 선포했다. 2023년 9월 1일에는 '제1회 지도의 날' 행사를 국립중앙도서관, 한국외교협회, 위의 학회들과 공동으로 국립중앙도서관 국제회의장에서 개최했다.

대한민국의 기념일에는 세 종류가 있다(밑줄친 날은 국제적 기념일).

첫째, '각종 기념일 등에 관한 규정'에 의한 기념일이다. 납세자의 날, 상공의 날, 서해 수호의 날, 식목일, 보건의 날, 근로자의 날, 과학의 날, 법의 날, 정보통신의 날, 예비군의 날, 4.19 혁명 기념일, 어린이 날, 어버이날, 스승의 날, 성년의 날, 바다의 날, 부부의 날, 금융의 날, 현충일, 철도의 날, 환경의 날, 6.25 전쟁일, 국군의 날, 노인의 날, 스포츠의 날, 문화의 날, 푸른 하늘의 날 등이다.

둘째, 개별법에 규정된 기념일이다. 개별법을 근거한 기념일로 한국수어의 날, 문화재 방재의 날, 국립공원의 날, 흙의 날, 도서관의 날, 자전거의 날, 새마을의 날, 양잠의 날, 바다 식목일, 여성의 날, 입양의 날, 세계인의 날, 희귀질환극복의 날, 기록의 날, 헌혈자의 날, 해양조사의 날, 도농교류의 날, 가정의 날, 기록의 날, 섬의 날, 곤충의 날, 스포츠의 날, 태권도의 날, 씨름의 날, 정신건강의 날, 회계의 날, 바둑의 날, 김치의 날, 약의 날, 통계의 날, 지식재산의 날, 대한민국 법원의 날, 산업단지의 날, 조달의 날, 자원봉사자의 날, 국가유산의 날 등이 그것이다.

셋째, 공식적인 법정기념일이 아닌 기념일로 관련 정부 부처가 행사를 진행하는 건설의 날, 산의 날, 항공의 날 등이 있다. 또 지방자치단체 기념일도 이에 속한다.

지도와 가장 밀접한 관련이 있는 국토교통부의 기념일을 예로 들면 다음과 같다.

① 소관부서별 기념일로 소관 부서에서 주관하는 기념일이다. 건설기술인의 날, 토목의 날, 건설신기술의 날, 철도경찰의 날, 건설의 날, 철도의 날, 도로의 날, 디지털 지적의 날, 건축의 날, 항공의 날. 측량의 날, 물류의 날, 해외건설플랜트의 날. 보행자의 날. 육운의 날, 건설기능인의 날 등이다.

② 산하기관·협회 기념일로 콘크리트의 날, 기계설비의 날, 화물자동차 운전자의 날, 건설기술관리의 날, 부동산산업의 날, 육운(육상운

송)의 날, 건설엔지니어링의 날, 주택건설의 날 등이 있다.

이렇게 많은 기념일이 있는데 또 '지도의 날'을 만들 필요가 있을까? 2023년 작성된 '지도의 날 제정 취지문'의 일부로 그 답을 대신하고자 한다.

"지도는 세상을 보는 창이며, 인간과 사회와 공간을 연결시키는 매개체입니다. 지도는 우리가 살고 있는 지구와 환경, 나와 다른 곳에 사는 사람들의 삶과 삶터에 대한 지식을 얻는 데 중요한 역할을 합니다. 지도는 인류 문명과 발달에 큰 영향을 미쳐온 소중한 유산입니다. 지도는 다양한 세상을 문자보다도 쉬운 방식으로 소통하게 해 현재와 미래 세대의 삶을 더욱 평화롭고 풍요롭게 만듭니다. 한국은 역사적으로 지도 강국이었습니다. 조선 초에 당대 세계 최고의 지도로 인정받으며 세계사에서 빛나는 〈강리도〉(1402)를 비롯한 다양한 지도를 만든 우리나라에서 '지도의 날'을 제정해 지도의 중요성과 훌륭한 한국의 지도 전통을 재인식하고, 지도 교육을 강화해 한국의 우수한 지도 전통과 지도들을 알리는 것이 필요합니다. 글로벌 문화국가 대한민국에서 '지도의 날' 제정은 〈혼일강리역대국도지도〉와 같은 위대한 문화유산을 만든 한국의 지도 제작 전통의 현대적 계승과 자긍심 고취, 세계 여러 나라와의 역사적, 문화적 소통을 가능하게 할 것입니다. 지도 해독 역량과 지리적 소양은 세계 속에서 개인과 국가의 소통을 높이고, 세계시민·문화강국으로 나아가게 하며, 지도의 다양한 지리 정보에 내재된 세상의 이해를 통해 미래 세대를 위한 지도 및 지리의 활용성과 교육적 가치, 지도의 힘의 중요성을 높이는 기회를 제공할 것입니다."

한 국가와 사회를 유지하는 힘은 무엇일까? 경제력 외에 문화적 힘은 최후의 경쟁에서 무엇보다 중요하다. 조선 초의 문화적 힘과 세계적 시야를 보여주는 대표적인 지도 〈강리도〉는 그래서 더욱 소중하다.

## '지도의 날'과 〈혼일강리역대국도지도〉

지도는 구석기시대부터 만들어진 인류의 가장 오래된 문화유산이자 사람, 문화의 소통 수단이다. 소위 서양의 탐험시대라 불리는 시대에는 지도를 만들고 가진 자가 영토와 권력과 부를 소유하고 세계를 지배했다. 현재는 종이지도의 시대가 아니라 수치지도, 디지털지도의 시대이지만, 지도는 예나 지금이나 위치정보, 지상 및 지하, 각종 시설과 건물, 이동 네트워크를 담는 본질적 그릇이다. 지도는 지금도 각종 데이터를 담는 첨단 산업의 핵심 인프라 중 하나이다.

한국의 '지도의 날'을 만든다면 한국을 대표하는 지도 제작과 관련이 있는 날로 정하는 것이 타당하며 공감대를 얻을 수 있을 것이다. 참고로 일본의 '측량의 날'은 6월 3일이며 '지도의 날'은 4월 19일이다. 이는 일본 근대지도 제작 및 측량의 아버지로 불리는 이노 다다타카(伊能忠敬)가 홋카이도에서 측량을 시작한 최초의 날을 양력과 음력으로 변환한 것이다.

한국을 대표하는 지도를 살펴보면, 국제적으로는 〈강리도〉, 〈천하도〉를, 국내적으로는 〈대동여지도〉를 꼽을 수 있다. 이 중 시기적으로 1402년(태종 2)에 제작된 〈강리도〉는 현전하는 가장 오래된 단독 지도이며, 당대 최고의 세계지도로서 세계사적 의의와 중요성에서 단연 으뜸이 되는 지도이다. 〈강리도〉의 하단에는 지도 제작의 의미와 과정을 기록한 양촌 권근(權近, 1352~1409)의 발문이 적혀 있다. 발문을 쓴 시기는 1402년(태종 2) 8월로 기록되어 있는데, 8월 초로 전한다. 1402년 음력 8월 1일을 양력으로 변환하면 8월 29일이 된다. 이에 '지도의 날 제정 추진위원회'에서는 〈강리도〉의 제작 시기와 가까운 9월 첫째 토요일을 '지도의 날'로 정하였다. 지도를 사랑하고, 지도 및 지도교육의 중요성을 이해하는 많은 분들이 힘을 모아 국가의 미래를 위해 '지도의 날'이 국가 기념일로 지정될 수 있도록 함께하기를 소망한다.

'지도의 날'이 제정되었으므로 '지도의 날 제정 추진위원회'는 2024년 5월에 '지도포럼'으로 이름을 바꾸었다. 지도포럼은 앞으로 '지도의 날'을 한국의 법정기념일로 만들어 더 많은 사람들이 지도와 함께하기를, 나아가 '세계 지도의 날'을 만들어 세계인들과 함께 지도를 통해 평화와 행복을 그려나가기를 꿈꾸고 있다.

# 삶과 죽음이 다를까
— 망우리 공동묘지에서 망우역사문화공원으로

## 서울의 숨은 보물, 망우역사문화공원

나는 어렸을 때부터 잘 걷고 호기심도 많아 여기저기 다니는 것을 좋아했다고 한다. 한 번은 지금의 성북동 길상사 아래에 있던 집 근처에서 잠깐 이웃을 만나 이야기하는 사이에 세 살짜리가 사라져 버렸다고 한다. 혼비백산한 어머니는 성북천을 따라 한참을 내려와 지금의 한성대입구역 근처에서 겨우 찾았다고, 꼬맹이가 어찌 그리 빨리 걸을 수 있느냐고 두고두고 이야기하셨다. 지리학자가 되어 마음껏 여기저기 다니고 있는 것도 우연은 아닌 듯싶다.

그런데 서울에서 가고 싶지 않았던 곳이 있었다. 망우리 공동묘지였다. 아마도 어렸을 때부터 저녁마다 우리 집 대청마루에서 동네 아이들을 모아 놓고 이웃집 이야기꾼 할머니가 들려주시던 공동묘지의 하얀 귀신, 빨간 귀신 이야기, 학교 화장실의 달걀귀신 이야기들도 한몫했을 것이다. 그러나 결정적으로 공동묘지에 대한 으스스한 인상은 초등학교 6학년 때 막내 이모 손에 이끌려 본 영화 '월하의 공동묘지'

때문이라고 믿고 있다. 너무 무서웠던 그 영화를 잊지 못하는 것은 물론, 달빛 아래서 갑자기 둥실 떠오르던 주인공 여배우의 얼굴은 제가 봤던 영화 여주인공 중 아직도 가장 선명하다. 서대문에 있는 초등학교, 광화문에 있던 중·고등학교를 오가며 보곤 했던, 그 영화를 상영했던 동양극장도 잊히지 않는다. 지금은 〈문화일보〉 사옥 앞에 표지석으로 존재를 알려주는 동양극장은 알고 보니 한국 연극사에서 중요한 이정표 역할을 했던 극장이었다. 한국인이 세운 최초의 연극전용 극장으로 출발해 1930년대와 1940년대에 대중연극의 메카였다가 영화관으로 이어졌던 동양극장은 1976년에 폐관되고, 1995년에 역사의 뒤안길로 사라졌다. 태어나고 사라짐은 세상의 이치이나 굳게 문닫은 채 한동안 말없이 서있었던 죽음 직전의 동양극장의 모습도 아련하다.

아직도 망우리를 죽은 사람들이 잠들어 있는 공동묘지가 있는 동네로 생각하는 사람들이 많다. 왠지 죽은 사람들의 그림자가 어른거리는 무서운 곳이 떠오른다. 그러나 망우리 공동묘지는 만장이 되어 1973년에 폐장된 지 오래되었다. 한때 4만 7천여 기에 달했던 분묘 중 아직 이전하지 않은 분묘 5천여 기가 남아 있기는 하다. 망우리 공동묘지가 폐장된 지 반세기가 지나고, 아름다운 '망우역사문화공원'으로 탈바꿈했지만 대부분의 사람들은 이러한 변화를 알지 못한다. 1933년부터 1973년까지 불과 40년간 유지되었던 공동묘지를 오랜 역사를 지닌 망우동의 정체성, 망우동의 이미지로 생각하는 사람들이 많다. 그러나 이제 망우리 공동묘지는 아름다운 숲과 선인들의 역사와 문화가 가득한, 매우 특별하고 깊이 있는 공원이 되었다. '망우역사문화공원'에 유관순, 한용운, 오세창, 서동일, 방정환, 유상규, 조봉암, 장덕수, 박은혜, 이중섭, 권진규, 이인성, 지석영, 강소천, 박인환, 차중락, 이영민 등 많은 독립운동가와 교육·문화·예술·체육인이 잠들고 있음을 아는

340

사람이 얼마나 될까? 그에 앞서 망우동이 조선 초부터 훌륭한 인물들이 거주하던 아름다운 동네, 서울의 가장 오래된 지리지 중 하나를 만든 곳, 고구려 보루터와 동족마을의 흔적이 남아 있는, 오랜 역사를 간직한 터임을 아는 사람이 있을까? 무엇보다 한강, 그리고 한강 북쪽의 북한산·도봉산·수락산·불암산·구릉산·봉화산·용마산·아차산, 한강 남쪽의 검단산·예봉산 전경이 한눈에 보이는 서울 풍경의 명소임을 아는 이 있을까?

## 서울의 공동묘지, 장례문화의 변화

일제강점기 동안 한국은 급격한 문화 단절과 변화를 겪었다. 산 자의 문화만이 아니라 죽은 자에 대한 문화도 변했다. 우리 문화에서는 죽은 사람을 가까이 두지 않고 망자를 마을에서 떨어진 선산, 뒷산에 모셨다. 조선시대까지는 공동묘지에 관한 규정이 없었으며, 죽은 사람을 땅에 묻는 장례문화가 있었다. 사람이 죽으면 영혼은 하늘로 가고, 몸은 땅으로 돌아간다고 생각했기 때문이다.

일제강점기 서울, 즉 경성에는 사람들이 몰려들었고, 일본인들도 대거 이주하기 시작했다. 산 사람, 죽은 사람들이 거처할 자리가 부족해지자 일제는 1912년에 '묘지·화장·화장장에 관한 취체규칙'을 제정했다. 조선총독부가 인정한 공동묘지 외에는 사유지라 하더라도 묘지를 설치할 수 없었고, 화장을 합법화했다. 시신을 화장하는 화장장 제도를 만들고, 죽은 사람을 집단으로 수용하는 공동묘지제도를 만들었다. 일제는 1913년 9월 1일 '경성 공동묘지 19개소'를 고시했다. 미아리 1, 2묘지, 이문리, 신당리, 한강(용산 이태원동, 한남동), 두모면

유관순 열사 분묘 합장 묘지비

수철리(성동구 금호동, 옥수동), 연희(마포 연희동), 동교(마포 동교동),
만리현 봉학산(마포 아현동), 염동 쌍룡산(마포 염리동), 은평면 신사
리(은평구 신사동), 서대문 남가좌, 종로 평창, 여의도, 광진 능동 등 모
두 19개소였는데, 지금은 모두 훌륭한 주택지가 된 곳들이다. 이 중 만
리동 공동묘지는 일본인 전용이었다. 죽은 사람에게 편안한 장소는
산 사람에게도 좋은 곳이기 마련이다.

　그러나 1930년대 초에 이들 중 일부는 포화상태가 되고, 일부는
산 사람을 위한 주택지로 개발되면서 1933년에 대규모 망우리 공동묘
지를 조성하기 시작했다. 경성부는 망우리 일대의 임야 75만 평을 매
입, 52만 평을 묘역으로 조성하였다. 일제가 망우산에 대규모 공동묘
지를 조성한 것을 두고 바로 인근에 위치한, 태조 이성계의 건원릉을
포함하여 조선 왕조 최대의 왕릉 지역인 동구릉의 지맥을 끊기 위한
의도적 정책이었다는 이야기도 전한다. 특히 이태원, 한남동 일대에 있
던 이태원 제1묘지를 택지와 군용기지로 만들면서 37,000여 기 무덤
중 무연고묘를 화장해 망우리 공동묘지에 합장하고, 마포 노고산 공동

묘지의 무연고 분묘도 화장해 합동으로 망우리 공동묘지에 이장했다. 3.1 독립운동 후 서대문형무소에서 이뤄진 모진 고문으로 순국한 유관순 열사는 1920년 10월 14일에 이태원 공동묘지에 묻혔다. 그러나 1935년부터 이장이 추진되어 유연고묘 4,778기는 미아리 공동묘지로, 나머지 무연고묘 28,000여 기는 화장해 망우리 공동묘지로 이장되었다. 유관순 열사의 유해가 많은 무연고묘의 화장재와 함께 망우리 공동묘지에 합장되고 말았다.

## 윤회, 망우역사문화공원

한국전쟁이 끝나자 서울시는 시내 곳곳에 묻혀있는 시신을 망우리 공동묘지로 이장했다. 망우리 공동묘지는 한국전쟁의 상처까지 보듬은 큰 품이었다. 억울하게 죽어간 많은 사람들, 죽은 뒤에 갈 곳을 찾지 못한 수많은 사람들과 한을 모두 가슴에 품어주었다. '근심을 잊는다'는 망우(忘憂)의 뜻은 20세기 동족상잔 아픔의 현장에서 더 크게 펼쳐졌다.

묘지를 개장한지 40년이 된 1973년 망우리 공동묘지는 더 이상 묘지로 쓸 공간이 없어지면서 공동묘지로서의 역할을 끝내고, 1977년에 '망우묘지공원'으로 이름이 바뀌었다. 1990년대에 망우리공원에 묻힌 위인들의 얼을 기리자는 움직임이 이어지면서 1997년부터 독립운동가와 문학인 등 15명 위인의 무덤 주변에 추모비가 세워지고, 1998년에 '망우리공원'이 되었다. 2013년에는 유관순 열사를 비롯한 한용운, 이중섭, 오세창 등 역사적 인물이 안치된 역사성이 인정되어 '서울미래유산'으로 선정되었다. 2016년에 순환로로 인문학길 사잇길 2

개 코스를 조성하며, 근현대 인문학의 보고(寶庫)로 거듭났다. 중랑구청은 2022년에 '망우역사문화공원'으로 이름을 바꾸고, 방문자센터의 역할을 하는 멋진 '중랑망우공간'을 개관해 이 공원의 또 다른 상징을 만들었다.

망우역사문화공원에는 어떤 분들이 잠들어 계실까. 망우역사문화공원 홈페이지에는 이곳에 잠들어 계신 분들을 애국지사, 문화 예술, 사회인사, 기타 인사로 나누어 사진과 함께 연혁, 생애, 활동사항, 묘소 사진, 찾아가기 등으로 소개하고 있다.

애국지사로 유관순, 삼학병, 향산 이영학, 김봉성, 도산 안창호, 태허 유상규, 지기 문명훤, 위창 오세창, 호암 문일평, 박원희, 송암 서병호, 만해 한용운, 오기만, 명재 이탁, 서광조, 남파 박찬익, 계산 김승민, 춘파 서동일, 오재영 등을, 문화 예술인으로 소파 방정환, 강소천, 김말봉, 권진규, 김상용, 이인성, 최신복, 김이석, 함세덕, 노필, 가수 차중락, 계용묵, 서해 최학송, 대향 이중섭, 석남 송석하, 박인환을, 사회인사로

망우역사문화공원의 사무실, 전시실, 교육관이 있는 중랑망우공간

송촌 지석영, 학범 박승빈, 소오 설의식, 죽산 조봉암을, 기타 인사로 아사카와 다쿠미와 이경숙을 보여 준다.

그러나 망우리 공동묘지를 망우역사문화공원으로 만드는 데 오랜 세월 애쓰신 김영식 선생의 저서 《망우역사문화공원 101인 ─ 그와 나 사이를 걷다》(개정4판, 2023)에는 잊혀서는 안될 더 많은 분들이 소개되어 있다. 책소개의 내용 일부를 옮긴다.

"2006년 시점에서는 17명이 관리사무소의 리스트에 있었다. 2009년 필자가 초판을 내며 40명, 2015년 개정 2판 때 50명, 2018년 개정 3판 때 60명을 소개했다. 다시 2021년 중랑구청 용역으로 한국내셔널트러스트 망우리분과위원회가 묘역전수조사를 실시한 결과, 41인의 유명 인사(비석 9인 포함)를 추가로 밝혀냈다."

"망우리공원은 한국 근현대사의 가장 격동적인 시기를 체험할 수 있는 인문학 공원이다. 100인 이상의 유명 인사를 비롯해 서민의 묘가 다수 존재하고, 고인들의 숱한 비명을 통해 우리 근현대사를 되돌아볼 수 있는 거대한 야외 박물관이다. 기억의 공간이자 도심 속 휴양의 공간이며, 땅과 하늘, 자연과 도시가 한데 어우러진 풍경으로 거듭났다."

정종배 시인에 의하면 "모든 망자는 망우리에 묻힌 사연이 있으나 그중에 교과서에서 뵐 수 있는 유명 인사나 삶이 남달라 후손들의 모범이나 교훈으로 삼을 만한 인물이 150여 분이나 되었다. 그중에 50여 분은 이장하였다."라고 한다.

서울시와 중랑구는 '망우역사문화공원'이 역사와 문화가 살아 있는 공간으로 새롭게 출발했다고 말한다. 그러나 새로운 출발일까, 아니면 원래 모습으로 돌아가는 과정일까? 공간도 땅도 장소도 윤회함을 망우역사문화공간이 보여 준다.

## 망우동과 망우고개, 태조 이성계에서 순종까지

사람에게 이력이 있듯이 땅에도 역사가 있다. 땅이름은 그 땅의 정체성을 보여 준다. 망우동이라는 이름은 조선을 건국한 태조 이성계에서 비롯되었다. 종묘와 사직, 경복궁, 한양도성을 건설한 태조는 자신의 묘자리를 선정하는 데 많은 고심을 했다. 새로운 왕조를 연 자신의 묘자리에 조선의 운명이 좌우된다고 생각했을 것이다. 서울 주변의 최고 명당 자리를 찾던 태조가 선택한 곳이 지금의 건원릉 자리다.

> "상이 건원릉(健元陵; 태조의 능)에 이르러 능상을 봉심한 뒤에 이리저리 둘러보며 탄식하여 이르기를, "산세가 참으로 좋구나. 태조께서 새로 나라를 세워 도읍을 정하신 초기에 무학대사(無學大師)로 하여금 수장(壽藏)을 살피게 하여 이 능을 얻었는데, 태조께서 친림하신 뒤에 망우리(忘憂里) 고개에 이르러 '내가 이 땅을 얻었으니 근심을 잊을 수 있겠다.'라고 하교하셔서, 그곳이 망우리 고개라고 명명된 것이다." 《승정원일기》, 영조 3년, 8월 16일)

조선의 정통 역사기록물인 《조선왕조실록》이나 《승정원일기》에 여러 번 기록된 이 이야기가 역사적 사실과 다르다는 연구도 있다(국립문화재연구소, 2011, 〈국립문화재연구소 소장 조선왕조 행사기록화〉). 그러나 태조가 지금의 구리시 인창동의 동구릉 자리를 자신의 무덤으로 정하면서 망우리라는 지명과 망우산, 망우리고개 등의 지명이 생겼다는 이야기는 정설로 굳어졌다.

망우역사문화공원을 가려면 경의중앙선 양원역에서 내려 셔틀버스를 타고 중랑망우공간에서 내리는 것이 가장 편하다. 양원역의 명칭은 역이 위치한 양원리라는 동네 이름과 관련이 있다. 태조 이성계가 자신이 묻힐 묫자리를 정하고 돌아오는 길에 망우리고개를 넘어 목이 말라 이곳에 있던 우물물을 마셨는데, 그 물맛이 매우 좋아 우물의 이름을 양원수(良源水, 養源水)라고 지어준 데서 마을 이름이 유래한다고 한다. 1914년 일제가 식민통치를 위해 대대적으로 행정구역을 개편하면서 경기도 양주군 망우리면 양원리, 방축리, 입암리, 능곡리 일부를 합하여 구리면 망우리라고 개칭한 이후 이 지역은 망우리, 망우동으로 불렸다.

태조의 능이 조성되면서 망우리 일대는 역대 왕들이 태조의 능과 선왕의 능을 참배할 때 왕의 행차가 지나가는 능행로(陵行路)이자, 어로(御路)가 되었다. 조선왕조의 왕과 왕비가 동구릉 및 주변의 능에 묻힐 때 장례 행렬이 지나던 국장로(國葬路)의 주요 장소이기도 했다. 1926년 6월 10일 순종의 장례가 동대문운동장에서 거행되고, 장례 행렬은 오후 5시에 망우리에 도착하여 주정소(晝停所, 능행에서 왕이 식사와 휴식을 취하는 장소)에서 휴식을 취한 후 어릉, 즉 지금의 남양주시 홍유릉에는 밤 10시에 도착했다고 한다. 망우리와 망우고개는 고종과 순종의 마지막 길을 함께 한 것이다.

그러나 이미 망우고개는 조선시대에 한양과 지방을 연결하는 주요한 간선도로가 지나는 길이었다. 조선시대에 지금의 고속도로에 해당하는 6개의 대로가 서울에서 전국으로 X자형으로 펼쳐져 있었다. 제1대로는 평안도 의주로 향하는 길로 '의주(대)로'라고 했다. 제2대로는

망우리 공동묘지의 옛 모습(망우역사문화공원 전시 패널)

함경도 경흥까지 가는 길로서 '경흥로'라 했다. 제3대로인 평해로는 망우리고개에서 시작해, 양평과 대관령, 강릉을 거쳐 울진군 평해까지 이어진 도로로 강원도와 백두대간을 넘어 지금의 경상북도 북부를 연결하는 대로였다. 경기 동부, 강원 동남부에서 한양으로 진입할 때 망우리고개는 관문 역할을 했다.

## 《망우동지》, 오래된 서울의 지리지

서울이라는 도시를 상징하는 중심 박물관이 서울역사박물관이다. 서울역사박물관의 소장품 유물번호 제1번이 《망우동지(忘憂洞誌)》이다. 《망우동지》는 18세기 중엽에 마을 사족들이 편찬한 망우동의 산천, 역사와 문화, 인물들을 담은 지리지이다. 조선시대의 지리지는 대부분 시군 단위로 작성된 읍지(邑誌)이다. 마을이나 동네의 지리지는 매우 희귀하기 때문에 《망우동지》는 역사적 가치가 매우 높은 지리지다.

《망우동지》첫 부분 망우동 전체의 모습을 보여 주는 〈망우총도〉

영조대인 1760년에 주민들의 힘으로 망우동의 지리지를 만들었다는
것은 당시 망우동 사람들의 높은 문화적 역량, 그리고 망우동의 지역
적 전통과 환경이 훌륭했음을 보여 준다.

《망우동지》는 조선시대에 망우동에서 살았던 동래 정씨, 의령 남
씨, 평산 신씨의 세 가문이 함께 만들었다. 세 양반 가문은 자신들의 마
을에 왕의 무덤이 있다는 것을 자랑스럽게 여기며 가문의 역사적 인물
을 소개하고 마을의 역사와 전통을 후손들에게 전했다.

망우동 근처에는 왕의 무덤이 많았으며 여러 가문 조상들의 무덤
이 있는 산도 여기저기에 있었다.《망우동지》범례에는 "땅이 있으면
명칭과 경관이 있고, 그 후에 무덤이 있고, 사람이 있고 풍속과 문헌이
있다."라고 쓰여 있을 정도이다. 그만큼 망우동이 살기 좋은 곳이라 무
덤도 많았던 것이다.

마을 사람들이 함께 지켜야 할 규칙, 향약을 만들어 마을의 질서와
공동체적 규범을 정하고, 살기 좋은 마을을 만들어 갔다.《망우동지》
에 실린 향약은 생활의 윤리 기준, 올바른 풍속, 주민 친화 등의 내용

으로 30여 개의 조항으로 구성되어 있었다. 망우동 향약 중 일부를 보면 "동리에서 불이 난 자가 있으면 각각 서까래 1개와 이엉 3파(把)와 새끼줄 10파를 내어 구호한다. 계에서 상사(喪事)가 있으면 각각 쌀 1되와 빈가마니 1립을 내어 부조한다."라고 되어 있다. 마을의 따뜻한 풍속을 보여 준다.

일제강점기에는 망우동에 새로운 교통수단인 철도와 새로운 장례 문화를 보여주는 공동묘지가 생겼다. 망우동은 서울과 경기도의 경계로서 서울의 동쪽 끝이자 시작점으로 교통의 요지였다. 1939년에는 중앙선 망우역이 건설되어 서울과 강원도 지역, 특히 탄광과 산림 지역을 연결하는 역할을 했다. 광복 이후 망우역 주변에는 삼표연탄, 아주레미콘 공장 등이 설립되어 일자리를 찾아 사람들이 모여들고, 상봉시외버스터미널도 세워졌다. 그러나 고속버스까지 운행하던 상봉터미널은 2023년 11월에 문을 닫고 생을 마감했다.

2022년에 서울역사박물관은 망우동의 최근까지의 변화를 심층 조사하여 《신망우동지》를 발간했다. 《신망우동지》는 《망우동지》 편찬 이후 망우동에서 일어난 지역의 변화를 담은 지리지로, 일제강점기의 망우리 공동묘지의 조성, 중앙선 망우역과 광복 이후 상봉터미널, 연탄공장과 시멘트공장, 인구 급증에 따른 학교, 시장의 설립, 사람들의 이야기 등 옛 망우동에서 신망우동으로의 변화와 그 배경을 깊이 있고 재미있게 알려 준다. 이 조사를 바탕으로 서울역사박물관은 2023년에 「낙이망우(樂以忘憂)-망우동이야기」 전시회를 개최했다. 이 전시회와 도록에 〈공간과 삶의 윤회, 낙이망우 이야기〉라는 축사를 쓰면서 땅도 공간도 순환하고 윤회함을 바라볼 수 있었다.

사람처럼 지역도 끊임없이 변화한다. 이렇게 바뀌고 순환하는 지역에 대한 조사를 실시하고, 그를 바탕으로 충실한 전시를 하는 것은 도시 박물관이 해야 할 중요한 역할이다. 망우동이 기록으로 나타나기 시작하는 조선시대의 망우동, 일제강점기의 망우리 공동묘지 보다 앞선 오래된 마을 망우동은 어떤 곳이었을까?

## 서울에서 가장 오래된 현존 동족마을, 망우동

망우리 공동묘지가 위치한 망우동은 서울의 동쪽 끝 마을이지만, 아름다운 환경으로 둘러싸여 훌륭한 인물들이 살았던 곳이다. 특히 동래 정씨, 의령 남씨, 평산 신씨의 가문은 망우동에서 세거해 온 대표적인 집안이다.

송곡여중고 뒤쪽 양원리 마을 어귀에는 "정구가 고려말 이후 이주한 이래 동래 정씨 동성이 모여서 이루어진 서울에 현존하는 가장 오래된 집성촌"이란 표석이 설치되어 있다. 조선 초기에 태종 이방원은 동래 정씨 집안의 정구(鄭矩, 1350~1418)에게 망우리 무덤 자리를 선물했다. 이 마을은 1995년 중랑구청에서 실시한 '중랑구 문화유적 지표 조사' 때 조사 용역을 맡은 서울학연구소(책임연구원 최종현)에 의해 알려지기 시작했다.

방축리(현재 동원중학교 주변)에는 의령 남씨들이 태조 이성계에게 하사받은 땅에서 조선 후기까지 거주했다. 지금 태조의 무덤이 있는 건원릉 자리는 원래 개국 일등공신이자 태종대에 영의정을 지낸 남재(南在, 1351~1419)가 자신의 무덤으로 정한 곳이었다. 그러나 태조가 그 땅을 마음에 들어 하자, 남재가 태조에게 양보하였다고 전한다. 태조는 고마운 마음에 남재에게 농사지을 수 있는 땅과 농사일을 할 사람을 주었다. 《경이물훼(敬而勿毁)》는 15세기 초에서 18세기 사이 의령

《경이물훼》중 〈태조망우령가행도〉 일부, 국립고궁박물관 소장.

남씨와 관련된 기록화를 모은 의령 남씨 가전화첩으로 조선 후기의 모사본이다. 이 중 〈태조망우령가행도(太祖忘憂嶺駕幸圖)〉는 태조 이성계가 자신의 장지를 신하들과 함께 돌아보는 장면을 그린 그림이다.

입암리(현재 면북초등학교 주변)에는 평산 신씨가 살았다. 이곳은 세종이 우의정·좌의정을 역임한 신개(申槩, 1374~1466)에게 하사한 땅이다. 평산 신씨의 16대 신말평과 17대 신상 등도 왕에게 땅을 받았다. 신경진의 무덤과 신도비는 서울시 유형문화재이기도 하다. 현재 망우동에 유일하게 남아 있는 평산 신씨 선산에는 30여 기의 묘가 있다. 매년 음력 10월 2일에 대규모의 평산 신씨 시제가 거행되고 있다.

일제강점기에 의령 남씨, 평산 신씨의 집성촌은 해체되었다. 동래 정씨 집성촌은 개발제한구역으로 지정되어 2020년까지 존속했다. 그러나 2014년 보금자리주택지구로 지정되어 아파트로 개발됨에 따라 동래 정씨들은 600년 터전을 잃고 곳곳으로 흩어지고 말았다.


## 인문학과 철학을 보듬은 생태공원으로

알고 보면 서울의 각 동네와 마을, 지역이 모두 소중하고 의미있고 귀한 곳인데도, 사람들은 자기가 사는 지역에 대해 잘 모른다. 망우동은 오랜 세월 동안 경기도 동부와 강원도를 잇는 서울 동쪽의 관문이었다. 조선시대의 6대로 중 제3대로인 평해로, 그리고 왕이 행차하는 능행로와 왕의 장례 행렬이 지나는 국장로 등 중요한 길들이 지났던 곳이었다. 또한 선비들의 세거지와 세장지, 동족마을들이 펼쳐져 있던, 아름다운 자연환경과 따뜻한 사람들이 살았던 곳이었다. 궁궐과 관청이 있는 번화한 지역이 아니더라도 우리 동네에도 층층이 쌓인 역사와 문화, 사람과 자연이 존재했다는 것을 알 때 우리가 사는 곳의 진정한 공간적 가치를 발견할 수 있을 것이다. 서울의 구석구석이 자연과 인문이 어우러져 각기 고유한 장점과 특징을 지닌 소중한 곳들임을 깨닫지 않을까?

망우동은 서울의 중심부가 아닌 주변부의 가치에 대한 관심을 일깨워 준다. 망우동, 망우역사문화공원은 과거의 역사와 문화를 이해하는 것을 넘어 우리의 삶과 죽음을 들여다보는 깊은 통찰과 사색의 장이다. 죽음의 공간과 삶의 공간이 하나로 연결됨을 사색할 수 있게 한다. 죽은 자의 안식처가 산 자의 공간으로, 공원으로, 역사문화 자원으로 순환함을 느끼게 해 준다.

망우동은 태조 이성계가 동구릉 자리에 자신의 무덤 건원릉을 정한 후 근심을 잊었다는 술회에서 유래한 지명이다. 사람의 이름이 그 사람을 대표하듯이, 땅은 지명으로 그 정체성을 가진다. 망우동은 망우리 공동묘지 조성 이전부터 매우 드문, 죽음과 연관된 지명이었다. 그러다가 일제강점기인 1933년에 대규모 망우리 공동묘지가 조성되며 죽은 자의 공간으로 인식된다. 이는 일제강점기 서울의 급격한 도시화, 매장에서 화장으로의 장묘 문화의 변화, 조선 왕실의 무덤 주위에 대규모 공동묘지 조성이라는 식민지문화도 반영한다. 이제 망우역사문화공원은 깊이있는 인문학공원으로 거듭났다.

그러나 여전히 이곳에 오면, 죽음의 자취들이 남아 있다. 죽음은 새로운 탄생으로 윤회와 새로운 희망, 평화, 영원성을 상징한다.《장자》는 "삶은 죽음의 동반자요, 죽음은 삶의 시작이니 어느 것이 근본인지 누가 알까? 죽음과 삶이 같은 짝임을 안다면 무엇을 근심하랴"라고 했다. 망우역사문화공원을 걸으며 죽음의 공간이 희망의 공간, 미래, 역사와 문화의 공간으로 연결되고 윤회함을, 사람의 삶 또한 그러함을 본다.

인간은 자연을 정복하고 소유하고, 파괴하다가 되돌려놓고 생태를 복원한다고 한다. 망우역사문화공원이 일본에 의해 공동묘지로 파괴되기 전 아름답던 자연의 모습과 사람들에게 위로를 주는 생태와 환경을 찾으면 좋겠다. 인간에 의해 신음했던 자연, 망우역사문화공원을 돌아보며 또 다른 인간들에게 파괴당하고 훼손당했던 사람들을 위로하는 곳이 되면 좋겠다. 그리고 인간과 자연이 함께 성숙해 나갈 것을 생각하며, '낙이망우'하는 마음 깊은 장소가 되면 좋겠다. 망우역사문화공원이 산과 언덕과 숲과 이야기가 있는 인문학, 철학을 담은 생태공원으로 윤회하길 바란다. 다행히 중랑구청에서도 이 공원의 미래 가치로 인문학, 생태공원을 중시하며 나아가고 있다. 나는 숨겨진 보물, 망우역사문화공원에 갈 때마다 이 세상 아름다운 여행을 마치고 돌아갈 따뜻한 자연의 품을 느낀다.

망우역사문화공원 전시 「시대의 예술 망우에서 만나다」(2023)에서

## 이애주(李愛珠)

7살(1954)부터 '이왕직 아악부'(국립국악원의 전신)의 아악수장 김보남으로부터 춤을 익혔다. 서울대학교 진학 후 '국가무형문화재 제27호 승무' 초대 보유자인 벽사(碧史) 한영숙(1920~1989)을 사사했으며, 1996년에 스승을 이어 2대 예능보유자로 지정되었다. 이로써 전통춤의 뿌리이자 원류인 한성준(1874~1941) 선생과 손녀 한영숙으로 이어져온 전통춤(승무, 살풀이춤, 태평춤, 학춤)을 계승하는 한국무용사의 큰 맥이 되었다. 학술적 연구도 중요하게 여겨 한국 전통춤을 체계적으로 정리하는 한편, 선생 자신이 한성준-한영숙으로 이어받은 전통춤의 본질과 정신을 역사적으로 조명하는 데 평생을 바쳤다.

1984년 춤패 '신'을 결성하여 「나눔굿」, 「도라지꽃」 등을 창작·발표하는 한편, '현실과 발언' 등 민족미술 · 민족음악 · 민중연극인들과의 공동작업으로 '예술의 사회참여'라는 시대적 과제에 모범적 선례를 만들었다. 1987년 6월항쟁의 한복판에서 온몸으로 시국을 가르는 「썻풀이춤」, 「바람맞이춤」을 춤으로써 춤의 사회적 과제를 부각시켰고, 이후 제주 4.3 사건의 기억과 전태일 열사의 분신, 광주 5.18 민중항쟁의 상흔을 '몸'으로 각인함으로써 한국무용계의 흐름을 크게 바꾸어 놓았다.

전통춤과 창작춤뿐만 아니라 몸 움직임의 근원과 춤의 본질을 화두 삼아 오랜 시간 연구하여 자연춤, 한밝춤, 생명춤 등으로 우리 춤의 본성을 정리하였고, 이를 통해 한국 춤의 역사적 · 학술적 토대를 마련하였다. 우리 춤의 근원을 찾아가는 과정에서 특히 고구려 춤의 원류와 상징체계를 탐구하였으며, 가무악의 뿌리인 영가무도(詠歌舞蹈)를 연구 · 복원 · 재현하는 등 민족춤의 시원을 찾아 각고의 노력을 기울인 전방위 춤꾼이었다.

국가무형문화재 예능보유자로서 한국 전통춤 정립에 매진하는 한편 후진 교육과 양성을 위해서도 정성을 쏟았다. 서울대학교 사범대학 교수, 명예교수, 경기아트센터 이사장을 역임했으며, 2021년 이애주문화재단을 설립하고 같은 해 5월 10일 타계하였다.

# 이애주 선생을 보내며

명예교수 모임인 멘토포럼 때
가끔 내 옆자리에 앉곤 했던
시대의 춤꾼 이애주
멘토 정기모임 발표 때
몸으로 보인 춤동작들
그녀는
민들레처럼 작지만
해바라기처럼 밝은 웃음으로
작은 호랑이처럼 포효하듯이
시국을 거슬러 파도처럼
용트림하고 때로는
침묵의 목소리로
얇은 사 하얀
고깔 쓰고 나빌레라
급작스런 서거소식
믿고 싶지않은 소식

거스르지 못하는 병마 속에
얼마나 캄캄했을까
얼마나 가슴속에
먹먹함을 불태우고 싶었을까
하얀 광목위에 써내려간
코로나속 병상에서
피를 토하듯 눈으로만 손가락으로만
춤을 추었을까
다 소용없는 것이라 했을 것이다
/공수래공수거/

이젠
명복을 빌 때다 훠얼훠얼 날아
깃털처럼 하늘에서 실컷 춤을 추시지요

2021년 5월 10일<br>임문영

# 이애주 선생님께서 맺어준 춤과의 인연

김연정(이애주춤연구소 소장)

 

 

이애주 선생님을 처음 만나 뵌 것은 30여 년 전으로 거슬러 올라 갑니다. 서울대학교에 합격하고 나서 입학식을 채 하기 전에 선생님께 서 따로 한국전통춤회에 나와서 공부를 하라시면서부터이니 전통춤 에 대해 진지하게 받아들이기 시작하면서부터 늘 선생님의 영향을 받 아온 것이라 할 수 있습니다. 대학원 공부를 하고 조교 일을 하고 또 외국 유학 이후에 선생님 공적인 사무를 맡으면서 옆에서 많은 일을 배우고 지켜보았습니다. 그런 중에 선생님께서 원로멘토포럼에서 하 신 특강 내용 준비를 도와드리고 모시고 함께 왔었던 때가 생각납니 다. 그때 원로멘토포럼이란 단체를 처음 알았고 '아, 이런 원로 선생님 들도 이렇게 서로 다른 분야의 사람들이 모여 자신들의 연구와 생각 을 나누고 꾸준히 공부를 하시는구나', 매우 인상깊게 느꼈던 기억을 가지고 있습니다. 그런 기억이 오늘 이렇게 글을 쓸 수 있는 인연으로 이어지는 것을 생각하니 영광이면서도 한편 무거운 마음이기도 합니 다.

이런 귀한 지면에 무엇을 써야 하나 고민하다가 선생님께서 맺어

벽사 한영숙 선생 30주기 추모 공연(2019)과 국가무형문화재 승무 공개 행사(2007) 포스터

준 춤의 맥과 인연에 대해 이야기할 수 있겠다는 생각을 하였습니다. 제가 대학, 대학원 시절을 보냈던 1990년대, 선생님은 춤 수업에서 한성준이라는 분에 대해 이야기하시며 한영숙으로부터 이어받은 춤은 한성준으로부터 왔다는 말씀을 늘 강조하셨습니다. 그때는 한성준이 누구인지도 잘 모를 때였지요. 이애주 선생님은 본격적으로 한성준, 한영숙으로 이어지는 춤의 뿌리 찾기에 집중하면서 연구와 고증을 통해 많이 알려지지 않았던 충남 홍성 출신의 대표적 예인이자 전통 민족예술계의 대부로서의 한성준의 바른 자리매김을 위해 온 힘을 쏟으셨습니다. 충남 홍성에서 거의 버려져 있던 것과 다름없던 한성준 선생의 묘를 찾아 사비를 털어 다시 묘를 꾸몄고, 한성준의 춤비 건립과 '한성준 춤·소리연구회' 결성 등의 활동을 하셨습니다. 지금의 한성준 선생에 대한 예술계의 재발견에 가장 근본적인 역할을 해왔던 이라면

한영숙 선생의 장례 후(1989, 위), 한성준 선생의 춤비 제막식(1998, 아래)에서

바로 이애주 선생님이라고 감히 말할 수 있겠지요. 중요한 때마다 묘
제를 지내고 한성준 춤학교를 열어 사람들에게 우리 춤을 알리는 일
을 해야 한다고 홍성을 여러 번 오가며 열심을 내시는 모습은 그 당시
학교 무용실에서만 춤을 배웠던 저에게는 색다른 모습이기도 했습니
다. 현장을 다니며 춤의 뿌리를 찾고 역사를 내 삶으로 가져오는 일이
라는 것을 차차 깨달았습니다. 그때의 영향이었을까요. 한참 후에 쓰

게 된 박사논문의 주제를 한성준 선생님으로 잡게 된 것도 우연만은 아니라는 생각을 하게 됩니다.

이애주 선생님의 전통춤의 맥잇기는 한성준에서 한영숙으로 이어졌습니다. 선생님은 한영숙 선생님께 새로이 맥을 잇게 된 제자들을 인사시키는 자리를 가지며 사승의 연을 이을 수 있도록 하셨습니다. 보이지 않는 것에 대한 진실된 마음과 하늘과 땅에서도 이어지고 있는 스승과 제자의 연을 무게감있게 받아들이고 있다는 것을 몸으로 교육하신 것이지요. 이애주 선생님은 늘 춤에서 '모심'의 정신을 강조하셨는데 이러한 정신은 선생님이 정리한 '예의춤'의 바탕이 되었습니다. 이것은 먼저 가신 선생에 대한 예의는 물론이요, 한국춤의 본 모습을 제대로 이어가야 한다는 진정성 있고 육중한 책임감의 또 다른 표현이라 할 것입니다. 스승의 춤을 춘다는 것, 그 맥을 잇는다는 것은 발걸음 하나 호흡 하나에 스승의 정신을, 생명을 잇는 일이라는 것을 몸소 가르치신 것이었습니다.

저는 한동안 미국으로 떠나 있었기에 돌아왔을 때 선생님께서는 한영숙 선생님을 모셨던 직지사에도 데리고 가시고 한영숙 선생님 묘소에도 인사를 드려야 한다며 데려가셨습니다. 한영숙 선생님 묘소에 처음 갔던 날이 생각납니다. 그때 생전에는 직접 만나 뵙지 못했던 한영숙 선생님 묘소 앞에서 그 춤을 이어가는 제자로서 인사를 드린다는 것이 참으로 감격적이면서도 무언가 묵직하게 마음에 자리잡는 계기가 되었습니다. 무용실에서만이 아니라 몸에서 몸으로, 마음에서 마음으로 이어온 '춤의 맥'이라는 것이 이렇게 이어지는 것이구나 하는 것을 느꼈습니다. 그 이후로 매해 두 번씩 한영숙 선생님의 묘소를 찾아뵈었습니다. 한 선생님께서 좋아하셨다는 꽃으로 꽃다발을 준비하고 아주 간단한 제수를 준비하기도 하고 어떤 때는 전도 부치고 밥

이애주, 「독도 진경전」(2002)

과 국도 싸가서 소풍 가듯이 여러 제자들이 이애주 선생님과 산소 앞에 앉아 밥을 먹고 오기도 하였습니다. 여주에 있는 남한강공원 묘원에서 '한 선생님께 오면 늘 이렇게 날이 좋다, 솜털구름이 좋다' 하시던 선생님 생각이 납니다.

한참 바쁠 때는 이번엔 넘어가면 안 될까, 귀찮게 생각될 때도 있었고 준비가 힘들다고 느낄 때도 있었습니다. 하지만 이것은 춤을 동작이나 순서를 익히는 것만이 아니라 선대로부터 이어져 내려오는 춤의 정신과 춤의 맥을 잇는 교육이었고, 살아 숨 쉬는 가르침이었다는 생각을 합니다. 그러한 집요함이 제자들의 마음을 더욱 다잡게 하기도 하였습니다. 이제 한 세대가 지나 저 또한 학생들을 가르치고 이애주 선생님의 묘소에 이 춤의 맥을 이어갈 제자들을 데리고 인사드리러 갑니다. 선생님께 '이 아이들을 통해서 선생님의 춤과 정신이 다음 세대로 또 이어질 겁니다'라는 말씀을 드릴 수 있어 감사하다는 생각을 했습니다. 제자들 또한 춤만을 동작으로 배우는 것이 아니라 보이지 않는 역사와 끈이 이렇게 흘러 이어져 온다는 것을 진중하게 받아들이는 것 같았습니다. 더 진지하게 공부하게 되면 한영숙 선생님 묘소에도, 한성준 선생님 묘소에도 함께 가야지요.

2024년은 한성준 선생님 탄신 150주년으로 특히 의미 있는 해입니다. 이애주 선생님은 자신의 춤맥이 한영숙 선생님을 통해 한성준 선생님으로 이어짐을 아시고, 문화재 지정이 되자 1997년 한성준 춤을 재조명하면서 춤판을 열었습니다. 우리 춤의 뿌리인 한성준 선생을 기념하고 그 맥을 잇고자 매해 정성스럽게 홍성에서 「한성준 춤·소리예술제」로 선생을 기렸습니다. 올해 초에는 중요한 기점이 되는 해를 그냥 넘겨서는 안되겠다 하여 이애주문화재단과 한국전통춤회는 홍성에서 한성준 선생 관련 행사를 준비했습니다. 한성준 기념사업이 멈춰 서

이애주, 「태평춤」

있었던 홍성의 어려운 지역 여건 가운데서도 이애주 선생님의 타계 후 몇 년간 이애주문화재단에서 초창기 선생님과 한성준 기념사업에 뜻을 같이했던 지역 분들을 지속적으로 만나고 터를 정비하여 모두의 마음과 힘을 모아 올해 5월 홍성 역사 인물축제에 한성준을 주요 인물로 만들었고, 묘지를 정비하고 한성준의 후예인 여러 류파가 함께하는 「한성준 춤·소리예술제」까지 개최하였습니다. 이 모든 것이 이애주 선생님의 춤의 맥에 대한 생전의 진심어린 노력이 바탕이 되었기에 가능한 일이었습니다. 선생님께서 구상하고 바라셨던 것까지는 아직 갈 길이 멀지만 그래도 그 뜻을 조금이나마 이어갈 수 있는 토대를 만들었다는 점에서 선생님을 뵐 낯이 섰다고 생각했습니다.

이애주 선생님께서 정년퇴임을 하면서 대학 강단에 몸을 담고 보내온 30여 년의 시간이 성숙한 한 인간으로서 살아가기 위한 수련이자 깨달음의 방법이 춤이었다고, 그래서 다른 곳은 보지 않고 춤에만 정진할 수 있었다고 말씀하신 것을 기억합니다. 선생님의 삶을 돌이켜보며 정말 춤으로 시작하여 춤을 통해 풀어내는 나와 세상을, 나와 역사를 깊게 바라보기(觀)였다는 생각을 하게 됩니다.

선생님의 3주기를 맞으며 선생님께서 평생 공부하며 춤추며 축적해 놓은 책과 자료, 무구, 의상, 사진, 음악 등을 모아 작은 자료관을 마련하였습니다. 아직도 다 정리하지 못한 자료가 많은 것을 보면서 한 사람의 삶이 이렇게 깊고 넓을 수 있구나 느낍니다. 선생님께서 뿌린 씨앗이 풍성한 열매를 맺을 수 있도록, 선생님께서 맺어준 귀한 춤의 인연을 제자들 하나하나가 잘 이어가는 것이 가르침을 주신 선생님께 은혜 갚을 수 있는 일이지 않을까 마음을 다잡게 됩니다.

윤시향 선생의 발표에 열중하고 있는 모습들. 이애주 선생 타계 전이라 앞자리에서 경청하는 모습이 보인다.

김동호 선생의 1970년대 문화정책 강연은 모두를 귀기울이게 하였다.

종종 모이던 효자동 식당에서

정읍 영모재에서 김화숙&현대무용단사포의 공연 「차마 그곳이 잊힐리야」(2022)를 관람한 후, 왼쪽부터 박경립, 김화숙, 윤시향, 이태주, 이상일.

■ 정기포럼 주제(2015. 11.~2024. 4.)

| 회차 | 일자 | 발표자 | 주제 |
| --- | --- | --- | --- |
| 1 | 2015.11.5. | 이상일 | 문화예술멘토원로회의 취지 |
| 2 | 2015.12.3. | 이건용 | 한국 오페라를 찾아서 |
| 3 | 2016.1.7. | 정상박 | 한국문화와 탈 |
| 4 | 2016.2.4. | 이애주 | 인문학으로 풀어보는 삶의 몸짓, 춤 |
| 5 | 2016.3.3. | 이태주 | 기부문화-재벌들의 밥상 인간학 |
| 6 | 2016.4.7. | 정승희 | 궁중여기(女妓)와 기생문화의 흐름 |
| 7 | 2016.6.2. | 최래옥 | Storytelling_민족설화와 웃으개 이야기 |
| 8 | 2016.7.7. | 이근수 | 생활예술로서의 우리 차 문화 |
| 9 | 2016.8.4. | 윤광봉 | 일본 마쯔리 이야기, 古戶 白山祭와 무용, 그리고 장엄 |
| 10 | 2016.9.1. | 신선희 | 한국 전통 극장 공간의 원리 |
| 11 | 2016.10.6. | 윤시향 | 문화·예술속의 파우스트 |
| 12 | 2016.11.3. | 이병옥 | 동양춤과 서양춤의 생태적 특성 비교 |
| 13 | 2017.1.5 | 김화숙 | 광주민중항쟁 무용삼부작 2부「편애의 땅」감상 및 토론 |
| 14 | 2017.3.6 | 신현숙 | 신화와 공연예술 |
| 15 | 2017.5.1 | 홍윤식 | 불교문화의 형성과 전승 |
| 16 | 2017.6.5 | 심정순 | 모더니즘과 한국 신여성: 그 문화적 의미 |
| 17 | 2017.9.4 | 이상일 | 마녀사냥과 집단망상 |
| 18 | 2017.11.6 | 윤금희 | 음악의 순례길 |
| 19 | 2018.2.5. | 유옥재 | 정선 아리랑 춤 제작 시연 |
| 20 | 2018.3.5. | 박윤초 | 판소리 가족사 |
| 21 | 2018.3.5. | 이태주 | 라라는 누구인가? 파스테르나크와 이빈스카야 |
| 22 | 2018.4.2. | 정상박 | 민속현장에서 본 우리 인성 |
| 23 | 2018.5.14. | 임문영 | 앙드레 말로와 문화의 집 |
| 24 | 2018.6.4. | 김동호 | 문화도시 만들기(#광주 분원에서 진행) |
| 25 | 2018.7.2. | 정승희 | 근대기에 나타난 천재 무용가 |
| 26 | 2018.8.6. | 박경립 | 전통 건축 이야기 |
| 27 | 2018.9.3. | 이훈 | 오페라 라 보엠 |
| 28 | 2018.10.1. | 이근수 | 예술가와 경영자의 거리 |
| 29 | 2018.11.5. | 윤광봉 | 시가와 연희 예술 |
| 30 | 2019.2.11. | 이애주 | 삶 속에서의 춤, 몸 마음 챙기기 |

| 회차 | 일자 | 발표자 | 주제 |
|---|---|---|---|
| 31 | 2019.3.11. | 윤시향 | 기행문학과 문화비평 |
| 32 | 2019.4.8. | 이병옥 | 국가무형문화재 제49호 송파산대놀이 시연 및 소개 |
| 33 | 2019.5.13. | 김화숙 | 힐링 댄스 – 왜 슬로우 웜업인가? |
| 34 | 2019.6.10. | 신현숙 | 장소-특정적 퍼포먼스와 한국 공연예술 |
| 35 | 2019.7.8. | 신선희 | 신선희의 무대예술 |
| 36 | 2019.9.9. | 김원 | 영정조시대의 르네상스를 일으킨 서촌의 중인문화(1) |
| 37 | 2019.10.13. | 김원 | 영정조시대의 르네상스를 일으킨 서촌의 중인문화(2)-현장답사 |
| 38 | 2020.5.11. | 이상일 | 브레이트 서사극 |
| 39 | 2020.6.8. | 김동호 | 코로나 바이러스 위기와 영화제, 영화산업 |
| 40 | 2020.7.13. | 박경립 | 강원도 건축 이야기 |
| 41 | 2020.11.9. | 윤시향 | 문학과 영화: 베니스에서의 죽음을 중심으로 |
| 42 | 2021.11.8. | 김원 | 지리산 쌍계사의 진감선사 비문과 고운 최치원의 이야기 |
| 43 | 2022.4.11. | 박경립 | 가야 이야기 |
| 44 | 2022.5.9. | 고학찬 | 예술의전당 6년, 회고와 전망 |
| 45 | 2022.6.13. | 김원 | 강화도 고인돌 이야기 |
| 46 | 2022.7.11. | 김동호 | 한국의 문화정책 – 변천과정과 정책과제 – |
| 47 | 2022.11.4. | 김원 | 고인돌 이야기 |
| 48 | 2023.2.13. | 이태주 | 인문학의 위기와 문화예술침체 – 책을 읽고 사랑하자 |
| 49 | 2023.3.13. | 김원 | 사주 · 관상 · 풍수지리 |
| 50 | 2023.4.10. | 김동호 | K 시네마 · 오늘과 내일 |
| 51 | 2023.5.8 . | 이상일 | 환상 · 판타지 Fantasy와 지적 상상력 |
| 52 | 2023.6.12. | 임문영 | 프랑스와 미테랑(F. Mitterand)의 그랑프로제(Grands Projets) |
| 53 | 2023.7.10 . | 박경립 | 유네스코 회관 이야기 |
| 54 | 2023.9.11. | 정승희 | 한국의 춤 발전과 무용 콩쿠르 |
| 55 | 2023.10.13. | 김화숙 | 사포의 공간 탐색 프로젝트 - 3「간이역」 |
| 56 | 2023.11.13. | 양보경 | 15세기 최고의 세계지도 |
| 57 | 2024.2.9. | 이태주 | 공연 100주년 기념 1924~2024, 유진 오닐(느릅나무 밑의 욕망)론 |
| 58 | 2024.3.11. | 윤보경 | 대동여지도, 우리가 몰랐던 것들 |
| 59 | 2024.4.8. | 이상일 | 판타지 – 환상과 사실, 월대 사자상과 여진족 청국 수립 사이 |

## 편집을 마치며

　오랫동안 같은 대학에서 가깝게 지내던 유옥재 교수님께서 어딜 같이 갔으면 한다고 말씀하시어 무심코 따라서 갔다 문화 예술계의 원로님들을 가까이 뵙게 되었다.

　매월 모여 흥미롭고 깊이 있는 주제로 발표하고 토론하시는 모습을 보며 자연스럽게 모임에 함께하게 되었다. 시대를 달리한 분들의 치열했던 삶과 열정을 엿볼 수 있는 기회일 뿐 아니라 전공을 달리하는 분들의 심도 있는 학문 세계를 접할 수 있는 기회였다.

　역사는 거저 이루어지지 않는다는 격언을 매번 실감할 정도로, 선생님들을 만나 뵈며 이분들의 삶 속에 서려 있는 문화 예술에 대한 깊은 사랑을 읽을 수 있었다. 또한 우리가 어떻게 지금에 이르렀는지를 깨닫는 자리이기도 하였다.

　팬데믹의 어려운 시절에도 모임은 끊이지 않고 이어졌다. 몇 년이 순식간에 흘러가고 몇 분은 건강이 나빠져 모임 참석이 어려워지셨다. 이 찬란한 열정의 시간이 기록되지 않고 사라지는 것을 너무나 안타깝게 생각할 즈음 수필집을 만들자는 의견이 나왔고 자연스럽게 모임의 막내로 편집 일을 맡는 행운을 누리게 되었다.

다양한 분야의 이야기를 한 권의 책으로 담아내기란 쉽지 않은 일이지만 선생님들의 뛰어난 학문적 열정뿐 아니라 어려운 시절을 두려워하지 않고 꿋꿋이 살아낸 삶의 향기를 소롯이 담으려 하였다. 각기다른 형식과 문체, 다른 주제로 글을 주셨지만, 그 모두 문화와 예술을 사랑하고 그를 위해 헌신한 삶의 모습이기에 따로 구분하지 않고 그대로 싣기로 하였다.

그 사이 이애주 선생님이 유명을 달리하셨다. 활발히 활동하시던 중이라 편찮으신지도 몰랐는데 어느 날 "많이 아팠어… 몸이 좋아지면 한잔하지요." 하시곤 조용히 저세상으로 가셨다. 섭섭하여 이애주 선생님에 관해 조금이라도 글을 실었으면 하던 차에 임문영 선생님과 이애주 선생님의 제자인 김연정 선생님께서 귀중한 글을 보내 주셨다.

박윤초 선생님과 신현숙 선생님께서도 귀한 원고를 보내 주셨다. 가장 먼저 원고를 일찍 보내고 발간까지의 긴 기간을 잘 참아 주신 이상일 명예회장님, 이태주 선생님, 김동호 선생님, 2대 회장을 맡으신 김원 선생님, 이상일 선생님과 함께 모임을 이끌어 오신 부회장 정승희 선생님, 항상 든든한 지원군으로 후배 사랑이 가득하신 임문영 선생님, 윤금희 선생님, 유옥재 선생님, 윤시향 선생님, 모임의 중추 역할을 하며 모임이 보람 있도록 애쓰시는 운영위원장 김화숙 선생님, 새로운 세상에 눈뜨게 해주시는 양보경 선생님, 묵묵히 모임의 준비와 궂은일을 해주시는 황정옥 사무국장님께 고마운 마음을 전합니다.

2024년 5월 어느 날
멘토포럼 편집위원장 박경립

© 문화예술멘토포럼
이상일 이태주 김동호
임문영 김원 윤금희
박윤초 신현숙 정승희
유옥재 윤시향 김화숙
박경립 양보경 이애주


문화예술 삶의 긴 이야기

초판1쇄 찍은날 2024년 10월 16일
　　　　펴낸날 2024년 10월 30일

펴낸곳 정예씨 출판사
주소 서울시 마포구 월드컵로29길 97
전화 070-4067-8952　팩스 02-6499-3373
이메일 book.jeongye@gmail.com
홈페이지 jeongye-c-publishers.com

ISBN 979-11-86058-40-4